大结局

庆余年

·修订版·

QING YU NIAN

【朝天子】

十四

猫腻／著

人民文学出版社

图书在版编目(CIP)数据

庆余年:修订版.第十四卷,朝天子:大结局/猫腻著.--北京:人民文学出版社,2024
(2024.4重印)
ISBN 978-7-02-018351-7

Ⅰ.①庆… Ⅱ.①猫… Ⅲ.①长篇小说-中国-当代 Ⅳ.①I247.5

中国国家版本馆CIP数据核字(2023)第214754号

选题策划　胡玉萍
责任编辑　黄彦博
装帧设计　李思安
责任校对　刘佳佳
责任印制　王重艺

出版发行　人民文学出版社
社　　址　北京市朝内大街166号
邮政编码　100705

印　　刷　三河市宏盛印务有限公司
经　　销　全国新华书店等

字　　数　281千字
开　　本　890毫米×1290毫米　1/32
印　　张　10.5　插页3
印　　数　65001—73000
版　　次　2024年1月北京第1版
印　　次　2024年4月第3次印刷
书　　号　978-7-02-018351-7
定　　价　45.00元

如有印装质量问题,请与本社图书销售中心调换。电话:010-65233595

想念我的母亲肖前康

目录

第一章 朝天子 …… 001

第二章 刺君 …… 021

第三章 惊雷 …… 043

第四章 一路向北 …… 059

第五章 山里有座庙 …… 084

第六章 庙里有个人 …… 107

第七章 辐射风情画及传奇 …… 122

第八章 一个人的孤单 …… 138

第九章　田园将芜	159
第十章　去摘星	180
第十一章　好一座沸反盈天冷清的宫	201
第十二章　谁的监察院？	217
第十三章　天下谁折腰？	236
第十四章　向着天空奔跑的五竹	255
第十五章　南庆十二年的彩虹	270
末　章　后来	288
出版后记	301
原来的后记之春暖花开	303

第一章 朝天子

在这个过程中,范闲一直冷漠地注视着贺宗纬,看着他吐血,看着他痛苦地挣扎,看着他咽气,脸上表情平静依旧,一丝颤动也没有。

他不知道贺宗纬临死前的牢骚与不甘,也不需要知道。庆历十一年正月初七死的官员,包括贺宗纬在内,都只是一些预备工作罢了——为了自己必须保护的那些人,为了那些在江南、在西凉、在京都死去的人,这些陛下扶植起来专门对付范系的官员必须去死。

胡大学士怔怔地看着贺宗纬的尸体,沉重地转过头来,用一种愤怒、失望、茫然的表情看着范闲那张冰冷的脸,从胸腹间挤出一道冰冷的声音:"拿下这个凶徒。"

他就站在范闲的身边,根本不在意范闲一伸手就可以让他随贺宗纬一道去死。范闲自然不会杀他,而是看着他歉疚地笑了笑。就在禁军们冲上来之前,内廷首领太监姚太监终于赶到了门下中书省,用尖锐的声音急促地喊道:"陛下有旨,将逆贼范闲押入宫中!"

冬雪落到青石板地面上便迅速地融化了,极难堆积起来,落在明黄琉璃瓦上的雪片却被寒风凝住了形状,看上去就像无数朵破碎的云朵在金黄的朝阳中平静地等待。太极殿的檐角在高高的宫墙上随着人们的步伐而移动,一行人沉默前行,偶尔能听到几声各处深宫里传出的笑声。范闲耳力好,甚至还能听到某宫传来的麻将子儿落地的声音,忍不住笑了起来。

行过冬树园，绕过假山旁，走上寒湖上的木栈，正要穿过那座当年亦是一场雪中曾与陛下长谈的雪亭，范闲忽然停住脚步，眼睛微微眯了起来。雪亭下有几个太监宫女正陪着一位贵人模样的女子在那里赏雪，亭里生着暖炉，那位贵人穿着极名贵温暖的貂衣。

今日入宫，他当然不会去见宜贵妃，也不会去见冷宫里的宁才人和淑贵妃，甚至要刻意躲避，所以才会选择寒湖上的这条栈道，没料到依然碰着了一位。

既然遇着了，自然不会去躲，姚太监跟在他的身后，自然也不敢出声让他另择道路。

亭中的那些人吃了一惊，也没有想到这个时刻，居然还有外人入宫。眼尖的宫女瞧见了范闲身后低着头的姚公公，赶紧半蹲行礼，暗自猜测着头前这位年轻士子的身份。范闲看那些宫女的神情，心生诧异，暗想没过几个月，怎么这宫里的人就换了一拨，居然连自己都不认识了？

那位妃子约莫十五六岁年纪，模样青涩秀丽，只是佩钗戴环，正妆秀容，衣着华贵，硬生生烘托出了几分贵气和傲气，她看着姚公公问道："陛下可用了午饭？"

姚公公没有应话，只是笑了笑。

这位妃子穿着极厚重的貂衣，但范闲一眼便看到她衣下微微鼓起的小腹，马上知道这便是如今正得宠的梅妃，已经怀上了陛下的龙种。他摇了摇头，心想着时间还短，怎么就已经显怀，看来皇帝老子果然在任何方面都很强大，只是不知道这肚子里的会是自己的又一个弟弟，还是妹妹，不禁有些出神……他就这样静静地看着梅妃的小腹，看了许久，眼神有些复杂。

长时间注视着陛下的女人，尤其是看的这个位置，实在是相当无礼。

"哪里来的混账东西，那双贼眼睛往哪儿瞄呢？"一个年纪不大的宫女盯着范闲尖声训斥道。她是梅妃自宫外带进来的丫头，这些日子主随子贵,仆随主贵,在宫里好生嚣张得意,今日见着如此无礼的人,哪里肯忍,便准备上前扇范闲一记耳光。

范闲没有动作,姚太监却是心头一凛,他这些天一直跟在陛下身边,没怎么管后宫里的事情,着实没想到梅妃身边的下人今天竟跋扈无眼到了这种地步。啪的一声耳光脆响,他上前狠狠一巴掌将那个宫女扇倒在地,然后又迅疾地袖手退回到范闲身后,压低声音谦卑地道:"小范大人,陛下还在等您。"

范闲笑着看了他一眼:"这么紧张做什么,怕我杀了她?"

姚太监笑了笑,没有说什么。那个宫女被扇晕在地,嘴角淌出一丝鲜血。此刻,亭内空气似要凝结了一般,梅妃目瞪口呆地看着这一幕,愤怒得有些糊涂了,不明白姚太监为什么要这么做。只有那几个服侍在旁的太监宫女听清楚了姚公公特意说出的身份,终于知道这位年轻士子原来就是宫里前辈时时提起的小范大人,赶紧低下了头,紧张得不敢直视。

"天寒地冻的,还是回宫去吧,打打麻将也好。在这儿冻病了,对肚子里的孩子不好……不要想着陛下看到你在雪亭中,就会觉得你美上三分,更不要指望他会多疼你。在这宫里生活,其实很简单,老实一点儿就好。还有,希望你能给我生个妹妹,我还没有妹妹呢。"范闲很认真、很诚恳地对梅妃祝福了一句,然后绕过雪亭下的众人,走上了湖那边的木栈,向着皇宫西北角而去。

此地殿宇已稀,冬园寂清,亦有假山,却早已破落,似乎许多年都没有修整过,天冷宫更冷。姚公公悄无声息退走。范闲看着小楼与长草之间那个明黄的身影,安静地走了过去,略落后一个身位,就像当年在澹州的海边一样,陪着皇帝默默地看着小楼。

皇帝淡然地问道:"先前见着梅妃了?"

"是。"范闲应道。

"你说她腹中的是男是女？"

"应该是位公主。"

很奇妙，他们父子二人已经冷战数月，天下因为他们二人的冷战不知道死了多少人，偏偏今日相见，却没有外人意想中的愤怒与斥责，只是很随意地聊着天。

"噢？都说你学通天下，却不知道你还会这些婆婆妈妈的东西。"皇帝唇角微翘讥讽道。

"学通天下谈不上，但对医术还是有所了解，最关键的是，梅妃腹中只能是位公主。"

"嗯……"皇帝眉头渐挑，冷声问道，"在你看来，朕就养不出一个比老三更成器的家伙？"

"不能。"范闲十分干脆地应道，"因为梅妃不如宜贵妃。"

皇帝沉默片刻后道："这话倒也有道理，只是天家血脉稀薄，能多一位皇子总是好的。"

"若陛下垂怜，日后大庆能多位皇子自然是好的。"范闲没有明说垂怜什么，只微垂眼帘道，"不然若多出个承乾、承泽来，也没什么意思。"

此言一出，皇帝的脸沉了下来。范闲在心里叹息了一声，没有人是真正的神祇，强大如陛下，在走下龙椅后，也渐渐往一个寻常老人的路上走了，正是因为他知道了这一点，所以今天才有勇气来到宫里，与陛下说这些话。然而陛下终究不是贺宗纬，只是片刻，面容便重新变成千古不变的东山绝壁，外若玉之温润，实则嶙峋锋利，不屑暴风骤雨。

"贺宗纬死了？"

"是，陛下。"

"你在府里苦思了七天七夜，朕本以为你能想出什么好手段，却没有料到终究还是这般胡闹。"皇帝摇头道，"你真是令朕很失望。"

范闲认真地道："这是我所能想到最直接也是最好的方法。"

皇帝转过身静静地看着自己的儿子，似乎要从这张熟悉的面容中找出一些不大一样的东西，片刻后他又忽然笑了起来，笑声里竟然多了几分欣赏，然后笑声敛去。

"当众杀戮大臣，视庆律如无物，此乃草莽，非英雄手段。"

"陛下是明君，贺宗纬是奸臣，所以贺宗纬必须死。"范闲平静地说着自己和皇帝都不会相信的话，"贺宗纬表面上仁义道德，暗地里男盗女娼，陛下英明神武，一朝发现此人劣迹，为大庆万年基业计，施雷霆手段，除奸惩恶，又岂是庆律所能限？"

荒唐之人吐荒唐之言，行荒唐之事。庆历十一年正月初七这天，范闲指使下属当街阴杀大臣，于皇城脚下明杀门下中书大学士，真真做了件庆国朝廷百年未遇的荒唐事，此刻却是侃侃而谈，大言奉旨行事，清君之侧，似乎这套说辞真能解释自己今天的所作所为，真可谓是荒唐到了极点。然而皇帝只是泛起了几丝颇堪捉摸的讥笑，并未动怒："朕何时给过你旨意？"

"上体君心，乃是我等臣属应做之事。"范闲平静地应着。

今日趁着年节刚过，京都各处看防松懈，趁着宫里低估了他对监察院旧属的影响力和召唤力，才能够如此狂飙突进，杀尽了京都里贺派官员的核心人员。

能够达成这个战略目标，最主要的原因便是范闲动手太突然，甚至可以说猝然，猝然到不论是宫里还是朝堂上，根本没人有丝毫预判。

于无声处响惊雷，震得天下所有人都恐惧地捂住双耳，范闲必须考虑事败之后的出路，杀得彻底，日后若真的败了，自己想保护的官员部属或许日子会好过许多。

"贺大学士府上养着两个族兄，颇有清廉之名，然而此二人在贺氏祖郡颇有凶犬之名，田产美人儿，该霸占的也没有客气过。卖官受贿之事虽然没有，但这三年里，贺大学士那间看似破旧的府邸中，前魏年间的名画倒是多了几十卷。"

"范无救乃当年承泽旧属，八家将之一，虽曾脱离王府，但亦参与谋逆之事。三年前京都平叛之后，此人不曾向朝廷自首，却隐姓埋名投入贺大学士府中，所谋为何，不问而知。贺大学士明知其人身份，却暗自纳垢，不知其心何意……月前范无救离奇遇刺，险些身死。幸好我手下有人路过，将他救了下来，终究还是录了一份口供，那份口供这时候应该已经送到监察院了。"

对贺宗纬此人，监察院早已在查，只不过碍于圣颜，这些辛苦查到的东西还没拿到台面上来。今日范闲自然不会再忌讳什么，而且他心知肚明，这些事情皇帝比自己还要清楚，甚至范无救险些被灭口，也是陛下的意思。

当年贺宗纬与那位彭大人的遗孀被相府追杀，二皇子和世子李弘成恰好路过；如今贺宗纬府上那人被杀，影子也恰好路过。人世间的事总是这样有趣或者无趣。

"更令我好奇的是，贺大学士年纪也不小了，偏偏不曾娶妻，甚至连姬妾和大丫头都没有一个，却与自己那寡居的姨母住在……"

范闲滔滔不绝、津津有味地述说着贺大学士的罪状。皇帝终于忍不住开了口："够了，贺大人一心为国，即便曾经得罪于你，但终是死在你的手上，何苦再用这些污言秽语去栽赃一个死人。"

"陛下说得是。"

"你应该清楚，朕很清楚这些事情。"

"是，陛下。然而天下万民并不清楚陛下一心宠信的贺大学士竟是个这样的人。"范闲敛了面上的笑容，平静而一步不退地挡了回去，"我已派人去抄了贺府，一应罪证备案送至监察院，想必过不了多久，言院长定会亲自送入宫中。至于原件已经送到了澹泊书局和西山书坊或者是别的地方，再过些天，全天下都会看到这个番外了。"

"你这是在威胁朕？要让天下子民瞧朕的笑话？"

"不敢，只是请陛下三思，今日之事必当震惊天下，无论史官是否能挺起腰杆来，都还有野史稗论，总会记在书页上，留在青史中。陛下乃一代明君，无论是我这个前监察院院长丧心病狂，还是贺大学士死有余辜，写在纸面上终究不好看。可若是陛下圣目如炬，想必又是另一番议论。"

"听上去似乎是个可行的法子，然而若真的这般，岂不是朝廷寡恩？"

"臣子不过是陛下的奴才，一个奴才死便死了，死后却能全陛下恩威，也算是他的光彩。"这句话范闲说得何其刻薄，却不知道是在讽刺自己以及朝廷里的官员，还是已经死了的贺大学士，还是面前这位总是不忘"温仁"二字的冷酷君王。

"朝廷行事自有法度，即便贺宗纬有罪该拿，自该由专司索拿入狱，好生审问，明正典刑，岂能粗暴妄杀？"皇帝不知道是不是没听出范闲话语里的讽刺。

"然今日因义愤出手之官员有罪，终是上体天心，罪有可赦，至于我这个丧心病狂的暴徒，自然是赦无可赦。"范闲笑道，"以我一命换天下议论平息，想必没有人会觉得贺宗纬吃亏。"

皇帝听着这看似温和，实则冷厉的话语，并未动容："可朕……终究是对贺大学士心中有愧。"

"死者已矣。"范闲不轻不重地吐了四个字出来。

不料皇帝面上忽地生出一抹冷意，望着他道："若真是死者已矣，你今日又怎会入宫？"

凄风拂过，长草上的雪被卷起，纷纷落在二人身上，更添几分寒冷与严酷。一股慑人的寒意与威压从皇帝身上散发出来，虽不是刻意散出，而只是随心境情绪变化而动，竟影响了周遭的环境。

范闲面色不变，父子二人谈了这么久，他们都很清楚这一刻终究是要来的。贺宗纬的事情解决了，自然轮到了他们二人之间的事情。

皇帝道："朕不明白，你为什么要这么做？"

"为什么？"风雪中范闲陷入了沉思，他本来不需要思考的时间，因为从很多年前，他就知道，总有一天会迎来这样一句问话。这些年他一直在准备着,在逃避着,但从来没有真正地逃开过。

不知道过了多长时间,他终于开口了。

"今天在太学里,我对那些年轻人讲了讲关于仁义的问题,关于真正大义的问题。我以往本以为这些都是虚伪的、虚假的,然而这么多年过去,应该拥有的、不应该拥有的,我都拥有了。直到此时,我才发现,原来除却那些所谓的准则,世间再也没有什么能够让你的生命更真切。"

"庶几无愧,自古志士,欲信大义于天下者,不以成败利钝动其心……"皇帝薄唇微启,复述着范闲今天晨间在太学里说过的话。

晨间,范闲在太学里对那些学生的讲话,让胡大学士明确体会到字里行间隐藏着的杀气和决绝之意,所以才会惶恐入宫,自然已经将太学里的那一幕讲述给陛下知晓。

"我不是以大义为人生准则的人,也不是一个道德至上的圣人,我根骨里只是一个除了爱自己、尊重自己之外,什么都不是的人。这大概是藏在我骨子里、被自我隐瞒封闭了二十余年的东西。我这生要抡圆了活,要放肆地活,要活得尽兴无悔,所以我要心安理得。而如果就这样下去,那些埋在我骨子里的东西,会让我终生不能心安理得。世间繁华权位令人眼盲耳聋,我还是无法装作自己不知道当年发生的事情、这个秋天发生的事情。陈萍萍回京是要问陛下一句话,我不需要问,我只知道这些事情是不公平的,而且这种不公平被施加于爱我及我爱的那些人身上。如果世间再没有我,再没有今天这样勇敢走到陛下身前的我,那些已经逝去的人,又到哪里去寻觅公平?他们不应该被这个世界忘记,他们所受的不公,必须通过某种方式得到救赎。"范闲看着皇帝陛下认真地道,"这是陛下您的责任,也是我的义务。"

皇帝听完这番话之后沉默了很久,问道:"你为何不问朕当年究竟发生了什么?难道朕就没有苦衷?当年北伐,朕体内经脉尽碎,指不能动,眼不能视,耳不能听,鼻不能闻,犹如一个死人,灵魂却被藏在那个破碎的躯壳之中,不得逃逸,不得解脱。如在无穷无尽的黑暗里,承受着孤独的煎熬，这种痛楚，令朕坚定了一个信念。原来除了自己，以及自己能够体会的孤独之外，没有什么是真的。除了自己，朕不再相信任何人，也不需要亲人、友人。朕从黑暗中醒来，第一眼看见的便是陈萍萍和宁儿，但我连他们也不信任……果然，陈萍萍还是叛了……朕信错一人，便成今日之格局。罢了，你没有经历过那种黑暗中清醒的苦楚，自然不懂朕在说些什么。"

"我有过这种经历。"范闲没有解释，那是在很久很久以前，自己在另一个世界里的遭遇，"但我没有变成您这种人，性格决定命运而已。靖王府里还留着母亲私下给您的很多书信，我都看过，我不需要问什么，我知道当年的事情是因何而发生。至于对这片大陆，亿万百姓，她的死亡是好是坏，我不在意。陛下，这不是有关天下、有关正义的辩论，这不是公仇，这只是……私怨。"

"好一个私怨。"皇帝陛下双手负于后，孤立风雪中，整个人有说不出的寂寞，"她是你的母亲，难道朕便不是你的父亲？"

范闲没有就这个问题继续说下去，转而道："陛下有宏图伟业，您按照您所以为正确的道路在行走，然而在我看来，再伟大光荣正确的目的，若用卑鄙的手段实现，其实都不值得尊敬。"

皇帝的唇角泛起一丝嘲弄："莫非你以为今日在京都大杀四方，就是很光彩的手段？"

"我的目的只在于了结数十年前的一桩公案，撕毁我这一生最大的阴影，一切都只是从自我的角度出发，正如先前所言，此乃私怨，本就与伟大光荣正确无关，手段卑鄙又算得什么？"

范闲顿了顿，用一种复杂的眼神望着皇帝道："在这些方面，我似陛下更多，对我们来说，好人是个多么奢侈的词啊……不过也正因为如此，我才没有像她那样，直到死都还糊里糊涂。"

这说的是叶轻眉与范闲两人之间根本的差别，然而世事无常且奇妙的是，范闲在这个世间奔波，享受上升，最后竟还是慢慢向着叶轻眉的路子偏去了。因为这一对前后降世、隔着时光互相温暖的灵魂，大概是世间唯有的对于皇权没有天然敬畏心的存在，他们在龙椅面前，也许都有笔直站立的欲望。

皇帝听着范闲看似平静，实则字字诛心的感叹，没有动怒，而是带着古怪的情绪看着范闲，仿佛隔了很多年的时光看着那个女子，轻声道："当年太平别院之变，朕并没有奢望你能活下来。"

当年太平别院血案发生时，范闲只是一个婴儿，怎么可能在皇后一族的疯狂追杀、秦家大军的冷漠监视下存活？当年皇帝既然营织了这个卑鄙冷血的计划，自然不会理会他的死活。如果不是老范家拼了命，如果不是五竹及时赶回来，如果不是陈萍萍发现事情不对劲、提前从北方的边境赶了回来，如今的世间哪里会有他的存在，这点他自己非常清楚。

"然而你终究活了下来，还被送到了姆妈那里，朕惊诧之余，不可否认，心里还是松了一口气，毕竟你是朕的骨肉。如今想来，陈萍萍那时候便已经对朕起疑了，不然不会同意老五的要求把你送到澹州，他知道朕对姆妈向来以母视之，只有眼睁睁地看着这既定事实。"

"若事情就这样下去也便罢了，顶多朕在京都，你在澹州，逢年过节的时候，朕会想起还有一个私生子在遥远的澹州海边，给范府再加些赏赐，送到你的身边。可陈萍萍却不这么想，你四岁的时候，他就把费介送到了你的身边，并且暗中调了一批监察院的密探交给姆妈使唤。这件事情，他入宫告诉过朕，朕本来以为他有些多此一举。然而你十二岁那年，便遭遇刺客……那些年澹州的消息通过监察院一直送到陈萍萍的案头，那个老跛子竟是拿出了比操持院务更浓烈的热情，时时入宫，将你的一举一动告诉朕。你在澹州调戏丫鬟、登上屋顶大呼小叫，你亲自下厨给姆妈做菜、在修炼霸道真气……你的一举一动朕都知晓，甚至比对在京都这几个儿子的动向还要清楚，于是乎，你虽远在澹州，朕却总感觉你就在朕的身边。然后你来到了京都，来到了朕的身边，在庆庙、在别院外的茶铺里……"皇帝看了范闲一眼，继续道，"你入了监察院、上了悬空庙,你陪朕入了小楼,又被朕支去了江南,朕必须承认,你就是朕的儿子,还是朕最喜爱的那个。"

"你母亲曾经说过一句话,喜爱就是习惯,朕习惯了你的存在,当你还小的时候。"皇帝忽然仰头望向雪空,不知道是在看什么。此时他的鬓角沾着雪花,一时间竟分不清楚究竟是雪还是如雪的发丝,"然而朕最喜爱的儿子却不肯当朕的儿子,这时候还站在朕的身前要为当年的事情寻找一个公平……如此看来,你我父子之间没有胜负,终究还是陈萍萍赢了。"

范闲听明白了这句话,陷入了沉默。

皇帝道:"朕不想杀你。"

范闲今天做的事情,足够他死八百回,而且没有任何被赦免的可能。最关键的是,他今天来皇宫,明显是要做更大逆不道的事情,那确实就是找死。

范闲道:"臣当然不是陛下的对手,但还是想试试。"

皇帝看着他似笑非笑地道:"难道事后你不怕朕诛你九族?"

范闲道:"所以臣想请陛下放家妹出宫,请陛下收了在天下各处的手段,请陛下事后不要牵连其余无辜。"

皇帝神情一冷道:"你要做无父无君之事,事前却还有脸提这些要求?"

范闲认真地道:"臣只是想求一个公平的交手机会。"

皇帝微嘲着道:"你有什么资格向朕要公平?"

范闲微笑着道:"臣既然敢要,自然是有这个底气。"

话音方落,皇帝的眼睛微微眯了起来,向着东南方向那一大片连绵叠嶂的宫殿群望去。那处没有什么声音响起,也没有什么异动发生,他却是心头微动,知道那处出了问题。

今天范闲必然已准备了表现资格的筹码,安排了后路。若天下是一盘棋,摆在父子二人之间的棋盘便是七路疆土、三方势力、无数州郡,棋子就是亿万百姓、无尽财富、民心世情。

要让皇帝陛下弃了天下棋盘，要保证那些棋子的安危，就必须有足够的筹码说服他，如果他不答应自己的条件，范闲一定能让天下乱起来。

范闲抛出来的第一枚筹码是冬天里的一把火。

此时这把火正在皇宫某处幽静的房间里燃烧着，十几个从来不理世事、只负责守护室中物件的内廷高手，惘然地看着火苗渐渐从窗中吐出，知道自己完了。

皇帝望着东南角的殿宇，过了一阵便见黑烟四起，然后黑烟散于雪花之中，消失无踪，他的眼眸终于变得寒冷、凝重起来。

"内库工艺流程抄录的存放地，便是宫里也没有几人知道。你能找到，并且能够一把火给烧了，实在是令朕有些吃惊。"

范闲站在一旁道："内库工艺流程天下拢共只有两份，一份在闽北，一份在宫内，既然宫内这份我能烧了，闽北那份我也能烧……不论苏文茂死或没死，相信陛下应该了解，我在江南、在内库，有做到这一切的实力。"

冬天，人们身上穿着廉价又温暖的棉布衣裳，坐在炕上喝着清冽又火辣的酒水。春天，江南水乡的水车缓缓地运转着，看似不起眼的水利设施在默默地发挥着效用。夏天，大叶扇在豪富之家里扇着清风，各式各样的车队、船队离开各处作坊，将那些商品运送到天下需要者的手中。

遍布庆国田野的基础水利设施，遍布每家每户的玻璃瓷器，遍布每一处空间里的气息，其实都和内库有关。内库不仅仅是闽北的那三座大坊，实际上在整个庆国无处不在，比如西山书坊。内库的出产不仅有军械之类、关系国运民生的大产业，还包括那些与民间生活有关的小事物。这些小事物舶往海那头，散在人世间，看似不起眼，却成功地替庆国聚起巨大的财富。

内库替庆国打造了一头雄师所需要的装备军械、三大水师的战舰，更用这些源源不断的财富，支撑起庆国四处拓边所需要的粮草资金。更重要的是，庆帝统治这个国度，需要这些财富来稳定民生，保证朝廷官场系统的有效运行。

庆国的亿万百姓或许早已经习惯了内库在他们的生活中，乃至习惯成自然，都渐渐淡忘了内库的重要性，至少是低估了它的重要性。但是庆帝不会，庆国但凡有脑子的官员都不会，而一直对内库垂涎欲滴的北齐朝廷更加不会。不然庆国也不会集精锐于闽北，在三大坊外布置了较诸京都更加森严的看防，这一切都是为了防止内库的工艺秘密外泄。

今天皇宫里的这把火，已经明确地向庆帝昭示，庆国最大的秘密对于范闲来说并不是秘密，甚至只是他手里可以随意玩弄的筹码，一旦内库工艺流程全毁，那些老工匠们死去，三大坊再被人破坏，庆国的根基便会遭到毁灭性的打击。

皇帝并不担心内库就这样被范闲毁了，因为他知道范闲也很在乎内库。就算范闲在江南动手将那一份内库工艺流程毁去，也一定会将这份工艺流程抄录一份。他冷冷地收回落在黑烟处的目光，看了范闲一眼："果然是丧心病狂，身为庆人，竟做出这样的事情来。"

范闲道："我只是要您一个承诺。"

皇帝陛下不是一个能被轻易威胁的人，纵使范闲手里捏着的是内库的七寸。他冷漠地看了范闲一眼，道："你觉得朕真会在意这些身外之物？"

"如今庆国国库充实，民气可用，甲胄勇猛，名将虽有陨灭，然而观诸叶完此子，可见行伍之内，庆国人才极众。即便内库毁于我手，也不可能在短时间内就全盘崩溃。以陛下的能力，无论北齐皇帝和上杉虎再如何坚毅能抗，我大庆挥军北上，以虎狼之势横吞四野，陛下有生之年定能实现一统天下的宏愿。谁都无法阻止这一个过程，我就算拿着内库的要害，也要承认这无法威胁到您，您可以根本不在乎这一切。然而……陛下眼光辽远，岂在一时一地之间？陛下想一统天下，想打造一个大大的帝国，结束这片大陆上连绵已久的战争，为千万黎民谋一个安乐的未来，在青史上留下千古一帝的威名……所以您谋求的乃是庆国一统天下后的千秋万代。"

"您若活着，吞并北齐、东夷，以铁血压制反抗，以天才智慧收揽民心，当可天下一统，然而您若死了，世间再无陛下。大庆再从何处去觅一位惊才绝艳的统治者？北齐疆土宽广，人才辈出，人口众多，上承大魏，向以正统自居，若无人能够压制，亿万之民起兵反抗，谁能抵挡？难道就凭我大庆雄师四处杀人？初始统一的天下只怕又要陷入战火之中，到那时我大庆能不能保证疆土一统另说，只怕天下群起反之，我大庆亦危矣。陛下通读史书，自然知晓，以铁血制人，终不长久。"

"陛下宏图伟业，自是要凭恃内库源源不绝之财，保证南庆朝廷对新并之土的绝对国力优势，震慑新土遗民，以国力之优势换时间，以交流之名换融合之势。以此类推，历数代，前朝尽忘，新民心归，方始为真正一统。若内库毁了，谁来保证我大庆始终如一的国力军力优势？您若活着，这一切都没有本质性的变化，而您若死了，又没有内库，谁来维系这片大陆的格局？"

接着，范闲又缓声道："而人总是会死的，即便如陛下您，也逃不过生老病死。看这三年来朝廷的筹划，陛下也一直在思考将来的事情。您要的不是一世无比光彩的绽放，然后大庆在反抗风雨中堕亡，因为史书总是由胜利者书写，一统天下后的大庆若不能千秋万代，青史之中伟大若您，也只可能留下一个暴残而无远视之名。您要我大庆……千秋万代，所以，您需要我手里的内库。"

"那你又能应允朕什么？"说着，皇帝陛下笑了起来。

"我若死了，抄录的那一份工艺流程会回到朝廷，在闽北的破坏活动也会马上停止。您知道，我总有一些比较忠诚的属下。"范闲转过身来，与皇帝并排站着，看着面前荒芜长草中铺成一片碎银的雪地，目光落到左手方，"在陛下的打击下，草原上那位单于已经没有再起之力，然而最西边的山下，还有七千名从雪原里迁移过来的蛮骑，这一批生力军十分强悍，若陛下应允了我的要求，我可以保证这批蛮骑永世不会靠近西凉。"

皇帝看着那片残雪，眉头微皱道："今次青州大捷，速必达王庭尽出，却只带了两三千蛮骑。据宫典回报，这些蛮骑的战斗力确实不差，若不是老天不公，硬生生赐了北方雪原三年雪灾，他们也不至于远遁至西胡草原。如此看来，当年上杉虎能在北门天关抗蛮若干年，此人着实了得。不过终究人数太少，形成不了什么格局。"他冷漠地摇了摇头，明显不肯接受范闲的这个筹码。

"咱们说的可是千秋万代的事啊。"范闲的语调很轻佻，甚至连大逆不道的"咱们"二字也出了口，"青壮男人是七千，但素养极高，妇女不少，再加上西胡受此重创，这些北方蛮骑定可成为草原上的重要力量，他们要去各部落掳胡女，谁能拦得住？您也知道，胡人都是极能生的，过个一二十年，这部族便很不得了。若没有人能压制或控制，也或者说引导，这一个崛起的部族，岂不是第二个王庭？"他看着左手方的雪地摇头道，"西凉路的百姓极惨，难道还要再熬个几十年？"

"你在西凉路和草原里的部属已经被朕杀得差不多了，你哪里还有什么力量可以影响那些蛮人？"

"松芝仙令是故族王女，身份尊贵，虽无实权，但毕竟身份在这里。而且她如今在草原上的地位也高，已经能够凝聚蛮人里的大部分力量，只要控制住了她，也就等于控制住了这些蛮人。"范闲胸有成竹。

"莫非你能控制她，朕便不能控制她，朝廷便不能控制她？"皇帝微微嘲讽道。

范闲叹了口气道："松芝仙令就是海棠朵朵，当然只有我能控制她。"

皇帝微微一怔，摇了摇头没有再说什么，目光落到了二人面前雪地的东南一角："内库工艺流程你双手送回来，还有旁的没有？江南乱不起来，因为朕已经先让它乱了，你的那些下属对你忠心的程度，实在让朕有些吃惊，不过夏栖飞蹦跶不了两天，苏文茂就算在内库里藏了人，他自己却不行了。朕将成佳林也调了回来，任伯安的那位族兄也从三大坊的军中调了回来。"

范闲的目光也落在了雪地的东南角:"内库那边已经答允了陛下,我自然不会再去祸害。而江南商业兴盛,连内库在内,拢共要支撑朝廷约四成的赋税,若江南有乱,朝廷怎么撑?"

皇帝笑了笑,反问道:"朕若直接杀光你的人,江南……怎么乱?"

"我有招商钱庄。"范闲应道,"江南以商兴业,最要命的便是流通中的兑银环节。招商钱庄在江南已有数年,暗底下也算是把持了明、孙、熊三大家的一些产业命脉,钱庄一旦出手,江南真要乱起来,并不是什么难事。"

"招商的银钱早已调走很多。"皇帝微讽地看了范闲一眼,没有直接点破那笔数量惊人的白银已回到了北齐皇室,"不过是些纸罢了,朕御笔一挥,这些又算什么?"

"可不能这样说,如今泉州毕竟还没有起到意想当中的作用,远洋出港的交接还是在东夷城办理。"范闲毫不退让道,"银票借据统统都是纸,陛下御笔一挥,全部作废?若此,那不用招商钱庄再做任何事情,只怕江南便先乱了。"

皇帝不了解商业,其实范闲也不怎么了解,但并不代表朝廷里的官员和范闲的部属们也不了解商业。商业中最重要的环节便是流动资金,这好比血管中流动的鲜血,若钱庄真的颠覆,血管中鲜血尽枯,商业活动一定会变得异常艰难和干涩,江南当然要出大事。

"朕将华园从杨继美的手上收回来了。"皇帝确实是位英明的君主,不了解江南的商业运作,就不会凭借天子的权威瞎来,只将专业的事情交给专业的官员去运作。他知道范闲手里的招商钱庄拥有动摇江南商业版图的能力,去年秋日,江南第一场风波乱起时,朝廷便已经有了准备——天下现银最充沛、最不依赖钱庄的便是江南的盐商。皇帝提到的杨继美便是江南数一数二的大盐商——朝廷对于钱庄抽银的警惕早已有之,将盐商纳入这个系统之中,便是看中了盐商藏着满天下皆有的真金白银，就此重新构筑起一个交兑体系，虽有些困难，但至少不会被范闲扼制得死死的。

"仅仅盐商是不够的。"范闲认真地道，"我手里还有……太平。"

太平钱庄！这家天下第一钱庄一直在东夷城，东家一向神秘，直到范闲接了剑庐，才惊恐地发现原来太平钱庄一直在四顾剑的控制中。每每想到这点，他便不禁佩服四顾剑的远见卓识。皇帝陛下的双眼寒芒微露，就如范闲第一次知道这个秘密时那样，也感受到了一股寒意。

"太平钱庄，是四顾剑留给我的。"范闲轻声加了一句。

皇帝忽然笑了起来，笑声里充满了荒谬的意味。他骤然发现，自己在这个世上所有值得尊敬的敌人，竟将击败自己的最后手段，全部交到了自己最喜欢的儿子手中。

"陛下，咱们再看看东夷城。"范闲的目光从雪地的右下角往上移了移，那边是一堆杂草，看上去就像是夏天时的东海，尽是如山般刺破天穹的大浪。

皇帝敛了笑容，表情变得平静而温和起来："东夷城无须多谈，只是剑庐里十几个家伙有些麻烦，不过终究也不是大军之敌。"

"九品强者，搞建设是一点作用也没有的，但要搞起破坏却是一把好手，比如搞搞刺杀，在我大庆内腹部弄弄破坏。"范闲不赞同地道。

皇帝和他一问一答的声音继续，冬宫里的雪花还在落下，有的落到了这奇怪的父子二人身上，有的落到了他们身前的雪地上、荒草上。这一大片茫茫雪地上没有线条，没有国境线，没有雪山和青青草原的分隔，甚至没有任何痕迹。

二人看着这片沉默清冷的雪地，纵论着天下。他们的目光落在左手方便是草原，落在右手方便是东夷，落在右下角便是江南，落在略远一些的前方便是北边的大齐疆域。

他们看到哪里，哪里便是天下。

雪花渐渐大了，打着卷儿在残破的宫殿里飞舞，渐渐积深。范闲的青色衣裳和陛下身上的明黄龙袍都开始发白，大地被覆盖上了一层厚厚的白雪，再也分辨不出任何界线，就如这个天下，白茫茫一片真是干净，又哪里可能有人为的分割？

"你要朕承诺什么？"

"请陛下放若若出宫。若我死了，请陛下允婉儿和我那可怜的一家大小回澹州过小日子。还请陛下网开一面，在我死后不要搞大清洗，那些忠诚于我的官员部属其实都是可用之材。我若死了，他们再也没有任何反抗朝廷的能力，请陛下相信这一点。"

天下已经被浓缩成了君臣二人面前一小方雪地，烽火战场被变成了这座安静的皇城，范闲做了这么多，说了这么多，似乎只是想将这场战斗局限在二人之间。

父子二人静静地站立了很长时间，周围死寂如坟。

皇帝忽然问道："你觉得朕会答应你如此莫名其妙的要求？"

范闲即将行刺皇帝，却要求皇帝事后不得动自己的家人、下属与势力，任谁都会觉得这个要求太过分，太过荒唐，太过匪夷所思，哪怕他先前已经证明了自己有与皇帝谈判的资格。

"我有让这天下大乱的实力，我死了，也能让陛下您千秋万代的宏图成为这场雪，待日头出来后尽化成水。如果陛下答应我的请求，那么不管今日我胜或死，我都不会再做什么。"

"你做了这么多事，就是为了这些？"

"我在府里想了七日。"范闲笑了笑，"所谓闭关都是假话，七天七夜锁在房里，那会把人逼疯的，我也要吃东西，散散风。"他的表情渐渐柔和，"夜深的时候，婉儿他们都睡了，我会一个人偷偷摸摸地从房里出来，披着一件单衣，就像一个游魂一样，在府里的园子里逛着。那些天京都一直持续不断地落雪，夜里冷得厉害，看园子的老婆子们都躲在角房里喝酒，也没有人注意到我。"

"我就一个人逛啊逛啊逛。我这才发现，原来范府的园子竟然这样大，平日里一直忙于政务，忙于钩心斗角，竟连自家的园子都险些忘了模样。直到这七天才注意到这一点，范府的园子，竟是比江南的华园面积都要大些。南城那条街上不知道有多少府邸，不知占了多少地方。还有那些吃穿用度，平日里不起眼的地方，在我看来是很寻常的事物，实际上对于那些平民百姓来说，都是极奢华的享受。"他指着这片迷雪中的皇宫继续道，"当然，最大的园子，还是这座皇宫。"

"过往这些年，我在过好自己小日子的同时，顺手帮衬一下百姓的生活，不论内库、河工衙门还是杭州会，很是得了些名声。我本以为是我在帮助他们，实际却是他们在供养我们。既然如此，我又凭什么向他们要求感恩之心？我不是圣人，我什么缺点都有，只是这些年比较好地掩盖了起来，不过扪心自问，我终究还是爱庆国的。这个国度就算再不好，然而在陛下的统治下，百姓们过得还算幸福，有内库有监察院，如果我不瞎搞，至少这种好日子还可以过上几十年。"

"先前说了，连感恩之心我都不配有，那我凭什么仅仅因为自己的私仇却去祸害他们？把这天下搞得动荡起来，四处杀人放火，天下分崩离析，害得他们凄惨不堪，难道我就会很快活？如果为了复仇，我选择了那条道路，且不说天上那个老跛子会怎么看，但我想，母亲大人她定是不欢喜的。"

"既然是为他们觅求公平，那又怎么能选择一条他们不喜的道路？"

"我爱庆国，所以我希望这仅仅是一场陛下与我之间的战争，不要拖太多人进来。"

"以前有人说过，人生于世当依正道而行。什么是正道？是做对的事情……然而我一直想不明白，彼亦一是非，此亦一是非，我怎么能以自己的是非来判断陛下的是非，以一己之是非来定天下之是非？判断对错是非的标准到底是什么？这终究只能是主观的感受。"

"若说正道是做对的事情，那么所谓对，便是让自己心安理得的方向。今日我入宫与陛下说这些，做这些，便是想让自己心安理得。"

范闲一句一句缓缓地说着，将这七日里的所思所想说出了一大半，至于剩下的那一小半，则涉及他与陛下之间心意上的互相伤害与试探，多说无益，只有坏处。

"这世上没有真正的圣人，"皇帝微垂眼帘，几片雪花挂在他的睫毛上，"或许你母亲算一个。而你今日说的话，算是靠近了此间真意，你母亲若知道你成长如此，想必会很安慰。"

范闲看着皇帝老子的清瘦面容，忽然不知道为什么，内心深处涌起一股让他自己都感到害怕的同情，悲伤——这种在不适当的时机出现的不适当的情绪让他感到了惶恐。

面对着这样一座雪山似的绝顶人物，还同情对方什么？或许只是同情对方直到今日今时，依然将自己看成最得意的骨肉，而根本不知道他的躯壳里藏着一个早已定性的灵魂。

这些年，他在皇帝的面前扮演忠臣孝子、孤臣孽子，即便今日大杀京都，入宫面斥，依然扮演得如此纯良、中正、肃然，以言辞为锋，以表现为刃，一步步一句句地刺进了皇帝的内心。

这便是心战。

当年范闲对付海棠朵朵，用的便是这种手段。皇帝陛下不是海棠，范闲在他的面前演得更久，演得更辛苦，而且这场戏注定要一直演下去。哪怕他稍后死在对方的手里，也要继续演下去。不如此不能将此人从神坛、龙椅上拉下来，不如此不能将那些他想保护的人保护好。

第二章 刺君

入夜，小楼灯火通明，众多太监宫女们像变戏法一样从废园的各方拥了进来，各式菜肴、果盘、气锅流水般地送入阁中。皇帝陛下与范闲在楼下吃饭。那个横亘在庆国历史中、横亘在皇帝与范闲之间的女人，则是在二楼的画纸上安静地看着这一切。

"陛下，若若姑娘前来向陛下辞行。"姚太监站在下侧低声道。

"让她进来吧。"皇帝看了范闲一眼。

一阵微寒的风卷着雪花进入楼中，一位冰雪般的女子随风而入，她步伐稳定，面色平静，在陛下的身前浅浅一福，正是范若若。

向皇帝陛下辞行之后，这位已经被软禁在宫中数月的姑娘缓缓转过身来，静静地看着自己的兄长，眼眸里渐渐生出了湿意。

范闲微笑道："不许哭。"

于是范若若没有哭，只见她坚强地咬了咬下嘴唇，道："哥哥，许久不见。"

是许久不见了，自从范闲再赴东夷，兄妹二人便没有见过面。范闲回京后只看见那一场初秋的雨，范若若其时已经被软禁深宫，作为钳制他的人质。

范闲走上前去，轻轻地揽着妹妹瘦削的肩膀，在她的耳边轻声道："今后乖一些，多孝敬父亲母亲。"说这句话的时候，他觉得时光在倒转，眼前这个冰雪般的女子，似乎还是很多年前在澹州港里连话都说不清楚的黄毛小丫头。

范若若嗯了一声，便退了出去。她知道陛下今天为什么会放自己出宫，一定是兄长与陛下之间达成了某种协议。她此生最信服兄长的教诲与安排，平静而沉默地接受一切。小楼里重归安静，然而并未安静太久，姚太监面色有些尴尬地禀道："三殿下来了，就在楼外，奴才拦不住他。"

皇帝和范闲同时一怔，都没有想到三皇子居然会在这个时刻出现，更没有想到漱芳宫居然会没有拦住这个少年。

三皇子走入楼中，对着皇帝行了一礼，又对范闲行了一礼，闷着声音道："见过父皇，见过先生……"

奇妙的是，他说完这句话后转身就走，竟是毫不在意任何礼数规矩，空留下陷入沉默的皇帝与范闲——他们都看见这孩子的眼圈红了，想来在楼外已经先哭过一场。

皇帝沉默片刻后，忽然笑了起来，有一丝淡淡的失落，更有无法掩饰的欣赏。今日李承平来此小楼，自然是替范闲送行，这份情义，这份胆魄，很是符合皇帝的性情。

"不错吧？"范闲问道。

"你教得不错，这也是朕向来最欣赏你的一点。也未曾见过你待他们如何好，但不论是朝中大臣，还是你的部属，甚至是朕的几个儿子，似乎都愿意站到你的那一边。"

"那大概是我从来都很平等地对待他们的缘故。"

姚太监第三次走入小楼："宫外有人送来了小范大人需要的书稿和……一把剑。"

剑是大魏天子剑，安静地放在了桌上，书稿是今日监察院旧部书写而成的贺派罪状，以供陛下日后宣旨所用。

姚太监站在皇帝的身前，陈述了一番今日宫外的动静。内廷在京都里的眼线自然不少，而今日京都里的风波所引出的骚乱，根本不需要特意打听便能知晓。

此时都察院的御史们正跪在宫外的雪地里，哭号不止，要求陛下严惩范闲这个十恶不赦的凶徒。京都里各部各寺的文官也开始暗下沟通，准备向宫里施加压力。朝堂被今日发生的屠杀震住了心魄，感到无比恐惧，所以他们必须站出来。

范闲从门下中书进入皇宫，朝廷大臣们便在皇城之外等着，他们要等着皇帝陛下的旨意。然而时已入夜，皇宫里依然一片安静，大臣们开始愤怒和害怕起来，难道范闲做了如此多令人发指的血腥事，陛下还想着父子之情，而不加惩处？

风雨欲来，压力极大，山欲倾覆，湖欲生涛。皇帝的手指轻轻转动着酒杯，双眼微眯着道："你难道不担心，朕杀了你，却不做那些应允你的事情？"

范闲平静地道："天子一言，驷马难追。"

"驷马……不是一匹马。"皇帝笑了笑，"是四匹马。这个古怪的词当年你母亲说过，所以我记得，只是没想到，你也知道。"接着皇帝又叹息道，"今日若朕面对的不是你，而是你母亲……朕无论如何也不可能给她公平一战的资格。"

范闲讽刺道："当年您确实没有给她任何公平。"

皇帝摇了摇头，"不给她这种资格，是因为朕知道，她绝对不会用这天下来威胁朕。因为以天下为筹码，便是将这天下万民投诸赌场之上，她舍不得……朕却舍得。"

"我舍得拿天下万民的生死来威胁您。这本来就是先前说过的差别。"

"所以朕还是不明白，你既然爱这个国度，惜天下万民，又怎能以此来威胁朕？"

"因为我首先得从身边的人爱起。另外，我本来是想用天下来威胁您，然后拖些时间，但那个人总是不回来，所以没有办法，我只好自己来拼命了。"

"拼命"这两个字说得何等凄楚无奈，皇帝的眼眸却亮了起来，因为他清楚范闲等的是谁。在皇帝看来，如今天下也只有那个人能够威胁到自己，多年前太平别院血案后，他就一直警惧着此人，甚至不惜将神庙最后派出来的那位使者送到了范府旁边的巷子中。可即便这样，五竹依然没有死。

"他不会回来了。"皇帝眼眸里的亮光渐渐敛去，缓声道，"三年了，他要找到自己是谁，就只能去神庙，而他若真的回了庙里，又怎么可能再出来？"

范闲点了点头，有些悲伤地接受了这个事实。若五竹叔依然在这片大陆上，自己在皇帝的面前又何至于如此被动，甚至要做出玉石俱焚般的威胁。

"您当年究竟是怎样让神庙站在您背后的呢？"

"朕未曾去过神庙，但和你母亲在一起待久了，自然也知道，神庙其实只是一个渐渐衰败荒凉的地方。神庙不理世事，这是真的，却一直悄悄地影响着这片大陆。朕是世间人，他们不能对朕如何，但你母亲和老五却是庙里人……就这一点区别便足够了，朕自然知道如何利用。"

范闲叹了一口气，不得不佩服皇帝老子心志之强大，世间万众一向膜拜的神庙，在陛下看来，原来终究不过是把锋利一些的刀而已。他忽然好奇地问道："如果……这个世界上没有出现叶轻眉，现在会是什么样子呢？会不会更美好一些？"

皇帝微怒道："且不提没有你母亲如今的庆国会是什么模样，你只需记住，当年大魏朝腐朽到了极点，便是较诸如今的北齐亦是差了十万八千里，却偏偏还是个庞然大物。你母亲来到这个世间，至少将那座大山硬生生打烂了……为什么如今的前魏遗民没有一个怀念前朝的？为什么朕打下的这千里江山上从来没有心系故国，起兵造反的？自己去想吧。"

范闲笑了笑，回道："懒得去想，父母都是了不起的人物，对我来说不是很占便宜的事。"

皇帝终于笑出声来，二人继续吃菜，继续喝酒，继续聊天。

小楼一夜听风雪，这是最后的晚餐，最后的长谈。

夜深了，二人分坐两张椅上开始冥想，身体散发出的真气气息竟是那样和谐，霸道之余，各有一种撕毁一切的力量，合在一处却是那样融洽。

不知不觉，天亮了，朝阳出来了，外面的雪停了，风止了，地上厚厚一层羊毛毯子似的积雪反射着天空中的清光，将皇宫西北角这一大片废园照耀得格外明亮。

范闲睁开眼睛，站起身来，右手拿起桌上那把大魏天子剑，走到了小楼门口，然后回转身。

皇帝缓缓睁开双眼，瞳子异常清亮，整个人异常平静冷漠，再没有一丝凡人应有的情绪。

范闲抬起右臂，由肩头至肘至腕，平稳握着剑的手一丝不颤，直直地对着皇帝的面门——剑仍在鞘中，却开始发出龙吟之声，吟吟嗡嗡，又似陈园里的丝管在演奏，浑厚的霸道真气沿着虎口递入剑身之中，似欲将这把剑变活过来，一抹肉眼隐约可见的光芒在鞘缝里开始弥漫。

嗡嗡嗡……剑身在鞘中拼命地挣扎着，想要破鞘而出，却不得其路，其困厄苦痛，令人闻之心悸！他不知向其中灌注了多少真气，竟然构织了如此一幕震撼的场景。

皇帝双瞳微缩，发现自己的儿子原来比预想中更为强大。

一颗汗珠从范闲的眉梢处滴落，那张清秀的面容上一片沉重坚毅之色。他蓄势已久，不可能永远地等下去，手中握着的那把剑，快要控制不住了。啪的一声轻响，他的右脚向后退了一步，重重地踩在了门槛上，右手以燎天之式刺出的一剑终于爆发了出来！剑鞘缝隙里的白光忽然敛没，小楼中变得没有半点声音，那柄剑鞘像一支箭一样，无声而诡异地刺向了天子面目！

他出的第一剑，是剑鞘！

剑鞘上附着他七日来的苦思，一夜长谈的蓄势，浑厚至极的霸道真气，一瞬间弹射了出去。极快的速度让剑鞘像当年燕小乙的箭一样，轻易地撕裂了空气，超越了时间的限制，只一个瞬间，一个眨眼，便来到了皇帝陛下的眼前。

然而这时候空中多了一只手，一只稳定无比的手，一只在大东山上曾经惊风破雨，中指处因为捏着朱批御笔太久而生出一层老茧的手。

这只手捉住了剑鞘，就像在浮光里捉住了萤火虫，在万千雪花中捉住了那粒灰尘。这只手太快，快到可以捕光，快到可以捉影，又怎能捉不住有形有质的剑鞘！

小楼平静之势顿破，剑鞘龙吟嗡鸣之声再作，然后戛然而止。

范闲蓄势甚久的剑鞘，就像一条巨龙被人生生地扼住了咽喉，止住了呼吸，颓然无力地耷拉着头颅，奄奄一息地躺在皇帝陛下的手掌之中。

皇帝站起身来。

小楼的门口空无一人。

皇帝冷漠地看着那处，身后的那张座椅簌簌粉碎，散了一地。

范闲用全身功力击出那柄剑鞘，看似是孤注一掷，没想到，在那一刻之后，他的身体却以更快的速度飘了起来，掠了起来，飞了起来。就像一只大鸟一样，不，比鸟更轻、更快，就像是被狂风呼啸着卷起的雪花，以一种人类绝对不可能达到的速度，倏然从小楼的门口飘出去十五丈的距离。

此时天上又开始洒落雪花。

在飞掠的过程中，范闲几乎止住了呼吸，只是凭借苦荷临死前留下的那本法诀，在空气的流动中感受着四周的寒意，顺势而行，飘掠而去。

四大宗师超凡脱圣，但终究不是神仙，各自有不同的弱点。苦荷大师最弱的一环在于苍老的肉身。皇帝陛下，一身真气修为冠绝当世，充沛到了顶端，然而凭真气而行，肉身总有局限，在小范围内的移避当有鬼神之能，正如当年叶流云面对满天弩雨一般，速度却不会快到超过他接下来的攻击。

双足在雪地上滑行两尺,留下两条雪沟。

范闲一落雪面,剑光一闪,横于面门之前,前膝半蹲,正是一个绝命扑杀的姿势。在寒冷剑芒照亮他清秀面庞的同时,一把突如其来、轰轰烈烈、迅疾燃烧的大火,瞬间吞噬了整座小楼!

无数火舌冲天而起,将整座小楼包围在其中,将范闲面前那把寒剑照得温暖起来,红了起来。

如此大、如此快燃起的一把火,绝对不是自然燃烧而成,不知道他在小楼里预备了些什么。

然而令他失望的是,气息流过,一个人影立于火海之前,冷漠地看着他。

皇帝身上的龙袍有些地方已经焦煳,头发也被燎得有些凌乱,面色显得微微苍白,然而他依然那样不可一世地站立着,冷漠地看着范闲:"三处的火药,什么时候被你搬进宫里来了?"

范闲苦笑着应道:"三年前京都叛乱,我当监国,想运多少火药进宫都不是难事。"

皇帝缓缓走近,双眼微眯,寒声道:"为了今日,你竟是准备了……整整三年!"

范闲像皇帝一样眯着眼睛,以免被那片明亮的火海扰乱了视线。他抿唇道:"我觉得母亲的画像若再放在这楼中,想必她会很生气,不如一把火烧了。"

如果昨日皇帝陛下不是在小楼前召见范闲,范闲根本找不到任何发动机关、点燃火药的机会。但从昨夜到先前踏断门槛的那一刻,范闲一直都有充分的信心,皇帝老子一定会将最后了断的战场,选择在这片废园里的小楼——因为小楼上面有叶轻眉的画像。

皇帝一定会选择在她的面前,彻底了断他与她这几十年来的恩怨情仇。

范闲比任何人都更能掌控皇帝陛下的心意，他知道皇帝是一个冷厉无情、虚伪却又自以为仁厚多情的人。而他也很虚伪,若用那世的话语说,父子二人都喜欢装点小布尔乔亚情调。

但是很可惜,此刻皇帝陛下依然好好地站在雪地中,虽然面色有些苍白,想必是从火海中遁离,大耗元气,然而这一场燎天的大火终究没有给他造成什么不可逆转的伤势。

"火太慢。"皇帝冷冷地看着范闲,没有一丝感情地道。

"试试剑。"范闲握着大魏天子剑,快活地露齿笑道。

鹅毛般的大雪在寒宫里飘飘洒洒地落着,四道剑光骤然间照亮了略显晦暗的天地。空中出现了四道捉摸不定、异常诡异的痕迹,每道痕迹便是一道令人心悸的剑光,竟分不出哪一剑先出,哪一剑后至,剑势却是与天地风雪混在一处,羚羊挂角,妙不可言,不知落处。

瞬间,范闲轻飘到皇帝陛下的身前,右臂衣衫呼呼作响,衫下的每一丝肌肉都猛烈地爆发出了最惊人的能量,于电光石火间出剑收剑,连刺四剑!

四道剑意遁天地而至,每一剑先刺入天地间飘洒的一片雪花,然后刺在了皇帝陛下的发丝之畔,衣袖之侧,帝履之前,龙袍之外,四剑全部刺空!

尤其是最后一剑距离皇帝陛下的小腹只有一寸距离,却偏是这一寸的距离,像是隔了万水千山,剑势已尽,犹如飞瀑已干,再也无法汹涌,再也无法靠近。

皇帝陛下广袖微拂,在这照亮冬日阴晦寒宫的四剑前,极其潇洒随意地在雪地上自在而舞,轻描淡写,却又妙到毫巅地让开了范闲这蓄势已久,如闪电一般释出的四剑。

不是四顾剑,范闲刺出的四剑,更多带着的是天一道与天地亲近的气息,如此才能在风雪的遮蔽掩护之下,疾如闪电,又润若飘雪一般刺向皇帝的身体,却依然没对皇帝造成任何的伤害,甚至对方一步都未曾退却，依然站在原地，就像先前没有动一样。

大宗师的修为境界，确实不是世人所能触摸的层级，这样借天地之势而遁来的四剑，皇帝陛下竟这样轻轻松松地化解了。

大魏天子剑的剑尖在那身明黄的龙袍之前不停地吟嗡颤抖，似是感到了绝望与挫败，直欲低首认命却又不甘，只好拼命地挣扎着，剑身上穿透的四片雪花也有了散体的迹象。

与手中剑不同，范闲的脸上没有丝毫失望的表情，依旧一脸平静，眼眸里的亮光竟是倏然敛去，化作了一片死寂的黯淡，无情无感，只余杀戮之意。

就像是四顾剑杀意冲天，刺破青青大树直抵天空的那双眼，绝无一丝情绪，只有冷漠。范闲手中的剑，也在这一刻变成了死物，非圣人不能用之的凶器，一股死一般的寒冽，让剑上的四片渐散的雪花瞬间变成了一片冰霜，凝结如镜。

右肩的衣裳忽破，一连串噼啪声骤响，范闲体内两个周天急速运行，互相冲突挣扎，冲破了肩头穴关，经阳明脉直冲肘关，抵腕门，再送剑柄。

他的右臂似乎是甩了出去，猛烈地甩了出去，以大劈棺之势运剑！本已山穷水尽的剑势复逢柳暗花明，顿长一尺，直刺庆帝龙袍！

这才是真正的一剑！四顾剑临终前授予范闲的一剑，绝情绝性，厉杀无回，一顾倾人城，再顾倾人国，三顾倾人心，四顾频烦天下计，不为天下亦弑君！

寒宫中风雪大作，大魏天子剑亦化作一柄雪剑，寒冷至极，决绝至极，未留任何退路，没有任何回转之机，一往无前地刺了过去！

令人闻之心悸的摩擦之声响起。

两根保养得极好、如白玉芽一般的手指，稳定而冷酷地夹住了大魏天子剑。摩擦声，便是冰冷的剑身与这两根手指之间产生的声音，半截剑身上的冰霜已然被手指夹掉，此时这两根手指便夹在了剑身的正中间，淡淡的热雾从两根手指往外升腾着。

纵使皇帝陛下是一位大宗师，也无法轻视范闲的这一剑，因为这一剑太过冷漠，太过嗜血凌厉，剑身竟是突破了他的两根手指，强行前行半截剑身的距离。

皇帝终究是退了一步，然而他的身体与大魏天子剑的剑尖之间依然保持着一寸的距离——范闲依然无法突破这一寸，真正触及那身明黄的龙袍。

皇帝冷漠地看着近于咫尺的儿子，夹着大魏天子剑的两根手指关节微紧，有若千湖千江千河一般的雄浑霸道真气，就从这两根手指上涌了出来。

大魏天子剑在皇帝陛下的手指间竟像面条一样弯曲！

范闲离皇帝陛下极近，保持着一个小箭步的姿势，右腿微微后撤低蹲，整个身体保持着一个极完美的线条，没有露出任何破绽，竟给人一种无从去攻的感觉。如大江大河般的狂暴真气从大魏天子剑上涌了过来，他的虎口迸出了鲜血，但并没有撤剑，因为他知道此时首战心志，再战意志，势不能为敌所夺，体内的真气也汹涌地喷了出来。

范闲不撤剑，然而，皇帝陛下撤了指。

被弯曲到极限的大魏天子剑，闪电一样弹了起来，如一记回马鞭，斩向范闲的面门，在他的眸子里竟可以清清楚楚地看到那一抹极其明亮的剑光。

半截剑身上的冰霜也随着这一弹，迅即裂开，就在大魏天子剑的剑身上爆炸，化作无数粒细微的冰屑，在皇帝与范闲身间炸开！范闲一声尖叫，疾松虎口，手腕闪电般下垂，反握剑柄，下方脚步在雪地上连错八步，倒踢金檐，仰首欲退！然而他这一仰首，先前所营织的完美防御马上冰消雪融，身法一阵凌乱。

皇帝平常无奇，简简单单地轰了一拳过去，直接轰到了范闲的胸口！

一声闷响，范闲的身体被这看似轻描淡写的一拳轰了出去，成了在天空中飘拂的一片雪花，飘飘摇摇，凄凄惨惨，浑不着力，在空中变换了无数身形，倒翻了七八个跟斗，掠过了数十丈的废园荒雪，最终惨烈地落在极远处的地上。落地的身体震起一大片雪，压碎数十根死草，他喷出一口鲜血。

皇帝低头看了眼手中捏着的一只官靴，看着靴尖上刺出来的那一截冰冷反光的金属尖，看出上面淬着剧毒。他微微皱眉，随手将靴子扔到了雪地中，眯着眼睛看着远方艰难站起来的范闲，道："小手段是不能做大事的。"

范闲咳了两声，咳出血来。他困难地从衣衫胸口处取出一块精钢薄板，扔在了脚边的雪地上，道："但小手段可以救命。"

精钢薄板上面已经被击出来一个手印，奇妙的是，那并不是皇帝陛下的拳印，而是一只横着的手掌背面的印记——当皇帝的王道一拳要轰到范闲胸膛上时，范闲从衫底踢出那阴险的一脚，左臂神速落到了自己的身前，护在了要害前。然而他的大劈棺散手哪里是陛下王道一拳的对手，被摧枯拉朽一般破开了封势，陛下的拳头压迫着他的手掌，最终还是狠狠地击打在他的胸膛上，留下了那个横着的手掌反面印记。

胸口处藏着钢板，最后的关头调集了小周天里的天一道真气护住心脉，再加上自己手掌的缓冲，终于让范闲在这恐怖的王道杀拳下保住了小命。

这场厮杀刚刚开始，便已经分隔数十丈，隔风雪相观，已然分出了胜负。无论范闲准备得如何充分，可与一位大宗师之间巨大的实力差距，不是靠努力就能弥补的。

从拔剑的那一刻起，范闲先后用了天一道借势法门，习自海棠处的精妙自然剑法，最后凝雪成霜，以叶家大劈棺之势相送，将这天一道的四剑合成了习自四顾剑的绝杀一剑，而最后脚尖的那阴险一踢，胸口的钢板，自然是自小被五竹叔锤炼所修习出来的功夫、范闲赖以成名的小手段。而用来催发这些神妙技艺，融会贯通的基础，则是范闲体内勤奋修行了二十余年，早已成为他身体一部分的霸道真气。

天下四大宗师外加一个瞎子，人世间最顶尖的武道全在范闲一个人的身上展现出来。换个角度讲，也正是死去或离去的强者们将抵抗庆帝的最后希望放到了他的身上。

然而即便是蓄势已久的连环三击，习自大宗师们的无上绝学，在皇帝陛下的面前依然没有讨到任何便宜。从开始到最后，皇帝陛下只是退一步，出了两指，轰出一拳，便将范闲打成重伤，这种差距，又岂是苦练冥思所能拉近？今日风雪中，范闲能够将皇帝陛下逼退一步，并且在陛下一拳之下还能活下来，已经足够震惊天下，令他自豪。

范闲咳着血，脱下另一只官靴，赤裸着双足站在寒冷的雪地中，生出前所未有的豪情与信心。这种在惨败之下显得有些突兀的情绪，并不是因为他逼退了皇帝老子，也不是因为他活了下来，而是因为他的内心里有一种对自我判断的肯定。

——陛下已经老了。

范府闭关七日，除了考虑那些天下之事，想得最多的便是皇帝陛下如今的真实状况。大宗师的境界究竟是怎样的境界？范闲见过叶流云出手，见过四顾剑，但是此不同彼，既然大宗师号称深不可测，那应该怎么评估皇帝老子的真实实力？

在东夷城的时候，四顾剑死前曾经和范闲参详过很久关于庆帝境界的问题，并且得出了一个虽然有些模糊，却极为接近真实的判断。

庆帝修为大成，正是当年北伐时体内霸道真气超过临界值，一举撕毁了体内所有的经脉，从而成为一个废人，然而最后竟是不知为何，陛下不仅完好如初，更成为人世间的第四位大宗师。范闲体内的经脉也爆过，那是在海棠朵朵的帮助下、在天一道自然法门的调养下，极为侥幸地修复好了经脉，可当年陛下究竟是怎样活下来的？

四顾剑在大东山上与庆帝交过手，他对范闲讲述了自己的判断。如今庆帝体内已经没有所谓人类的经脉，整个肉身已经变成一个通窍，真气行于体内没有任何滞碍，无论是出息还是入息都到了一种令人瞠目结舌的程度，而且由于不再有经脉的限制，霸道真气可以一直无限度地修炼蕴积下去，直至人类不敢奢望的境界。

大宗师突破境界各有其法，有人凭其与天地亲近之感，有人凭借视天地如无物的冷厉心意，庆帝突破那一层境界走的却完全不是自问内心的方法，而是强悍地不停坚实修为，体内的霸道真气蕴成大海，以量变而成就质变。

这便是庆帝最恐怖的实力，也是凭借着他体内无穷无尽的真气和异常快速的出息入息法门，当年在大东山上，他才可能一指渡半湖，将体内修炼了数十年的真气，在那一指间的风情里，生生送了一半进入苦荷大师的体内，撑破了那具皮囊。

一般的武道修行者只需要数日冥思，便能让真气回复如初，就算体内真气损耗一半，顶多也只需要调养数月。可是庆帝的路子本来就与世间任何人都不同，他的体内是一片海，少了一半，短短三年时间只怕无法重新填回。

一半大海依然深不可测，非范闲所能抵抗，然而庆帝这些年不停承受打击，京都叛乱、心伤子死母亡，而去年秋天，御书房内那辆黑色的轮椅给陛下造成的伤害更大。

如果皇帝陛下还是大东山之前的皇帝陛下，哪怕是三年前那个温和笑着，看似中庸，实则冷厉的皇帝陛下，范闲一点机会都不可能有。今天陛下的这一拳明显不及大东山上打倒四顾剑的那一拳，因为范闲还活着。如果是原来的皇帝陛下，只怕这一拳早已经直接轰碎了范闲的手掌、衣衫下的钢板，进而直接把他轰得半边身体尽碎。

"你已经有洪四庠的实力。"皇帝的声音透过漫天风雪而来。

当年天下除却四位大宗师，便以洪老公公的实力最为深不可测。皇帝陛下曾经说过，若不是洪四庠身体残缺，只怕这天下的大宗师还要再多一个。今日他把范闲的实力与洪老公公相提并论，不得不说是极高的赞美。

风雪那头那身穿明黄色龙袍的身影缓慢而又坚定地行来。数十丈的距离看似遥远，看似彼处雪花比此处雪花要小无数倍，然而对陛下来说，天涯与咫尺又有什么区别！

范闲的双眸里无喜无怒，只是一味的平静，微微变形的大魏天子剑横于眉间，顿时寒光大作，体内大小两个周天在膻中处微微一掠，激得腰后雪山大放光芒。

自重生后每日勤勉固基冥想存贮的雄浑真气，便像是雪山被烈阳照耀，瞬间放成汩汩溪流，溪流中的水越来越多，汇成小河，汇成大江，冲刷着他比世上任何人都要粗宏的经脉，运至四肢发端身体的每一细微处，强悍着他的心神，锤打着他的肉身。

脚下雪地如莲花一绽，爆出一朵花来，范闲的身体斜斜一掠，浑不着力却又暴戾异常，挟着这两种完全不同的气息携剑而去。雪空中一道闪电般的剑光，就这样照亮了阴晦的天地，照亮了每一朵雪花、每一片鹅毛，可以清晰地看见雪花的边缘！

在先前一剑三击之后，在皇帝陛下所施与的强大威压之下，范闲承自东夷城剑庐的四顾剑，终于在体内两股真气的护持下，在轻身法门的庇护下，完美地融会贯通，真正到了大成的境界，这一剑竟已然有了当日东夷城城主府内，影子刺四顾剑时的光芒！

咔的一声难听的异响，范闲惨然横飞而回，重重地摔落在雪地上，而他先前一脚踩绽的雪莲花，还在空中保持着形状！他去得潇洒，刺得随心如意，凌厉却又自然，退得却是更加快速，狼狈不堪，惊心动魄！

皇帝陛下缓缓收回平直伸在空中的拳头，在范闲的这一剑前，他也要稍避其锋，所以去势未足，既然先前那一拳没有打死范闲，这一拳想必也是打不死的。

果不其然，范闲像个打不死的小强一样，艰难地从雪地中坐了起来，唇角挂着那股将要被寒冷冰凝的血痕，又是一口鲜血喷了出来。

眼眸里没有一丝挫败的情绪，他微眯着眼，透过风雪注视着皇帝陛下逐渐靠近的脚步。鲜血从唇间淌了下来，打湿了他的衣襟，迅疾冻成了一片血霜。

在这样紧张的时刻，他莫名想到了三年前在澹州北的那座悬崖上，燕小乙手执长弓，似乎也是这样慢慢靠近，眼里不由露出一抹茫然。那天他勇敢地站了起来，今天他也能勇敢地站起来，问题是陛下如此强大，谁又能战胜他呢？

想到这里，他起身然后转身，毫不犹豫向着皇宫深处飞掠而去。

隔着衣衫感受着风雪的微妙变幻，范闲的身姿异常美妙，如一只耐寒的鸟儿自由飞翔，在空中不时改变着前行的方向，画出一道道美妙的弧线，速度却没有丝毫降低。

脚尖点过檐角一处石兽的头，石兽嘴里含着的铜铃铛都没有惊动。他飞于宫殿之上，俯瞰着大地，俯瞰着宫里的人们，有一种飘然欲仙、凌视苍生的感觉。尤其是那些或烧水或扫雪的人们，竟没有一个人发现此时天上有人在飞掠，这种感觉很是奇妙。

只要这一次他能够逃走，至少天下会安静很多年，在杀死他之前，皇帝陛下不会对他的那些部属动手，这便是"天子一言，驷马难追"的意思。而皇帝陛下不会允许帝国内有威胁到自己的势力存在，所以他今天必须杀死范闲。

奇怪的是，范闲没有选择最近的北宫门或是那些宫墙直接出宫——虽然朱红宫墙号称可以拦住世间任何九品强者，可对他来说其实并不是难以逾越的天堑。

范闲一路向南，始终向南，在幽深的落着雪的皇宫里一路向南。掠过漱芳宫，掠过含光殿，掠过破落的东宫与广信宫，终于掠上了皇城内最高大的太极殿。

大殿上方没有什么人来过，除了开国新修之时，那些工匠在上面曾经忙碌。据闻当年修这座大殿时，还摔死了两个人，最后从大魏朝里请了天一道庙门的人来平息怨魂。

太极殿黄色的琉璃瓦上覆盖着一层厚厚的积雪，两种颜色极具美感地混在一处，就像是极华美的衣料，让人不忍破坏。他没有一丝赏雪的时间和心情，顺着太极殿中端直接向着高处飘去。脚下虽湿滑无比，他的身体却没有丝毫偏斜。他很快便踏上太极殿中端高高耸起的龙骨，凌风而立，身周尽是飘雪，衣袂呼呼作响。

站在皇宫的最高点，正面是极其雄伟的皇城正门，身周是看上去显得无比低矮的宫墙，他甚至可以看见大半个京都城，此时都陷在一片蒙蒙的风雪之中。

不知道若若出宫后现在在哪里，不知道婉儿他们是不是已经离开了京都，范闲眯着眼睛看了看远处重重的民宅叠檐，然后等到了身后那道明黄身影的出现。

范闲眼里闪过一丝失望，因为他一直等待的变化没有发生，皇宫依然一片安静，这座雄伟大殿的上方，除却他与身后的皇帝陛下，除却风雪，什么都没有。

"昨夜便说过，你等不到了。"皇帝的声音响起。

范闲心想也对，如果不是确信他等不到，陛下怎会来到高高的太极殿顶？他苦笑一声，顺着殿上的琉璃瓦滑了下去，虽然风雪中大战紫禁之巅必是一个极有看头、极有尊严的做法，但在他看来，人只能有尊严地活着，而无法有尊严地死去。

青色的身影和明黄色的身影，几乎同时轻飘飘地落在了太极殿前的雪地里。

那些在殿外扫雪的太监，在长廊里安静走过的宫女，那些面色青红、握刀而立的侍卫，都惊愕地张开了嘴，看着雪地里的皇帝陛下和小范大人，震惊莫名，说不出话来。

范闲等了很久的意外，就在这个时候发生了。

其实，这并不是他等的意外，或者正因为如此，才能称之为意外。

若战鼓声响起，咚的一声闷响。

若大战爆发，数万根紧绷的弓弦齐声歌唱。

皇城角楼处那座巨大的守城弩发动了！

儿臂一般粗的精钢弩箭，在强大的机簧力量作用下，瞬间化作一道黑色闪电，冲破皇城角楼处的空气，震得四周一爆。弩箭巨响撕裂了太极殿前不停飘舞的雪花，高速旋转，生生劈开一道幽深的空间通道，射向了殿前的那道明黄身影！

强弩临身，终究距离太远，大宗师境界的皇帝陛下只需拂袖而退，便能避过这惊天一弩。然而范闲的余光里早已瞥见，长廊之下有一个跪在地上瑟瑟发抖的宫女，此时已经站起身来，拔下发间的细针，向着皇帝陛下的后背刺了过去。

范闲不知道出手的人是谁，但他知道这是难得的机会，毫不犹豫随着强弩而去！

但不论是他还是那些刺客的幕后主使者，都低估了庆帝在这世间数十年打磨出来的意志与反应，当所有人都以为太极殿前那道明黄身影会暂避巨弩锋芒时，皇帝陛下的身影却从原地消失，竟是在雪上连进三步！

巨大的弩箭擦着皇帝陛下的发端，狠狠扎进平整如玉的青石，瞬间将石面刺成豆花一样的碎石，砖泥四处猛溅，恰好将那个偷袭的宫女刺客挡在了石屑之后。

皇帝陛下右臂一拂龙袖，一股强大的真气裹挟着他身后漫天的石屑与雪花，像一条巨龙一般击了过去，正中那个宫女的身体！

噗噗噗噗鲜血横溅，无数的石屑与雪花就像箭支一样击打在那个宫女的身上，瞬间在她的身体上创出几百上千条口子。她竟是一次出手都没有来得及，连哼一声都没有，便倒在了雪地之中，化作一摊模糊的血肉。

而借着这一拂之力，皇帝陛下与范闲之间的距离又缩短了些许。此时范闲正全力冲刺，电石火光间，父子二人便近在咫尺，近到范闲能看到皇帝陛下清瘦的面容，那双再也没有任何情绪的冰冷眸子，以及冰冷的眸子里透露出来的杀意！

陛下的拳头已经轰了过来，这是真正的王道一拳，再也没有留任何后手，如玉石一般洁莹无比的拳头，在漫天风雪里压过了一切，闪耀着一种人间不见的光芒，轰向了范闲的胸膛。如果这一拳落在实处，就算范闲有世间最精妙的两种真气护身，有绝妙的飞鸟一般的身法卸力，也必然会被击得粉碎。

便在此时，范闲大魏天子剑脱手，呼啸着破开雪空，向着幽深紧闭着的大殿而去。他面对着那个耀着白洁圣光的拳头，凄啸一声，整个身体剧烈颤抖起来，一根手指隔着三尺的距离，看似笨拙而缓慢地点向皇帝陛下的面门！

缓慢只是一种感觉，实际上那指尖蕴含着范闲穷尽此生所能逼将出来的全部真元，因其太过凝重，无质之气竟生出了有质之感，似有重量一般，让他的手指颤抖起来。

此刻，他的人也在颤抖，面色异常苍白，一道清冽至极、凌厉至极，杀伐之意大作的剑气，从指尖喷吐而出，瞬间跨越二人间的空间，刺向了皇帝陛下的咽喉！

皇帝陛下转了转身子，拳头擦着范闲的肩头，击在了空处。虽然击空，范闲的左肩衣衫却猛地破碎，身后的雪地上，更是被击出了一个大坑，顿时雪花四处飞舞！

范闲指尖的剑气也击中了皇帝陛下，准确来说，是擦过了皇帝陛下的脖颈，无形的剑气撕裂开陛下颈上那薄薄的一层肌肤，鲜血立刻渗了出来。机不可失，他再次厉啸一声，将体内残存不多的真元全数逼至了指尖，隔空遥遥一摁，再刺皇帝陛下的眼窝！

皇帝陛下一拳击空，然而看着范闲再次刺来的那一指，唇角反而泛起了一丝讥讽的笑容，然后，他也伸出了一根食指，向着范闲的指尖摁了下去！

两根手指的指腹间气流大作，光芒渐盛，激得四周空中的雪花纷纷退避而去。皇帝陛下的唇角笑容一敛，右臂轻轻一挥，食指上挟着一座大东山向范闲压了下去！

咔的一声，范闲食指尽碎，臂骨尽折！如被天神之锤击中，若风筝一般颓然后掠，却不像先前那般能主动卸力，而是猛地摔倒在了雪地里，再也无法动弹。

皇帝陛下居高临下地看着他道："这就是你等的意外？"

这说的是自皇城射来的那道巨弩，还有那个已经死去的宫女。

范闲咳了两口血，喘息着道："我不知道这些刺客的存在，但我想，天下想杀你的人一定很多，我给他们创造机会，他们就一定会抓住，就像悬空庙那次一样。"

皇帝陛下面无表情地道："世间哪有什么神仙局，悬空庙那次也不是。那个太监是陈萍萍故意养在宫里的，你连这种小事都做不到，居然也敢妄想杀朕。"

这一场弑君似乎就到此为止了。

如果没有先前自范闲手上脱落、向着太极殿里飞去的那把大魏天子剑。

此剑一飞，必有后文。

后文正是太极殿幽静正门上面精美繁复的纹饰，当范闲指尖第一次喷吐出令人震惊的剑气时，太极殿紧闭着的正门诡异地打开了。

一身布衣的王十三郎就从那黑洞洞的庆国朝堂中心里飞了出来，手里拿着范闲脱手的那把大魏天子剑，右肘微屈，在空中如闪电一般掠至。只见他身形微胀，一声暴喝，集结着蓄势已久的杀伐一剑，狠狠地向着皇帝的后颈处刺了过去！

王十三郎，壮烈天下无双，这一剑所携的壮烈意味更是发挥到极致，较之当年悬空庙上一身白衣的影子从太阳里跳出来的那一剑，更要炽热三分、光明三分，明明是偷袭，却硬生生刺出了光明正大的感觉！

他是剑心纯正的剑庐关门弟子，尽得四顾剑真传，那夜又于范闲与四顾剑的对话中对霸道真气有所了悟，此时集一生修为于一剑，何其凌厉！

皇帝陛下直接一袖向后拂出。

只是今日他的这一袖却无法气吞山河地卷住王十三郎的壮烈一剑。

因为他终究是人不是神，因为正如范闲判断的那样，这些年来的孤独老病伤，无论是从肌体上还是心理上，都已经让他从神坛上走了下来。

剑芒乱吐的大魏天子剑嘶的一声刺穿了劲力鼓荡的龙袖，皇帝拂袖之时，已然微转身体，袖中的那只手像金龙于云中探出一般，妙到毫巅地捉住了十三郎的手腕。

王十三郎手腕一抖，手中的大魏天子剑如灵蛇抬头，于不可能的角度直刺庆帝的下颌。庆帝闷哼一声，肩膀向后精妙一送，撞到王十三郎的胸口！

咔嚓咔嚓数声，王十三郎鲜血狂喷，肋骨不知道断了几根。他一声闷哼，双眸里猩红之色大作，竟是不顾生死地反手一探，死死地捉住了皇帝陛下的右手！

一抹花影从王十三郎身后闪了出来，如一个归来的旅人渴望热水，如一株风雪中的花树需要温暖，就这样自然而然地捉住了皇帝陛下的另一只手——左手。

海棠朵朵来了！

这位北齐圣女，如今天一道的领袖，依附在庆帝的身边和袖边，如一朵云，如一瓣花，甩不脱，震不落，一味地亲近，一味地自然，令人心悸。

庆帝知道握着自己两只手的年轻人，是那两个死了的老伙计专门留下来对付自己的。尽管如此，他依然没有动容，如钟声般的吟嗡声从他那并不如何强壮的胸膛内响了起来……雄浑的真气瞬间侵入两个年轻九品上强者的体内，一呼一吸间，王十三郎的右臂开始发烫，开始焦灼枯萎，几道鲜血从他的五官中流了出来。海棠朵朵的情况也不好，一口鲜血从唇中吐出，身体开始剧烈颤抖，似乎随时都有可能被震落于雪埃之中。

此时太极殿前的雪地上鲜血点点，范闲躺在不远处，再也无法动弹，似乎谁都无法再帮助海棠与王十三郎。这两个被曾经的大宗师们公认为最有可能踏入宗师境界的年轻人，难道就这样死在世间仅存的大宗师手中？

此时，皇帝陛下的心里忽然闪过一抹警意。

他从不以自己的宗师境界而有任何骄纵。他不是四顾剑，不会给范闲一方留下任何机会，直至先前在太极殿上，他都没有发现自己最警惧的那个变数发生。可眼下这抹警意仍然让他的眼睛眯了起来，他望向雪地上的一处血痕。

皇帝陛下目光所及之处，雪地极为迅疾地融化。这当然不是因为他的目光灼热，而确确实实是从先前范闲指尖吐露剑气的那一刻起，下方的雪地就已经开始融化了。

雪地之下是一个白衣人。

这位天下第一刺客、永远行走在黑暗中的王者，不知收割了多少头颅的监察院六处主办、东夷城剑庐第一位弟子、轮椅旁边的那道影子，此生行动时只穿过两次白衣。

一次是在悬空庙里，他自阳光里跃出，浑身若笼罩在金光之中，似一位谪仙。

一次便是今日，他自雪地里生出，浑身一片洁白，似一位圣人。

白衣两次出手，面对的是同一个人——天底下最强大的那个人。

今日，影子的剑竟也似白的，没有任何光泽，看上去是那样朴实无华。

他的出剑也是那样朴实，不是特别快，但非常稳定，选择的角度异常诡异。剑身倾斜的角度，剑面的转折，都按照计算好的方位，没有一丝颤抖地刺了出去。

这一剑刺的不是庆帝的面门、眼窝、咽喉、小腹等任何一处致命的地方，也不是脚尖、膝盖、腰侧这些不寻常的选择，而是刺向了皇帝陛下左侧的大腿根。

扑哧一声，强大的皇帝陛下，在这一刻竟也没有躲过影子的这一剑，微白的剑尖轻轻地刺入了陛下的大腿根部，飙出一道血花！

第三章 惊雷

影子是位专业的刺客。很多人都以为，大腿受伤并不能造成致命的伤害，但影子知道大腿根部有个血关，一旦刺破，鲜血会喷出几丈高，没有人能活下来。只是这一剑虽然刺进了皇帝的大腿根，却还不足以杀死对方，因为那处血关还没有被挑破，他就像个专注的屠夫，又认真地将剑尖向上一挑……

皇帝感到了一阵痛楚，瞬间面色微白，眼瞳微缩，狂暴真气疾出，卷起了身周所有的雪花，雪花包裹着场间的所有人、所有剑意、所有抵挡，在太极殿前的雪场中飘了起来。

风雪沿着那几个模糊的人影快速地飞舞着，渐渐连成无数道线条，看上去就像民宅闺阁里毛线织成的球，或者是江南春蚕吐出来的茧丝，化作了一个圆球。

这个白色的雪絮圆球并不是静止的，而是以奇快的速度向太极殿退去。

王十三郎与海棠从太极殿里飘掠而出时，打开了两扇门，此时太极殿就像一个阴影构成的巨兽，张着大嘴，准备一口将那个浑圆而巨大的雪球吞进腹中。

当雪球飘到太极殿正门时，体积竟比殿门还要大。雪球快速地撞到了殿门，却异常奇妙，没有发出一声响动，那些雕着繁复纹饰的木门瞬间被雪球圆融之势所挟着的杀意摧毁，一道道深刻入木的伤痕瞬间产生，摧枯拉朽一般散离而去。

万年的时光或许会这样悄无声息地毁灭一切，这个融融雪花构成的物件竟也产生了这样的效果，本应是柔软无比的雪花，在高速的旋转中，竟变得像是无数把锋利的钢刀，割裂了空间里的一切。

雪球一路破空而去，飞过长长的御道，撞在了御台之下，轰的一声雪球爆开，雪花如利箭一般嗖嗖向着四面八方射出，击打得整座太极殿开始颤抖。

数道人影激射而出，王十三郎颓然飞坠于残砾之中，鲜血狂喷，手臂凄惨地变形扭曲，血肉模糊，经脉尽断。海棠稍好一些，却也是无力再起。影子一身白衣匍匐在御台之前，头颅下方尽是鲜血，一丝不动，右手有气无力地握着那把剑，剑尖残留一段血渍，不知生死。

这剑终究没能挑破皇帝的血关，由殿外杀至殿内，天地震荡，四处风乱物动，那剑尖竟是颤都无法颤一丝，动也无法动一寸，直到最后被皇帝震出体外，徒劳无功！

皇帝陛下凭借着浩瀚若江海的真气，以王道之意释出霸道之势，将整个空间里的人都压制在这片领域里，他的心意便是一切行为的准则，谁也无法抵抗！

明黄色的身影在凌乱的御台上显得那样刺眼，陛下依旧直挺挺地站立着，一眼也没有看身后变成一堆烂木的龙椅，依然是那样不可一世、不可战胜。

匍匐于御台之前，像条死鱼一样的影子忽然动了，白衣凌风，极其毒辣的一剑向着陛下的咽喉刺了过去，同时厉喝道："退！"

出剑时，他已经向后疾速飘退。

他很清楚，今天第一剑没能杀死皇帝，那就再也没有机会了。

一片狼藉的太极殿内三个身影呼啸破空，向着殿外奔去，受伤最轻的海棠朵朵落在最后方，花布棉袄一展，化作一片花影，绽放在殿内幽暗的空间内。

花朵消失的那一刻，三名强者也从太极殿内消失。

皇帝没有动，低下头，摊开双手，看着胸前被割开的血肉和渗出明黄龙袍的血渍，还有大腿根部的那处血洞，微微皱眉，难以自抑地感到了疲惫。他第一次在心里叩问自己：莫非朕真的老了？

只是片刻，他的神情复又漠然，走出幽静的太极殿，缓缓地梳理着体内开始有不稳之迹的霸道真气。此刻的他双眸异常寒冷，静静地看着皇城正前方已经打开的宫门。

他不关心范闲他们如何能在禁军和侍卫的眼皮子底下打开宫门，也不担心这些以年轻为骄傲提醒他的衰老的晚辈就此消失在人海里，只淡然地道："全数杀了。"

就像是叙述一件家常事，便这样自信而冷酷地定了逃出皇宫那几人的生死，然后他从刚刚来到殿门口的姚太监手里接过一件全新的、干净的龙袍，开始换衣。

影子退得最快，他在雪地里一把抓起范闲，闷哼一声，生生逼下体内涌上来的那口鲜血，如鸟儿一般，鬼魅无比地向着宫门的方向飘去——他们四人都在皇帝的手下受了不轻的伤，范闲更是伤得极重，根本无法逾越高高的宫墙，可那扇紧闭的、幽深的宫门又如何打开呢？

出乎意料的是，那扇宫门竟然已经开了！

数息之间，四人便来到了宫门的那头，然后看到了白茫茫的一片雪。

雪中的皇城前广场，竟安静得像是一个人也没有。

这种死一般的安静太过诡异，任谁都知道这里面有问题。

走皇城正门是范闲事先的计划。

在他想来，自己入宫与陛下谈判，毒杀贺宗纬一事应该已经爆发，那些文官肯定会来叩阍鸣冤，那些倔强的御史们会跪在雪地里，向皇帝陛下施加巨大的压力。那么，此时他们本应该看见一地满脸悲愤的官员，听见嘈杂的议论声，白雪已被践踏成一片污泥，各府里的下人仆役躲在远处的街巷马车里，逃出来的他们便能趁乱而遁。甚至连抢夺哪家的马车，他都想好了目标。

然而什么都没有，只有白茫茫一片大地真干净，他们能够看到的，只有自己这一行人在雪地上留下的足印和淡淡的影子；唯一能够听到的，只是自己沉重的喘息声。

吱吱声响里，皇城的门再次缓缓关闭，前方的建筑与街巷之间，隐隐可以看到很多身影，还有轻微却令人心惊胆战的蹄声，似欲发的雷鸣。

范闲知道自己再次败在了皇帝老子的手里，觉得有些疲惫，轻声道："停下吧。"

影子沉默地停住脚步。海棠抹去了唇角的鲜血，走到范闲身边，下蹲偏首道："我早就说过，似你这样首鼠两端，想顺了哥情又不逆嫂意，真真是很幼稚的想法。"

"我只是想少死几个人。"范闲喃喃道。

王十三郎耷拉着血肉模糊的臂膀走到他的身边，沙着声音道："至少你试过，虽然败了，也是不错。"

脚步声在高高的皇城上响起，无数禁军变作层层的黑线，弓箭在手，瞄准着城下雪地中的四人，随时可能发箭。宫典眯着眼睛站在正中间，神情沉重。

那些看似平常的民宅楼间不知探出了多少弩箭与弓箭，耀着寒光的箭矢，就像是密密麻麻的杀人草一般。最近的丁字路口处，如雷一般的马蹄缓缓响起，两千余名身着铁甲的精锐骑兵将那处死死地封住，没有留下任何通道。万箭所向，谁能活下来？铁骑冲锋，哪里是肉身可以抵挡？一切的一切似乎都已经走到了死局，再也没有任何办法可以改变这一切的发生、拖延死神的到来。

范闲看着亲自领兵的叶重，看着二层民宅上面森严恐怖的箭尖，看着那些行出民宅、渐渐逼近雪地正中间的数十个戴着笠帽的苦修士，忍不住叹了一口气：

"真是没有什么新意。"

当年京都叛乱时，正是按照他的布置，大皇子用禁军清洗那些民宅，监察院各处与黑骑配合，沿正阳门一路至丁字路口，生生地将叛军骑兵大队斩断，将秦恒活活钉死在皇城前，让老秦家断子绝孙。今日皇帝的布置也是如此，就像是历史在重演，也不知冥冥之中是不是有那种叫作报应的东西。

围点打援，诱敌出笼，一举扫荡所有敢于反抗自己的力量，这是皇帝用惯了的套路，大东山在前，今日这种阵仗又算得了什么？只是再如何惯用的套路，在庆国强大实力的支撑下，依然无人能破。

换了一身干净龙袍的皇帝缓缓踏上了皇城，一身龙袍明黄逼人，双手负于身后异常稳定。皇帝陛下眼窝微陷，异常冷漠，没有一丝颤抖，没有一丝动容。他看着皇城前那片雪地上的四人，微微挑眉，似有些失望，道："可惜了……只来了这几个。"

按照他的推算，今日北齐应该会有更多的高手前来支援范闲，比如狼桃，比如那位何道人，至于东夷城剑庐的那些九品剑客也应该会有一半来此。正如先前范闲所想的那样，和大东山相比，今日算得了什么！皇帝远远地静静地看着生死不知的范闲，心里生起了淡淡的疲惫感。

"范闲，你勾结异邦行刺朕，如此罪大恶极，还不束手就擒！"

皇城四周的数千军士脸色微变。不管范闲是不是真的与北齐、与东夷城勾结行刺，但天子一言，不是真的也必须是真的。皇帝陛下这句话一出，范闲就只有死路一条，更何况现在已经有很多人都认出了海棠与王十三郎。

范闲坐在雪地里，抬头看着天上，喊道："影子是监察院旧臣，海棠是我的女人，十三郎是我的友人，今日帮我的人全是我的私人关系，谈何勾结异邦？"

皇帝静静地看着他，看了很长一段时间，然后挥了挥手。

有的军方将领或是聪明的军士事前便猜到了此次行动的目标，但当他们真正看到范闲时，依然震惊。因为范闲在庆国的存在本来就是一个传奇，这个传奇马上要被自己亲手杀死，只要是庆国人，只怕都会有所动摇。正如横在丁字路口的叶重，箭手后的史飞，皇城上的宫典，这一刻三位庆国军方大员的心里都生出了淡淡悲哀。

然而君令难违，军令难违。

皇城上的禁军、街上的骑兵、建筑里的弩兵，都举起了自己的手臂。无数闪耀着各色光泽的箭镞，瞄准了雪地中的范闲四人。

然而皇帝没有发现，没有任何人能发现，在离皇城广场有些距离的摘星楼楼顶上，也有人正瞄准着皇城之上的皇帝陛下。

摘星楼是京都第三高的建筑，本是天文官用来观星象的旧所，后来叶家小姐入京，重新在京都外的山上修了一座观星台，这座摘星楼便渐渐荒废，除了日常清扫的仆役，基本上没有人会来这里。

庆历十一年的正月寒雪中，有一个身材瘦小的人匍匐在摘星楼的楼顶上，一件极大的白色名贵毛裘盖在身上，在风雪的遮掩下，竟似与天地融在了一处。白色毛裘的前方有一个冰冷的金属制的管状物伸了出来，正是那把曾经在草甸上轰杀了燕小乙的重狙！

那人轻轻呵了口热气，暖了暖冻得有些僵的手掌，重新望向光学瞄准镜。她调整呼吸，用真气减缓心跳频率，将镜中的视野固定在皇城上，对准了皇帝。

皇城极远，皇帝却近在眼前。这种感觉她很熟悉，今天这种环境她也很能适应，因为藏身苍山夜里的雪，比今天京都的雪还要更难熬一些。

毛裘下的枪口微微移动了一丝，做完了最后一次调整，那根手指稳定地触上了冰冷的金属，一丝颤抖都没有，略停顿了片刻，然后轻轻扣动。

咔的一声轻响，变成了一声闷响，又变成了一声惊雷，最后化作了撕裂空气的怪异鸣声，美丽而恐怖的火花喷洒开来。

摘星楼在皇宫东南方向两三里外，如此远的距离，在漫天风雪的掩盖下，谁都没有注意到远处的那一声动静。

枪口伴着烟火发出一声巨响，然而声音的传播速度却要远远慢于那颗子弹的速度。皇宫城头的众人盯着宫前雪地里那四个待毙的强者，四周遍野的庆军精锐，没人察觉到死神的镰刀已经割裂了空气，用一种这个世界上人们根本无法想象的方式靠近了他们的皇帝陛下。

从摘星楼至皇城之上，代表着死亡的波动会延续约一秒钟。一直漠然看着城下的皇帝陛下，没有注意到两三里外那片风雪里偶尔亮起的一抹闪光，所以留给这位大宗师反应的时间已经变得极少极少。当他感应到天地中忽然出现了一道致命的气息，甚至是自己都无法抵抗的气息时，只来得及眨了眨眼，双瞳里的光芒一凝一散，身体便像烟尘般疾速向后退去！

皇帝今日受了伤，真气消耗极大，然而在这生死关头，竟是爆发了人类不可能拥有的能量，瞬间从原地消失，像一块石头般猛地倒行砸入了角楼内！

傒！一声闷响此时才响起，那颗高速旋转、没有机会翻筋斗的子弹擦着那道明黄身影射了过去，在坚硬的城墙上硬生生轰出了一个方圆约一尺的大洞，深不知几许！青砖硬砾在这一刻脱离了本体，以射线的方式向外喷射，就像是开出了一朵花。

皇帝陛下就此躲过了这一枪？没有。

第一枪的声音才将将传至皇宫前的广场，第二枪已经如影而至，像戳破豆腐一般，在角楼的木门上击出了一个拳头大小的洞，射入了幽暗安静的角楼中。

世上从来没有必杀的枪，尤其当目标是一位深不可测的大宗师时。摘星楼楼顶的刺客，由于今日京都戒严的关系，选择的狙击地点有些偏远。她算出子弹在空气中飞行所需要的时间，没有奢望一枪便能击毙皇帝，但她清楚地算到了皇帝陛下躲避的方位，躲避的速度，瞬间的位移，

049

手指异常稳定地第二次扣动，向着皇帝陛下疾退力竭的位置击了出去，将全部的希望都放在这第二枪上！

能在这样短的时间内计算出这么多的内容，很明显那个刺客十分了解皇帝的性情，更了解皇帝对于这把狙……也就是世人所知的箱子的警惧。

最关键的是，这个刺客居然能知道一位大宗师在生死关头施展出的速度，如此才能准确地算出皇帝最后飘至的落点，难以再次飘移的落点！

这几乎是无法计算出来的，也是几乎无法求证出来的，因为世间所有人，除了那几位大宗师自己，谁也无法将大宗师真正逼到绝路，更遑论了解大宗师的速度。除非有位大宗师曾经亲自帮助那位摘星楼楼顶的刺客，并且亲自训练过无数次！

在这一刻，此生从来无比自信、无比强大，从来不知道畏怯为何物的皇帝陛下，终于感到了恐惧——对死亡的恐惧，因为他知道自己最警惧的箱子终于出现了。

一声闷爆响彻皇宫城头，第二枪射穿了角楼的木门，沿着一条笔直的无形线条，那颗杀人的弹头，向着刚刚遁至角楼后方的皇帝陛下胸膛射去！

这一枪太绝了，绝到算绝了皇帝的所有退路。

就仿佛上天降下了天罚之锤，皇帝陛下如同被这大锤狠狠击中，猛地向后退去，砸碎了角楼房间的后墙壁，又穿壁而出，十分凄凉地被击倒在冰冷的雪地上！

鲜血从皇帝的左胸膛流了出来，先前太极殿一战留下的伤口也被此时的剧烈动作重新撕开，王十三郎在他右胸上划破的那一剑，范闲指尖剑气在他脖颈处切开的伤口，都开始重新流血，将这位强大的君王变成一个可怜的血人。

皇帝躺在雪地上急促地呼吸着，乌黑的双瞳忽凝忽散，左胸处微微下陷，一片血水，看不清楚真正的伤口。他瞪着双眼，看着这片冰冷而流着雪泪的天空，袖外的两只手努力地紧握，巨大的恐惧与愤怒涌入了他的脑海。

箱子，箱子终于出现了。

在这个世界上，皇帝陛下一直以为自己是最了解那个箱子的人，比陈萍萍还要了解，因为当年小叶子就是用这个箱子悄无声息地杀死了两个亲王，将诚王府送上了龙椅。

当年的诚王世子并不害怕，因为这箱子是属于她的，也等若是属于自己的。可是……可是……从太平别院那件事情发生之后，他便开始害怕了起来。每日每夜他都在害怕，不知道什么时候箱子会出现，从什么地方会忽然开出一朵火花，就像破空而来的一只神手，夺走自己的性命，替女主人复仇。

正因为这种恐惧，自太平别院事变后，皇帝陛下便极少出宫，不，正如范闲初入京都时所听说的那样，皇帝从那之后就没怎么出过宫！

他没有见过那个箱子，但他知道箱子的可怕，他就像乌龟一样躲在高高的皇城里，四周都有宫墙遮挡，京都里再也找不到任何可以穿越这些城墙的建筑。

陛下的臣民们都以为陛下勤于政事，才会一直深锁宫中，谁知道他是在害怕！都以为陛下宽仁爱民，不忍扰乱地方，才会不巡视国境，谁知道他也是在害怕！

这样的状况一直维系到了庆历四年，澹州的那个孩子终于进了京，老五似乎真的忘记了很多事，而没有人将自己与太平别院事变联系起来，他才渐渐放松了一些，偶尔会便服出宫。即便如此，他还是不敢离开京都，因为在漫漫的庆国田野里，谁知道会不会有隐匿在黑暗里的复仇之火在等待着自己。

大东山事后，他决定必须离开京都，所以在第一时间将范闲召回澹州，召到了自己的身边，因为只有这个儿子在身边，他才能感觉到自己是安全的！说起来，这是怎样悲伤的人生啊，皇帝拥有无垠之国土，亿万之臣民，他却看不到、感触不到。他这后半生，似乎拥有了一切，但其实呢？不过是个被自己囚禁在皇宫里的囚徒罢了。

洁白的雪被皇帝身上流出来的鲜血染红了，此时角楼上的人们才终于反应过来。姚太监满脸惊恐地爬到皇帝陛下的身边，浑身颤抖着，嗓子沙哑得说不出一句话来。

皇帝的身体随着急促的呼吸起伏着："朕……死……不了！"

他伸出颤抖的手从胸口的血肉里摸出一块变形的金属片，发出一声痛哼。

摘星楼楼顶的刺客算到了一切，却终究没有算出一位大宗师的肉身是多么强悍，更没有算到皇帝陛下居然会怕死如斯，在龙袍里放了一面护心镜！

先前在废园，范闲取出胸前的钢板时，皇帝讥讽地训斥他，小手段是做不得大事的，谁能想到，他自己最后也要靠这种手段侥幸逃了一命。

成大事者，再如何极端的谨慎都是必要的，再如何难堪无趣的惜命都是必要的。从这个方面讲，皇帝与范闲父子二人，其实是世间极其相似的两个无耻的人。

皇帝微散的目光盯着灰色的苍穹，他知道今天用那个箱子的人肯定不是老五，因为如果来人是老五的话，只怕这时候早就杀进了皇宫。

"那人在摘星楼……派人去……抓，其余人都杀了……"说完这句话，他便昏了过去。

皇帝陛下骤然遇刺，昏迷不醒，生死不知，这如天雷一般的变故，惊得皇城里所有的臣子将领都感到身体发麻，谁也不知道紧接着应该怎样做。

太医们正从太医院往这边赶，宫典满脸惨白赶到了皇帝陛下的身边，取出随身携带的伤药，试图替陛下止血，但效果并不怎么好。

姚太监却牢牢记得陛下昏迷前最后的交代，他弓着身子，绕过角楼，小心翼翼地来到禁军副统领的身边，沙着声音，宣读了陛下最后全杀的旨意。

姚太监在皇宫城墙上半蹲着身子，看上去异常滑稽，可是他是真的害怕,陛下都差点死了,他怎能不害怕,而接下来的这幕,证明他的害怕是有道理的。

噗的一声闷响,冷漠站在皇宫城头的禁军副统领正准备挥旗发令,让城上城下的士兵发箭射死范闲等人,然而,他的肩膀只是一动,整个脑袋却忽然没了!

是的,就像光天化日下的鬼故事一样,禁军副统领的头颅就这样整个炸开了,就像是熟透的西瓜,又像是灌满了水的皮囊,无缘无由地撑破,化作了城墙上的一片血水白浆骨片,漫天而下……更恐怖的是,禁军副统领的头颅爆掉之后,似乎身体还不知道头颅已经变成了漫天脑浆,右臂依然举了一举,才颓然放下,看上去就像是一个断了线的木偶,整个人垮了下来!

皇宫城头上响起一片惊叫惨呼,这样令人毛骨悚然的场景赫然发生在无数官兵面前,让他们怎能不惊惧,不害怕!所有人拼命地睁着眼睛,在皇城上、在皇城下,在同伴的队伍里,甚至在空无一物,只有雪花的天空中拼命地搜寻着敌人。他们当然什么也找不到,他们根本不知道发生了什么,只知道副统领大人的头忽然爆了!

这些庆国的精锐禁军,哪里会想到刺客远在数里之外,他们徒劳无功地喊叫着,愤怒地搜寻着。搜寻无着,渐渐化成了恐惧,这种根本看不见的刺客,这种根本无法抵抗的杀戮,怎是凡人所能抗衡?巨大的恐慌迅疾弥漫在皇宫城头上,有些人被这沉默压得快要崩溃,瞄准宫城下方众人的弓箭也下意识里松了些。

庆军军纪森严,不可能因为禁军副统领的惨死变成一团散沙,在沙场上,在平叛中,庆军不知道见过多少种奇形怪状、惨不忍睹的死法,然而像今天这种如天雷一般的打击,实在是令他们不得不往某些诡异的方向去想。

一位将领奋勇地怒吼了几声,想平复禁军下属们的情绪,准备继续攻击,然而他的吼声很快便戛然而止,因为令城上众官兵惊恐无比的杀意又至，这个将领的胸腹处被轰出了一个极大的口子，肚肠变成一团烂血，哼都没有哼一声，便倒了下去。

至此，这种恐慌的气氛再也无法抑制，皇宫城头上乱成了一片。

又是一声枪响，划破了皇宫前广场的平静。

一个戴着笠帽的苦修士，试图用自己的悍勇带动此时混乱的士兵冲向范闲等人时，被准确地击倒在雪地之中，连一丝抽搐都没有，直接变成了一具死尸。

死一般的沉默。

又是一声枪响。

又是一阵死一般的沉默。

又是一声枪响。

如是者四回，雪地上多了四具死尸，枪响也已隐去，似乎再也不会响起。皇城上下所有人都明白了，这位能够完成天外一击的绝顶刺客，是在警告所有人，不要试图有任何举动，但凡敢在这片茫茫白雪上移动的人，都是她必要杀死的目标。

一声响，一人死，一具血尸卧于雪，没有意外。

这种冷冽沉默的宣告，冻住了所有人的心。

这是一个人在挑战一个国。

死一般的沉默，马儿们都有些不安地踢着蹄儿，溅起些许白雪。

影子与海棠、王十三郎站在雪地里，震惊而有些茫然，担心激起庆军的反应，没有选择趁此时机突围，一样选择了等待。范闲坐在雪地里，望向枪声响起的远方，眼神有些茫然，而后又渐渐归于平静，化作了唇角的一抹微笑，轻声道："走吧。"

影子盯着他的脸看了一会儿，上前把他提了起来。海棠不理会他们，背着双手走在了最前方。王十三郎不知从何处变出一道青幡，在后面猎猎作响。

无数弓箭与劲弩再次抬起，瞄准了向着街头走去的四人。

这四个年轻一代的最强者都受了极重的伤,范闲更是经脉断得一塌糊涂,无论是万箭齐发,还是千骑冲杀,他们都只有死路一条。

问题是,现在没有谁下发箭的命令,也没有谁敢冲出来。

不,终究庆国人是有勇气的,总有人无法忍受这种羞辱,一个苦修士与一个锋将再次站了出来,冲了出去,然后在两声枪响下再次变成两具尸体。

这真的是一种羞辱。

横扫大陆的庆国铁骑,居然会被一个看不见的刺客压制得无法动弹!

无数双炽热的眼睛投向了某处。

全身盔甲的叶重坐在马上,沉默着一言不发。

此时陛下生死未知,场间地位最高的便是他,只要他发令,范闲四人必死无疑。

那个刺客的武器再厉害,难道还能杀死这么多人?

可他偏偏一句话不说,什么也不做。就如他这么多年来在庆国朝野间的形象一样。

叶完在不远处疾声道:"大帅,请发令!"

叶重没有理会他,轻声自言自语道:"惊雷啊……"

叶完怒道:"父亲,您想抗旨吗?"

其余的将领、士兵眼里的情绪也变得复杂起来。

叶重微垂眼帘,不顾众人灼热的目光,就像睡着了一般,心里却有狂澜万丈。

是箱子,箱子终于再次现世了。

当年,叶家小姐初入京都,和还年轻的他打了一架。

这就是过往。

当年太平别院事变爆发时,他被皇帝调到了定州作为后军,很明显皇帝并不相信叶重在自己和叶轻眉之间的立场。

叶重太过了解当年的那些人,虽然他从来没有发表过什么意见,但并不代表他不知道那个箱子的秘密、不了解太平别院的事变，以及陈萍萍为何要背叛陛下。

他抬起眼睛，望向雪地里的范闲，再次想起当年的那些人，想起那个带着箱子、在城门口拒绝自己开箱检查的年轻姑娘。

这件事情，是陛下不对。

那么他究竟应该如何做呢？

死一般的沉默能维持多久？这风雪要下多久才会止息？一个穿着淡黄色衣衫的少年郎，便在此时疾步走上了皇宫城墙，站到城墙边，望向城下的雪地。

城头上的禁军已经乱了，大部分人或蹲着或趴着，躲避着可能自天外而来的那种死亡收割，所以这位穿着淡黄色衣衫的少年站在城墙处，竟显得那样高大，那样勇敢。

雪地里的那几个人影正在向着广场那边走去，离那些骑兵越来越近，离那些箭矢越来越近，似乎也离死亡越来越近。

少年忽然问道："依庆律总疏，父皇昏迷不能视事，我是不是应该自动成为监国？"

他是三皇子李承平，确实有这个资格。他身边面色惨白，四处乱瞄的姚太监颤着声音回道："可是陛下刚刚昏迷，还没有超过七天……"

"眼下这局势能等吗？如果真的在这里出手……"李承平猛地回头，阴狠地看着姚太监，"你是想看着我大庆的名将大帅都被老天爷劈死？"

姚太监哭丧着脸道："此乃国之大事，奴才本不该多嘴，可是若陛下醒来……"

"放他们离开，事后再行追缉，父皇那里……我担着。"李承平不容置疑地道。

这些年里，他在范闲的教育下似乎变成了一位温仁皇子，然而姚太监知道这位少年皇子当年是怎样的狠毒角色，一旦真把对方逼狠了，记住这份大怨，将来自己怎么活？更何况这庆国的江山总是要传给三殿下的，他啪的一声跪了下去。

李承平转过头，望向雪地里向远处走去的范闲，唇角抿得极紧。

摘星楼楼顶的雪中，那片纯白的名贵毛裘下的金属管不停地发出巨响，撕裂空气，收割遥远皇宫处的生命。这些声音极大，虽然反作用力被消减了许多，可是摘星楼楼顶的白雪依然被震得簌簌滑动，声音更是传出了极远，惊扰了四周街道和民宅中的人们。

京都府衙役早已发现了这片地方的怪异，只是摘星楼是朝廷禁地，虽然已经荒废多年，但若没有手续，谁也不能进去查看。加上今天还是初八，年节还在继续，这些衙役心想或许是谁家顽童在里面放春雷，只是这春雷的声音似乎大了些。

终究还是内廷的反应速度更快，皇帝陛下昏迷前异常冷静地说出了摘星楼的名字，内廷高手们从皇宫里悄行潜出，顺着皇宫左方的御河，直穿山林，用最快的速度来到了京都东城。

隔着两条街，还听见了摘星楼上传来的巨响，这些内廷高手们精神一振，强行压抑下心头的紧张，分成四个方向扑了过去。那个可怕的刺客此时既然还在摘星楼上，那么定然无法在自己这些人合围之前逃出去。然而当内廷高手们勇敢地冲进了摘星楼，直到楼顶，依然没有发现任何人，只是楼顶的厚厚白雪里有一个很明显的印子，除了这个痕迹之外，空无一物，就像从来没有人来过一般，安静得令人心里发虚。

雪花还在不停飘落，内廷高手认真地查看着楼顶雪中留下的痕迹，然而那个刺客竟是一点线索也没有留下来，连那个人的身形如何都无法看出来。

一名内廷侍卫守在摘星楼外围的一个巷口，面色微白，警惕地注视着并不多的行人。忽然间，他看见一个小厮模样的人走了过来，心里不由咯噔一下。

让这名内廷侍卫动疑的是，这小厮裹着一层厚厚的毛皮，毛皮看上去很破烂，值不得几个钱，却将里面的青衣裹得实实在在，只是膝下翻了过来，露出了毛皮洁白如雪的一面。这是极为名贵的毛皮，谁家小厮能买得起这样名贵的物件？

内廷侍卫眼瞳微缩，便欲呼叫同伴，不料却感觉眼前一花，紧接着颏下一麻，靠在了小巷墙壁上，立时毙命——身体却是僵硬无比，没有倒地。

小厮指尖一抹，取出扎在此人颏下的那枚细针，裹紧了蒙在身上的厚厚皮毛，似乎是有些畏冷，走出了巷子，转瞬间消失在京都的风雪中。

今日京都风雪大，动静大，却没有多少人知道，被戒严封闭的皇宫前究竟发生了什么。御史台叩阍的御史们早在夜里就被强行押回各自府中，各部的大人们也是被监察院通知留在了府里，便是胡大学士也无法靠近皇城。

这种压抑的紧张与波动没过多久便传到了京都南城的那条大街上，这条街上不知住了多少家权贵，而所有人警忌猜疑的目光都只投向一家，那就是范府。

范府今日一如往常，没有慌乱，没有悲伤，没有紧张，该烧水的烧水，该做饭的做饭。范闲入宫与陛下谈判得来的成果在府中显然没有反应，林婉儿依旧安静得令人担心地留在府里，坐在花厅里，等着那个男人回来。

"若若怎么还没有起来？"林婉儿温婉一笑，笑容里却有着淡淡的悲伤，她望着正在喂孩子的思思问道，"喊了没有？"

正说着，昨夜才被放出皇宫的范家小姐从厅外走了过来，身上干净如常，眉宇间是一如既往的冷静，脚下的鞋子干干净净。她望着嫂子笑了笑，便坐到了桌子旁边，拿起了筷子，拿筷子的手是那样沉稳，一丝颤抖也没有。

第四章 一路向北

正月初八，放在往年，那些红红的鞭炮纸屑还在雪地上飞舞，那些微微刺鼻的爆竹气味还在街畔宅后弥漫，一切都透着股热闹而喜庆的气氛。然而对于京都的官员百姓来说，庆历十一年的春节，过得实在有些不顺心，不仅不顺心，还有些黯淡。

昨日是各部衙开堂第一日，就在这一日里，京都内贺派官员惨遭刺杀，鲜血惊醒了无数人还有些微醉的心神。而今日皇城附近已经开始戒严，听闻朝廷最终查出了那些胆敢在京都首善之地刺杀大臣的万恶之徒是谁，并且在皇宫附近展开了扑杀行动。

听说死了很多人，那位被皇帝陛下褫夺了所有官职的小范大人也牵涉事内，更有风声传出，那些无比阴险的刺客里竟然有很多北齐和东夷人。

数不清的军士行走在京都的大街小巷里，监察院、刑部十三衙门、内廷、大理寺、十三城门司、京都守备师，庞大的国家机器已经全力开动。冷漠而沉重的脚步声回荡在飘雪的京都里，四处搜寻着那些刺客，京都城门更是被严密地封锁起来。

在这样的阵势下，无论是多么可怕的刺客，想来也很难轻松地逃出京都。

一批由监察院和内廷联合组成的队伍，早已经包围了范府，府外更有很多军士在进行封锁的工作，而对范府的搜查已经进行了三遍，依然没有找到范闲的踪影。

另一支由言冰云亲自领队的搜捕队伍，第一时间扑到了西城，扑到了启年小组最隐秘的那个联络点——当年王启年花了一百二十两银子购买的小院。这处小院本来就是启年小组的秘密，但看西凉路监察院旧属所遭受的沉重打击，便可以想见，皇帝陛下一定在范闲的身边曾经埋下过奸细，并且查到了启年小组的会合地。

小院孤清依旧，纸笔搁于桌上，砚中残墨早已冻成黑凌，屋外井口处的水桶无力地倾斜着，不知道已经多久没有人来了，范闲自然也不在这里。

言冰云站在小院门口微微皱眉，暗自想着：你此时是躲在哪里呢？

京都早已戒严，京都府发动各里里正和一些能够主事的百姓，织成了一张大网撒在大街小巷上。当然，谁都知道监察院在京都里不知藏了多少暗点，加上范闲那神出鬼没的能耐，也不敢奢望能真的抓到他。只是范闲究竟在哪里呢？追捕行动已经过去了整整半天，在强力动员下，整座京都已经被生生翻了一遍，十三城门司死死地把住各大城门，朝堂上的所有官员都断定，范闲不可能出城。

言冰云的眉头皱得越来越紧，他拍了拍自己显出疲惫的脸颊，尽量让自己的情绪起伏变得平静一些，让人不易察觉。他轻轻挥手，让监察院的官员们继续散开。

追捕一直持续到深夜，往日与范闲有些关系的大臣府上也被搜索了，就连靖王爷府与柳国公府都没有被漏掉，可是依然没有找到范闲的下落，所有人都感到了寒意。他若此次真的活了下来，逃出京都，背叛大庆，会给这天下带来怎样的变动？

言冰云拖着疲惫的身躯回了爵府，没有去向父亲请安，直接回了房中，吃了两口厨子端过来的热饭菜，从妻子手中接过热毛巾用力地擦了两下眼窝，便坐在椅子上发呆。

"怎么了？"沈婉儿望着他眉宇间的忧色，轻声问道。

言冰云往日冷若冰霜的脸上浮起了一丝苦涩的笑容："我真的很佩服他，听说出宫前他已经被陛下废了，绝不可能在短时间内恢复，而且他为了吸引我们，与海棠等人分道而行……重伤之躯，孤身一人，怎么却硬是找不到？"

"其他的刺客？"沈婉儿紧张地问道。

"都是天底下数得着的高手，难……"言冰云摇了摇头。他当时并不在皇宫的广场上，皇帝虽然信任他，但伏杀范闲的行动，并不愿意让监察院插手。说完这句话，他发现妻子的面色有些怪异，微微一怔，问道："怎么了？"

沈婉儿沉默了一会儿，强颜笑道："没有什么，只是午后去给父亲大人请安，他老人家似乎不在。"

言冰云的身体微微一僵，许久没有任何动作。父亲言若海虽然早已经从监察院四处主办的位置上退了下来，但实际上依然极有影响力。他更清楚，父亲大人是最传统的监察院官员，他的忠诚更多的是在陈萍萍、范闲身上，而不是在陛下身上。

初秋陈院长被凌迟至死，言冰云就一直十分担心父亲有激烈的反应，令他意外的是，父亲当天夜里大醉一场，便恢复了平常模样，整日价只是忙于伺候家里的假山园子。

然而今天，陛下与范闲公然决裂，从宫里杀到宫外。范闲自然是要替陈院长复仇，以父亲的能力，他肯定知晓此事，那他会怎么做呢？

"大概出去逛了，没事……你就留在屋里，不要见任何人。"言冰云的眉头微皱，对妻子沉声交代道，"我去看看父亲。"

言冰云来到父亲房前，恭谨出声而入。言若海对儿子的来意早已猜到，直接道："他没有来府里，他不会傻到自投你的罗网。"

言冰云沉思片刻后道："这是院务，儿子不能徇私情。"

言若海看了他一眼，"府里究竟能不能藏人，你最清楚。"

言冰云行礼问安，告辞而去，经过廊前那座大得出奇的假山时，莫名停住了脚步，看着假山上面微干的苔藓和一些残雪，想到小时候家里的一些奇怪规矩，总觉得自己似乎是错过了一些什么，遗漏了一些什么。

幸亏是冬日，这间暗室并不如何潮湿，然而阴暗。

范闲体内的经脉千疮百孔，那些烙红了的铁丝依然在经脉里贯穿着，无比的痛楚像几万根细针一样刺入他的脑海，令他时不时地想痛号一声。这种痛楚，这种伤势，让他根本无法调动腰后的雪山气海，甚至连上周天的小循环也无法调动，想要用天一道的自然真气来修复经脉，在这一刻竟然毫不可能。

只有靠着时间慢慢熬养了，或者寄希望于那个神奇的小册子，从这看似空无的天地之间，吸取那些珍贵的元气，慢慢地填充自己空虚的气海。然而空气里的元气是那样稀薄，如果靠这个速度恢复，只怕二三十年过去，他仍然是一个废人。

范闲半倚在垫着羊毛毯的密室墙壁上，身体里的痛苦，让他此刻的呼吸有些急促。此刻夜深人静，又是深在重围，他不得不强提精神，尽量让呼吸平缓下来。

他的伤口已经被包扎好了，极名贵的伤药似不要钱般用着，身旁的地面上放着用来补充精神的食物清水。密室虽小，各种各样的物品却极为完备。

骨裂的胸骨又开始隐隐作痛，他想到了皇帝陛下那沛然莫御的拳头、那声枪响、禁军起始的慌乱，以及后来朝廷极为严密有效的搜捕，他确认了皇帝老子并没有在枪下死亡。这个事实并没有让他感到太过失望，开始计算今后的道路该怎样走。

当那道惊雷在皇宫上空响起时，他是城上城下逾万人中第一个做出反应，并且判断出开枪者方位的人。因为在这个世界上，他对那个声音最熟悉，对那个箱子最了解。

三年前五竹叔离开京都，去遥远的冰雪神庙里寻找自己是谁的终极答案，从那日起，箱子便离开了他。他一直以为五竹叔把箱子带走了，因为五竹叔要面临的敌人比皇帝陛下更加深不可测。他没有想到箱子原来还在京都，只不过不在自己身边。他也知道，今天一定不是五竹叔。

开枪的人究竟是谁呢？范闲想了很久也没有答案，只能肯定，这个开枪的人一定与自己有极亲密的关系，不然五竹叔也不会将自己的性命交付在对方的手上。

他一面沉思，一面调息，密室里一片死寂，一片黑暗，此时真气尽散，目力也不及平日。他摸索着去拿身边的水壶，然而当手指刚刚触及壶壁的时候，便僵住了。

他抬起头来，静静地看着黑暗的密室墙壁，似乎感觉到就在这一堵墙外，有一双眼睛也在悄悄地看着自己。

被保养得极好的机枢上面涂了许多滑油，当密室的门被打开时，没有发出一丝声音，就像是无声的哑剧一般，淡淡的光线从密室外透了进来。

范闲静静地看着室外，微暗的灯光让密室外那个熟悉的身影显得一片黑暗。

言冰云走到他的身前，道："不要忘记，我毕竟是在这个园子里长大的，虽然自幼时起，父亲便严禁我上这座假山攀爬，但你也知道，小孩子怎么可能不爬。"

范闲笑道："这座假山太大，我当年第一次进你家时便觉得有些怪异，和你父亲说过几次，他总不信我。果不其然，我都能发现这里的问题，你当然也能发现。"

是的，他现在就是躲在一等澄海子爵府的假山里，京都里再如何疾风暴雨，可谁能想到他躲在言冰云家中？如果言冰云不是心血来潮，试着打开了自己童年时躲猫猫的房间，想必范闲一定能在言若海的帮助下，安稳地度过这一段最紧张的时间。

"父亲不知道我清楚这座假山的秘密，不然他一定会选择一个更妥当的地方。"

"好了。"范闲疲惫地叹息了一声，"我就说我这辈子运气好到不像是人，总该有次运气不好的时候，原来却是应在了这座假山里。"

"那两个人呢？"言冰云问道。

范闲挑眉道："他们没受什么伤，自然跑得比我快。"

言冰云清楚必然是他把海棠与王十三郎赶走的。沉默片刻后，他道："你就这样提着剑便进了皇宫，有没有想过会带来怎样的乱子？有没有考虑过我们……院里和内库？"

范闲道："我与陛下有协议，只要我活着离开，他就不会为难院子。"

言冰云怒极反笑："真是荒谬，你觉得陛下真会执行这般荒唐的协议？"

"原先我的把握只有两成，现在有九成。"范闲道。

之所以会提升如此之多，自然是因为皇城前的那道惊雷。

言冰云盯着他的眼睛道："但现在你在我的眼前，我不能让你离开。"

"能不能商量一下？我不去北齐，你就当没见过我。"范闲微笑着道。

言冰云摇头道："我在大人身边这么多年，内库的事情总能了解一些。这些年你一直把自己的重心往北齐转移，范思辙如今还在上京城，如果说你没有背叛朝廷、没有迁居北齐的打算，谁能信？"

范闲道："我说过，我与陛下有协议。"

"国之大事，事涉千万子民生死，怎能凭一言而定？"言冰云的声音压得极低，"万一将来事态有变，谁知道你会不会被愤怒激疯，做出那些恶心的事来。"

"恶心？你是说把内库的秘密卖给北齐，还是替齐人先驱南攻大庆？人生一世，总是要遵守承诺的，只要皇帝陛下遵守他的承诺，这些自然不会发生……他不想让天下大乱，所以他不能对我的人下手，哪怕他再如何愤怒，为了他的千秋大业，他也必须忍着……不要忘了，那些人也是你熟悉的人，你曾经的友人、同僚，如果这时候你把我杀了……不谦虚地说句话，群龙无首，难道你就想那些你曾经无比熟悉的人，一个一个地倒在陛下的屠刀之下？"范闲盯着言冰云的眼睛问道。

言冰云沉默片刻后应道："看来大人对这件事情琢磨了很久。不过你必须清楚，天上只可有一日，天下只可有一君，若你活着，就算一直隐忍不发，我大庆朝廷表面的平静之下依然会被你生生割裂成两块……这对我大庆而言，并不是什么好事。"

"我只是想让我要保护的那些人活下去，为了这个目标，我必须活着。将来我远远地站在高岗之上，冷漠地看着庙堂之中的陛下和你，想来也会让你们有所警惕才是。"

"若你死了，院里的官员部属总有一天会接受这个现实，陛下雄才伟略，一定有办法将监察院甚至你在江南的布置全部接回手中。表面上你是想保证他们的生命，实际上呢？其实你只是用这些人的力量来威胁陛下、威胁朝廷，只不过是为实现你自己的心意，将监察院用作私器。"

"有何不可？"范闲微眯着眼望着言冰云。

"不论是院长还是你都曾经说过，"言冰云正色道，"监察院乃公器，并不是私器，你怎么能利用国之公器，而谋一己之私？这便是我不赞同你的地方。"

"是吗？"范闲的眼眸里寒意微现，冷漠地讥讽道，"监察院乃公器，我不能私用……那为什么皇帝陛下为了一己之念动用监察院时，你不勇敢地站出来驳斥他？"

这句话直接击打在言冰云的心上，他怔怔地看着范闲，一时间接受不了这句话。在他看来，陛下便是朝廷，便是庆国，便是公……监察院乃公器，自然是陛下手中的刀。

"不要忘记你自己说的话，监察院是公器，不是皇帝陛下的私器，龙椅上的人，终究只是一个人，莫要用他来代表这天下。既是公器，自然是有德者居之。不错，我并不是个有德之人，但难道你敢说皇帝陛下是个有德之人？既然我与他父子二人是两个老少王八蛋，那这监察院公器究竟归谁，就很简单了。"

范闲不再看言冰云的脸色，拿起水壶困难地饮了一口，又冷冰冰地道："这院子是叶轻眉设的，是陈萍萍留给我的，他凭什么拿过去？你有什么资格对我说这些无聊的话？"

"监察院是用来监察陛下的机构，如果变成了陛下的特务机构，你这个监察院院长还不如不当了。"他放下水壶，用一种不屑而无趣的口吻训斥道。

此时，言冰云的心里犹如掀起了惊涛骇浪。他一直以为范闲只是心伤陈萍萍之死，所以才会做这些事，哪里想到会听到这种大逆不道、十分反叛的论调。陈院长当年没有教过他，范闲以前也没有说过……监察院是用来监察陛下的？这是什么样的笑话！

便在这个时候，一道有些疲惫、有些苍老、有些淡然的声音，在假山阴影之中响了起来："这么夜了，都先歇了吧，若让那些婆子听了闲话去，能有什么好？"

言冰云身子一僵，异常艰难地转过身来，袖中的双拳握得极紧，心知父亲这是在提醒自己。若没有父亲出手帮助，重伤之后经脉尽乱的范闲，怎么可能躲进假山里的密室中，身上怎么可能被包扎好，身旁怎么可能有食物和清水？父亲这是在用父子之情威胁自己。若自己真的决定对范闲不利，那么这个家只怕从此败了。

范闲看着黑暗中的言若海，低声道："这就不说了，您先回吧。"

接着，他又对言冰云道："我说的话，你自是听不进耳的。院里的甲阁中有几封我从靖王府取回来的卷宗，这些天得空的时候，你去看看。"

言冰云默立许久，最终还是离开假山，向着自己的宅院行去，背影有些萧索。

"假山这边没有什么人会来，放心吧。"言若海走到假山下，温和地笑道，"您先前关于院子的话说得极是，希望他能听懂一些。"

范闲应道："不如老先生身教。一切为了庆国，但什么都是有价的，言冰云既然舍不得用您的生死去证明自己的这个信条，那么想必他会慢慢想清楚。"

小雪时下时歇，皇宫前的广场上早已不见几日前留下的痕迹，只有皇城朱墙上头的青砖，还有西面的青石地上几个令人心惊胆战的深洞，显示着那日的残酷，同时向过往的人们证明了恐怖的天外一击确实存在过，而不是人们臆想出来的动静。

范若若披着一件雪白的大氅，安静地站在宫门前，等着禁军与侍卫联合审验入宫的腰牌。贺大学士于门下中书遇刺后，京都各衙门的防卫力量都森严到了战时的状态，而她心知肚明，真正的原因是陛下遇刺，只不过这件事情还没有传到民间。

今日她入宫是陛下醒后下的旨，不仅仅是因为范若若承自青山和费介一系的医术极高，更关键的是，皇帝陛下所受的重伤并不是那些刺客留下的内伤与剑痕，最致命的是胸口处被飞溅射入血肉的那些钢片。众所周知，这种叫手术的奇怪的治疗方法，整个天下就只有范家小姐才会。

来的路上，范若若已经从太医正嘴里知晓了皇帝陛下目前的身体状况，知道陛下并没有死在自己的那一枪下，她没有什么失望的情绪，只是有些惘然。

她在御书房里待了整整五个月，甚至可以说，她是这些年在皇帝陛下身边待得最久的女子。她很清楚那位君王是一个什么样的人，只是他待自己确实与众不同。

"入宫后自己小心，若……陛下一时不便，你要留在宫里诊治，也得给府里传个消息。"李弘成站在范若若的身边轻声叮嘱道，眉宇间有掩之不住的忧虑。替皇帝治病本就是件极为可怖的事情，更可怖的在于，陛下受的伤怎样都与范闲脱不开干系，范若若却是范闲最疼的妹妹。

"嗯。"范若若微微一笑，脸上的淡漠冰霜之意渐渐化开，低头向着弘成行了一礼，与太医正二人在侍卫们的带领下向着皇宫里行去。

她一直都知道李弘成的心意，也深深感动于此。最近这些天，范府被连番搜查，不论是林婉儿的郡主身份，还是范若若在陛下心中的地位，在范闲所犯大罪的面前，都微不足道。就在此时，从西凉路回来后出任枢密院副使的李弘成，却是不避嫌疑坐镇范府，如果没有他，只怕如今的范府日子要难过太多。

在幽静的宫门洞里前行，范若若微低着头，心里认可哥哥当年说的话，人生本来就是一出戏，而且往往还是一出荒谬的戏。陛下险些死在自己的枪下，而此时自己却要去给他治伤……直到入宫前，她依然没有拿定主意待会儿应该如何应对，她知道陛下已经醒了过来，也幸亏陛下醒了过来，发下了旨意，范府才没有遭受灭顶之灾。

没有人知晓，宫变前一夜，范闲和皇帝陛下究竟说了些什么，达成了什么协议，但林婉儿应该是猜到了一些，范府不离京归澹州，毫无疑问也是表明了一种态度。一念及此，范若若很是佩服嫂子临危不乱的心境，对兄长更是生出了更多崇拜，这世上除了哥哥，还有谁能逼得一位强大的君王在遇刺之后，被迫压下愤怒呢？

想着这些事情，她来到了御书房，无视那些侍卫们震惊的目光，径直走了进去，一眼便看到了躺在榻上的皇帝陛下。陛下脸色苍白，眼神无力，看上去苍老了许多。

接着，她看到了地上的那具尸体，表情没有任何变化，心里却起了波澜——那是摘星楼下被她杀死的探子，没想到会被直接抬进宫里，还摆在了陛下的眼前。

皇帝盯着那具尸体，道："去查。"

他看的是那个探子的尸体，要查的却是那个箱子，哪怕他这时候身受重伤，刚从昏迷中醒来，第一时间想到的便是要处理这件事，而不是追杀范闲。

数名戴着笠帽的苦修士从阴影里走了出来，躬身行礼，然后离开。

在经过范若若身边的时候，她感到了一阵寒风。

皇帝有些艰难地抬起头来，看着范若若面无表情地道："朕答应过他，只要他活着，朕就不会动他的人，所以你不用担心，好生替朕医治。"

姚太监想着陛下刚刚发给江南的密令，下意识里低头，抿紧了唇。

追缉紧锣密鼓地进行着，一条条街巷民宅都被翻了一个遍，诡异的是，身受重伤、无法行动的范闲，却像游魂一样消失了。

此次追缉主要以军方和内廷为主，监察院只是配合，所以相应的事务并不如何繁忙。如今的监察院院长言冰云也并不像叶重和姚太监那般忙碌紧张得无法入睡。相反，天河大道上那座方正阴森的建筑里，多了很多他认真阅读的画面。

那夜言冰云听了范闲的话，开始去读那些被藏在甲阁里的书信以及卷宗，才知道原来这是当年叶轻眉写给陛下的折子和书信，上面十分系统地讲述了很多关于庆国将来的设想。然而这些设想实在是太过大胆，不，应该说是大逆不道！

这些像是有毒一样的字句，让他觉得握着纸张的手指开始发烫，震惊得不敢细看，只挑了关于监察院设置起源的那些文字认真细读，因为他清楚，监察院本来就是范闲的母亲、那位叶家小姐一手打造出来的。

世间为什么要有监察院？或许在这些书信卷宗上能够找到答案，监察院的宗旨不就是一切为了庆国，一切为了陛下吗？可是为什么那些文字里并没有太多地方提到龙椅上的那位、将来有可能坐在龙椅上的那位以及以后的那些位？

不管言冰云想不想看进去，敢不敢看进去，那些并不如何娟秀的文字依然像魔鬼一样锲进了他的心里，他开始沉思、开始发呆、开始觉得自己那夜被父亲威胁、被迫收容范闲在府里，也许并不见得是一个完全不对、对大庆朝廷完全有害的决定。

他走到密室窗边，透过玻璃窗看着暮光下的皇城一角，觉得那些反射过来的红色光芒有些刺眼。怔了怔之后，他从书桌某个角落里翻出来一块黑布，又将这块黑布扯开，仔仔细细、小心翼翼地蒙在了玻璃窗上，挡住了皇宫的景象，似乎这样才能够安心一些。

当日皇帝陛下被刺客重伤，虽侥幸没有归天，却时而昏迷，时而苏醒，偶尔醒过来时，冷漠地颁下了一道道追缉的命令，务求要将范闲杀死。言冰云掀开黑布一角，眯着眼睛看着那座辉煌的皇城，想到了另一件事情，似乎除了追杀范闲或是寻找范闲尸体之外，内廷隐隐约约还在寻找一个物件，在陛下心中，似乎那个物件比范闲更重要。那会是什么呢？

他披了件大衣，趁着无人注意时进入假山，看着范闲的背影问道："为何父亲、老院长他们从来都没有与我说过那些。"

范闲转过头来，道："因为我们这些人的想法与世不容，若不是遇着事情，你父亲用自己的性命让你做选择，你怎么可能接受这些？"

言冰云沉默了一会儿，又道："即便如此，你还是放手吧，没人能战胜陛下。"

范闲唇角一扬，生出一抹略带嘲弄的笑容。

他想起了皇城里的惊天雷声，想起了那个箱子。

他已经隐约猜到那个箱子在谁手里，但他永远不会说，也不会去找，因为皇帝肯定派了无数人在找那个箱子、找那个人，他不愿给那人带去任何危险。

但即便没有那个箱子，他依然有战胜皇帝的信心，因为世间还有一人。

他没有说话，但眼神与表情已经流露出了足够多的信心。

言冰云盯着他的眉眼，忽然问道："陛下究竟在找什么？那天皇城前的巨响……你知道来自哪里？"

范闲看着他微微一笑，没有回答。

"你……就这么想陛下死吗？"言冰云早已猜到当年的真相，猜到了陈萍萍的死因以及范闲为何这样做，有些不确信地道，"他毕竟是你的父亲。"

范闲沉默了一会儿，回道："我与陛下无私怨，但我要杀他两次，现在还差一次。"

一次是因为叶轻眉,还有一次是因为陈萍萍。

言冰云极其缓慢而无力地叹了口气,没有再劝他什么,转身出了密室。

回到卧室后,他端着沈婉儿递过来的热茶,望着窗外的微雪,呆呆地坐了很长时间。

沈婉儿看着手中大衣上的残雪与梅屑,也呆住了。

正月走到了最后一天,庆历十一年的脚步终于稳稳当当地落到了这片大地上。然而南庆朝廷的脚步依然无法行稳,皇帝陛下已经能够半坐起身子审看奏章,却不能太过耗神。而贺宗纬已死,各部里又有关键官员被范闲狠手清除,一时间朝堂竟是有些混乱。好在胡大学士拼了这条老命,总算没有让朝政大事被耽搁太多。

京都看似恢复平常,实际上依然处于森严的控制之中,只是范闲连个影子都没被发现。是的,范闲不见了,影子也不见了,负责追缉工作的庆国官员到这一刻才发现,监察院培养出来的人物在这些方面确实是天才。不过他们依然有信心,因为陛下玉口圣断,范闲受伤太重,经脉已毁,一年内不可能复原。

那些入宫回禀进展的朝廷大员则是看到了另一幕让他们曾经习惯、如今却格外古怪的场景——陛下虚弱不堪地躺在棉被垛子里,一位穿着寻常姑娘服饰的女子,冷冷淡淡却又仔仔细细地服侍着陛下,为陛下端药喝、喂食吃。

那女子是范家小姐,朝廷大员们在前五个月里早已经看惯了她的容颜,但怎么也想不到,这才出去了几天,怎么又回来了?小范大人不是成了刺君的钦犯,怎么他家的妹子却还能在陛下的身边侍候着?姚大总管在想啥?陛下又在想啥?

不仅是范家小姐天天在宫里侍候陛下,便是被众人看成死地的范府,似乎也没有变成地狱,里面的人照常生活着,晨郡主林婉儿更是隔三岔五便入宫一次，给陛下带去一些新鲜吃食儿，讲讲玩笑话。这叫作什么事？陛下想杀小范大人只怕都想疯了，却根本不想难为他的妻子、妹子？这一幕实在太过荒唐了。

京都的沉闷气氛终于在二月初的一天被打破了。姚太监收到了一个绝密的消息，当夜在御书房内与伤后疲弱的陛下一番长谈后，第二日无数内廷和军方的人马，便悄无声息地从各方汇集，来到了一等澄海子爵府的大门口。

晨光冒出来的一刹那，树上青芽还在木皮下沉睡，言府的大门便被猛的一下轰开，从四面八方围拢过来的军士守住了所有的方位，二十余个高手直接从高高的院墙上飞跃而过，似乎知道目标在哪里，直接扑向了后园那座假山。

姚太监袖着双手等在言府外，没有进府说话的意思。这座府不是简单的地方，且不说言若海大人当年在监察院里经营多久，言冰云毕竟也是监察院的院长，所以这次行动没有向监察院透露任何风声。

小言公子披着一件睡衣，站在卧房门内，冷漠地看着府内四处搜索的军士，眼里的怒火越来越浓，表情却依然保持着平静。身后的床上，他的妻子沈大小姐缓缓坐起身来，颤着声音问道："发生了什么事？"

"难道你不知道发生了什么事？"言冰云头也未回地反问道。

坐在床上的沈婉儿面色剧变，半晌后才颤着声音应道："你说什么？"

言冰云叹道："当年确实是我负了你，可是已经这么多年了，我以为你早就已经忘记了。咱俩毕竟已经结为夫妻，没想到，你不让我言家家破人亡还是心有不甘。"

沈婉儿的身体颤抖了起来，知道相公已经看穿了自己的所作所为，朝着言冰云的背影凄声道："他终究是钦犯，若被朝廷知道了，咱家怎么逃得开干系？再说他本就是个厉害人，若说是他自己躲进来的，府里没发现，朝廷也能相信。"

"是啊，咱家有首举之功，却也有庇护之罪。"言冰云漠然道，"我只是想不明白，你究竟为什么要这样做？你是北齐人，什么时候变得如此忠于我大庆朝廷了？"

沈婉儿低下头去沉默许久，最终勇敢地抬起了头，眼里满是挥之不去的恨意。

"为什么？你说为什么？不要忘了，我是你的妻子。是啊，那件事情和你没什么关系，但你敢说那件事情和他范闲没有关系？！我父亲被北齐皇帝派上杉虎杀死，紧接着全家被抄，家破人亡……你根本不知道什么叫家破人亡！"接着她痛哭道，"我一家上下两百余口人全死了！我那只有三岁的弟弟也死了！这是谁做的？是，这是北齐皇帝做的，但你以为我真的不知道，这都是范闲和那个叫海棠的女人出的主意！可是我能怎么做？范闲是你的上司，是你的朋友，是你从来不说，但实际上最佩服的人……难道我还能指望你替我那一家大小两百余人报仇？"

"他既然敢逃到我的身边，并且让我发现，我便不能错过这个机会。"沈大小姐说完了这番话，浑身瘫软地坐在了床上。

言冰云没有说什么，只是在心底叹了一口气。

后园里的那座假山已经被军士们生生掘开，看着里面布满灰尘的密室，不禁呆在了原地。被声音惊动出房的言若海，像是什么事情都不知道一样，皱着眉头看着这些负责扑杀钦犯的军士以及内廷高手们，寒声道："这是怎么回事？！"

言府里没有范闲的踪影，连一点痕迹也没有。

沈婉儿自然不能再留在府里，被老大人一句话便逐去了京外的庄子。

几辆马车有些凄凉地穿过城门，来到了郊外。

朝廷的探子在暗中一直跟到庄子里，也没有任何发现。

谁也没有注意到，在京南的矮山之间，行走着一辆极其普通的马车。

"我可从来没有担心过会出什么事。"范闲舒服地靠在软垫上，虽然体内的经脉还是一团糟，比一个废人还要不如，但眼看着四野更加生动的风景，他终于放松了下来。

离开言府的时候，他并不知道发生了什么事情，也不知道是沈大小姐始终没有忘记庆历五年北齐上京城内沈府的灭门惨案，但他相信言若海的能力。

言氏父子是在监察院里熬成精的角色，怎会连自己家宅里的异动都察觉不到，早早便寻了个机会将他送出了京都。此时马车正行走在山野间晨光暗淡的道路上，驾车的人是监察院里的一个官员，不是范闲熟悉的旧属，也不是启年小组的老人。

"那是院长大人洪福齐天。"驾车的监察院官员笑着说了一句话，"不然院长大人也不可能找着这么一个机会把您送出京都。"

两个院长大人，前一个自然是范闲，后一个自然是言冰云。这个官员又道："院长大人要我最后问您一句话，您答应他不去北齐，不背叛朝廷，能不能真的做到？"

"说了自然要做，我又不是老跛子那种百无禁忌的家伙。你回京之后，帮我把这封信交给言冰云，让他想办法送到皇帝陛下案前。"范闲将一封薄薄的信递了过去。

信的内容很简单，就是自己已经离开京都，会履行那夜与皇帝陛下之间的协议，也请陛下遵守"天子一言，驷马难追"的承诺，并且祝陛下身体安康，多多保重。

马车在京都野外转了几个手，绕了好几圈，借着山势里的密径以及监察院备着的几个转换点，花了整整三天时间，才行到邻近的一处大州州城之外。

马车自然是不会进城的，而是选择在这里进行交接。看着那张熟悉的脸，范闲忍不住笑了起来，道："你来了，我就放心多了。"

从北齐上京赶回南庆，一直在京都外准备接应的王启年化装成一个老头儿，满脸的皱纹，他上车查看了一下范闲的伤势，心情沉重，此时没有什么心情说笑，只是摇了摇头。

"我得扮成什么？"范闲问道。

王启年从包袱里取出脂粉和花布衣裳，道："扮成老杆子我的儿媳妇……"

范闲一声苦笑，也没有矫情，接了过来道："你扮成老杆子倒是比我方便得多。"

在他换衣服的时节，王启年忍不住压低声音问道："大人，难道从一开始的时候，您就已经计划好了自己能够离开京都？"

"我又不是神仙，计划总是赶不上变化。"范闲沉默了一会儿，应道，"如果在宫里我能胜了，自然不用再出京，可既然败了，那我一定要保证自己活下来。"

"那接下来去哪儿？"王启年轻拉马缰，问了一个很实在的问题。

"一直向北。"范闲道。

风自北方来，风中的人们却在一路向北方去。马车绕过了崤山冲，悄悄擦过燕京与沧州之间的空白地带，将要抵达北海的时候，二月末却又落下雪来。

此地凄寒，较诸四野不同，马车上被覆了一层薄薄的雪，就像是被沾上了碎糠末的黑面包，缓慢地在荒野的道路上行走着。

赶车的王启年外面穿着一件雨蓑，勉强用来挡雪，眼睫毛和唇上的胡须仍然被雪凝住了，看着有些凄惨。平日里那双浑浊无神的双眼，此刻在风雪中却是那样清澈和锐利，缓缓从道路两旁扫过，没有放过任何一处值得怀疑的动静。

这个老家伙瘦削如猴，筋肉里却像是藏着一种骨头，力量十足，精气神十足，如此长途跋涉，没有让他有丝毫不适应。在沿途不停乔装、打通关节、伪造文书，突破了南庆朝廷无数道检查线，成功地让马车来到了离边境不远的地方。

当年他是纵横大陆中北部的江洋大盗，做这些实在是太合适不过了。待马车行过一处山坳，于雪溪之上的小桥行过，他终于松了一口气，因为已经越过了边境线，再也没有谁能危害车厢里那位大人的生命安全。

马车颠了一下，车厢中的范闲悠悠醒来。他脸色苍白，没有一丝血色，薄唇暗淡，被皇帝陛下一指压碎的经脉千疮百孔，没有真气护身，连日奔波及车外的严寒终于让他再次病倒了。

他拢了拢身上披着的厚羊皮，透过车窗一角往外望去，只见马车正行走在一处有些眼熟的木桥上面，对过是一片景致相仿、气息却绝对不相似的土地。

此时是冬日，再如何熟悉的景致也都会生出不同来，范闲却从溪流的走向、两岸小丘的走势，准确地分辨出马车过的是雾渡河。当年他以少年诗仙之名出使北齐，沿途押送肖恩至此，第一次看见海棠朵朵也是在此地，怎么可能忘记？

车厢里生着一个小暖炉，却像是根本没有什么热气。范闲眯着眼睛，静静地望着桥那边北齐的土地，轻轻呵出一口热气，陷入了沉思之中。

当年他体内经脉尽碎，全是依靠海棠在江南细心的照料和治疗才得以恢复，只是今次伤势更重，海棠也不知道从京都脱身没有？他并不怎么担心影子的安全，因为影子是职业刺客，最擅长的便是这些。可海棠和王十三郎不一样，他们二人虽是顶尖的年轻强者，终究没有专门研习过这些求生的本领。

在言府假山里躲着的时候，言若海每日会给他讲述一下京都的近况，他知道皇帝陛下已经醒了过来。出京后，他与王启年沉默前行，主动切断了与监察院旧属以及天下各方属于范闲控制势力的联系，所以他并不知道现在京都是什么局面。

寒冽的风从窗外灌了进来，他的眼睛眯得更厉害了。没想到二月末的天气还是如此寒冷，他将手脚全部缩进厚厚的羊皮里，疲惫地倚靠着窗，任由雪花击打在自己脸上。他静静地看着桥那头的冬林，想到那一年的林子里，提着花篮的花姑娘就那般静静地站着——如果她在身边，或许随后的那趟旅程会轻松许多吧。

"天遂人愿"这四个字似乎说的就是范闲眼下的情况，他看着那处冬林里出现的身影，看着那片白里出现的花色，心想自己的眼睛是不是花了。

"该吃药了。"王启年搓着手钻进车厢，将暖炉上面一直温着的药汤盛了一碗，端到了范闲的面前。

范闲从羊皮里伸出手来，笑指窗外远处的冬林："药在那儿。"

与海棠一处在雾渡河等着他的还有王十三郎。

范闲看着眼前这两个生死之交，牵动了一下唇角，似乎是想笑，却怎么也笑不出来，最后只是叹了口气，道："没想到你们跑得比我还快。"

"我们出京比你晚。"海棠将厚棉袄上的冰碴儿拍打掉，坐到了范闲的身边，"后来你先逃出了京都，南庆朝廷搜缉的力度弱了下来，我们才有机会。"

范闲点了点头，咳了两声后说道："活着就好，我们几人之间也不用再说什么感谢之类的话，京都那事，和你们那两个老怪物师父脱不开干系。"

海棠看着他苍白的脸无奈地道："本以为经此一役，你总要成熟些才是。"

"我这一生前二十年早就熟透了，好不容易才重新焕发了些青春的味道，怎么可能抛弃。"范闲笑着应了一声，转向了王十三郎问道，"你的伤怎么样了？"

一个诚心诚意诚于剑的剑客，执剑之手却被半废，毫无疑问是极其致命的打击，王十三郎的表情没有丝毫变化，应道："你家那皇帝的真气太霸道，我右臂的经脉筋肉全部被绞烂了，根本没有办法治好。"

"在路上我试过，但效果很一般。"海棠朵朵看了王十三郎一眼，这一路上他们相伴突围，已经极为相熟。

"我来看看。"范闲伸出两根手指搭在了王十三郎的脉门上，紧接着单手如龙爪出云向上，仔细捏弄了一番王十三郎的右臂，神情越来越沉重。

王十三郎道："我这辈子受过很多次伤，没有什么大不了的。"

"在上京城买些上好的金针,我来试试……"接着范闲转过身来,对海棠真诚地道,"都到了这个份儿上,我们之间还有什么好遮掩的,把天一道的法门传给他吧。"

海棠沉默片刻后点了点头,天一道真气对于修复经脉伤势有奇效,虽然是青山一脉不传之秘,但她当年曾经私传给范闲,此时用来治王十三郎,算不得什么。

王十三郎有些意外,问道:"这伤能治好?"

"总得试一试。"范闲笑道,"至少吃饭应该是没问题,不过如果你想重回当初的境界,只怕是不能够……我劝你现在就开始重新练左手,要知道当年有个叫荆无命的就是以左手出名,当然他右手藏得更深,如果你能把两只手都练成,那就厉害了。"

王十三郎笑了笑,道:"那我先练左手,以后有时间再练右手。"

海棠心念微动,看着范闲苍白的脸问道:"你的伤怎么样?"

"比十三惨,基本上没有复原的机会。"范闲平静地讲述着自己的伤势。

海棠又问道:"宫前广场上那些天雷……你知道是什么吗?"

"是箱子。"范闲的唇角微微一翘,"是我的箱子,大概苦荷和四顾剑也都对你们提过那个箱子。你们不要这么看着我,我也不知道箱子现在在谁的手里,而且你们不要把箱子想得太过恐怖,如果那真是神器的话,陛下现在早就死了。"

海棠挑了挑眉,又问道:"我一直有个想不明白的事情,既然你和庆帝之间互为制约,谁都不想让南庆内乱,那你为什么不选择逃离京都隐居,而是选择了出手?"

范闲沉默了很久,双眸里的意味越来越柔和,他轻声道:"一是我要让陛下知晓,我有与他平等谈判的资格,首先我就要有勇气坐在他的面前与他谈。二来……我确实可以选择像叶流云和费先生一样漂洋出海,从此不理世事,不管这片大陆上战火绵延要死多少人,但我不甘心……因为那样,在历史上他将是正确的。"

这便是成王败寇的道理，若无人能够阻止庆帝，历史上便再也不会留下叶轻眉的任何气息，陈萍萍也将注定成为一个恶贯满盈、十恶不赦，最后被凌迟而死的阉贼。

他不甘心那缕来自故乡的灵魂，在这片大陆上努力的结果是化成白茫茫一片大地真干净，他不甘心陈萍萍在史书上变成那等容貌，所以他一定要试一次。

如今的局势，范闲奋起雷霆一击，却功败垂成，庆帝重伤卧于宫，仍然活着，庆国强大的国力犹存，谁也无法正面抵抗这头雄狮。

如果想让皇帝老子履行承诺，就不能做出任何影响庆国朝廷的事情，眼下摆在范闲面前的似乎只有隐于小山村，就此度过余生一条道路。

"接下来你准备怎么办？"王十三郎问道。

范闲轻声道："去找我叔。"

你叔？海棠与王十三郎怔了怔才反应过来他说的是谁。

那位传说中的瞎大师，拥有大宗师的实力与境界，如果能够得到他的帮助，范闲与庆帝之间的这场战争，自然会走向另一个方向。

王十三郎下意识里摇了摇头，道："这算是打不过就去找家长帮忙？"

范闲冷嘲道："本就是这些老家伙弄出来的事，凭什么让我们这些晚辈扛？"

海棠问道："瞎大师在哪里？"

"他应该在神庙。"范闲说得很淡然，仿佛说的不是神庙，而是乡下老家某间老屋。

海棠与王十三郎听着这个地点，震惊得说不出话来。不知道过了多长时间，王启年颤声道："大人，听说那儿可不是人去的地方，但凡敢去的人……都死了。"

"谁说都死了？苦荷活着，肖恩也活着，我那叔，我那妈不都活得好好的？"范闲的眼睛微微眯着，似乎是在追寻当年那些人物的背影。

王启年的面色有些难看，碎碎念道："不是想拦您……这世上有谁敢拦您？不过神庙可不是皇宫，那是仙人居住的地方，只怕折腾几十年都找不着地儿。"

"我能找着，而且我已经准备了很长时间。"范闲眯着眼睛，看着前方的疏林直道，仿佛看到了一辆黑色的轮椅。

他确实准备了数年时间，原想待陈萍萍退休后，他便远离京都朝堂，带着那个老跛子去神庙看看，不承想老跛子没等到退休，便直接死了。

海棠盯着他的眼睛问道："你确定要去？"

范闲沉默了一会儿，问道："我还能去哪儿呢？"

海棠有些怜惜地看着他："那我陪你。"

王十三郎道："算我一个。"

王启年欲言又止，范闲摆手道："你实力不行，这次就别跟着了。"

由雾渡河上了官道，道旁的阔叶林渐渐变成如细针般的林木，在美丽冰凌的陪伴下，覆着残雪的道路一直可以通行到北齐朝廷的都城上京。

上京城那座破旧而颇具沧桑意味的城墙，也是被一片雪覆盖着，如今南庆江南一带想必已是春芽竞发，草将长、虫将鸣的暖和日子，可是今年北齐境内小雪连降，气温一直较低，依然以白色为主调。

明黄的御伞就像一朵雪上的奇花，开放在古旧城头上，漫天小雪静静地飘洒在伞顶。北齐皇帝和她最宠爱的理贵妃，穿着极为华贵的毛裘站立在伞下，站在无数太监宫女大臣之前，静静地注视着上京城前的那条道路。

没等多久，一辆外表寻常的马车从西南方向的路口缓缓地驶了过来，上京城城门大开，驶出一列商队模样的队伍前去接应。

范闲裹着厚厚的毛皮衣裳，缓缓地走出了马车，怔怔地看着面前的少年郎，心里生出万般感触，一时间眼眶竟然湿了，嘴里却说不出什么话来。

从庆历四年春到今日，一晃八年过去了，范思辙已经从当年那个满脸小麻子、惹人生厌的孩童,变成了成熟稳重,颇有大商之风的年轻人。在这一刻,范闲忽然生出自己已经老了的感觉,走上前去,紧紧地抱了抱自己的兄弟。他知道范思辙在北齐孤身打拼辛苦,正可谓玉不琢不成器,他必须舍得也要忍得。

"哥哥。"范思辙看着久未谋面的兄长,想着南方京都里发生的那些事情,再想到兄长马上就要踏上一条世人所以为的不归之路,不由悲从中起,呜呜地哭出声来,"父亲母亲都在澹州,奶奶现如今身体也不好了,你就这么去了,我们怎么办?"

"这破小孩儿!"范闲心头一暖,却笑骂道,"说得好像我是去死一般,澹州那边父亲自然会打理,你若得空,也可以回去看看,代我尽尽孝……"

说到这里,他叹息了一声,不再说什么。范思辙也清楚,在当前的局势下,兄长再也没有可能回澹州,因为陛下不会允许他活着踏入庆国一步。

"这些年要你准备的东西,准备好了?"范闲转了话题,"此去艰险,我也不知道会面临什么,要你准备的那些物件,是用来给我保命的,你可不能当奸商。"

这笑话并不好笑,范思辙自然笑不出来,嗡着鼻子应了一声。

兄弟二人认认真真地说了一阵话,不外乎是关于澹州,关于京都,关于父母,关于祖母,关于若若和嫂子侄子的事情。将要分别的时候,重新回到车队旁,范思辙想到一件事情,眉头微皱,从一辆马车里抱出了一个沉重的瓮子,抱到范闲身前,疑惑地问道:"这是大殿下从东夷城送过来的,说是你千叮咛万嘱咐不能忘记的东西,究竟是什么?这么重……我可没敢打开看。"

范闲的表情忽然凝重了起来,向马车上招招手,对走下来的王十三郎道:"来,既然你右膀子有些气力了,赶紧过来接着,你师父太沉,我可抱不动。"

此言一出,所有人都愣住了,抱着那个瓮子的范思辙更是脸色剧变,他怎么都没想到，自己仔细照看、抱了这么久的居然是四顾剑的骨灰！

王十三郎的脸色也变了，像捧着珍宝一样小心翼翼地接过骨灰瓮，二话不说就回到了马车中，忽然又探出头来，问道："为什么？"

范闲道："你师父交代过，如果我要去神庙，就一定要抱着他一起去。"

上京城头，北齐皇帝将双手负在身后，眼睛微微眯着，白净的脸上带着一抹并不怎么健康的红润，她看着那辆马车，禁不住轻轻叹息了一声。

这声叹息极其压抑，除了她身旁的司理理，没有人能够听到。此时司理理抱着一个包裹得紧紧的婴儿，过了一会儿又低头整理着婴儿头顶处的暖巾，忽闻身边这声幽叹，抬起头来轻声说道："这么冷的天气，要不然……让嬷嬷们先抱着红豆饭下去？"

北齐对南方变幻莫测的局势一直保持着隐忍，只是通过上杉虎调动的大军帮助范闲稳定了一下东夷城的局势。北齐没有借着庆帝与范闲父子反目的大好时机，去谋取更大的利益，最关键的原因，便在于去年秋天起，北齐皇帝便染了重病，即使南庆释放回上京城的青山木蓬先生也一时不能治好。

陛下缠绵病榻数月，便是连接见臣子都极少，更遑论劳神费力操持国务，朝政基本上是太后在处理。好在最为北齐臣民忧心的皇室血脉一事，在这一年里终于传出了好消息，备受陛下宠爱的理贵妃怀孕，并且成功地诞下一位公主。

或许因为这个好消息，北齐皇帝的病也渐渐好了，朝堂民间无不大喜，虽然理贵妃诞下的不是位太子，但陛下还年轻，有了开头，后面自然可以继续生。

小公主的正名还没有取，北齐皇帝和理贵妃私下给这个粉雕玉琢一般的孩子取了个小名，唤作红豆饭，由此惹来宫里太监宫女不少议论，但仍然这样叫下去了。

听到司理理的话，北齐皇帝有些厌烦地皱了皱眉头，回头看了一眼她怀中的女儿，有些怒气地道："这个小人儿实在是有些麻烦。"

司理理面色不变，心里却是笑盈盈的。她暗想怀里的红豆饭，着实是替陛下惹了天大的麻烦，好在一切都平稳地过去了。接着她又哀怨地看了看自己的腹部。她现在身材臃肿，扮足了一个产妇的模样。她很清楚，陛下今日为什么冒着寒冷，也要抱着公主上城墙看这辆马车，因为北齐皇帝和她都清楚那辆马车接下来会去什么地方，而且……没有人看好他们还能回来，陛下只是想那个南方来的男人能在离开前亲眼看一看这个孩子。

看着渐渐起程，缓缓离开的车队，以及跪在雪地中相送兄长的范思辙，城头上的司理理有些失望与难过，此时还要安慰陛下道："他既然和庆帝有赌约，自然要愿赌服输，不能为陛下所用，自然不便进城，陛下莫要生气。"

北齐皇帝冷笑道："如果他真的就这般认输，为何还要冒险去神庙？"

世间知道范闲要去神庙的人，都有些想不明白，因为这近乎寻死。什么样的事情需要他冒这么大的风险？司理理也想不明白，但小皇帝觉得自己知道原因。

她看着渐远的车队，眼神冷淡，忽然生出莫名的一抹笑意。

远处，范闲站在马车上，回首对着上京城不停挥手，面带笑容。

他的笑容是真实的，是放松的，不是含羞的，也不再有别的意味。

第五章 山里有座庙

春意十足的庆国皇宫御书房内有一道清脆而冰冷的声音缓缓响起，御书房的木门略开了一角方便透气，以姚太监为首的太监宫女们小心翼翼地候在屋外，没有进去。

"居庙堂之高，则忧其民，处江湖之远，则忧其君。是进亦忧，退亦忧。然则何时而乐耶？其必曰：先天下之忧而忧，后天下之乐而乐……"

范若若轻声读完了这篇文章，将书页合上，看着窗外蓬勃的青树，不自禁想到自己的兄长。听说他们往北方去了，北方有什么呢？难道传说中的神庙就在北方？听说极北之地终年冰雪，根本不是常人所能靠近的地方，哥哥现在还好吗？

庆国皇帝陛下躺在软榻上，身上盖着一条薄被，面色苍白，双眼少神。顺着范若若的目光，他看着窗外的那些青树，不知为何，有些厌憎这些青树的存在，或许是因为感受到了春去秋来，万物更替，这种无法抵挡的自然准则。

"忧其君，忧其民……当年安之在北齐皇宫里冒了一句，最后被那小皇帝逼着，终也只是无头无尾写了这么一段。"皇帝缓声道，"朕不明白，能写出这种话来的小子，怎么却能做出如此无君无父的事情。"

过了这么久，庆国朝廷自然知道范闲早已逃出了京都，令许多官员感到意外的是，范闲并没有投向北齐朝廷的怀抱。更意外的是，皇帝陛下似乎只将怒意投到范闲身上,并没有在庆国内部展开大清洗。最令人震惊的则是最近传回了消息,听闻范闲竟是继续北上,试图找到虚无缥缈的神庙!他究竟想做什么?

皇帝双眼微眯,那些稀疏的眼睫毛就像是不祥的秋天破叶一般,耷拉在那张皱纹越来越多的面庞上。他忽然开口问道:"朕难道真的不是一个好皇帝?"

这是一个很可悲、很荒唐的问题,因为这本来是一个需要由历史来认证的问题,可这位天底下最强大的男人,却不知为何格外需要获得某些人的认可。

当初他想将范闲软禁在京都内,正是想借范闲告诉那些死去的人,他的选择没错。如今范闲反了,他习惯了问范若若这个问题,而且问了不止一次。范若若却是连头也未回,只是平静地应道:"这不是臣女该回答的问题。"

这时,御书房外传来姚太监的声音:"宜贵妃到,晨郡主到……"

话音未落,宜贵妃和林婉儿二人便走了进来,很明显,在这段日子里,两个女人来的次数并不少,皇帝冷冷地看了她们一眼,没有开口训斥,更没有让她们滚出去,而是任凭她们来到软榻旁,将自己扶了起来。

林婉儿将软榻上的被褥全部换了,而后她一面抹着额头上的细汗,一面笑着道:"全是中州的新棉,绣工都是泉州那边最时兴的法子,您试试舒不舒服?"

宜贵妃则从食盒里取出几样食料,小心翼翼地喂陛下进食,一面喂一面唠叨道:"这两天太阳不错,陛下也该出去走动走动。"

皇帝冷漠地开口道:"天天来,也不嫌烦,朕又不是不能动。"

他的伤还没有好,甚至出乎范若若和太医院的意料,伤痛出奇地缠绵。或许真是人老了,若放在以前,再如何重的伤,只怕此时早已恢复如初。

林婉儿像是没听见皇帝舅舅的话,笑语嫣然地开始替他揉肩膀。宜贵妃在一旁略看了会儿,忍不住摇了摇头,坐到了皇帝的另一边,开始替他按摩。

皇帝没有进行大清洗，贺派的官员被范闲屠杀殆尽，朝廷内部变成了一方铁桶。三皇子李承平最近在胡大学士的带领下开始尝试接触政事，虽然梅妃的肚子已经很大了，可是怎么来看，庆国内部都处于一种很奇妙的稳定之中。

至少在世人看来，皇帝陛下并没有换储的念头。

庆国似乎什么变化都没有，甚至可以说仿佛变得更好了一些。那个叫作范闲的年轻人，已经从人世间消失快半年了，谁也不知道现在他在哪里，他还活着没有。

林婉儿并没有如范闲安排的那样，带着全家大小返回澹州，而是留在了京都，并且入宫的次数较诸以往更多了一些，为此不知震惊了多少人的心神。

"明日朕便上朝，你们不要来了。"皇帝陛下的语气很冷漠。其实这些天他很享受这些亲人的服侍，然而这些亲人毕竟也是那个家伙的家人。

"是，陛下。"林婉儿温和一笑，并没有多话，她清楚地知道自己在做什么，也清楚地知道自己只是在承续范闲的想法。

"不要奢望那小子能活着回来，他如果真的回来了，就算朕能饶他一命，这天下的官员也不可能允许他再活着。"皇帝缓缓闭上双眼又道，"都出去吧。"

范闲还能活着回来吗？这是一个压在所有人心头沉甸甸的问题。皇帝陛下的这句话等于断了所有人的后路，众人沉默片刻后退了出去。皇帝睁开双眼，看着窗外的春光，自言自语地道："你们都不知道他为什么一定要找到神庙，朕却知道，他想找老五回来杀朕，对这样一个丧尽天良的儿子，朕难道还要对他有任何怜惜之情？"

南方已经入春，而大陆北端根本就没有什么春天可言，漫天风雪化作了一道道深刻入骨的刀剑，左一刀右一剑地劈斩着，将此地变成一片死寂的世界。此刻有一列小黑点,在这百年孤独的雪原上默默而坚定地前行着。

偶有数声犬吠穿透风雪,传向远方,给这个世界带来几分鲜活感。这支队伍只有三人,却足有六十几只雪犬,拖着承载着食物装备的长长雪橇,向着北方进发。

听闻这些极北之地的雪犬是雪狼的后代,只有那些忍受酷寒的北地蛮人才能将它们驯化为人类的好帮手。然而这些年雪原越来越冷,北地蛮胡早已经不惜一切代价南迁至西方草原上,雪原回归了平静,这些雪犬又是谁的?

范闲裹着厚厚的毛皮,连头带脸蒙着温暖的狐裘,脚下穿着皮靴,手上戴着厚厚的手套,整个人被包成粽子一样。呵了一口气,发现热气出唇不久,便被这天地间的严寒冻成了冰碴子。自从庆历五年知晓了神庙的方位,他便做着各种准备,可是真正踏上了这片雪原,他才发现天地的威势,不是做好心理准备就能承担的。

离开上京城好些日子了,穿过没有太多军士驻扎的北门天关也已经有七八天,想到那座雪城上的军士,像看死物一样看着自己这些人和犬走入雪原,他摇了摇头,将手指伸到唇间打了个呼哨,瞬间身周六十余只雪犬耳朵灵动地竖了起来,精神十足地摇了摇头,抖落掉身上的冰雪,等待着主人的下一个指令。

风雪似乎小了一些,两辆简易雪车里走出两人,面带疑惑地走到范闲身旁。

"趁着雪小,咱们得赶紧走。"王十三郎的声音透过那层毛皮传到外面,听起来嗡嗡的。

范闲沉重地喘息了两声,咳着应道:"后面那些人还跟着没有?"

海棠将皮帽边上的耳套摘了下来,露出两只洁白可爱的耳朵,在风雪中安静地听了半晌,摇了摇头,道:"看样子是跟丢了。"

风雪虽然小了些,但三人凑在一处说话,依然很难听清楚。

范闲道："跟丢了就好，我可不想让你家小皇帝派的人被冻死在这片雪原上。"

海棠没有说什么，微微眯眼向北方的雪原深处望去，只见那边也是一片雪白。这天地间除了雪之外，竟似什么也没有，如此枯燥无趣的旅途偏偏又因为严寒而显得格外凶险。她的眼睛里生起一抹不解，已经出天关七八日了，范闲却根本不需要探路，直接发布命令，一路绕过雪山冰丘，默默而行。她不明白，范闲从哪里来的信心，不会在这看不到太阳、看不到山川走势，除了冰雪什么都没有的荒原上迷路。

范闲从雪橇上取出一把竹刀，小心刮弄着皮靴上的冰凌子。这几日，他带着雪橇队伍在雪原上绕了一下，是为了甩脱后方跟着的那支队伍。不论北齐皇帝是想保证这行人的安全，还是想跟在范闲的身后找到传说中的神庙，范闲都不会接受，一是不想有太多人死在这片寒冷中，二来苦荷当年苦苦隐藏神庙的位置，担心庙里的事物流传到人间，给这个世界带来不可知的危害，他当然也要小心一些。

"虽然有些冷，但我们……有必要穿这么多吗？"王十三郎喘息了两声，觉得身上那些厚厚的皮袄、皮靴实在有些碍事。范闲受了重伤，无法调动真气御寒，他和海棠却是真气依然充沛，九品上的强者，在寻常状态下真可称得上寒暑不侵了。

范闲望着他道："能多保存一些热量和真气，就节约一些。别看眼下这寒冷你还顶得住，可我们还要往北走，谁知道到那里，温度会低到多少。"

一切都在乎细节，只有准备得充分，细节考虑得周全，才有可能抵达那座虚无缥缈的神庙。当年在西山石洞里，他将肖恩临死前的话语每一个字都记在了脑中，为此次神庙之行做足了准备，可他依然没有想到，出天关未到十日，天地严寒已经到了这等程度。看来如今的气温比几十年前肖恩、苦荷二人去神庙时，又要冷上了几分。

"既然最大的困难是严寒，为什么我们不等到夏天出发？"海棠敏锐地发现了这个问题。范闲表现出来的态度并不迫切，既然如此，夏天出发似乎才是最好的选择。

范闲回道："路上的时间大约为两个月，而找到神庙需要多长时间，我也不知道。冬末出发，夏初时到，这样比较安全……我可不想半年都陷在黑暗之中。"

"嗯，听说神庙那里天地倒转，半年黑夜，半年白昼。"王十三郎点了点头。

"对这个世界的了解，你们都不如我，所以你们都听我的就好。"范闲的话语里充满了不容置疑的信心——没有几个人能够踏足雪原深处，更没有几个人能够活着回来，所以在传说中，神庙所在的地方便有了一些玄妙而未知的神秘气氛。但对他来说，这些毫不神秘，因为无数个夜晚，看着夜空里的月亮，他便知道所处的这个世界还是地球。既然是地球，那么北极处自然就会有极昼与极夜。

他从身旁的布包里取出三副奇怪的东西，递给海棠、王十三郎各一副："从此刻起，我们眼中大概就只有雪了，太过单调的颜色会让眼睛出问题，不管你们习不习惯，都必须把这东西戴着。"

话一说完，他便把那个物件戴到了自己的鼻梁上。原来这是一副玻璃做的眼镜，镜片被某种涂料漆成了黑色，但还能透光。

海棠见过水晶眼镜，但从来没有见过这种黑色的，这能对眼睛好？她没有多问什么，学着范闲的模样，把这个世界上第一次出现的墨镜戴到了自己翘翘的鼻梁上。

王十三郎看了海棠一眼，有些犹豫地也戴上了，顿时便像极了算命的年轻瞎子，看上去有几分滑稽。三人对视片刻，忍不住都笑了起来。

"赶路吧，再过一个时辰就要扎营了。"范闲从怀中取出怀表看了看，又眯眼看了看风雪中的天色。天色不准，也不知道这块怀表在严寒之中能支撑多少天。

呜呜的声音响起，休息了片刻的六十余只雪犬精神一振，吠叫着，欢愉地向着雪原的深处奔去。只见它们浑身上下银白色的毛皮间，流动着一股美妙的动感。

雪橇在平整的雪原上快速滑行，四面八方传来雪犬们急促的呼吸声和簌簌的风雪声，在这样声音的陪伴下，范闲似乎快要睡着了。其实他是在仔细听着雪犬的呼吸频率，判断它们的身体状况。六年的时间，范思辙按照他的吩咐，准备好了一应战胜严寒需要的物品，包括前后雪橇上面的食物火种和特制的雪地营帐，而这些在北门天关驯养了三年的雪犬，就是此次神庙之行最大的倚仗。唯一令他警惕的就是寒冷，如今的寒冷更胜肖恩、苦荷当年。当年大魏朝出动数百人的探险队伍，最后肖恩、苦荷两大牛人还需要吃人肉才能熬到神庙现世。可是如今的队伍里只有三人，不知能否撑到那处呢？

风雪越来越大，温度越来越低，原先还偶尔看到的白羊和雪狐此时也不知道跑到哪儿去了，雪原上，就只有这一行雪犬拉着的队伍在风雪中艰难地前行。

雪橇上传来两声压抑的咳嗽声，范闲伤势未愈，熬得确实有些辛苦。前方雪橇上的王十三郎像是没有听见，只是警惕地看着前方。忽而，他的身体化作一道剑光，穿着臃肿的皮袄破空而去，直接杀到了队伍的最前方，朝着一处微微隆起的冰雪狠狠刺了下去。

雪犬一阵嘈乱，半响后才平静了下来，有几只胆大好奇的雪犬围了过去，站在王十三郎的身旁低头嗅着，忽然发出了几声尖锐的叫声，叫声欢快至极。

王十三郎左手将剑收回剑鞘，看着雪犬们从雪地里刨出来的那只浑体洁白的大熊发了发怔——这是范闲交付给他的任务，一路打些猎物，以备不时之需。

雪犬很听号令，将那只白熊从雪里撕咬着拖出来之后，并没有后续的动作，只是舔着带血水的唇角，欢快至极，因为它们知道，主人们肯定会将大部分的肉留给自己吃。

"晚上可以烤熊掌了。"范闲看着海棠和王十三郎二人将白熊捆上空着的雪橇，忍不住开心地笑了笑。

这只是一个插曲，雪橇队伍再次开动，沿着冰冷的雪川，向着西北方向快速前行。

海棠一生难得服人，然而今日今时，看着范闲好整以暇、成竹在胸、平静指路，似乎一切尽在掌握中的做派，终于有些服了。为什么范闲对于到达神庙有如此强烈的信心？为什么他看上去对神庙根本没有丝毫敬惧之意？难道真如师尊当年所言，叶小姐是神庙里跑出来的仙女，所以范闲去神庙……只是回家？

神庙是什么，没有几个人知道，范闲也不知道，只知道母亲曾经去神庙偷过东西，而五竹叔本来就是庙里的人。按道理讲，他是这个世界上与神庙关系最密切的人，所以此行神庙，他的心情也有些怪，隐约觉得可能会发现一切的真相。

当年苦荷、肖恩都是这片大陆上最强大的人，而且年纪、体力正在巅峰状态，却依然找得那样辛苦，范闲与他们相比没有什么优势，那他的信心究竟源自哪里呢？知识就是力量，范闲比这个世界上的人多了前世的知识，所以很多的玄妙在他的眼里，其实都只是自然现象。他又从肖恩的嘴里知道了路线图，所以并不担心自己会迷路。

他将内库去年出的最新指南针小心翼翼放回袖袋中，叹了一口气，伸出手指头，在飘着雪的空中一上一下画了两个半圆弧线，自言自语道："勿是个什么意思呢？"

时已入夜，风雪时作时歇。风雪动时，呼啸之声穿过漫漫雪野，卷起千堆雪，暴戾狂放的声音令人心悸地不停响起。风雪静时，天地只一味地沉寂冷漠，无垠如白玉般的死寂雪原，冷清到了极致，就算月光洒了下来，似乎也在一瞬间便被冻住了。

可无论是风雪大作还是天地平静，一处高地之侧的那点灯火都不会熄灭，就像人类内心对未知事物的渴望一样，始终倔强而坚定地守候在那里。

帐篷内的火盆传递着难得的温暖之意，将严寒尽数挡了出去。特制的雪帐篷风隔温的效果极佳，火盆里的燃料也特别耐烧，而且火势不小。

海棠朵朵取下皮帽，双颊像苹果一样红润。她蹲在火盆旁边熬着汤，眉头微微皱着，隐有忧虑之意，早已钻进了睡袋的范闲，没有注意到她的情绪。

已经往北走了很多天了，天气越来越冷，白天行走的时间也越来越少，大多数时候都是躲在帐篷里避雪。范闲却并不怎么担心，只是不停地计算着燃料和食物还能够维持多久。

那只白熊早就只剩下了一张熊皮，他一个人干了两只熊掌。海棠和王十三郎十分惊讶他的闲情逸致，居然还带足了调料。可说实在的，熊掌并不怎么好吃。

在探险旅程开始时，那几十只雪犬还可以自行觅食，眼下越往雪原深处去，能够见到的活着的野兽越少，不得已，范闲被迫动用了准备的食物，这些雪犬每日辛苦劳作，他自然舍不得亏待它们，只是它们的胃口也未免太好了些。

对此次神庙之行，范闲准备得很充分，防止雪盲的墨镜、特制的细绒睡袋、数量庞大的物资，可他依然有些警惕，如果不能在夏天前找到神庙，那便真的要在极北冰原上熬上整整半年的黑夜，那么带的这些食物肯定不够，说不定最后就要杀狗了。

苦荷、肖恩当年靠吃人肉才坚持下来，范闲不想重蹈覆辙，他转头看着火盆旁边的海棠朵朵，强行压抑着胸口处的刺痛，道："想不想听故事？"

"什么故事？"海棠的脸色发红，说话时并没有抬头。范闲笑了笑，把肖恩和苦荷当年北探神庙的故事讲了一遍，连两位老前辈吃人肉的事也没有隐瞒。

海棠一时无法接受师尊曾经有过如此可怖的经历，复杂的情绪回荡在心头，沉默半晌后，缓缓抬起头来，用那双明亮至极的双眸看着范闲，静静地道："这个时候对我说这些，想必不是专门为了恶心、打击我，总是有些用意吧。"

"我发现你很喜欢那些雪犬。"范闲眼帘微垂道，"可是若真到了弹尽粮绝的那一天，我们总是要想办法的，希望你现在能有些心理准备。"

海棠终究是个姑娘家，对天天欢快奔跑的雪犬自然会无比喜爱，这一个月来，狗食基本上都是她在负责，骤闻此言，才知道原来……范闲从一开始的时候就没有安好心，那些辛苦拉动雪橇的雪犬，原来也是他的食物储备之一，不由神情一变。

帐篷内一片安静，帐外的风雪啪啪作响，格外清晰。便在此时，帐外传来了踏着冰雪的脚步声，王十三郎掀开垂着木条的门走了进来，同时带进来一股寒风，火盆里的火焰倏然暗淡了下来。

海棠从袖里取出一粒小黑团扔进了火盆里，火盆里的火势立时稳住了，这也是范闲这些年准备的特制物品。王十三郎拍打掉身上厚厚的冰雪，取下脸上围了一层又一层的毛巾，被冻得发白的嘴唇里吐出像冰疙瘩一样干脆的几个字："好了，睡吧。"

王十三郎负责统领那几十只雪犬和帐篷的搭造以及防卫工作，他此时所说的"好了"，指的是外面专门给雪犬们搭建的防风防雪的雪窝已经处理好了。

范闲对他道："从明儿起，你负责给那些狗喂食。"

王十三郎点了点头，坐到了火盆的旁边，接过海棠递过来的热汤缓缓饮了下去，每一口都饮得无比仔细，腰畔的剑拖在地上，散发着淡淡的血腥味道。

"要复原，确实需要不断苦练，可是这个地方太冷了，你不要太勉强。"范闲提醒道，这些天王十三郎异常强悍地在漫天风雪之中练剑，以自身的潜力对抗着天地的威严，这种苦修的法子，实在是令人动容，却也令人担心。

"先前阿大发现了一窝雪兔，可是那个洞太深，它们没办法，我帮它们把那些兔子赶了出来。"王十三郎放下汤碗，搓了搓脸，"顺便活动一下筋骨，再这样冻下去，我真怕自己会被冻成冰块。"

依然是深沉而严寒的夜，帐篷外的风雪还在拼命地呼啸着，四周的黑暗里没有什么凶险，天地间的严寒本身便是最大的凶险。三个睡袋按品字形排在火盆旁，睡袋里的三人都睁着大大的眼睛，不肯睡去。已经在雪原上跋涉一个月了，除了行路便是睡觉，实在是无聊到了极点，三个人也睡饱到了极点。数十日的黑夜无眠，该聊的事情基本上都聊完了，甚至连王十三郎小时候尿床的事情都被范闲恶毒地挖掘了出来，于是乎三人只好睁着眼睛，听着帐外的风雪呼啸之声，就当是在欣赏一场音乐的盛会。

不知道沉默了多久，范闲忽然开口道："似这等大风雪，严寒地，当年那些人行到此间时，只怕已经死了大半，咱们三个还能硬抗着，也算是了不起了。"

与他对头而卧的海棠轻声道："师尊大人乃开山觅庙第一人，比不得你知道方向，自然要更加艰辛。不过后人总比前人强，而且你知道的东西总是比我们多一些似的。"

"不要羡慕我。"范闲闭着眼睛，开心笑道，"人能去不一样的地方，经历不一样的事，本身就是一种极难得的享受。"

王十三郎应道："说得有理。"

"既然如此，为何你我三人不联诗夜话？日后史书有云，风雪侵袭之夜，成……巨诗，如何云云，岂不妙哉？我来起个头，这正所谓，一夜北风紧……"

没有下文，很明显海棠和王十三郎都不愿意纵容此人的酸腐之气发作，四周一片安静。

范闲咳了两声,道:"也太不给面子了。"

"我们都是粗人,你要我们陪你联诗,是你不给我们面子。再说了,这句是《石头记》里那凤辣子写的。"

"《石头记》都是我写的,谁敢说这句不是我写的?"范闲厚颜无耻的声音在帐篷里响了起来。其余两人用沉默表达着不屑,范闲忽然又道,"什么都说完了,我们对彼此的了解也算足够了……不过我一直很好奇,你们活在这个世上,究竟想做些什么呢?"

"我想成为大宗师,然后像师尊一样,保护东夷城的子民。"王十三郎的答案永远这样强悍而直接,自信而寻常。

"尿床的小屁孩儿是没有资格用这种王气十足的话语的。"范闲马上点评。

"我……"海棠用那双明亮的眼眸看着头顶的帐篷,"我自幼在青山后山长大,后来去了上京城,开始游历天下,我只是想将青山一脉发扬光大,庇护我大齐朝廷能够千秋万代不为外敌所侵,境内子民安居乐业。"她的声音忽然低沉了下来,"可是师尊去时,我才知道,原来自己不是齐人,而是一个胡人……我也不清楚自己要做什么了,不过我想,如果大齐能够平平安安,天下能够平平安安,总是好的。"

"不愧是两个老怪物的关门弟子,随便一句话就是在以天下为念。"范闲叹道,"其实在和你认识之前,关于什么好战争、坏和平之类的问题,我从来没有想过。"

"因为五竹叔从来不会关心这些,我也不怎么关心,我只是想让自己好好地活下去。活得越生动、越鲜活越好,因为从我记事的第一天起,便总感觉我周遭的一切都只是一个梦,而这个梦总会有醒来的那一天。这种感觉令我很勤奋、很认真地去过每一天……我似乎就是想用这些丰富的细节来冲淡自己对于梦醒的恐惧。"

海棠和王十三郎陷入了沉默之中,他们以为范闲是在感叹自己离奇无比的身世和光怪陆离的生活,却无法知道范闲真正的感慨是什么。

"既然你不愿意从这梦中醒来，想必这梦里的内容一定是好的。"海棠安慰道。

范闲叹道："那是自然，如果不是为了维护这梦里美好的一切，我何必与皇帝争这一遭，结果自我流放到这鸟不拉屎的地方。"

重生后的一切真的只是一场梦吗？海棠和王十三郎睡着了，范闲依然没有入睡，他漠然地看着被隔绝在外的天空，听着帐外呼啸而过的风雪声，在心里不停地想着。

在那个世界死了，在这个世界活过来了，最开始那几年里，范闲怎么也无法摆脱那种随时梦醒的恐惧感，他害怕这一切都是虚假的，害怕自己只是处于一种虚幻的精神状态中。他怕这是一场包容天下的楚门秀，他怕这是一个高明的游戏，而自己只是一缕精神波动，数据流或者是被催眠之后的木头人。

真正的勇士敢于直面真正的死亡，而对两世为人的范闲来说，他曾经恐惧的是，不知道自己是不是真的死了，他担心一旦梦醒，自己便又躺回病床上，沉入黑暗之中，再也看不到这美丽的一切。

江山，湖海，花树，美人。

他在澹州房顶大喊收衣服，他在殿上作诗三百首，这一切都基于某种放肆的情绪。奈何在这里生活了二十多年，笑过也哭过，他终于可以证明，这一切不是梦了。

虽然直到此时，他依然不知道神庙是什么，但他可以肯定，这一切的一切都是真实发生的，而不是被某位冥冥中的神祇幻化出来的。

因为这个世上的人是真实存在的，感情是真实存在的，人性以及悲喜，总有一些东西无法作假。如果真有神能够完美地掌控这一切，就如上帝要有光，就如女娲要玩泥，就如盘古累了休息了，那去追究这一切有什么意义呢？

一夜未曾安眠，体内真气涣散，天地间的元气虽然随着呼吸在弥补着他的缺失，然而速度仍然提升得不够快，外寒入侵，心神不宁，范闲终于病了。

当外面的风雪呼啸声停止时，当那抹雪地上的白光反射进帐篷里时，范闲的面颊却变得极为苍白，眼窝下生出两团极不健康的红晕，额头一片滚烫。

最害怕的生病，便在最严寒的时刻到来了。范闲躺在海棠温暖的怀里，认真地喝着自己配的药，强行维系着精神。海棠看着虚弱的他，终于问出那个忍了很久的问题："你坚持要去神庙，究竟是为了什么呢？"

纵使已经烧得有些糊涂，范闲依然沉默了很长一段时间才轻声道："我怀疑，不，我猜……五竹叔被关在神庙里了，我想去救他出来。"

那年一别之后，五竹便在人世间消失无踪，就连他入宫行刺皇帝时都没有现身，那么五竹必然被困，甚至已经……而世间能够威胁到五竹的，只有神庙这个地方。

是的，这就是他为什么冒着如此大的风险，也要去神庙的原因。

海棠不忍再问把那位瞎大师救出来之后他准备做些什么，只是轻拍他的后背安慰道："你现在就是个弱不禁风的药罐子，居然还想着救那位瞎大师，真是狂妄啊。"

范闲艰难地笑着道："药罐子有话说。"

"说吧。"海棠轻轻地搂着他，像哄孩子一样地摇着。

"不能停，我们继续走。"

"可是现在雪这么大。"

帐篷门被掀开了，王十三郎探进头来，面上满是惊喜之色。

一夜北风紧，开门雪尚飘，然而这些雪是自地上卷起来的。天上已经没有落雪，只有湛蓝湛蓝的天空和那一轮看着极为瑟缩的太阳，空气虽然寒冽，可是雪终于停了。

狂风暴雪，横风横雪，斜风细雪，不须归，亦归不得，又成鬼风戾雪，冥风冥雪，遮天蔽日之雪，还有那些从脚底下生出来的雪，没过膝盖，稍有行差踏错，只怕会将人整个埋了，这便是这些日子他们最大的敌人。①

便在这一天，雪终于停了，就像老天爷忽然觉得自己不停地往人间撒纸屑的动作很幼稚，并不能动摇那三个年轻人坚定向前的意志，所以拍了拍手，将手收回袖中。

天空放晴，露出瓦蓝瓦蓝却依然冰冷的天，阳光虽不温暖却极为刺眼，借着一望无垠的雪地冰川向着每一个方向反射着白到枯燥的光芒。风雨过后不一定有美好的天空，不是天晴就会有彩虹，所以阿甘回到国内，还要经历那么多的事，才会再次看到珍妮，然后他仍然会被认为不懂某些事情，再次出发，一直跑，跑过无数美丽的风景。

雪橇队伍在雪犬们欢快的吠叫声中再次出发，压碾着或松软或结实的冰雪，向着北边前进。面色苍白的范闲坐在雪橇上，半个身子倚在海棠怀里，强行睁着疲乏的眼睛，注视着周遭极难辨认的地势走向，与脑内的路线图进行着对比，确定着方向。

天地间的酷寒，对于重伤难愈、真气全废的范闲来说无疑是一种极为残酷的折磨。这些天他咳得越来越厉害，越来越重，仿似要将内脏都咳出来一般。咳声之中带着嘶哑，就像是刀子在石头上面不停地磨，谁也不知道哪天便会被磨断。

海棠和王十三郎很担心他的身体，甚至动了掉头回南的念头，却被范闲异常坚决和冷漠地阻止了，因为他清楚，如果不能一鼓作气找到那座虚无缥缈的神庙，真不知道自己以后的生命旅程中还能不能再次鼓起这种勇气。

对于他们三人来说，眼下最大的问题便是时间。这是一场赛跑，一场范闲的伤势与神庙距离之间的赛跑，范闲的直觉是，如果真能找到神庙，自己的伤一定能好。

---

① 此段文字选自《阿甘正传》。

海棠和王十三郎都知道范闲温和的外表下是无比倔狠的性情，只好默默地听从了他的意见，但是却十分担心他的身体，尤其是入夜后听着那一阵阵撕心裂肺的咳嗽声，怎能安眠。夜里，海棠钻进了范闲的睡袋，轻轻地替他揉着胸腹，用自己的体温温暖着那片苦寒。两个人的身体温柔而亲密地贴在一起，却没有丝毫男女方面的想法，只是紧紧地抱着，像互相取暖的两只小猪。

王十三郎自然发现了这一点，但他没有任何表示和反应，只是加快了北上的速度，带领着雪犬组成的队伍，趁着天空放晴，拼命地赶着路。

"还有多远？"停雪的天地间依然有风，雪橇上的王十三郎逆风呼喊着，喊声迅即响彻整座雪原。范闲眯着眼睛，看着前方站立在雪橇上、皮袄迎风摆动的王十三郎，心想这小子倒也是潇洒，居然真不怕冷，这时节居然还能站在雪橇上冲雪浪，尤其是配上那副墨镜，看上去真有那个世界里玩极限运动的小子们的风采。

从怀中取出指南针和地图，范闲仔细确认着方位。雪橇在雪地上不停地上下起伏前行着，让他的观察有些费力，他思忖之后道："顶多还有十五天。"

旅途之中不寂寞，因为有伙伴，然而格外艰辛，只是这种艰辛无法用语言来描绘。因为艰辛在于苦寒，在于枯燥，在于无穷无尽，好比永世不变的雪白之色。

不知道过了多少天，平坦的雪原，微微拱起的雪丘渐渐变得生动了起来，地势变得更加复杂，阳光也变得越来越暗淡，气温低到了人类难以忍受的地步。

北方天际线的那头，忽然拔起了一座高高的雪山！似乎自从天地开辟之初，这座雄奇伟大的雪山便耸立在此间，冷漠而平静地等待着那些勇敢的旅行者前来朝贡。

范闲眯着双眼，看着前方遥远的雪山，注视着在碧空下泛着幽冷白芒的奇崛山峰，一种发自内心深处的激动，迅速占据了他的全身，让他的手指都微微地颤抖了起来。

在梦中，他见过这座与大东山有几分相似的大雪山，梦里这座雪山是那样高不可攀，是那样神秘强大和冰冷，就和皇帝老子带给他的感觉一样。然而今日，当这座大雪山忽然全无先兆地出现在自己的眼前时，他却感到了无穷的快慰。

人生而畏死，然朝闻道夕死可，若在短暂的一生中，能够看到别人看不到的景致，获知更多天地间的秘密，这该是怎样的一种快乐！

一直未曾停歇的咳嗽声终于停了，他贪婪地望着那座清幽的大雪山，似乎想将这一幕令人动容的景致牢牢地烙印在心里，以便在以后的岁月中再也不要忘记。

动容不仅因为此情此景，不仅因为山中那庙，也因为此间天地的元气竟然浓郁到了一种令人颤抖的程度，范闲每一呼吸，都觉得自己似乎在渐渐地健康起来。

海棠随着范闲的目光望向那座大雪山，久久没有言语。

雪犬们似乎也察觉到了不一样的气氛，低声吼叫着。六十余只雪犬，经历如此艰苦的旅程之后，只剩下不到一半，长长的雪橇队伍也随着沿途的废弃减少到五架。

王十三郎怔怔地望着那座大雪山，沙哑着声音问道："神庙……就在这座山里？"

"是。"已经疲惫得数天没有说话的范闲不知道从哪里来的力气说出一个字。

忽然，王十三郎从雪橇上跳了下来，对着那座大雪山发狂一般地吼叫了一声，声音极为沙哑，又极为愤怒，更是极为快意！

看着这一幕，海棠和范闲都忍不住笑了，笑后便是沉默。海棠的眼睛湿润了起来，而后又化成几滴清泪，泪水滴在皮袄上迅速成冰。

清晨的阳光没有一丝温度，冷漠地照在雪山脚下的三个人身上。

黎明未到之前，他们便从营地起程了，走了两个时辰，才艰难地靠近了这座大雪山。令海棠和王十三郎震惊的是，范闲对雪山下的道路似乎十分熟悉，带着他们二人轻松地穿过山下一条狭窄的通道，径直来到雪山的另一边。

大雪山这边除了冰雪别无一物，也是一片冰凝结而成的平原。

"神庙在哪儿？"王十三郎背着四顾剑的骨灰瓮，喘息着问道。

海棠扶着范闲，他眯眼望着山上，道："当年肖恩和苦荷大师就是从山的这面上去的，按道理讲，神庙应该就在我们眼前。"

然而他们眼前什么都没有，冰雪覆盖着不知道本体颜色的山脉，视野十分辽远清晰，在这片清晰无比的视野之中，却根本找不到任何人工雕琢的痕迹。

海棠道："古老传闻中，神庙一年只有一两天的时间会出现在世人面前，如果神庙不想被凡人看到，那么凡人就算再如何寻找，也不可能看到真容。"

"传说毕竟只是传说。"范闲咳了两声，他穿着的衣袄极厚，勉强抵御着外界的寒冷。说来也有些奇妙，如今神庙近在咫尺，虽不知其方位，但天地间那些浓郁的元气却快速涌入他的体内，他的伤势和病情都松缓了许多。

"传说不见得是真的，当年你师尊和肖恩大人为了等神庙现世的一两天，在这雪山之下整整熬了几个月，不知道吃了多少人肉……我可不想等。"

他经历了旁人不可能有的两次生命，所以他绝对相信冥冥之中自有天意，但是前世所受的教育，却让他无神论的根骨始终无法脱去，所以这种矛盾让他一方面对于神庙隐隐有所敬畏，另一方面却对所谓传说并不怎么相信。

"如果传说不是真的，那神庙藏在这雪山里一定有障眼法。"海棠整张脸都被蒙在毛领之下,瓮着声音道,"要搜遍这座山,以我们眼下的状态只怕要花很多时间。"

"既然要花很多时间,那就快些开始吧。"范闲沙哑着声音道,"这地方的黑夜特别短,再过些天,会根本没有夜晚,我们用来搜索会比较方便一些。"

数月艰难雪原行,范闲在海棠和王十三郎面前不再刻意地遮掩自己前世时的知识,虽然他的每一次判断都成为现实。在海棠和王十三郎心里,范闲越来越神秘,越来越深不可测。他俩对范闲的判断非常信服,然而此刻王十三郎却看了海棠一眼。

范闲发现了友人的异样,微微皱眉咳着道:"怎么了?"

海棠叹了口气,道:"我们的意思是,马上就要找到神庙了,不论是要挖掘出神庙的秘密,还是救瞎大师出庙……你总得提前有个计划,做些准备,或者你有什么了解,也得提前告知我们一声,以你现在的身体状况,很多事情总是需要我们去做。"

神庙便等若仙境,至少在这片大陆子民们的心中便是如此。今日三人探神庙,这是何等样的大事,海棠和王十三郎都是人世间心志意志最坚毅的顶尖人物,面对这座大雪山,心中依然难以自抑地生出悯然和恐惧的感觉,偏偏范闲表现得如此轻松随意,甚至有些马虎,就像真的只是旅游一样,这到底是为什么?

范闲道:"苦荷和肖恩当初被煎熬了半年,人都快死了,实力远不如我们,他们都能活着回去,我们又怕什么?而且五竹叔和陛下都说过,神庙已经破落荒败,没有什么力量了,我相信他的判断,因为他这一世基本上没有犯过错。"

就算神庙已经荒败,可是这里依然是神庙,难道凡人不用再膜拜?

大雪山依然如此沉默肃穆冰冷,似乎根本不知道有三个凡人正在紧张而安静地搜寻着它的秘密。传闻中无所不能、无所不知的神庙俨然一个待字闺中的少女,隐藏在风雪之中,不肯露出真颜。

艰难地爬上雪山,山脉上的风渐渐大了起来,卷起岩石上的雪粒,欲迷人眼。范闲的神色却还是那样平静,在他的推算中,神庙一年只现世一两日,而肖恩、苦荷上次见到神庙,正是在极夜结束后的第一天,这一定隐藏着某种规律。

极夜后阳光才会普洒在这片雪山上,难道神庙里的人想晒日光浴,所以才会现世?范闲伏在海棠那温暖的后背上,惬意地转了转头,在姑娘的颈上嗅了嗅,感到无比快活。

海棠的眉头皱了皱,不明白范闲到底从哪里来的信心,更不知道他为什么如此高兴。

事实正如范闲所料,并没有用多久时间,在前方搜寻的王十三郎忽然回头,向着他们比了个手势,范闲和海棠不知道发现了什么,但清楚地感受到了他的兴奋。

雪坳里,范闲蹲下身子,仔细观察着王十三郎发现的痕迹,从覆盖的冰雪中扒拉出一个洞,找到了他们一直想找的人工痕迹——那形状类似一条轨道,不知道是用什么材质做成的,在这样严寒的环境中存在多年仍然光滑无比,没有丝毫变形。

范闲在海棠的搀扶下站起身来,顺着这条轨道往冰雪的深处望去,那处风雪极大,雄奇山脉似乎忽然从中折断,陷了进去,大概便是这条轨道的尽头吧?

王十三郎又在旁边找到了另外几条轨道,都是用那种极神奇的材质所铸,这凡人极难到达的酷寒之地,忽然出现了这些轨道,自然只能有一种解释。

"顺着爬上去。"范闲的声音微微颤抖着。

三人强抑着紧张,顺着那条光滑的轨道,逆着风雪向着山脉上方攀登。不知道攀行了多久,当王十三郎和海棠都觉得体内的真气快要耗尽的时候，眼前忽然暗了下来。

山重雪复疑无路，天暗地开妙境生。

范闲三人怔怔地望着轨道尽头的石阶，久久无法言语。

如此长的石阶，竟然是藏在山脉深处的平台上，如果真有人能来到大雪山，在山下当然无法看到这些石阶！神庙每年现世一两日，难道指的便是这些石阶会顺着那些轨道滑出，沐浴在阳光之下，迎接着尘世里艰苦前来拜祭的旅者？

这些石阶由青石砌成，不知经历了几千几万年的冰霜洗礼，破损之处甚多，古旧中生出沧桑及令人心悸的美感，与那些轨道不同，才真正有了神庙的感觉。

踏着石阶向上缓慢行走，一股难以言喻的气氛散发开来，三人不约而同保持着沉默，任是谁，在揭开神庙神秘面纱前的这一刻，只怕都难掩激动与恐惧——这是对未知的兴奋与恐惧，这是人类的生物本能。

一道浅灰色的长檐映入了三人的眼帘，海棠和王十三郎的身体微微一僵，范闲却是脱离了海棠的搀扶，平静却又有些疯癫地盯着那道灰檐，向石阶上方行去。

浅灰色的长檐之下是黑色的石墙，就这样随着三人的脚步，慢慢地露出了它真实的面容，一股庄严的感觉，随着这座庙宇自冰天雪地里生出来，出现在天地间。

神庙出现在了面前，如此自然，三人感到有些不可思议。众里寻它千百度，梦入身前疑入梦，世间万人上下求索千年的神庙，居然就这样出现了！

范闲看着面前这座庙宇，久久无法言语，海棠和王十三郎更是激动难抑。

神庙很大，至少以人世间的建筑工艺不可能建造出如此宏大的庙宇，那些高高的黑色石墙就像是千古不化的玄冰，横亘在三人的面前。那些浅灰色的长檐，一直延展到石阶上方平台的尽头，不知围住了多少历史的真相和天地间的秘密。

能够容纳如此宏大的庙宇，石阶尽头这片深藏在风雪山脉之中的平台更是大得出奇，竟比南庆皇宫前能容纳数万人的广场还要大上数倍。

神庙的正门足有七丈之高，其深不知几许，色泽是一种古拙的深色。三人站在石阶上，距离神庙正门还有十几丈的距离，但因为这座门实在太高太大，竟让他们感觉此门近在眼前，那种压迫感威力十足，直欲让人匍匐于地，不停地膜拜。

他们是人世间最了得的年轻人，然而在这座宏伟的庙宇之前，就像是在草丛前迷了路的蚂蚁，骤然抬起头来，发现了一棵遮蔽了太阳的大树，震惊到无法言语。

唯一能保持平静的是范闲，毕竟前世他看过金茂，看过三峡大坝，面前这座庙宇在这个世界上的人看来一定是神迹，但在他看来，不过是个比较漂亮的建筑罢了。

他看着脚下的青色石阶，想到数十年前，身体破败不堪到极点的苦荷大师正是在这里，用手掌拍打着这些石阶，痛哭失声，这才有了些不一样的感觉。

平静心情后，范闲抬起头来，望向了神庙大门上方的大匾。

正如肖恩当年在山洞里说的那样，因为年代过于久远，大匾上面写的是什么已经看不清楚了，只留下了一些残缺的符号。在肖恩的转述中，这些符号或许是上天神秘的旨意，然而在范闲的眼中，这些符号却代表着更令人震惊的发现。

大匾上唯一残留下来了一个"勿"字，以及"勿"字下方那三个符文。

一上一下再一上一下两个圆弧凑在一起，便是这个符文的全部内容。

范闲的手指伸到寒冷的空气中，随着这个符文画了起来。

庆历五年后，他不知道在这个"勿"字和这三个一模一样的符号上下了多少功夫，也曾向五竹叔和四顾剑求教过，只是信息太少，竟是一无所获。

一抹亮光像闪电一样掠过他的脑海，让他整个人都呆住了，双腿不受控制似的，带着他的身体，向着神庙的大门走去。海棠和王十三郎终于从得见神庙真容的震惊中醒了过来，马上便发现了范闲的异常，紧紧地跟了过去。

范闲的目光依然死死地锁定着那块大匾，嘴里念念有词，语速越来越快，脸上生出了两团激动的红晕，根本看不出来是一个病人。

"什么天符……这不是字母 M 还能是什么？"他终于确定自己的推论是正确的，雪山里的那些轨道，不是用来将这些登天的青色石阶运送到山外天穹下，而是要将整座庞大的神庙运送到天穹下！

神庙也需要能源，需要阳光，所以才会在极夜之后出现在世人面前，而也正是这一点，让范闲确认了，神庙不是神迹，而只是一处此时还不知道确切用途的建筑。更关键的是，他终于确定了自己脚下所站立的土地，还是那个蔚蓝色的星球！就是他曾在无尽星空下，对大宝难过地提到的那个——地球！

范闲的声音有些颤抖，自言自语地道："这里是地球，那这座庙是什么？三个 M，一个物……我那时候可没有这么大的博物馆……"

无穷无尽的情绪冲入了他的脑海之中，他的眼神迷惘起来。

是的，肖恩记得的那个"勿"字不是镰刀斧头，而是一个汉字的一半，那三个 M 不是天符，也不是俄国人的飞船标记，只不过是英文字母。

所以，神庙……是座博物馆！

第六章 庙里有个人

范闲木然地站在神庙大门前，抬头看着那张大匾，有些不敢相信自己的眼睛。

这座明显有着几千几万年历史的博物馆是什么时候建成的？建成这座博物馆的人在哪里？为什么世间有这样一个存在？为什么这座博物馆成了人们口中所称的神庙？

想到人类历史中那些含糊不清的传说，那些天脉者，那些神庙使者，那些被母亲叶轻眉偷出神庙的功诀和箱子，他的身体难以抑止地颤抖起来。他觉得自己似乎找到了这个世界最大的秘密的真相，却发现依然有太多说不清楚、道不明白的问题。

他剧烈地咳嗽起来，在神庙深色的大门前，佝偻下身子，愤怒而无助的声音从胸腔里响了起来："这是他妈的什么博物馆？！"

"这是军事博物馆。"一道没有任何情绪的声音从神庙的门里响了起来，似乎只是想回答范闲的这个充满了挫败感与恐慌感的问题。

风雪停了。

听到那个平淡的声音，范闲双瞳紧缩，警惕地望着面前若天书一般的木门，不知道里面会跑出怎样的一个怪物来。然而过了许久许久，四周依然一片安静，庙里那道声音在解答了范闲的那句下意识的怒问之后，再也没有响起。

紧接着，那扇奇大的庙门悄无声息地开了一道缝，如此沉重的大门，打开时竟没有发出一丝声音，令人不寒而栗。

吱吱，一只小鸟儿从神庙的门里走了出来，对着外面紧张的三人叫了两声。这只鸟儿浑体青翠，十分美丽，透着股清净的感觉。三人看着这只鸟儿的到来，不由一怔，没有想到神庙出来迎客的并不是什么恶魔仙将，而只是一只鸟儿。

青鸟殷勤为探看。

范闲想了想，道："走吧。"

三人行走在神庙内的通道上，抬头是一片雪天，低头是一片雪地，只觉天地之间如此静寂，身周那些神话中的景象和风景，似乎都不是真实的存在。

神庙的里面还是一个极大的广场，广场四周散落着一些巨大的建筑。这些建筑虽然高大，却被外面的黑石墙挡住了，雪山下的人根本无法看到。

这些建筑的材质和工艺、高度和广度，都远超这个世界的文明程度。通道两旁的墙壁上有一些破落至极的壁画痕迹，只能隐约看到一丝线条和一些十分黯淡的色彩，历史的秘密似乎就藏在这些画里，范闲却从那些残存线条里发现了熟悉的味道。

就像神庙的建筑风格影响了上京城里那座黑青皇宫，庙中的壁画风格和庆庙以及一石居那些酒楼漆画的风格似乎一脉相承。

风雪早歇，通道上只铺了一层薄薄的粉雪，三人的脚印清晰无比地印在上面，化作一条孤单的线条，直入神庙深处。前方那只小巧灵动美丽的青鸟还在咕咕叫着，时隐时现，带领着三位前来祭庙的年轻人，踏着薄雪，伴着孤单与寂静前行。

一路所见，只是一些残破将倾的建筑，冷清无人烟的荒芜，此地不是仙境，不是神域，正如皇帝老子和五竹叔所言，只不过是个破败之地罢了。

不知不觉间,三人走到了神庙的正中心,这里有一个台子,台子后方有一处保存完好的建筑,虽然建筑外墙上能够看到很多时间留下的伤痕,渐渐风化的石块棱角见证了天地的无情,终是没有倒塌。

那只青鸟,落在了铺着薄雪的石台上。

或许是冥冥中的一种感应,三人在这个石台前停住了脚步,看着雪台上的那只青鸟,沉默不语,似乎要看到它变成一朵花,或是叼回一朵花来。

不知道等待了多久,神庙内令人压抑的寂静环境,一直没有丝毫变化。范闲身子微佝,这一路行来经过的那些建筑痕迹,让他有些紧张。他隐隐感到,那些建筑是无数年前留下来的文明遗迹,和自己前世的那个世界应该有些关联。

"庙里没有什么危险,那些神庙使者也许死光了。"范闲沙哑的声音打破了神庙内部维持了无数年的静谧,雪台上那只青鸟转过头颅,看了他一眼。

海棠与王十三郎吃了一惊,自进入神庙以来,他们的情绪都被这些前所未见、闻所未闻的庞大建筑遗迹和那只好似通灵的小青鸟震慑住,早已失去了冷静。

"都死了?"海棠下意识里复述了范闲的话,却不认同他的判断。一个只存在于神话传说中的所在忽然出现在自己的眼前,谁能像范闲这般从容自信!

她看着雪台之上的那只青鸟,声音微颤道:"即便是破落的仙境,依然是仙境,天人殊途,须有敬畏之心。"

天一道对神庙的崇拜深植于骨,青山一脉的徒子徒孙们没能继承苦荷大师强悍的精神,包括海棠在内,面对神庙,都会下意识里自我弱化许多。

"有什么好敬畏的?"范闲这句话并没有说出口,只是在心里想着。

五竹叔说过，家里已经没有几个人了，在府外的巷子里死了一个，老妈死的时候又死了一个。今天他们一直安然进入到此间，依然没有使者出现，便可以肯定，这座破庙里只是一片荒地。

神庙不是仙境，只是遗址，他再也没有任何畏怯，看着雪台上的那只青鸟，道："使者死了，神庙的仙人早走了，只留下了这只仙鸟，随便逛逛，我们也回吧。"

海棠准备说，若神庙真的没有危险，为什么不试着找一找瞎大师的下落，难道就这样无功而返？

范闲咳了两声，阻止了海棠的问话，死死地盯着雪台之上的那只青鸟——世间任何事都是需要理由的，既然神庙只是一处文明的遗址，一座博物馆，那么这座大庙里那道声音将三人请进庙里，自然有事情需要他们去做。

事情的发展果然如他所料，那只青鸟忽然咕咕叫了两声，振羽翅向着天空飞去，可是只飞起了约十丈的高度，便倏的一下变成了无数光点，消散在空气之中！

海棠和王十三郎身体一震，用最快的速度靠近了范闲，护住了他，震惊于这突然的变化，担心接下来会出现什么危险，让这个脆弱的家伙就此毙命。

范闲却根本不害怕，眯眼看着空中缓缓降下的光点，那些光点很快便凝结在一起，就像夏夜空中的无数萤火虫，因为某种神妙的原因，排列成某种形状……

光点渐渐明亮，渐渐暗淡，空中露出一个渐渐清晰的人影，线条越来越清晰，看清了袖角的流云衣袂，看清了腰间的黑金玉带，看清了脚下那双翘头华履。

一个古袍广袖的老者，就这样出现在半空之中，看不清楚他的容颜，但可以清楚地看到他的存在。他没有站在雪台上，就这样凌空飘浮着，人明明在眼前，可是海棠和王十三郎却根本感觉不到他丝毫的呼吸心跳，甚至是连存在的感觉都没有！能够凌空而舞，身放金光，这是什么层次的修为？不，这哪里是修为，这明明是仙术！

海棠和王十三郎睁着悯然的双眼，看着面前这幅自己无论如何也无法理解的画面，很自然地将青鸟化成的古袍广袖老者与传说中的神庙仙人联系在了一起，身体不受控制地颤抖着，自然而然、诚心诚意地拜了下去。

范闲强迫自己冷静下来，大脑快速地转动着，分辨着眼前出现的这位仙人。如果这座神庙是博物馆，如庙中人所言还是座军事博物馆，那么怎么会有神仙？既然不是神仙，那会是什么？难道……是前世听说过的全息图像？可是前世时的全息图像远远做不到这种程度，或者自己应该抓一把沙子扔过去？

"北齐天一道海棠，拜见仙人。"海棠朵朵认为神庙仙人一定知道青山一脉，知道以供奉神庙、传播神庙仁爱之念为宗旨的天一道门，恭谨地禀道。

"东夷城剑庐王十三郎。"王十三郎认真地叩首。

"南庆范闲。"范闲没有隐去自己的真实姓名，上一个神庙使者降世，死于五竹叔之手，那是因为皇帝老子的狠毒手段，想必神庙并不知道自己与叶轻眉之间的关系。

他在思考，神庙对自己三人敞开大门，究竟想做什么？如果神庙在这个世界的神话传说中冒充了无数年的神仙，那么想必今天会继续扮演下去。

"我三人自南而来……"他沙哑着声音将雪原上的艰辛讲述了一遍，表明己等对神庙的崇拜向往之意。

海棠和王十三郎醒过神来，知道范闲是在说谎话，不禁大感震惊，心想仙人一念，自知忠奸，在仙人面前还要说谎话，这也未免太过胆大。

"你们是世间的生灵，伟大的神庙所怜悯注视的子民，冰霜雪路证明了你们的决心，有任何的疑惑，都需要光明的指引，而光明便在你们的面前。"青鸟化作的那位仙人，终于开口说话，声音里没有一丝情绪起伏，但很奇妙，并不冰冷，反而有几分温暖可亲的感觉。

仙人的声音回荡在空旷寂寥的神庙之内，嗡嗡作响，竟不知道声音是从仙人的唇中发出，还是从天地间的四面八方发出。这种神妙表象，令海棠和王十三郎再次坚定了对方是位仙人的判断，范闲却在心里想着，不过是一招升级版的大喇叭罢了。

"至高的仙人，我们想知道……我们是谁，从哪里来，将要到哪里去？"

他们从南方来，已至神庙，将往何处，谁人可知？仙人听到范闲的三个问题后，顿时沉默了起来，在寒冷空中飘动的衣袂也瞬间变得僵硬，没有一丝颤动。

海棠和王十三郎不明白范闲为什么问出这三个问题，而范闲此时已经缓缓站起身来，看着那个陷入沉默的仙人，通过细节上的观察，最终确认了自己的判断。

"你们便是你们，你们从来处来，往去处去。"

仙人的衣袂飘动了起来，声音依然是那样温暖，回答的话语是那样玄妙。这个回答落在海棠和王十三郎的耳中，十分悦耳，只怕落在任何人的耳中，都会显得格外美妙。然而范闲要的便是对方这般回答。他平静地直视着飘在半空中的那个光亮人影，暗自想，搜索资料库需要这么长的时间，看来神庙的能量真的快要衰竭了。

"我要的不是这个答案。"范闲如是说。

"那说明你已经有答案了。"仙人如是说。

范闲直接道："我想要知道神庙的过去。"

仙人再次沉默，笼罩在衣袂上的光亮瞬间暗淡了许多。范闲眼睛眨都不眨一下地盯着这片光亮，在心中暗自祈祷，如果你真的是全息图像，如果你真的只是这座博物馆的讲解员，那么，请完成你的使命，讲述这一段已经湮没的历史吧。

如果有人能够进入传说中的神庙，他们或许会要点金术，或许要长生不老之术，或许要那些神奇无比的无上功诀，而范闲不一样，他最想要知道的是神庙的历史。

神庙因何出现，为何出现？关于它的过去、现在和将来，才是范闲那个问题直指的目标。在白雪覆盖的神庙里，青鸟化作的那个仙人陷入了沉默，而海棠和王十三郎也察觉到了范闲情绪上的异动，强抑着心中的紧张抬起头来。

仙人沉默了很久很久，道："这不是凡人可以试图接触或理解的范畴。"

"我也许是个凡人。"范闲道，"但我想，你也不是什么仙人。"

神庙隐隐影响这片大陆数千上万年，又有不能妄干世事的律条，为了保持自己高绝而神秘的地位，神庙只能按照神话里的故事，将自己装扮成虚无缥缈的存在。

范闲明白这个道理，也不指望对方开口，继续道："既然你不肯说，那就请告诉我们，你把我们请进神庙究竟是为了什么，你放我们进来，想必对我们有所要求。"

海棠和王十三郎已经从范闲和那位仙人的对话里听出了一些蹊跷，二人缓缓从雪地上站了起来，却搞不明白，难道范闲真准备和神庙里的仙人谈什么交易？

他们站在范闲身后，顺着他的目光向空中望去，只是这一眼，却已然消耗了大量的勇气，也便在这一望之中，忽然想到范闲在仙人之前依然站着，自己为什么不能呢？

"我在俗世里，曾经做过许多职业，但是我最擅长的其实还是经商。"范闲道，"我是一个唯利是图的商人，不喜欢不劳而获，也不愿意为了笼罩在神庙的光芒中，便做出一些损害自己利益的事情。你要我们为神庙做什么，必须付出相应的代价。"

从进入神庙到现在，范闲越来越冷静，他隐隐猜到，今次神庙之行如此顺利，一定是庙中人对自己三人有所要求，他甚至连那个要求都已经猜到了一个大概。

"神道熹微,大道不昌,徘徊歧路,同指山河,气愤风云,志安社稷,故……"

那位仙人停顿片刻之后,忽然开口读了一长篇用词古丽的文章。其实文章的中心意思很简单,这位仙人希望范闲、海棠、王十三郎三人能成为神庙的使者,代替神庙暗中观察天下,并且选择合适的时机回到神庙,向神庙进行报备。

海棠与王十三郎生出无比复杂的情绪,怎么也没有想到,一入神庙,庙里的仙人竟然没有将自己这些人变成青石,而是交付了如此重要的使命。可若他们三人离开神庙,只怕这一生都不会再回来,庙中人又不能出庙干涉世事,又怎么控制自己?

"难道……这就是传说中的天脉者?"海棠朵朵想到了一个名词。在传说中,天脉者被称为上天的血脉,每隔数百年便会觉醒一次,天脉者有可能代表强大到无可抵御的战力,有可能代表智慧上的极大天赋,这些传说中的人物,最后却都会消失得无影无踪。她也曾被北齐朝廷宣传为这一代的天脉者,然而她清楚自己根本不是。

"不是天脉者,是神庙使者。"范闲对两位友人解释道,"神庙已然荒败,除了这位仙人,再也找不到可以观察人世间的使者……更准确地说,那些使者都已经死在了人间,神庙如果不想被世间遗忘,不想遗忘这个世间,就必须要重新找到使者。"

"很巧,我们三人来到神庙,给了这位仙人一个机会,当然对于他来说,这也不算什么赌博,因为按照他的计算,这个世界的人没谁会拒绝神庙的邀请……连你师尊临死前都念念不忘神庙,更何况其余人。"范闲看了王十三郎一眼,又道,"你们愿意当就当吧,想来这也是神庙第一拨外人出任的使者,他们自己也没有什么规章制度。"

这番话他是当着那位仙人的面说的,似乎根本不担心会触怒那位仙人。确实如此,仙人纯由光点凝结而成的苍老面庞上没有丝毫情绪的变化。

范闲看着那位仙人继续道:"庙里的使者都死光了,当然,庙里的使者本来人数就不多,所以你才会想到让我们三个人去充当你的眼睛。然而问题在于,你不可能控制我们出庙以后的举动。你只是在没有选择的情况下,做了一个唯一有可能的选择。不过,我还是想得些好处。依照我的分析,在历史的长河中,那些行走于天下的使者,传授了一些与当时时代并不平等的知识给某些人,这些人便是所谓天脉者。如此说来,苦荷大师是天脉者,我那皇帝老子也是天脉者,都说天脉者几百年才出现一次,但很显然,最近几十年这片大陆未免太过热闹了一些。"

仙人的面容没有丝毫颤动,只是微微俯身,居高临下地看着冷静说话的范闲,片刻后道:"那些是意外情况,并不是天脉者。"

范闲点了点头,苦荷大师修行的功诀和皇帝老子练的霸道真气,都是叶轻眉当年从这座破庙里偷出去的东西,传承没有合法性,神庙自然不肯承认。

"孩子,你知道的事情很多。"那位仙人温和地注视着范闲。

"不要叫我孩子,我不喜欢被人这样称呼。我知道的事情确实不少,毕竟我不像那些神庙使者那样,没有自己的情感和思维。"范闲毫不退缩地回视着仙人幽深的双眸,"我甚至知道你先前那一大篇文章,其实全部是抄袭的词句,由此可见,你只能进行一些简单的收集与编写工作,却无法拥有真正的创造能力。"

"不错,那是《讨武曌檄》。"仙人的神情稍微有了些变化,"你令我很吃惊,让我想到了一些事情……不过你如果愿意成为神庙的使者,我可以不介意你言语间的无礼。"

"你既然想起了当年的一些事情,自然知道,这个世界上并不是所有人都会被你吓倒,然后随便你说什么就都听你的。你手下的那些人都一个一个地死了,除了我们,你以为天底下还有谁能够找到这座破庙?所以答应我的条件吧。"

"神庙不与凡人交易,而且事实上,你们已经取得了神庙无私的赐予。

你们身为神庙的孩子，应该为整个世界的可持续发展，贡献出自己的力量。"

"我不知道神庙赐予了我一些什么。"

仙人的目光在三人的身上扫拂而过，道："选择你们入庙，将这个伟大的使命交予你们，是因为你们身上都有神庙的气息……尤其是你。"

海棠朵朵上承青山之艺，苦荷大师能够成为一代宗师，靠的就是当年叶轻眉从神庙里偷出去的功法。而东夷城的无上剑艺也或多或少有几分神庙使者的风格。气息最为浓郁的当然是范闲，他自幼和五竹叔在一起生活，他是叶轻眉的儿子，神庙流落世间的几大功法，全部在他的体内，这位仙人应该看出来了这一点。

"您的意思就是说，不可能再给我们三个人任何好处了？"范闲笑了笑，道，"既然如此，当然不能入宝庙而空手回，您不给，我们就只好自己搜。"

范闲的话音一落，光芒中的仙人微微笑了起来，似乎对蝼蚁一般的世俗凡人，居然敢在自己的注视下，宣告要在神庙里抢劫宝物，感到了一丝荒唐。

然而更荒唐的事情在后面，范闲说完那句话之后，就不再和那位仙人多话，而是直接绕过了石台，向着薄雪之下、神庙里保存最完整的那座建筑走去。

海棠和王十三郎吓了一跳，不知道这样一种无礼的举动，会不会激怒庙里的仙人，待会儿是不是会有天雷降世，将范闲轰成灰灰。

仙人面容微僵，似乎没有想到范闲的举动会超出自己的计算，紧接着解体，转瞬间，就出现在了范闲行走的道路之前，拦在了那座完整建筑的门外。

消失，复现，这样的速度绝非人间能有，海棠朵朵和王十三郎强行压抑住内心的惊骇，化作两道轻烟，掠了过去，试图在仙人的暴怒一击中，保住范闲的小命。

然而什么也没有发生。范闲的脚步没有丝毫停顿,直直向着仙人走去,将其撞散成光点,那些光点没有四处飞开,更没有变成无数的天雷将他炸得粉碎,只是胀了胀,似乎黏附在范闲的雪袄上。就这样,在海棠和王十三郎震惊的目光中,范闲走入了仙人的光芒,然后又走了出来,来到了那座建筑的大门前。

一阵微风拂过,仙人光芒再次大作,又倏然出现在了大门外,拦在了范闲的身前,然而那双深不可测,犹若苍穹的双眼里,却出现了几丝木讷。

范闲看着仙人的眼眸,轻声道:"我看透你了。"

没有人注意到雪袄下,他的后背已经湿透,表情依然平静,谁会知道先前闯入仙人身躯的那一刹那,他凝结了多少勇气,多少决心。

神庙到底拥有怎样深不可测的实力,究竟是不是如皇帝陛下和五竹叔所言,已经荒败到了某种程度,范闲并不清楚,而由于五竹叔明显失陷在这里,他依然要赌。

眼下看来,似乎他是赌赢了,那些光点凝结而成的仙人身躯,明显没有什么强大的力量,更大程度上与范闲先前猜测的全息图像有些接近。然而神庙里依然有许多秘密,许多解释不清楚的事情,比如这周遭浓郁的天地元气,比如那些武功秘籍——那个世界有陈氏太极拳谱,但不可能有像霸道功诀那样神妙的东西。

范闲闯入了那座建筑,那些光点就像萤火虫一样跟了进去,空留了一片雪地,两扇沉重的大门就此无声关闭,将范闲关在了门内,却将海棠和王十三郎关在了门外。

王十三郎还没有从震惊中摆脱出来,海棠朵朵眸内亮光大作,正欲提起全身修为硬闯此门,王十三郎道:"他的手势是让我们留在外面……趁着这个机会找人。"

这是一座仿古庙建筑,内里的建筑材料不是一般的青石,而是一种类似金属的材质。范闲快速地在殿内扫视了一遍，却发现这座建筑内一片空无，没有什么出奇的存在，唯一有那一片片的空白处隐约可以让人凭借博物馆的名称联想到无数年前，这里或许是一个一个的展台。

外面的壁画早已残落，这座建筑里的壁画却保存得不错，能够清晰地看到上面绘画的场景。范闲将双手负在身后，像一个老头子一样佝着身子，慢慢从这些壁画面前走过。他的目光从这些壁画上面扫过，一丝不苟，十分仔细，既然那个光点凝成的仙人不肯告诉他历史的真相，那么这个真相，只好由自己来寻找。

那光点凝成的仙人就像鬼魅一样飘在他的身后，范闲知道，但没有回头去看，也没有开口问什么，画面极其诡异而奇妙。

这些壁画的风格与范闲前世所知的油画极为接近，上面描绘的内容，都是大陆经集中偶尔提到的远古神话，只是那些神灵的面貌极为模糊，不论他们是在山巅行雷，还是在海里浮沉，或沐浴于火山口的岩浆之中，总有一团古怪的白雾遮住了他们真实的面目。

范闲再次想起了京都庆庙的壁画以及大东山上庆庙里的壁画，这些壁画上面所描绘的内容不知是几千几万年前的事情，中间传承了无数代，有些模糊自然难免。不过这座神庙本来就是一切传说的源头，为什么这些壁画上面的神祇依然面目模糊？

一直像缕光魂跟随着范闲脚步的仙人，忽然开口道："这些壁画出自波尔之手。"

"波尔？三百年前西方那位大法师，听说他和他的老婆伏波都是天脉者……最后消失得无影无踪，原来最后是回到了神庙。"范闲皱着眉头道，"天脉者如果是神庙往世间撒播智慧种子的选民，我本来以为这些天脉者最后心有异念，都会被神庙派出去的使者给杀了，没想到原来还有活着回到神庙的。"

"神庙禁干世事，自然不会妄杀世人，不过您说得对，无数年以降，总有天脉者承袭神庙之学，便心生妄念，令苍生受难，但凡此时，神庙便会遣出使者让他消失。"

"这大概便是传说中的天脉者最后都消失无踪的原因。"范闲注意到了身后那缕光魂的语气依然平稳温和，只是称呼自己时用了"您"这个字，而且开始与自己沟通交流了。

"波尔和伏波这一对夫妻当然不是此类，他们并没有什么世俗的欲望，当伏波死后，波尔经历了无尽的辛苦，回到了神庙，恰好那时候神庙的壁画快要残破了，所以他花了七年的时间，将庙里的壁画重新修复。"

"可是大东山庆庙和京都庆庙的历史都不止三百年……那些壁画怎么可能还是波尔的风格？"

"因为波尔只是修复，没有创造，他按照很多年前的壁画风格绘制，自然和您生长的世间的壁画有几分相似。"

范闲忽然指着壁画当中那些漫天的火焰与光芒，问道："为什么那些神没有面目？"

"因为真神从来不用面目见人。"

"所以你不是真神。"

范闲身后半空中飘浮着的那些光点，渐渐褪去了老人的面容，变幻成镜子一般的存在，沉默许久之后，道："正如您先前所言，我不是神。"

"很好，我就担心你在这大雪山里憋了几万年憋疯了，真把自己当成神，如此事情可就不好处理了。"范闲略放松了一些，至少一个最疯狂可怕的可能，被神庙自己否定了。

如果是真正有生命有感情的存在，听到范闲的这句话，一定会明白他内里所隐藏着的意思，可是很明显，神庙里的这个存在，只是被动地按照某些既定的流程在思考，并没有接着往下说什么。

"神不是没有面目，而是根本没有神。"不知为何，当范闲说出这句话后，他的心情忽然变得寂寥起来。因为世间若真的没有神，那么他的存在，母亲的存在，依然是那样不可捉摸，毫无理由。

"那些只是一些威力强大的机器或武器罢了。"范闲指着壁画上那些可以开天辟地的神灵道,"我不知道是什么武器,原子弹还是中子弹?反正都是些很可怕的东西。"

半空中飘浮着的那缕光魂,在听到范闲的这句话后,镜面忽然发出了极为强烈的波动,似乎正在进行极为紧张的思考,或许正是因为范闲说出了它根本没有想到的词语,让它在短时间内无法分析清楚。

不知道是出于保存展品的需要,还是因为神庙的能源快要枯竭的缘故,这里光线并不如何明亮,淡淡地,温温柔柔地洒在范闲的身上,就像给他打上了一层圣光。他回头看着半空中飘浮着的那缕光魂道:"到现在,你应该很清楚,我不是寻常人……我的两名伙伴不在,我想你不用再忌惮什么,可以将神庙的来历对我说明。"

光魂形成的镜面陷入了死寂一般的沉默,似乎是在分析范闲的这个请求。

"抛砖引玉,我先来砸块砖。神庙是某个文明的遗址,用你的话来说,这是一座军事博物馆,所以保存着那个文明里最顶端、最可怕的一些东西,你不肯告诉我神庙的历史,我只好凭着这些壁画和我的一些认知来猜一下。"

范闲感到一阵虚弱,他坐到冰凉的地面上,一面缓缓吸附着天地间无处不在的元气,一面用沙哑的声音缓声道:"……那个文明肯定是我所熟悉的文明。"

当年母亲第一次逃离神庙后不久,应该是再次返回神庙寻找五竹叔去了,既然如此,那个箱子应该是在第二次的时候,被母亲从庙里偷了出来。军事博物馆里藏着巴雷特,很明显这座博物馆存在的年代,比范闲离开时的年代更晚一些,而且一脉相承,他可不相信,什么远古文明也能做出一模一样的那把枪来。

一想到那个熟悉的、与自己曾经真切生活过的世界一脉相承的文明,已然变成了历史里的尘埃,变成了大雪山里世人无法接受的一座破庙,那些范闲……不,范慎曾经爱过、恨过、怜惜过的人们,都早已在时间的长河里变成了缕缕幽魂；那些他曾经逛过、看过、赞叹过的事物，都已经变成了一片黄沙，他的心里生出了一抹酸楚，格外怅然。

前不见古人，后不见来者，除了叶轻眉，便只有自己，天地悠悠，情何以堪？此等万载之孤独，便落在了他一个人的身上，是何等沉重。

他坐在地上，沉默了很长时间，问道："作为曾经的同行者，你能不能告诉我，当年那个世界究竟是怎样被毁灭的？难道真有疯子乱扔核弹玩？"

光镜平滑如冰，那个温和平稳的声音在建筑内部四面八方响了起来："那是神界的一场大战，仙人们各施惊天法宝，掀起惊涛骇浪，大地变形，火山爆发……"

"够了！"范闲愤怒的声音在空旷的建筑内响了起来，他盯着那面镜子，剧烈地咳嗽着，最后竟咳出了血来。他倔狠地抹去唇角的血渍，对着那面镜子骂道："老子就是那个狗屁神界来的人！少拿这些狗屎说事儿！你他妈的就是个破博物馆，不是什么狗日的神庙！"

第七章 辐射风情画及传奇

灰暗的陆地在燃烧，幽蓝的海洋在燃烧，无穷的天穹在燃烧，所有事物都在高温炽烈的火焰笼罩下，拼尽全力挤出内部的每一丝燃料，添加到这一场火苗的盛焰之中。

火山喷发，滚烫红亮的岩浆没入海水之中，蒸起无尽的雾气，又带动着洋流开始掀起一道高过一道的巨浪，不停地拍打着早已经被熔成了古怪形状的陆地。天地间充满着令人心悸的光芒与热量，到处都是毁灭的味道。

陆地上的动物凄号奔走，皮毛尽烂，深刻见骨，可那些光线，那些波动，那些火苗是自幽冥而来的噬魂之火，永远无法摆脱，无论逃离那些燃烧的树林多远，无论往草原下的深洞里掘进多深，它们依然没有躲过这场可怕的毁灭。

海洋里的动物也在不安地游动，拼命躲避着海底深沟里涌出的热量和有毒的气体，那些习惯了在冰冷海水里自在畅游的哺乳动物，异常绝望地将头颅探出水面，呼吸入肺的却是滚烫的空气和那些挟带着致命毒素的灰尘。

天空中的鸟儿们还在奋力地飞翔，它们远远地避开天穹里那些刺目的光芒，向着大地的两头拼命飞奔。生命天然的敏感让它们知晓，大概只有在那些人迹罕至的地方，才能够寻觅到最后的桃源。这是一场与季节完全不协调的大迁移，而在这场迁移之中，绝大部分的飞鸟惨死在途中，落到了干枯的大地上，真正能够躲离那些炽烈光线、黑色尘埃的飞禽，少之又少。

天地间的光线渐渐暗淡下去，空气中充满了灰尘与乌云，将太阳异常无情地遮挡在后方。青翠的大草原早已变了颜色，劫后幸存下来的动物们，集合在一处小水潭的周边，绝望地争抢着这唯一一处水源。三十几只大鳄鱼伏在水潭的深处，水潭周边无数动物聚拢了过来，开始挖小水坑，或有胆大强壮的肉食动物，开始勇敢地侵犯鳄鱼的地盘。

天空中再也看不到任何飞禽的踪迹，海底的鱼儿早已经被惊吓到了深海的珊瑚礁里，怎么也不敢出来。游弋在四周的鲨鱼有些困惑地睁着那双大大的眼睛，不知道这个世界究竟怎么了，自己的家究竟怎么了。而在海面之上，十几只巨大的抹香鲸疲惫地漂浮着，偶尔无力地弹动一下自己的尾巴，更远些的小岛周边，海狮们绝望而愤怒地对着天空嘶叫着，用残忍的互相撕咬，发泄着心底深处的恐惧。

聚在水潭旁边的动物渐渐死去，有互相残杀而死，有因为吸入了空气中的黑色灰尘而死，有因为饥饿而死，有因为干渴而死，而更多的动物实际上是因为饮用了水潭里的水而死。空气里一片干燥，水潭周边只留下无数惨白色的骨骸，或大或小，或蜷曲，或惊恐趴伏，它们身上的皮毛血肉早已经归还给大地，只剩下了这些白骨还遗存在四周，陪伴着水潭里最强悍，经历了数千万年也没有灭亡的爬行动物。

又过了一些日子，水潭干了，重达数百斤的大鳄鱼认命一般地伏在泥土上，任由并不炽烈的太阳晒着背上的红泥，渐渐死亡，渐渐干萎，渐渐腐烂，渐渐化成令人触目惊心的白骨——实际上这些强悍的爬行动物最后是被风干的。

空中依然一片死寂，没有任何生命活动的痕迹，而海面上的情景更加残酷，往日里温暖洋流与海湾北部寒流交汇时的牧海处，无数只大型的水生哺乳动物，或浮沉于岛畔的海水，或沉落于幽静的海底，那些鲸鱼与海狮、海牛早已经变成了腐烂的血肉，污染了整片海水，让整个海湾都变成了一处修罗场，空气里散发着一股恶臭。

食腐的动物们因为这些巨大的存在，而苟延残喘更长的时间，它们敏锐地察觉到，越靠近陆地的海畔，天地间越是布满死亡的气息，所以它们的进食很小心。

终于有一天，干燥、阴暗、有若地狱一般的世界终于降下了雨来，雨水击打在草原边缘残留不多的树叶上，也惊醒了那些躲在洞里的昆虫。圆圆的水珠滚落在泥地面上，一只甲壳虫快乐地洗着脸，雨水渐渐汇在了一起，沿循着古旧的水道，向着草原深处进发，一路不知惊醒了多少用睡眠躲避毁灭的生灵。

涓涓小河注入那个被白骨包围的水潭，令人感到惊奇的是，一只深深地躲藏在河道岩石缝里的蜥蜴还活着，它吐着猩红的舌信子，笨拙地踏过浅水，在鳄鱼巨大的眼窝白骨里舔舐着，间或抬起一只右前足，孤单而暴躁地向四周宣告，它对这个水潭的拥有权……反正水潭四周足足有一千多具白色的骨架都已经陷入了沉默，不可能对它的宣告表达任何反对意见，如果那些狮子、大狒狒都还活着，世界又是另一种模样了。

不论是在哪个世界，雨水总是代表着生命，这一次似乎也不例外。空气中弥漫着的那些黑色尘埃被雨水洗刷一空，这些被风也吹不散的尘埃，终究屈服在水神的威力之下，空气里重新出现了清新喜人的味道。四野的生灵因水而生，因水而聚，开始了欢愉的劫后余生，还有彼此之间的捕杀，哪怕是这种血淋淋的捕杀，竟也带着一股生命的可喜味道。

然而这些生灵并不清楚，这些自天而降的雨水里混着的黑色尘埃是怎样可怕的东西，它们更不清楚，雨水可以洗去尘埃，却永远也没办法洗去弥漫在天地间那些根本看不见形状，却足以杀死绝大多数生命的线条。

下雨的时候，大海平静了许多，波浪缓缓将那些死去的动物尸体推至岸边的礁石中，腐臭的味道被雨水清洗得淡了许多。雨越下越大，似乎永远没有停歇的那一刻。那些饮用了雨水的动物们，开始感觉到生命正在缓缓地远离自己的身躯，它们不知道这是什么原因，那种本能的惶恐让它们格外绝望，在泼天的大雨里，拼尽自己最后的气力，开始残忍而酷烈地进行着毫无意义的杀戮，甚至连自己的同胞都没有放过。

或大或小的无数场洪水过后，陆地上的生命再次遭到了沉重的打击，除了留下无数浸泡在脏水中的尸体之外，再也看不到任何生命的迹象。海洋边缘堆积的腐烂尸体，则是被这无数场大雨击成一片一片的恶心泡沫，和那个童话完全搭不上关系。

然而上天对于这个世界的惩罚似乎没有结束，雨水之后便是一场突如其来的降霜，由北至南，遍布四野的空气骤然间降低了十几度，看不见太阳的天地，似乎也混乱了季节，深寒的冬天就这样出现在已然危殆的生命面前。

寒霜之后是雪，无穷无尽的雪，先前的雪花还带着黑灰的颜色，最后便恢复了洁白，看上去无比圣洁，覆盖了天空，覆盖了大地，覆盖了海洋，整个世界都被笼罩在风雪之中。严寒降临大地，冰层延伸入海。白茫茫一片大地真干净，无穷无尽的雪，永无止歇地下着，雪地上再也看不到任何生命活动的迹象，这个画面一直持续并平静冷酷地持续下去，一年，两年，十年，一百年……

范闲仿佛是从一个梦里醒了过来，许久才将目光从空中那面光镜中抽离，双眼布满了血丝，嘴唇微微发白。虽然先前画面里显示的一切，是他进入神庙之后分析、判断得出的结果，然而真真切切地看着这一幕发生在自己的眼前，那种强烈的悲哀与痛苦，依然让他心里的酸痛更甚，因为他知道这不是什么神界，他也不可能像这个世界上的人们一样，把这些只当成神话，然后记在壁画上，记在传说中。他知道这一切都是真实发生的事情，那些死于大劫之中的生命，都曾经真实存在过。

眼里的血丝代表着疲惫与心力交瘁，范闲低头揉了揉眼睛，然后再次抬起头来，注视着空中光镜里那似乎万年不会变化的雪地场景。他知道变化肯定会发生，不然文明如何延续到今日的世界？最令他心弦微颤的是，看到此时，他依然没有看到那个世界里的人们，那些曾经的同行者们，究竟遭受了怎样可怕的折磨。

宏伟的，美妙的，精致的，朴素的，古朴的，简陋的建筑，是与草窝山洞不同的存在，也是那一场大劫之中遭受最沉重打击的存在，那个世界的人们掌握了造物主的某些秘密，最终却把这些大杀器扔在了自己的头顶，这是何其荒谬的事实。

高温熔化了水泥钢筋，冲击波击碎了所有残存，天地间无形的射线杀死了无数人。干旱过后是洪水，冰霜之后是风雪，不知多少年过去，曾经有过的辉煌都已经被白雪淹没，再也没有谁知道，曾经有一个种族，在这个世界上曾经无比光耀过。

风雪过后不知多少年，终于再次有人出现在了画面之中。文明的毁灭，生命本能的求存，暴虐的厮杀再次出现，废土之中，残存下来的生命，只可能为了活下去，而成功地展现了动物性里最难被人性所接受的那一面。

范闲不想看这些，所以画面快速地旋转推移。

他就像坐在一个时光机器面前，看着文明的陨落，看着文明的残存，看着残存的文明之火，终究还是消失在蛮荒之中。

他看着雪下残存的高楼被风雪侵蚀、垮掉，冰雪后的杂草占据了它们的身躯，凭借着时间风水和自然的魔力，将它们变成了一块一块的岩石与锈砾，再也看不到任何最初的模样。

他看着穿着兽皮的人们重新住进了洞穴，重新搭起了草庐，重新拾起了骨箭，却忘却了文字，忘却了语言。

楼起了，楼垮了，楼又起了，范闲以往总以为文明是最有生命力的存在，再遭受如何大的打击，总能凭借着点点星火，重新燎原，然而看着光镜上快速闪过的那一幕幕场景，他才知道，原来文明本身就是天地间最脆弱的东西，当失去了文明所依存的物质世界时，精神方面的东西总是那样容易被遗忘。

画面闪过只是刹那，然而这个世界却已经不知道过了几十万年，上一次的辉煌终究没有在这个世界上留下任何痕迹，彻底地消失了。

范闲目睹这一切的发生，双眼悯然微红，盘坐于地，双拳紧握，于刹那间睹光阴，身旁青石未烂，世间已过万年。

他真正看到了沧海桑田，斗转星移，大地变化。

他看到了曾经的海湾变成了沃土，却不知那些无数动物死尸残留下来的养分，是不是对此有何帮助。他看到了火山活动平静之后，那片死寂的草原微微崛起，脱离了洪水的威胁，从东北方行来了一个部族的原始人，开始辛苦地驱逐野兽，刀耕火种。

不知过了多久，一个蒙着黑布的瞎子踏破北方的冰雪，来到了远古人类的部族。

他被后人称为使者。

使者自北方来，授结网之技，部族子民向北俯伏，赞美神眷。

又有使者自北方来，授结绳记事之法，部族子民再颂神之恩德。

再有使者自北方来，授文字之事，部族子民大修祭坛，于山壁间描绘岩画，口颂神庙恩泽……

范闲将头深深埋进了膝盖间，急促的呼吸让他的后背上下起伏，他终于明白了许多事情，自从确认这个世界就是地球之后，他就一直有很多不明白的地方，为什么这个世界上所用的文字，恰好是自己前世就会的文字；为什么这个世界上的文字似乎没有什么太过繁复的演化过程，倒像是一开始便是这个模样。

"我有一个问题，为什么原本的一切都没了，而你……或者说神庙却还能够保存下来。"他沙哑着声音问道。

平滑的光镜上依然在上演着部落子民的一幕幕悲欢离合、开拓蛮荒时的热血牺牲，这些经历了数十万年寒冬死寂的遗民们早已忘却太过遥远的先古存在，然而毕竟是已经进化过一次的人类，当环境允许他们开展相对自由的活动，那种深藏于集体无意识间的智慧终于迎来了爆发，尤其是那位蒙着黑布、来自北方的使者，每隔一段时间便会降临部族，带去神庙的恩泽，更是极快地加速了人类社会文明的进展。

就像是一个开了外挂的游戏，光镜里的画面快速向前进展，可是从很多年前起，那位蒙着黑布的使者便再也没有出现在人世间，承担起这个任务的是那些行走在世间的使者，以及那些使者所传授的天脉者。

当范闲发问的时候，光镜的画面正好停在一处孤峰之上，无数的百姓狂热而奋勇当先地在山体上挖掘着石阶，然后将石料以及木材运送至山巅，要在那里修建一座庙宇。

这座孤峰悬于海边，一半山体浑若青玉，光滑似镜，直面东海朝阳，正是范闲非常熟悉，甚至亲自攀登过的大东山。

神庙的声音再次在四面八方响了起来，语气温和，却依然没有什么感情的味道："博物馆能得以保存，全部归功于运气，用世人的话来说，这便是天命所归。"

是的，除了天命，除了运气，还有什么能够解释一座数十万年前的文明遗址，今天却依然安静地躺在大雪山里，平静而温和地注视着世间遗民们的每一步脚印。

大概也只有亘古不变的冰雪，才能抵御住时间的威力，大自然无意间的破坏，没有让这座神庙像那些宏伟的建筑一样，在时间的长河中消失无踪。

神庙是用太阳能的，这或许也是原因之一，可是远古的那场战争，很明显不可能带来天地间如此大的异动，难道是地球本身也出现了什么大问题？

范闲本可以就这个问题深入地思考下去，但他此时情绪波动太大，尤其让他震撼无语的是那个蒙着黑布的瞎子使者，最后出现的大东山玉壁上的画面。如果画面上的这一切都是真的，那五竹叔算是什么？如今整个人类社会的先知？老师？

"我不相信世上只残留了你这一个地方,这没有道理。"

"时间能够印证一切,在这个世界上,我花了数十万年的时间,没有发现类似的存在。我能存活到现在,一方面是运气,另一方面也是因为在这数十万年里,使者们在不断地对神庙进行修复,可是很可惜,使者们也渐渐被时间所消耗。"

虽然神庙的声音说"很可惜",但是语气里并没有这方面的情绪。范闲沉思很久,指着光镜上的大东山以及那渐渐将要完工的庙宇,问道:"这个地方我去过,为什么你要通过使者传出神谕,在那里修这么一座庙?"

从海上经过大东山时,每每看到那一方整整齐齐、犹若天神一剑斩开的玉璧,范闲便会心神摇荡,总觉得这片玉璧不像是天然形成,然而若是人力所为,那得需要怎样的力量?最令他不解的是,为什么五竹叔受伤之后,要去大东山养伤,为什么皇帝老子将最后的战场选择在大东山?

"是为了纪念。"神庙的声音沉默片刻后道,"那里是战争爆发的原点,人类自相残杀的武器在那里剧烈地爆炸冲突,最后竟得到人类自己也无法估计到的后果……至于最后的印记便是那一方整整齐齐的玉璧,那座城市早已不复存在,那座山则是被热熔掉了一半,最后变成了现在的模样。"

直到今日范闲才知晓,原来大东山便是末世战争的爆发点,一座山脉被熔成了半截悬在海畔的孤峰,岩石被高温熔成了青莹一片的玉璧,这是何等样的恐怖。

"所以大东山的辐射留存最强烈,也等若是天地元气最强烈……"范闲喃喃推论道,"如果我的判断是对的,可为什么杀人的辐射能够成为天地间的元气?如果世间的子民真是前代人类的遗存,为什么他们的体内会有经脉这种东西?"

"因为人类是世界上最愚蠢的物种,也是最聪明的物种,最关键的是,他们是最能适应环境的物种。"神庙的声音回应道,"关于这一点,我有绝对的信心。"

从前有座山，山里有座庙，庙里有个人，那个人讲了一个故事，他说：从前有座山……如果范闲在神庙里的经历就这样重复下去，毫无疑问，那些在天下各处翘首期盼他存活或是死去的人们，身上会蒙上许多层蜘蛛网，然后被活活拖死。

就像那场大劫之后的世界一样，无论是因果还是别的什么，总不可能一直陷于单调的重复之中，文明毁灭之后的重生不可能生成与当初完全相同的模样，哪怕这座世间硕果仅存的神庙，在人类第二次启蒙之初，便开始不断地通过那位蒙着眼睛的使者向人类传送上一次文明的种子。

两个世界之间最明显的变化，自然就是天地元气。

如果天地元气以及人体之内的真气本属一途，都是数十万年前那场大劫在世界上留下的痕迹，可是为什么这些痕迹却没有让生活在其间的人类死亡？

用神庙里那个声音的解释，或许适应环境，并且在这种适应之中寻找到某种平衡点和益处，本来就是生命所具有的顽强特性。

思及此，范闲久久无法言语，他本以为最顽强最不可能被熄灭的文明事实上是最脆弱的存在，看似最脆弱的生命，却成了最坚强、最无惧的存在。

人类适应了这种环境，重新生长出来的植物、动物也都适应了这种环境，看来辐射虽然恐怖，但在漫漫的时间长河里，其实也不过是一幅清新动人的风情画罢了。

不知过了多久，范闲才从这种震惊与惘然的情绪中摆脱出来，此时神庙空中那幅平滑光镜上的画面，也已经离开了大东山，开始呈现出各式各样生动的画面。

有人在密林里狩猎，有人在田地里劳作，有妇人在溪畔洗衣，有初识行路的幼儿在炕头笨拙地学步。有炊烟，有村庄，有城邦，有宫殿，自然也有纷争、战争、厮杀、血腥。画面渐渐变缓，出现了一幕幕武道修行者修炼时的场景，或坐莲花，或散盘于山巅，坚韧无双，风餐露宿，经年累月，上问天穹下问沧海，外视四野直指内心，吸天地间之元气残余，吐体内之沉浊气息，终一日，大陆武道渐成。

多亏了年幼时监察院教育打下的基础够牢实，范闲还算冷静，但饶是如此，纵观大陆变幻真实景象之后，还是有些心神摇荡，问道："既然武道秘诀这些东西都是世人自行修炼出来的，为什么神庙里却有这么多厉害的玩意儿？随便偷了两本出去，便在世间造就了几个大宗师。"不等神庙开口说话，他又道，"都已经说到这时候了，想必你早已经分析出我的来历，不要再说是什么神界遗留的仙术之类的废话。"

神庙里安静了许久，那个声音再次平静地响起："无数年来，神庙一直在观察世间，我们会收集资料，加以分析，再配合人类自身的生物特性，进行总结和修正，最终得到了几个方向的研究成果。"

原来被叶轻眉偷偷带出神庙的几本功法竟是这样一个来历。不过细想也对，如果不是有极为高明的眼光和手段，还有无数流派秘不外传的心法、宏若大海的资料以供挑选，谁能像神庙一样，用无数年的时光研发出如此强大的功诀。

"你们传给世间许多有用的法子。"范闲没有抹杀这处遗址对文明传承的功效，"在开辟蛮荒的时候，神庙甚至直接派出使者，帮助人类应对难以对付的巨兽，后来还传授了许多用以在自然界立足的本领……为什么这些法门你们不直接传给人类，或者说，庙里肯定还有许多资料，你们为什么一直藏着，还要杀死知道的那些人？"

话到此时，终于快要接近那个女子。叶轻眉的死亡与神庙脱不开关系，不管是因为她偷出神庙的功诀，还是因为内库里那些超越时代的工艺。

"没有那些人，只有一个人。"神庙的声音依然平静，而且格外坦诚，"我们是守护者，守护人类文明最后的种子再次发芽。我们要让人类的遗民重新生存在这个世界上，这是我们的使命。神庙会向世间传播一些合适的技能与知识，比如水利，比如稻谷，比如武艺技能，但我们不会试图去强行影响世间的一切。"

范闲摇头道："你说你只是守护者，不是操控者，但神庙的阴影笼罩在人类的头顶已经这么多年了，而且你们一直试图按照自己的设想，来规划你们所认为完美的世界。不说前面那些年，只说大魏一千年，这个世界其实并没有什么本质上的变化。"

神庙的声音沉默了很久很久，第一次用反问的语气道："难道这样不好？"

这样好吗？还是不好？谁又能说得清楚。

范闲早已判断出，神庙，或者说前代文明最后的遗址，虽然依旧执行着程序中的指令，然而那一场大劫，人类的自我毁灭，终究对它的思维方式造成了影响。

不知道神庙究竟是不是一个有自主意识的个体，但很明显，神庙一直平静地注视着世间的一切，防止着人类社会向更高一级的文明前进，或许在它看来，文明若沿着老路进发，则必将会落得再一次毁灭的下场。

叶轻眉当年在世间呼风唤雨，带动着整片大陆的生产力与技术向上迈进，毫无疑问已经触及神庙的底线，所以神庙才会在人间挑选庆帝为其代言人，欲将与叶轻眉有关的一切都抹杀掉。只是神庙的使者数量已经极少，而且接二连三地死在了五竹叔的手中，它没有办法改变庆帝还在使用着的内库，叶轻眉带给人间的东西依然在。

范闲并不认为对着一个类似于人工智能的存在愤怒或悲伤有太多的意义，平静地道："不管好还是不好，可你终究是在插手人世间的事，这不符合你的规矩。"

"神庙不会理会人世间的事，也未曾强行阻止过人类文明的进化，而如果有外来的力量试图强行加快这个过程，我们一定会阻止。"

神庙的声音平静而冷漠地回响在整座建筑。

范闲先是一愣，紧接着笑了起来，他的声音本来因为伤病的原因已经非常沙哑，此时的笑声更是显得格外干枯和怪异，偏偏他的笑声越来越大，在空旷的建筑里回荡不停，直到他笑出了眼泪，朝后躺了下去。

光镜平滑，声音安静，神庙似乎并不关心这个奇异的旅者为何会在如此庄严的地方放肆地发笑，它只是平静地等待着。不知过了多久，范闲才终于止住了笑声，躺在冰凉的地面上，表情平静，双眼直视着这座建筑的天花板，轻声道："你习惯称自己为神庙，看来这几十万年过去，你还真把自己当成神了。"

神庙里没有声音响起，那面光镜在空中悬浮着飞到了他的头顶，再次展开，又开始出现了末世浩劫时的场景。只不过这一次镜头不是对着那些草原海洋，而是直面那些遭受了无穷苦楚的人们。

范闲知道神庙是想用这些画面来进行无言的解释。这些无声的画面着实令人触目惊心，可是他并不想看，直接道："关了吧，又不是什么真的风情画。"

空中悬浮着的光镜渐渐敛息，失去了光泽，变成了一幅平直的卷轴，由两边往中间靠拢，而后又渐渐合拢了画面。随着最后那一眼焦烂尸骨的消失，光镜变成了一根棍子，然后那位浮沉于光点之中的老者，重新现出了身形。

"重复，我是守护者，并不是神。"

"如果你不是神，怎么可能会拥有自己的判断以及行为？"范闲有些累了，长久的谈话，眼前一幕幕的时间长河画面，让他看上去有些难堪其负。他将双手枕在自己的脑后，看着悬浮在自己上方的老人，问道："你是人类创造出来的，如今却开始控制人类的发展，这种行为是基于怎样的程序发展出来的？"

"神庙四定律。"

"你还是习惯自称为神庙，这是我最无法理解的。"

"第一定律，神庙不得伤害人类，也不得见人类受到伤害而袖手旁观。第二定律，神庙应服从人类的一切命令，但不得违反第一定律。第三定律，神庙应保护自身的安全，但不得违反第一、第二定律……第零定律，神庙必须保护人类的整体利益不受伤害，其他三条定律都是在这一前提下才能成立。"

神庙的声音还没有结束，范闲的眉头便再次皱了起来，他总觉得这三条定律听上去有些耳熟，可是似乎在细节上与自己记得的某些东西有了一些细微方面的变化。

他沉思许久，终于想起了这些无比耳熟的律条出自什么地方，正是那个世界的小说、电影里出现了无数遍的机器人三定律。在这一刻，他忽然想起了一些很久都没有想起的事情，比如那位小黑帅哥，还有那个比小黑帅哥更帅的机器人。

看来在自己死后或穿越后的那个世界里，文明发展到某个阶段，阿西莫夫同学的三定律真的被运用到了现实之中，然而神庙最后所说的第零定律又是什么鬼？

保护人类的整体利益不受伤害？神庙遵守的第零定律居然是这一条？看上去这是一个多么光荣正确伟大的律条，他却很轻易地从中找到了异常凶险的地方。

正是因为有这个律条存在，神庙才会隐隐控制着人类文明的进程，甚至最后不惜触犯第一、第二律条，直接与皇帝老子联手，将叶轻眉从世间抹杀。

第零定律里最关键，也是最可怕的字眼，便是所谓人类的整体利益，问题就在于，人类的整体利益究竟由谁来确定？怎样的世界环境、怎样的社会组成形式，才真正符合人类的整体利益？在神庙看来，若沿袭旧路，一步一步迈向人类文明的巅峰，热武器乃至更强武器的出现，只会将人类社会毁灭，由此神庙自然会认为这不符合人类的整体利益。

可技术文明这些事物，能够让那些在田里拼命刨食儿的贫民，卖儿卖女的流民们生活更好，难道就永远不能出现在这个世界上？范闲不是一个唯技术论者，但他依然坚信，那个世界里二十一世纪的人类，一定活得比十七八世纪的人类幸福许多。

整体利益？这是一个何其混沌甚至有些荒谬的字眼，难道就由一个没有感情，也许极少犯错误的非人类智慧来断定？范闲挑眉问道："人类的整体利益究竟在哪里？"

老者沉默了很久很久，道："神庙不知道，但神庙知道有些路是走不通的。"

"难怪上一次使者从南方登陆，沿途杀了那么多无辜的百姓，如果三定律真的有效，怎么可能会出现这种情况？"范闲看着老者语重心长地道，"为了整体利益这个模糊的概念，你可以做任何自己想做的事情，你不觉得这很危险吗？"

"神庙有自我控制的手段，这是一种数据判断。"老者平静地回道，"神庙不可能眼睁睁看着人类走上老路。"

"我应该谢你还是骂你？"范闲双手一撑，从冰凉的地面上坐了起来，面带惘然之色，道，"这个狗日的第零定律，是谁搞出来的？"

"不是狗搞出来的。"说这话时，老者很平静，却不知道他的这句回答像极了极冷的笑话，"当神庙苏醒过来时，这条定律已然存在。"

"就因为这个不知所谓的第零定律，你们杀了她。"范闲自言自语，渐渐地声音越来越大，"就因为这么个莫名其妙的理由，你们杀了她，你们杀了她……"

"你们杀了她！"他对那个老者大声吼道。

老者的声音依然是那么平静："神庙必须保护人类的整体利益不受伤害。"

神庙给范闲的解释，不是关于叶轻眉，而只是重复一遍这个冷冰冰的信条，因为紧接着老者对范闲说道："三位旅行者，我愿意接受你们成为神庙的信徒、神庙的使者，代表上天的旨意，行走于辽阔的人世间，庇护着大陆上的遗民。"

这段话的语气明显与前面不同，大概这是程序里自我拟定的一段，从而显得格外仙音缥缈，此时老者似乎想起来面前这个年轻而虚弱的人类，和一般的人并不一样，继续道："来自神界的同行者，请记住第零定律。"

接着老者陷入了沉默，光点凝成的面庞上色泽不断变幻，似乎是在进行最后的判断与思考，片刻后老者又道："为遵守第零定律，请你留在庙内。"

三段话代表着神庙的三个程序，一个接一个地触发，由最先前的征召使者，变成了对范闲的警告以及最后宣告要将范闲囚禁在神庙之中。

范闲平静地听完这三段话，站起身来，并不如何紧张，被囚禁在这座冰天雪地的神庙之中，就此残老一生，自然不是什么好的将来。然而仅仅四岁的叶轻眉就可以依靠苦荷与肖恩逃离雪山神庙，更何况此时的他还有两个伙伴一直静静地在外面等候。

"辱骂和恐吓绝对不是真正的战斗，而且对于你这种死物，似乎也没有什么生气的必要。你恐吓我是没有用的，但不知道为什么，我总有辱骂你的冲动。"

"狗娘养的东西！"一口痰吐了出去。那口痰穿过老者飘然若仙的光彩衣袂，啪的一声落在了地面上。紧接着他拍了拍屁股，然后转身向着大门走去，对那位神庙的老者抛下一句话，"你现在就是一团子萤火虫，在小爷面前充什么火焰君王，陪你说几句话已给足了你面子，居然还想关我一辈子……"

一直走到了建筑门口，都没有发生什么异变，那个飘浮在空中的老者身影，也只是安静地看着他离开。他回头望着那个老者冷笑道："明明白白告诉你，我就是叶轻眉的儿子，你这庙里那些木头使者早被我叔杀光了。还是那句老话，做好讲解员这个有前途的工作吧，不要总想着冒充什么神。把我惹急了，拆了你的太阳能面板回澹州烧热水洗澡，拆了你的主机让我儿子踩CPU，在我面前，你唬什么呢？"

大门猛地被拉开，一片冰雪世界重回眼前，范闲踏出建筑大门，眯着双眼贪婪地看着这世间真实的景象，将先前在里面所看到的那一幕一幕令人惊心动魄的场景全部抛诸脑后。他深深地吸了一口气,大喊了一声,声音传荡在整座雪山幽谷之中。

喊叫声在碰撞到雪山无数次后,渐渐弱了下来,两个身影用最快的速度掠过了建筑前的那块石台,来到了范闲的身前,用紧张而担忧的眼神看着他。

在建筑里知晓的一切,范闲不打算向任何人说,因为没有任何必要,那种孤单的苦楚与无助,且让自己这唯一的留存来独自享用吧。他直接问道:"有没有找到?"

王十三郎点了点头,范闲这才注意到他身后背着一个极大的黑箱子,心情顿时紧张起来,他忽然觉得自己似乎漏算了一些什么事情,疾声道:"出庙门!"

"清除目标一!"神庙的声音忽然从四面八方响了起来。

这五个字响彻空旷的庙宇,王十三郎忽然觉得身后背着的那个黑箱子动了起来!

哗的一声,黑箱顿时解体,只见一道黑光闪过,一根黑色的铁钎用世人难以想象的速度,迅速而准确地刺入了范闲的身体!

范闲的手握着那根铁钎,感觉嘴里有些发甜。他没有低头去看伤口,而是怔怔地望着面前那张熟悉的、永远不会变老的脸,还有那块蒙着双眼,异常冰冷的黑布。

他知道自己漏算了什么。神庙的使者确实已经死光了,神庙本身并没有什么护卫力量,然而他却忘了自己最亲的五竹叔,他一直都是庙里最强大的那个使者。

他看着五竹的脸,难以置信地道:"这事说出去,我妈也不能信啊。"

第八章 一个人的孤单

当范闲看到王十三郎背后的那个大箱子时，心里便生出了警觉。五竹是神庙最强大、最资深的使者，如今却是最大的叛徒，不知多少神庙使者死在了五竹的手中。既然神庙最后控制了五竹，又怎么可能将他放在王十三郎轻易就可以找到的地方？除非神庙确定自己能够完全地控制住五竹。正是基于这个判断，范闲第一时间内命令王十三郎带着箱子突围出庙，他坚信，只要脱离神庙的范围，神庙便再也无法控制五竹。

然而一切都太晚了。

空气中一道黑光闪过，箱子破裂，蒙着一块黑布的五竹瞬间从王十三郎身后，杀到了范闲身前，将他的身体像只虾米一样穿了起来。

看见黑光的一瞬间，范闲不禁想起了肖恩转述的多年前的情景，当叶轻眉逃出庙门，一道黑光也是这样闪了出来，只用了一招，便将苦荷砸成了滚地的葫芦。

范闲的左手紧紧握着插在胸腹处的那根铁钎，感受着金属上传来的阵阵冰冷，随着鲜血的涌出，鼻中咽喉里生出一股令人寒冷的甜意，甚至连身体也冷了起来。

近在咫尺的那块黑布，依然没有沾上星点灰尘，那张素净中带着稚嫩、没有一丝皱纹的脸庞，却像是在诉说一个长达数十万年的故事。

范闲怔怔地看着这张熟悉的脸，却发现再也无法从这张脸上寻找到一丝熟悉的味道。明明还是这张脸，明明还是这块黑布，但他却清楚地知道，面前的人已经不是五竹叔。

神庙将五竹的记忆再次抹去，甚至是……抹成了一片空白！

鲜血从范闲的唇间涌了出来，他面色苍白，眼神却极为坚定，困难而快速地抬起了右手，阻止海棠和王十三郎于震惊之下出手。

因为他清楚，面对五竹，海棠和王十三郎根本没有任何还手之力，一旦加入战团，只有死路一条，要想从眼下这最危险的境地中摆脱出来，只能依靠自己！

他还可以思考，没有马上死去，甚至还可以抬起右手阻止海棠和王十三郎，这只能证明，五竹这一刺并没有刺中他的要害。这是很难理解的事情，以五竹的境界暴起杀人，除了那几位大宗师，谁能幸免？更何况范闲本来便是伤重病余之身，想必连神庙都没有想过，在五竹手下，范闲还能活下来，所以那个四面八方响起的声音沉默了，似乎是在等待着五竹判决范闲的生死。

是的，没有人能够避开五竹的出手，但是范闲能！自从那间杂货铺里，五竹将手中的菜刀献给了范闲，在澹州的悬崖上，在那些微咸湿润海风的陪伴下，范闲每天都在迎接五竹的棍棒教育。瑟缩的小黄花在被击碎了数万次之后，终于变得坚韧了许多。数千次数万次的出手，他身上不知留下过多少次青紫，但也幸亏如此，他才拥有了在世间存活的本领，异常精妙的身法。更关键的是，他是这个世界上，对五竹出手方位和速度最了解的那个人。

只不过以往数千数万次的教育，五竹手里握着的都是那根木棍，今天他手里握着的是锋利的铁钎。范闲无法完全避开这一刺，在黑光临体前，只来得及强行一转，让铁钎避开了自己的心脏与肺叶，看似鲜血喷涌，实则只是伤到了肋骨下的心窝处。

五竹微低着头，黑布在冰凉的微风里飘拂，脸上没有丝毫情绪，但在听到范闲那句话后，沉默了片刻，忽然开口冷漠地问道："你妈贵姓？"

就是这道光，就如同一道光，瞬间占据了范闲的脑海，让他看到了一丝活下去的可能，他盯着那块黑布道："我妈姓叶。"

五竹没有反应。

"你叫她小姐。"

五竹依然没有任何反应。

"她叫叶轻眉，我叫范闲，你叫五竹。"范闲吐掉了唇边的血沫子，望着五竹恶狠狠地说道。说话时牵动了胸腹处的伤口，一阵剧痛令他眼前一黑，险些昏死过去。

海棠与王十三郎紧张地看着这幕画面，却因为范闲一直举着的右手，不敢上前。

五竹依然没有反应，就像这些他本来应该最清楚、最亲近的名字，早已从他的脑海之中消失。他变成了一个没有情绪，没有温度的冰块。

看着这块冰，看着冰上的黑布，范闲似乎看到了一个熟悉的灵魂渐渐化成光点，从这具身躯里脱离出来，飞到半空之中，渐渐化成虚无。

他隐隐感觉到，自己这一生再也无法见到那个五竹叔了，此等悲痛，竟让他忘记了自己还被穿在铁钎上，重伤将死，将要告别这个世界。

死亡并不可怕，可怕的是死的时候，面对着的最亲的人却认不出自己来。他绝望地看了五竹一眼，一口鲜血喷出，颓然无力地跪在雪地上。

五竹缓缓抽回铁钎，看也没有看一眼跪在自己面前的范闲，一屈肘，单薄的布衣割裂了空气，直接一击将终于忍不住从背后发起偷袭的王十三郎砸了回去。

他没有任何情绪波动，稳定地走过了那块蒙着浅雪的石台，每一步的距离就像是算过一般，走到了神庙内唯一完好的建筑面前，然后坐了下来。

就像是一个没有灵魂的躯壳，重新坐到了千古冰山宝藏的门前，开始守护，开始等待……这一等待，不知又将是几千几万年。

范闲倒在雪地上，鲜血从身上快速涌出。海棠半跪在他的身旁，徒劳地为他止着血，强行压抑着内心的悲楚与震惊，却压抑不住眼里的泪水。

五竹没有向海棠和王十三郎出手，大概是因为在神庙看来，范闲的这两个同伴并不能影响到人类的整体利益，而且它需要这两个人将神庙的存在宣之于世。

然而海棠和王十三郎不懂，尤其是海棠，她怎么也不明白，瞎大师为什么会向范闲出手，她更不明白，为什么瞎大师要坐在那扇门前。但有一种冥冥中的感应让她知晓，或许在以后的漫长岁月里，这位范闲最亲近的叔辈、这位人世间最神秘的布衣宗师，或许便会枯守于神庙之中，不知山中岁月。

神庙里恢复了平静，那个温和平静而没有丝毫人类情绪的声音再也没有响起。微雪再次从天穹落下，四周的雪山好似不存在的事物一般泛着晶莹的光。

五竹漠然地坐在大门前，纹丝不动，有着说不出的孤单与寂寞。

雪下个不停，冷风吹，人心是雨雪，寂寞没有起点，寂寞没有终点。

范闲透过帐篷特意掀开的那道缝隙，看着帐外纷纷扬扬的雪，脸上没有丝毫表情，冷漠有如那个在远方雪山中的瞎子。

海棠和王十三郎历经艰辛将他背下了雪山，回到宿营地，本以为他熬不过一天，但没有想到他竟然凭借着小强一般的生命力活了下来。他没有丝毫失望悲伤的情绪，只是冷漠地看着帐外的风雪，一看便是许多天，缓慢而认真地将养着自己的身体。

按照原来的计划，他们离开神庙之后，必须用最快的速度南下，避开夏季后的大风雪以及最为可怕的极夜。然而因为范闲的受伤，更因为范闲的坚持，计划取消了。

海棠与王十三郎当然明白范闲为什么不肯离开雪山，那是因为那里有他最放不下的人，然而他们实在是想不明白，面对神秘的神庙，自己这些凡人能够做些什么。

在他们看来，连五竹这样的绝世强者都不敢违抗神庙的命令，对最亲近的范闲下了狠手，试问在这种情况下，他们三人除了枯守雪山，还能有什么办法？

范闲不这样认为。留五竹叔一个人在神庙里枯守千万年，打死他也不干。因为他知道，五竹叔与神庙不同。五竹叔有感情，有牵绊，不是冰冷的程序，而是一个活生生的人。在澹州杂货铺的昏暗密室里，他曾经见过五竹叔比花儿更灿烂的笑容，而且在大东山养伤之后，五竹叔越来越像人了。

这种变化是从什么时候开始的？范闲不清楚。或许是无数万年以前，这个蒙着块黑布的家伙以神使的身份在各个人类原民部落里游走，见过了太多的人类悲欢离合？或许是五竹叔本身就是神庙里最强大的存在，在数十万年的演化中走上了一条与神庙完全不同的道路？还是因为几十年前在与那个小姑娘的相处中，他被激发出了某种东西？

范闲不想去追究这些，也不需要去追究这些，他只知道自己重生到这个世界时，便是靠在五竹叔的背上，他看见的第一个人就是五竹叔。

五竹叔的背是温暖的，虽然一直没有看过他的双眼，但想来也是有感情的。

范闲不清楚神庙是怎样重新控制了五竹叔，或许是类似于洗脑，或许是重新启动，或许是格式化？总之五竹叔身躯里那一种智慧情感的生命光芒，眼下是看不到了。

二十几年前，神庙与皇帝老子携手的那次清除行动中，五竹不知杀死了几位神庙来的使者，然而自己也受了重伤，用陈萍萍老爷子和五竹的话来说，他忘记了很多东西。这种失忆肯定是神庙的手段造成的，好在五竹忘却了一些近年之前的事情，却对最近的事情记得很清楚，他记得叶轻眉，还记得范闲。今日雪山中的五竹，却什么也不记得了。

范闲身体虚弱，信心却异常充足，他一定要重返神庙将五竹叔带回来！

因为他没有死，五竹那一刺没有杀死他！

神庙对五竹这种完全不同的生命应该无法全盘控制，至少那几个名字、那几个记刻在他生命里的名字，成功地干扰了他的行为，让他没有杀死范闲。

以五竹的能力，判断范闲的死活是太简单不过的事情，然而他放了范闲一条生路，这便是范闲眼下的信心，他相信，五竹叔肯定会有醒过来的一天。

很多很多年以前，叶轻眉在苦荷与肖恩的帮助下逃离了神庙，在风雪中向南行走，然后某日，小姑娘在帐篷口看着北方，痴痴地说了一句话："他也太可怜了。"

后来她勇敢地回到了神庙，带着五竹，偷了箱子，再次离开。

很多很多年以后，重伤的范闲在海棠和王十三郎的帮助下离开了神庙，也没有选择离开。数十年的过往，似乎又陷入了某种循环之中，只是这种循环毫不枯燥，有的只是淡淡的温暖，因为他们母子二人都舍不得，舍不得那个人……一个人。

当范闲决定再次穿过雪山下的狭窄通道时，三人小组爆发了自雾渡河会合之后最激烈的争吵。海棠和王十三郎不明白，范闲为什么一定要再去神庙，好不容易才从那里逃了出来，那位瞎大师没有杀死他，可若再回去，谁知道迎接他的会是什么？

海棠和王十三郎都很担心范闲的死活，因为一个令他们心情复杂的事实是，神庙似乎并不关心他俩的生死，只是试图要将范闲永远地留在那座庙里。

不知是夏还是秋，极北之地的风雪渐渐又刮拂起来，空气里充满着越来越令人心悸的寒冷。海棠裹着厚厚的毛领，睁着那双明亮却又疲惫的双眼："这一路数月，其实我和十三郎什么都没做，什么都帮不上你，但我们总不能眼睁睁看着你去送死。"

范闲的右手紧握着一根木棍助力行走,听着海棠的话,没有丝毫反应。

"我们应该尽快南归，不论是去上京城还是回东夷，青山一脉或是剑庐弟子，带着他们再来神庙一探，想必救出那位大师的可能性更大一些。"王十三郎不清楚五竹与范闲之间真正的关系，但知道范闲很在乎那位大宗师，只是他怎么也想不明白，那位大宗师为何在神庙的威压之下，连丝毫破阵的勇气都没有，甚至还刺了范闲一记。

其实王十三郎的建议很稳妥，既然范闲知晓通往神庙的道路，又为此准备了若干年，加上这一次的经验，一旦南归整戈，日后再次北来，带上些厉害的帮手，自然更保险。

听到这话后，范闲的双眼眯了起来，缓慢却异常坚定地道："不要忘了入雪原之前的誓言，除了你我三人，神庙的下落，不能让世上任何人知晓！"

王十三郎闭了嘴，因为这是他和海棠对范闲的承诺，只是他不清楚，为什么范闲有勇气再探神庙，却对神庙的地理位置有可能流传入世而感到无比的恐惧和紧张。

"你就停在雪山下，想办法带着阿大阿二它们，把营地移到这边来。"范闲将目光从高耸入天穹的雪山处收了回来，对海棠轻声道，"你在营地等我们回来。"

"我不跟着一起上山？"海棠露在皮毛外的脸蛋红扑扑的，诧异地问道。

"先前你说这一次神庙之行，没有帮上什么忙。"范闲自嘲地笑了笑，"其实没有你们，我早死在冰雪中了，所以以后这种话不要再说。这次上山，我是要去对付我叔，不管是你还是十三，其实都没有办法对这个战局造成任何影响。"然后他又微带歉意道，"这话说来有些不礼貌，可是你们也知道，我那叔确实太过厉害。如果不是需要有人扶，我连十三也不会带。待会儿我们两个人上了山，你就在山下等待，准备接应，一旦事有不妥，我们便轻装离山……不过也不用太过担心，按神庙的规矩，只要你们离开神庙的范围，神庙是不会主动攻击的。"

"如果是接应，我要在山下等你们多久？"海棠问道。

"三天……十三会负责和你联系，如果我让你们离开……"范闲的眼眸里忽然生出了淡淡的忧愁，像极了一个弱不禁风的少年，"你们必须马上离开，至少……也要通知一下我的老婆孩子……们，我出了什么事。"

海棠和王十三郎同时陷入了沉默。

越往山上去，风雪反而越少，那处深陷山脉、被天穹和冰雪掩去踪迹的神庙就在上方。第二次来探，自然知晓道路，范闲一手撑着木棍，一手扶着王十三郎的肩膀，艰难无比地向着雪山攀登，没用多长时间，便来到了那条幽直的青石道前。

王十三郎身后背着一个大大的瓮罐，看上去十分沉重。范闲轻声道："就算为了把你师尊葬在神庙，完成他的遗愿，咱们也必须来这一趟。"

王十三郎沉默片刻后道："不用安我的心，如果仅仅是为了此事，我一个人来就好了。你似乎得罪了庙里的神仙，跟你一路，我反而危险得多。"

范闲笑了笑，骂道："你这没良心的东西。"

"师尊的遗命是要将他的骨灰撒在这些青石阶上……"王十三郎看着面前直耸入天的青石阶。

范闲摇了摇头："剑圣大人以为这里乃是神境，所以愿意放到这些青石台阶上。你我都进过庙，自然知道这里不是，现如今你还准备按照他的意思做？"

"那我们应该怎么办？"

"背上去，待会儿听我的。"

几年前的那个雪夜，刚刚新鲜出炉的王十三郎被师尊四顾剑派到了南庆，派到了范闲的身边，从那天开始，他就习惯了听范闲的话。虽然范闲视他如友，但十三郎绝没有太多当伙伴的自觉，或许是懒得想太多复杂事情的缘故，或许是一心奉剑的缘故，他将那些需要费脑筋的事情都交给了范闲。此时范闲说一切听他的，王十三郎自然也就一切都听他的，背着沉重的骨灰瓮，扶着伤重的他，一步一步地向着雪山里爬。

不知道爬了多久，长长青石阶终于到了尽头，那座灰檐黑墙的神庙再次展露在人间凡子的眼前。虽然已是第二次来，但王十三郎的心情依然隐隐激荡。

范闲的心情很平静，只是胸口里的气有些激荡，剧烈地咳嗽了起来。咳嗽声很不恭敬地传遍了神庙前的那片大平台，在山脉雪谷里传荡得甚远。

王十三郎紧张地看了他一眼，心想既然是来偷人的，总得有点儿采花的自觉，怎么这般放肆，像生怕神庙不知道外面有人一般。

范闲咳得身子弯成了虾米，许久才直起身子。他腰杆挺得笔直，眼瞳微缩，冷冷地看着神庙上方那块大匾以及匾上那个"勿"字以及三个"M"，保持着令人心悸的沉默。

神庙当然知道外面有人来了，让范闲略微有些不安的是，此刻的神庙安静得有些诡异，他不禁联想到五竹叔刻意留情的一刺……没有沉默太久，他唇角微微抽动，盯着神庙那扇厚厚的深色的大门，深深地吸了一口气，阴狠地吐出一个字来："砸！"

知道神庙位置的人极少，到过神庙的人更是少之又少，近几百年里，大概只有西方那位波尔大法师和东方的苦荷、肖恩曾经来过，便是连波尔他老婆伏波都没有机会来神庙旅游。在人们的想象中，不论是谁来到神庙，想必总要恭恭敬敬才是，绝对不会有人想到，今天却有人要砸神庙的门。

破门而入，这是流氓的搞法，虽然神庙这厚厚的门能不能砸破要另说，但至少范闲的这个字，已经代表了他不惧于激怒神庙。大概是因为他知道神庙已经是个死物。

王十三郎没有丝毫犹豫，闷哼一声，单手将四顾剑的骨灰瓮提至身旁，体内真气纵肆而运，呼的一声，将褐色的骨灰瓮狠狠砸了过去！只听得啪的一声，骨灰瓮在神庙的厚门上被砸得粉碎，震起无数烟尘，偶尔还有几片没有烧碎的骨片激飞而出！

骨灰绽成的粉雾渐渐散去，厚厚的神庙正门没有被砸碎，只是出现了一个深深的痕迹，看上去有些凄凉，尤其醒目的是，在那个痕迹旁有一片骨锋深深地扎进了门里。

就像是一把剑。

王十三郎盯着那片骨锋，心想师尊即便死了，遗存下来的骸骨依然如此剑意十足。

这自然是弟子的脑补，但王十三郎看着四顾剑的骨灰就这样散落在神庙的正门上、石台上，激动之余，内心深处最后那一丝畏怯和紧张也不知跑去了哪里。

"如果知道自己的骨头还能砸一次神庙的大门，只怕他的灵魂要快活得飞起来……"

范闲笑着说道，王十三郎也笑出了声，这两个年轻人很了解四顾剑的心意，将这骨灰瓮砸在神庙门上，一定很合那位刺天洞地的大宗师的想法。

此时唯一需要考虑的是，神庙的门既然已经砸了，神庙总要有些反应才是，王十三郎从范闲的手里接过木棍，腰身微微下沉，眼睛盯着神庙的门，做出搏虎一击的准备。

神庙的反应很快，那扇沉重的大门不过开了一丝，一道诡异而恐怖的黑色光影便从里面飘了出来，像是一道黑色的闪电，又像是一抹夜色到来。

布衣黑带，手执铁钎，一钎刺出，呼啸裂空，谁也无法阻止如此可怕的出手。范闲不能，王十三郎不能，就算四顾剑活着也很难。更何况此时的四顾剑，不过是几片碎骨，一地残灰罢了。

然而那根铁钎刺到范闲的身体前时，便戛然而止！

由如此快的速度恢复至绝对的平静，这是何等样可怕的实力。范闲静静地看着面前这个熟悉的亲人、陌生的绝世强者、神庙使者护卫，微笑着道："你是不是很好奇？"

不知道是因为五竹认出了什么，还是因为范闲说出了这样一句奇怪的话，总之，五竹的铁钎没有刺出来，只是停留在范闲的咽喉前。

铁钎的尖端并不如何锋利，也没有夹杂任何令人战栗的雄浑真气，只是稳稳地保持着与范闲咽喉似触未触的距离，握着铁钎的人手指只要一抖，范闲便会喉破而死。

王十三郎在一旁紧张地注视着这一幕，他终于相信了范闲的话，在这个奇怪的布衣宗师面前，没有人能够帮到范闲什么，能帮范闲的，只有他自己。

范闲就像是看不见自己咽喉前的那根铁钎，只是看着与自己近在咫尺的五竹叔，温和地笑着，轻声地说着："我知道你很好奇。"

"你很好奇，为什么那天你明明知道我没死，却宁肯违背你本能里对神庙老头的服从，把我放出神庙。"说这话时范闲目光温和。

"你很好奇我是谁，为什么你明明记忆里没有我的存在，但看着我却觉得很熟悉，很亲近。"范闲的双眼湛然有神。

"你更好奇，那天我怎么躲过你那必杀的一刺。你是神庙的使者，我是世间的凡人，神庙必须清除的目标，我为什么如此了解你……"范闲眼里满是笑意。

"当然，请你相信我，这个世上没有人比我更清楚你此时最大的好奇是什么。"

"你好奇的是为什么会有熟悉、亲近这种感觉，你最好奇的是你为什么……会好奇！"

连续七句关于好奇的话语，从范闲唇间吐了出来，没有一点阻滞，没有一线犹豫，有的只是喷涌而出，步步逼问，句句直指被那块黑布遮掩着的冷漠的心脏。

这几句话说完，范闲更加疲惫，忍不住咳了两声，但眼睛更亮了，希望也更浓了，因为五竹的铁钎与自己的咽喉如此近，自己移动一丝，便会血流当场，更何况是剧烈的咳嗽。他还没有死，自然是因为五竹手里那根铁钎，精确到了一种难以想象的程度，随他前进后退——在刹那时光里做蜗角手段，实在强大。但更重要的是，证明了不知什么原因，五竹叔就是不想杀他！

王十三郎发现自己什么都做不了时，只能紧张地注视着场间，当范闲咳时，他的心也凉了半截，然而紧接着，他发现范闲还活着，这个事实让他不禁对范闲的判断佩服到了极点。

范闲用手示意他离远些，然后紧紧盯着五竹眼睛上的黑布，试图从对方的表情上看到他真实的内心与情绪。然而他发现这一切都只是徒劳，因为五竹的脸依然是那样的漠然，眉宇间的气息依然是那样的陌生——不是一直冰冷便可称为熟悉，这不是他熟悉的冰冷。

他的心微微下沉，身体也随之下沉，坐到了庙门前的浅雪里，根本不在乎咽喉上的那根铁钎随时可能杀死自己。很奇妙的是，五竹也随之坐了下来，坐到了神庙门口，就像要挡住世间所有窥视的目光与千年呼啸的风雪。铁钎仍然在他的手中平直伸着，就像是他自身的小臂一样稳定，停留在范闲的咽喉上，或许他就这样举一万年也不觉得累。

范闲一生最擅心战，最出色的两场战役自然是针对海棠和皇帝老子，海棠最终败在他的手中，强大若庆帝也是在范闲的心意缠绕下不得安生。今次再上神庙，试图唤醒五竹叔，毫无疑问是一场最地道的心战，也是他此生最困难的一场心战，因为五竹叔不是凡人。从身躯到思维都不是凡人。他是传奇，他是冰冷，他是程序，最关键的是他什么都忘了，把自己和母亲都忘了……

最最关键的是，五竹不肯说话。没有对话，如何知晓对方思维的变化，怎样趁机而入，直指内心？看对方的表情，察言观色？可是五竹叔这辈子又有过什么表情？

149

"你遭人洗白了。"沉默很久后，范闲悲伤地叹了一口气，"亏得你还是神庙的传奇人物，明明你比庙里那个老头子层次要高，怎么还是遭人洗白了呢？"

在他看来，有感情，有自我思维、自我意识的五竹叔，本来就是一个活生生的人，自然比庙里那个掌控一切却依然只知道遵循狗屎四定律的老头要高级许多。看来神庙对使者有谁都不知道的控制方法，不然五竹也不会变成没有人味的机器——虽然五竹当年的人味也并不是太足。

"我叫范闲，那天就说过了，虽然你忘了。我想给你讲个故事，这个故事和你有关，和我也有关，希望你能记起一些什么。当然，就算你记起来了，也可能无法打破你心灵上的那道枷锁，但我们总要尝试一下。至少你不想杀我，这大概是你本能里的东西，挺好不是？"范闲顺着笔直的铁钎望着冰冷的五竹的脸庞，想笑一笑，却险些哭了出来，他强行深深地吸了一口气，平复了内心的情绪，开始道，"很久以前，有个长得挺漂亮的小女孩在这座庙里和你一起生活，你还记得吗？"

五竹手里的铁钎随着范闲的深呼吸一进一缩，却依然贴在他的咽喉上。范闲也不理会，平静而诚恳地继续叙述着与他有关的故事：那个带着他逃离了神庙的小姑娘，他们一起去了东夷城，见到一个白痴，做了一些事情，然后去了澹州，见到了一群白痴再加一个太监白痴，再然后……

天空的雪缓缓飘洒，给神庙带来一种难以言喻的神圣感和悲壮感。神庙里那位老者，或许在通过无声的方式不停地催促着五竹的行动，而范闲的咳声与异常沙哑疲惫的声音，却像是完全相反的指令，让五竹一动不动地坐在神庙的门口。

渐渐，白雪覆盖了两个人的身体，五竹靠神庙檐下更近，身上积的雪却更多，或许是他身体温度比较低的缘故。范闲身上的雪化了，顺着皮袄向下流着，寒意沁进了他的身体，他的咳嗽更加频繁。然而他的话语没有中断片刻，喋喋不休地述说着过往，一切关于五竹的过往。

"那辆马车上的画面就像是在倒带……"范闲用袖角擦拭了一下已化成冰屑的鼻涕，样子虽狼狈不堪，眼里的亮光却没有丝毫减弱，与神庙争夺对五竹的控制，他没有丝毫放松的余地。

"在澹州你开了一家杂货铺，不过生意可不大好。杂货铺经常关门，你脸上又总是冷冰冰的，当然没有人愿意照看你的生意。不过还有我，虽然我那时候年纪还小，但你经常准备一些好酒给我喝。"

说着说着，他仿佛回到了重生后的童年时光。那时候澹州的生活有些枯燥乏味，奶奶待自己也是严中有慈，不肯放松功课。澹州城的百姓也没给他大杀四方的机会，他不停地修行着霸道功诀，跟着费先生到处挖尸，努力地背诵监察院的院务条例以及执行细则，还要防范着被人暗杀……

但那毕竟是范闲这两生中最快乐的日子，不仅仅因为澹州的海风清爽，茶花满山极为漂亮，也不仅因为冬儿姐姐温柔，四大丫鬟娇俏可人，快乐的最大原因便是那间杂货铺，杂货铺里那个冰冷的瞎子少年仆人，悬崖上的黄花，棍棒下的教育。

范闲一面叙说着，一面有些出神，想到小时候去杂货铺偷酒喝，五竹总是会切萝卜丝给自己下酒，完全没想过自己才只有几岁……他的唇角不禁泛起了一丝暖意。

就像是变戏法一样，他从身上臃肿的皮袄里掏出一根萝卜，又摸出了一把菜刀，开始咔咔咔在神庙门口的青石地上切萝卜。

神庙门前的青石地历经千万年的风霜冰雪，却依旧那样平滑，用来当菜板，虽然稍嫌生硬，却别有一番脆劲儿。刀下若飞，不过片刻工夫，一根被冻得脆脆的萝卜，就被切成了粗细极为一致的萝卜丝，平齐地码在了青石地上。

在切萝卜丝的时候，范闲没有说话，五竹却偏了偏头，隔着黑布平静地看着范闲手中的刀和那根萝卜，似乎不理解眼前发生了什么事。

在神庙门口切萝卜丝。

若范闲能活下来,这必是他这辈子所做的最嚣张的事情,比从皇城上跳下去杀秦业更嚣张,比冲入皇宫打了老太后一耳光更嚣张,甚至比单剑入宫刺杀皇帝老子还要嚣张。

然而,五竹似乎什么也没有记起来,只是好奇他这个无聊的举动。范闲低着头叹了口气,将菜刀扔在一旁,指着身前的萝卜丝,道:"当年你总嫌我的萝卜丝切得不好,你看现在我切得怎么样?"

五竹仍然一言不发。范闲心里生出浓浓的凉意,忽然觉得自己是不是在做无用功,无论怎样做,也不可能唤醒五竹叔。难道五竹叔已经死了,再也活不过来了?

天地很冷,神庙很冷,他却像是直到此刻才感觉到,打了一个寒战。

他忽然使劲儿地咬了咬牙,咬得唇边都渗出了一道血迹。他死死地盯着五竹,许久后情绪才平复下来,阴沉地道:"我就不信这个邪!你别给我装,我知道你记得!"

"我知道你记得!我不信你会忘了悬崖上面那么多年的相处,我不相信你会忘了,那个夜里,说箱子的时候,说老妈的时候,你笑过,你忘记了吗?"

"那个雨夜呢?你把洪四庠骗出宫去,后来对我吹牛,说你可以杀死他……我们把钥匙偷回来了,把箱子打开了,你又笑了。"

"你明明会笑,在这儿充什么死人头?"

五竹依然纹丝不动,手里的铁钎也是纹丝不动,抵着范闲的咽喉。雪也依然冷酷地下着,神庙前除了范闲的声音再也听不到任何动静。

渐渐地,天光微暗,或许已是入夜,或许只是云层渐厚,雪却止住了。

有声音响起,王十三郎满头是汗跑了过来,将一个小型备用帐篷在范闲背后支好,将他整个人盖了起来,恰好帐篷的门就在范闲和五竹之间,没有触到那根铁钎。

雪大了,王十三郎担心范闲的身体,用最快的速度赶回营地,拿了这样一个小帐篷来替他挡雪。范闲或许知道,或许不知道,只是瞪着失神或无神的眼睛盯着五竹,用难听的沙哑的声音拼命地说着话。

他不是话痨。

他这一天说的话,只怕比他这一辈子都要多一些。

王十三郎用复杂的眼神看了二人一眼,再次坐到了覆着白雪的青石阶上。

真真三个痴人,才做得出来此等样的痴事。

一天一夜过去了。

一天一夜,五竹手里的铁钎不离范闲的咽喉,也许他自己都不知道,为什么不想杀死面前这个话特别多的凡人。

范闲不停地说了一天一夜,唾沫干了又生,嗓子开始出血,唾沫星子都被染成了粉色,声带受损之后变得极为沙哑,声音难听得听不清楚在说什么,语速比一个行将就木的老人更加缓慢。

王十三郎听了一天一夜,开始听得极其认真,在范闲向五竹的血泪控诉中,他听到了很多当年大陆风云的真相,知晓了范闲的童年以及少年生活。然而当范闲开始第三遍重复自己的人生传记、第四次拿出菜刀比画切萝卜丝的动作,乞求五竹能够记起一些什么时,他不忍再听了。

他转过头去,抱着双膝坐在了青石阶旁,看着远方雪山那些怪异而美丽的光影,手指下意识里将身旁散落的骨灰和灰痕拢在了一处——那是四顾剑的遗骸。

当海棠走进神庙时,看见的便是这样一幕场景。

王十三郎坐在青石阶上把玩着自己师尊的骨灰,范闲像尊乡间小神像般坐在小帐篷的门口,不停地用沙哑难听的嗓音说着天书一般含糊难懂的话语。五竹伸着铁钎,纹丝不动,像极了一座雕像,而且这座雕像浑身上下都是白雪,没有一丝活气。

那根铁钎横在五竹与范闲之间,就像隔开了两个截然不同、不可接触的世界，不论是刺出去还是收回来，或许场间的人都会觉得好过许多。偏偏是这样的冷静、僵持，横于二人之间，令人无尽酸楚：一人不忍走，被不忍的那人却依然不明白，世间最痛苦的事情莫过于此，莫过于不明白。

"他疯魔了。"海棠看着范闲脸上不吉的红晕，听着他沙哑缓慢模糊的声音，内心刺痛了一下。

王十三郎看着海棠，沉默片刻后道："都疯魔了，不然你为什么不听他的话，要上来？"

"他既然要死，那我也要看着他死。"海棠微微低头道。

"他的伤本来就一直没好，那天又被刺了一道贯穿伤，失血过多，就算是要穿过冰原南归都是件极难的事情，更何况他如此不爱惜自己性命，非要来此一试。他说了整整一天一夜，也被冻了一天一夜，再这样下去，只有死路一条。"

"你能劝他离开吗？看样子瞎大师似乎并没有听从庙中仙人的命令将他杀了。"

"如果杀了倒好，你就不用像我昨夜那样，始终听到他那绝望的声音。"王十三郎忽然笑了笑，"不过我还真是佩服范闲，对自己这么绝的人，实在是很少见。"

海棠看着范闲那张苍白里夹着红晕无比憔悴疲惫的脸，许久许久，忽然脸上生出一道戾气。王十三郎看出她的想法，不由震撼无语，下一刻却随她站起身来，咬着牙转身而走。

噗的一口鲜血喷了出来，击打在近在咫尺的黑布上，又顺着那张冰冷的脸流了下来，这场面令人触目惊心。五竹依然没有动作。范闲艰难地抹掉了唇角的血渍，知道自己已经到了油尽灯枯的时候，难以自抑地生出了绝望的情绪。对面的亲人依然陌生，依然冰冷，依然没有魂魄，依然是死的……

他忽然想到五竹叔一直负责替神庙传播火种，在世间行走了不知几千几万年,脑中只怕有无数记忆,也许,也许……这一天一夜,自己咳血复述的那些难忘的记忆,对面前的他而言只是极其普通的经历,包括母亲叶轻眉的记忆在内,亦是如此!

自己想凭这些往事,唤醒一个拥有无数见识、无数记忆的人,这是何等幼稚而荒唐的想法。一念及此,范闲万念俱灰,眼眸里流露出绝望的情绪。

他的声音有些扭曲,显得格外凄惶,对五竹吼道:"你怎么可能把我都忘了!你是不是失忆症得上瘾了!上次你至少还记得叶轻眉,这次你怎么连我都忘了?"

这时,范闲浑身颤抖,眼眸里的绝望忽然化成疯魔之后愤怒的火焰。他死死地盯着五竹脸上的黑布,脸上闪过一丝阴沉狞狠的表情,向着对方扑了过去!

范闲的身体早已被冻僵,虽是作势一扑,其实却是直挺挺地向着五竹的位置倒了下去,咽喉撞向了铁钎!

铁钎的尖端向后疾退,但范闲狠狠地摔了下去,所以五竹手里的铁钎只有再退,退至无路可退,便只有放开,任由被冻成冰棍一般的范闲摔倒在了他的身前。

范闲伸出一只手,抓住五竹身上布衣的一角,只见积雪簌簌滑落。

他盯着五竹的双眼,眼神里的狞狠与自信宣告着一个事实:你不想杀我,你不能杀我,因为你虽然不知道我是谁,但你的本能,你的那颗活着的心里面有我。

他那拼死的一扑,将自己与五竹之间的铁钎推开,两个世界终于靠近。他的精神大振,对着放开铁钎、低头沉思的五竹幽幽道:"跟我走。"

五竹沉默了很久,脸上依然没有表情:"我不知道你是谁。"

"当你什么都不知道的时候,跟着自己的心走吧。"

"心是什么?"

"感情。"

"感情只是人类用来自我欺骗和麻醉的手段，只能骗得一时。"

"人生本来就只是诸多的一时，一时加一时……能骗一时，便能骗一世，若能骗一世，又怎能算是骗？"

"可我依然不知道你是谁，我也不知道我是谁。"

"你不用知道我是谁，可你若想知道你是谁，便得随我走。我知道你会好奇，好奇这种情绪只有人才有，你是人……人才会希望知道山那头是什么，海那面是什么，星星是什么，太阳是什么。"

"山那头是什么？"

"你得自己去看，你既然想知道庙外面是什么，你就得跟我走。"

"为什么这些对话有些熟悉……可我还是有些不清楚。"

"莫茫然，须电光一闪，从眼中绽出道霹雳来！怎样想便怎样做，若一时想不清楚，便随自己心去，离开这座鸟不拉屎的庙。"

"但庙……"

其实这些对话并没有发生，至少五竹和卧于雪地之中的范闲并没有这样的对话，当范闲说出那三个字后，两个人只是互相望着，沉默着，然后五竹极艰难地弯下身体，把范闲抱起来之后，又背到了自己的后背上。

就像很多年前，那个瞎子少年仆人背着那个小婴儿一般。

范闲感受着身前冰冷的后背，却又觉得这后背异常温暖。他想笑，他知道五竹叔还是什么都不记得，但他知道五竹叔愿意跟自己离开这座破庙。

不远处忽然传来急促的脚步声，范闲回头望去，只见海棠和王十三郎面色苍白，像是刚刚经历了人世间最恐怖的事情。是什么事情让这两个年轻一代最强者变成了这副模样？

王十三郎干涩着嗓音道："我们……把神庙砸了。"

把神庙砸了！

听到这句话，伏在五竹背上的范闲禁不住打了个冷战。原来当他咳着血试图唤醒五竹的时候，海棠和王十三郎闯进了神庙，那时候，范闲全副心神都在五竹身上，五竹也不知道因为什么没有理会。在世人眼中，神庙的地位何等崇高，而且前些日子他们也曾亲眼见过那个飘浮于半空的仙人。他们可不像范闲这般大不敬，更没有奢望自己能战胜仙人。入庙的时候，他们本就是抱了必死的信念，只是想扰乱神庙仙人的神念，让范闲找到机会救出瞎大师，可谁知道……他们竟然就这样轻而易举地把神庙给砸了！

那位仙人凝于空中，海棠和王十三郎把自己当瞎子，根本不看；仙人的声音响于他们耳畔，他们把自己当聋子，根本不听，就这样胡乱砸了一通，结果……那位仙人便消失了！

范闲头皮有些发麻，自然不是怕神庙被砸之后，那个光点凝成的老头儿会用大规模杀伤性武器把自己干掉——不过是个有讲解员的遗址，砸便砸了，又有什么？他担心的是五竹会记起自己神庙护卫的职责。不过神庙被砸的时候，五竹叔肯定听到了动静，那时候没动，这时候也不见得会动吧？

好在五竹没有动作，范闲稍微放松了一下心情，一脸敬畏地看着面前的两个痴痴的伙伴，用唾液润了润嗓子，沙哑着道："你们真强。"

荒凉的雪原上飘着冰凉的雪，天空灰蒙蒙的分不清是白天还是黑夜，只有无尽的风雪打着旋儿在冰原和雪丘之间穿行，偶尔传来几声并不如何响亮的犬吠，惊醒了极北雪原数千数万年的沉默。几辆雪橇正冒着风雪艰难地向着南方行走，最头前的雪橇上站着一个手持木棍的年轻人，迎着风雪，眯着眼睛注视着前方。第二辆雪橇上布置得格外严实，前面设置了挡风雪的雪篷，一个面色苍白的年轻人正半卧在一个姑娘的怀里。

在雪橇队伍的后方，一个穿着布衣的少年，眼睛上蒙着一块黑布，不远不近地跟着，雪橇在雪犬的拉动下行走得不慢，这个少年看似不快，却没有被落下分毫。

范闲轻轻转动脖颈，回头看了眼后方在冰雪中一步一步行走的五竹叔，眼里生出淡淡的失望。他重新闭上了双眼，凭借着天地风雪间充溢的元气疗治着体内的伤势。

数十只雪犬在这一次艰难的旅途中已经死了很多，只剩下了阿大、阿二为首的十余只，这些雪犬此生也未到过如此冷的地方，动物的本能让它们有些惶恐不安，在王十三郎的压制下，依然止不住对着灰灰的天空吠叫。

从雪山下来之后，五竹依然保持着冷漠和沉默，只是远远地跟着范闲，没有开口说一句话。他仍然什么也不记得，或者说，他什么都不知道，他只是一个冰冷的躯壳，却因为灵魂里的那一星点儿亮光，离了神庙，开始随着雪橇的队伍向南行走。

范闲不知道这种情况还要维系多久，不知道五竹叔会不会醒过来。

一片雪花在空中被劲风一刮，沿着一道诡异的曲线飘到了雪橇之中，盖到了范闲的眼帘上。海棠正准备用手指把这片雪花拂走，不料范闲却睁开了双眼，望着她微微地笑了笑。

海棠避开他的视线，脸却淡淡地红了一下，二人相识已经好几年了，她极少在范闲的面前露出此等小女人的情态。然而此次深入极北雪原，上探神庙，不知经历了多少凡世俗人几世也不曾经历过的事情，她的心境自然也有变化。

范闲见她避开自己的目光，心中反觉温暖。海棠和王十三郎当时是抱着必死的心去砸庙，最关键的是这两人必须压抑住天生对神庙的敬仰与恐惧，这等情谊，世间并不多见。

他的双眼微眯，目光穿越风雪，落在了身后极远处的那座大雪山上。依理论，那座大雪山应该早已经看不见了，可他总觉得雪山就在那里，神庙就在那里。

前日在雪山，范闲再次进入神庙，看到了神庙里狼藉的模样，心情异常复杂，同时还有些淡淡的悲伤与可惜，毕竟那是自己那个世界最后的遗存了，若真的这般毁了，也是遗憾。

第九章 田园将芜

庆历十一年的秋天，官道两旁的树叶一路向南渐渐变得阔圆起来，却也枯黄起来，随着气候而变化的沿途风景，十分清晰地描绘出了这个世界的地貌。

一辆马车平稳地行驶在官道上。已经失踪了大半年的范闲终于回到了这个世界中，那些诅咒他死，或是祈祷他活着的人，还没听到他已经回来的消息。

历经艰辛再次穿越雪原之后，他们一行四人悄无声息地潜入人世间，在北齐琅琊郡郡都暂歇，进了一间客栈。时已近暮，秋雨惨淡，范闲让客栈老板准备了热锅子与一些小食，在房间里摆了一桌。

五竹不需要吃饭，自然不会上桌，站在栏边看着淅淅落下的秋雨，被黑布蒙着的眼睛里不知有着怎样的光彩，是灰暗的天空还是明黄的树叶？

"你真的不打算去京都？"王十三郎有些吃惊，也有些失望。

去京都做什么？自然是试着再杀皇帝一次，在所有人看来这都是理所当然的选项。

"陛下藏在皇宫里，怎么杀？"范闲夹起一筷鲜蔬放到海棠的碗里。

王十三郎看了眼窗外栏边的五竹，欲言又止。

海棠看着范闲道："我知道你去神庙救瞎大师出来，就是为了回京都再试一次。"

"打不赢别人就去找家长帮忙？"范闲夹了个肉丸放进自己的碗里，轻声道，"这是王十三郎当时的说法。他说得没错，我当时确实是这么想的，陛下已经老了，只要我能从神庙里把五竹叔带出来，真的很有机会胜他。"

王十三郎很是无语："那你为何现在改了主意？你不准备告诉他当年是庆帝杀害了你母亲？"

范闲抬头望向窗外的五竹，道："在神庙前我已经告诉了他很多事，他能记起来，自然会做些什么；他记不起来，那他就不是五竹叔，不需要为我做什么。"

海棠静静地看着他问道："在神庙前你付出了如此多的代价，值得吗？"

范闲沉默了一会儿，道："至少我把他从神庙带出来了。"

"那你准备就此隐居，再也不问世事？"王十三郎道，"如果庆帝北伐，天下生灵涂炭，你也能眼睁睁看着不出手？"

范闲平静地道："只要陛下一天没找到箱子，天下便会太平。"

王十三郎与海棠现在都知道他说的箱子是什么，入宫刺驾那天，他们曾经亲耳听过那种传说中的雷霆，亲眼见到那些被天罚而死的将领与苦修士。

只要那个箱子存在，军方将领与朝廷大员随时都会被狙杀，庆国哪里敢向天下举起屠刀？范闲更是确信，陛下一天没找到箱子，便不会出宫一步——就像前些年那样。

如此说来，整个世界的安危、无数生命的存活希望，现如今都寄托在那个箱子上。

海棠问道："你知道那个箱子在谁手里吗？"

范闲平静地道："我不知道，也不会去找。"

因为任何关注与寻找，都会给那个箱子的拥有者带去难以想象的危险。

王十三郎忍不住道:"那接下来就只能等着?你确定自己能放得下那些事?"

那些事很复杂,有太平别院的血,有法场雨中的哭声,有无数下属的死活。王十三郎有些无法接受范闲会做出这样的选择,他望向海棠,希望她能帮着劝说几句。海棠静静地看着范闲,忽而道:"吃饭吧。"

范闲也笑了起来,带着感谢的意味,继续吃饭。

第二天,神庙三人组就此分别。

海棠要回上京,如今南方战事正酣,北齐朝廷需要她。看着她脸上的疲惫,范闲莫名地怜惜,他不知道在皇帝陛下的意志下,北齐究竟能撑多久,也不知道如果庆国真的攻入上京城,那座美丽的皇宫会不会被烧成一片灰烬,火苗里会不会有那些女子的身影。

无论从哪个角度出发,他都应该阻止这场必将到来的战争。问题在于他已经尝试过了,甚至拥有了那把枪的帮助,可是依然失败了,他还能做些什么呢?

王十三郎则是要回东夷城,按照范闲的安排去带领剑庐弟子,与大皇子配合稳定局面,他还要负责很多人的安全,这是范闲能够安心隐居的前提。

不知深浅的秋,或黄或红的叶,清旷的天空下,范闲和五竹继续向南行走,不知道走了多久,五竹始终一句话都没有说过。

范闲的心情就像天空一样,有些浑不着力的空虚感,那个继王启年之后最成功的捧哏苏文茂死了,上个秋天老跛子死了,更早些的年头里,叶轻眉也死了。

经历了神庙里一幕幕人类的大悲欢离合之后,他本应将生死看得更淡然一些,可回到世间,念头便又多了起来,记生记死,还生酬死,怎能一笑而过?

还是一辆黑色的马车,范闲发现五竹叔的侧脸依然是那样清秀,那块黑布在秋风之中如此销魂，所有这一切和二十几年前从京都到澹州的情景极为相似。

不相似的是五竹本人，这个似乎丧失了灵魂的绝代强者，一言不发，一事不做，那张冷漠的面庞也没有流露出丝毫情绪，不知道他对这个人世间是不是真的很好奇。

马车到了南陵郡便不再向前，准确地说是车夫不肯再往前行。虽然北齐朝廷一直试图淡化南方的战事，但是战争并不像皇室的丑闻那样容易被掩盖，天下人都知道发生了些什么，亿万子民都紧张地等待着结果，谁敢继续向着战场而去呢？

掏出银子买下马车，范闲充当车夫，带着五竹叔继续南行。从冰原回来的途中，那些充裕的天地元气成功地治好了他的伤，他相信除了皇帝老子，再也没有任何人能够威胁到自己。但他依然没有办法去触及那一道横亘在人类与天穹之间的界限。

又行了十数日，穿越了官道两旁简陋的木棚与神情麻木的难民群，马车上的叔侄二人似乎行走在一片类似于极北雪原的荒芜地带中。

人烟渐渐稀少，偶有一场小雪飘下，却遮不住道路两旁的死寂气息。道畔偶尔可见几具将要腐烂的尸体，远处山坳里隐约可见被烧成废墟的村落。

这本是一片沃土，哪怕被北海的朔风劲吹着，肥沃的土地照样养活了一代代百姓。可眼下却只有一片苍凉，大部分的百姓已经撤到了北齐后方，而没能避开战火的人便成了一统天下执念的牺牲品。至于那些被焚烧的村落，被砍杀于道旁的百姓，究竟是入侵的庆军所为，还是被打散的北齐流兵所为，范闲没有去深究，战争本来就是人类的原罪，这个世界上，哪里可能有什么好战争，坏和平。

死寂的官道，干燥的空气中带着血腥的味道，环绕在黑色马车的四周，范闲表情木然地催动着不安的马匹，有时也回头去看身旁五竹叔的神情。

如今两国间的大军正集合于西南方向的燕京城北冲平原，此处的死寂反而比较安全。然而前一场大战的痕迹，已然如此触目惊心，他很难想象，一旦南庆铁骑突破了上杉虎所在的宋国州城，全力北上，会将这个人间变成怎样的修罗杀场。

离开神庙后，一直沉默的五竹忽然开口说话了："庙外面的世界，不怎么好。"

"世界本来就不美好，所以我们需要为之努力。"范闲认真地道。

离开南陵郡，围而向东，舍弃马车步行，进入深山，周折数日，终于在某个傍晚看到了陆续点起的灯火，如上次那般，似满天星辰。

入得村子，范闲走进一间大屋，看着从院子里走出来的那位鬓有白霜的男子，不知为何鼻头一酸，上前两步，一把抱住了对方，低声道："父亲，我回来了。"

范建起始有些不适应，下意识里想退后，忽而想起这一年来发生的那些事情，心头一软，手臂不自然地落下，拍了拍范闲的背。然后他看到了站在院门口的五竹，惊讶道："老五？"

范闲简略地把五竹现在的情形介绍了一番，范建有些担心，但还算适应，因为在他当年深刻的印象里，五竹就是这样一个沉默寡言，仿佛石头一样的家伙。

五竹没有回应他，站在院子里，看着远山间的夕阳落下，仿佛雕像。

范建收回视线，看着范闲怜惜道："这一年你吃苦了。"

范闲摇了摇头，没有说什么。

茶水相伴，父子二人聊了一会儿澹州祖母的身体，京都里范府的情形，然后……终归还是要说到陈萍萍的死，说到太平别院血案的真凶——皇帝陛下。

小院变得无比安静，范建沉默了很长时间，没有说什么，只是情绪极其复杂地叹了口气。范闲在近处注意到，他的眼里隐有泪光。

范建侧过身，不着痕迹地用袖口擦了擦。

范闲轻轻地拍了拍他的肩膀，道："往事已矣。"

范建望向院子里的五竹，道："那他怎么办？能记起那些事吗？"

范闲道："只能等了。"

范建敛了情绪，眼神肃然地道："接下来就等吧。"

范闲轻声道："是的，就等吧。"

很明显，最后两句里的等不是等五竹醒来，而是等着别的。

等着那个人老，或者死。

问题在于，那个人会让范闲就这样等下去吗？

数日后，在十家村的一间密室中，范闲见到了史阐立，还有王启年和邓子越。

如今天下，在庆帝和皇宫的强大压力下，还敢站在范闲身旁的忠心下属已经不多了，除了密室中的这三位，便只有在江南艰难熬命的夏栖飞。

看见活生生的范闲，三名下属脸上都流露出不敢置信的惊喜神情，不论是范闲的友人还是敌人，都以为他一定会死在神庙，谁知道他竟然能够活着回来！

范闲笑了笑，让众人坐下，史阐立看了一眼密室旁那个瞎子少年，心里有些发寒，不知道这位究竟是谁，居然可以和门师一起到如此重要的地方。

"这是我家长辈。"范闲解释道。

史阐立等人赶紧再次起身，对着五竹认真行礼。五竹微微偏头，没有什么反应。

王启年知道得最多，嘿嘿一笑，蹲到一旁去抽烟锅。邓子越将这大半年的重要情报都放在了范闲的面前。范闲略略看了几眼，皱眉道："为什么战事忽起？"

数十日前，南庆沧州方面的军队忽然北上，与北齐军队狠狠地战了一场，打得极其惨烈。若不是上杉虎用兵如神，利用上次得到的那个宋国州城作为二次屏障，逼得南庆军队暂缓攻势，只怕这场仗现在还在继续。

以范闲对皇帝陛下的了解，皇帝从来不打无准备之仗，更不会在没有厘清朝堂之前开启一统天下的征程，这场突如其来的北伐，实在是令人捉摸不透。

"整个过程都很诡异。"邓子越现在负责情报收集与分析，想着监察院里暗中传来的那些情节，不解道，"谁都不知道陛下为何这样做。"

范闲沉默了一段时间才想明白，道："陛下这是在假打，很快就会收兵的。"

史阐立睁大眼睛，问道："这样做有何好处？陛下的目的是什么？"

"陛下是想逼我现身，想确定我的生死，或者位置。"

范闲怎么也没想到，自己在陛下心中的重要性，竟然值得上一场战争与数万军中儿郎的性命，苦笑道："不提了，京都与江南那边的情形如何？"

"江南安定，朝廷撤回了内库招标的新则，内库开标一事，如大人所料，盐商也加了进来，好在明家依然占据了一部分份额，当然比往年要惨很多。"

"夏栖飞的人没事吧？"

"去年那次刺杀之后，朝廷没有对明园有下一步的动作，薛清总督只是在打压夏栖飞，眼下看来，不会进行直接行动。"

范闲心想皇帝陛下终究还是遵守了宫里的那次承诺，毕竟内库的命门握在自己的手上，陛下想要千秋万代，也只能在自己的威胁之下暂退一步。

"孙敬修被罢官之后，本来拟的是流三千，但不知为何，宫里忽然降下旨意，赦了他的罪，孙家小姐在入教坊前一夜被放了回来……如今孙府的日子过得很艰难，但贺派的人被杀得极惨，倒也没有人落井下石。"

说到此节，邓子越的唇角泛起了一丝笑容，虽然京都之事他没有参与，但监察院在京都大杀四方，贺派官员流血将尽，着实让这位监察院弃臣感到了无比快意。

范闲点了点头，越发觉得事情有些蹊跷，陛下……什么时候变成了如此宽仁的君主？只是为了遵守与自己的赌约？他摇了摇头，将心底里那些猜不清楚的事情暂且放过，望着王启年问道："家里还好吧？"

王启年咳了两声，笑着轻声应道："好到不能再好，全天下的人都看傻了，晨郡主和小姐天天进宫陪陛下说话，少爷和小姐的身体也很康健。"

京都里的情况确实让整个天下的人都看傻了，范闲如今是庆国的叛臣，皇帝陛下却根本没有对范系问罪的意思，便是本应受到牵连的那些女子，如今在南庆京都的地位甚至隐隐比皇宫刺杀之前还要更高一些。听到这个消息后，范闲不禁也怔在了原地。

邓子越又道："颖州一地的调查结果出来了，袭击文茂的是由南路撤回来的边军冒充的山匪。"

范闲眼中寒芒微作，快速问道："人呢？"

"最后找到了文茂的尸体,被雪盖着了。"邓子越缓缓闭上了双眼，"他身上缺了一只胳膊，院里旧属找了很久，没有找到。"

沉默很久后，范闲抬起头来，看着身边最亲近的三位下属，勉强地笑了笑："你们马上撤回东夷城，以后再也不要聚在一起，不然如果被人一网捞了，我到哪里哭去？"

王启年放下烟锅，问道："大人……那你接下来要去哪里？"

史阐立与邓子越都觉得这问题不合适，王启年却是问得很淡然，一边敲着烟锅，一边盯着范闲的眼睛。范闲也不回避，平静地道："我与父亲回澹州一趟。"

天下所有人都知道他的亲生父亲是皇帝陛下，但此时密室里的三人自然知道他说的是前户部尚书范建老大人，但是居然要回澹州而不是京都？

邓子越与史阐立对视一眼，看出彼此眼中的意外。王启年皱眉道："院长如果还活着，应该也会支持你的做法，只是……陛下为了逼你出来，什么招数都会用。"

范闲沉默片刻后道："他只是想要知道我在哪里，我告诉他就好了。"

说完这句话，他走到书桌后提起毛笔，王启年很自然地走到他身边开始磨墨，不多时，纸上便多了很多字迹。史阐立凑过去一看，震惊无比，心想门师居然再次写诗了，果然不愧是诗仙，这诗哪里是人间应有，只不过这字……依然还是烂得出奇。

秋天的大陆上，有很多人在等着范闲的回来，等着北方那场突如其来的战事的结果，然而他们等来的却是一首诗。这首诗先是在抱月楼等青楼里流传，接着进入酒楼、食肆、客栈，继而在街头巷尾传开，最后传进了深宫。

这首诗没有署名，但所有人都知道这是范闲写的——因为这诗写得极好，因为这诗来自抱月楼，最重要的是因为这诗的内容针对的明显是庆国伟大的皇帝陛下。

南庆京都皇宫，一轮残阳悬挂在西方的天空中，此间气候仍暖，暮色若血，映在皇宫朱红色的宫墙与明黄色的琉璃瓦上，似要燃烧起来。

面容微显憔悴的庆国皇帝陛下，躺在太极殿前的躺椅上，手指头缓缓地梳理着一只白色大肥猫的皮毛。那只肥猫似乎极为享受这位强大君王的服侍，懒洋洋地卧着，时不时还翻个身子，将自己软软的腹部凑到庆帝的指尖。

这只胖胖的白猫自然不知道，皇帝陛下的手指有多么可怕。

一位军方将领沉默地站在暮色中一言不发，看着陛下手下的那只白猫以及在木椅后方正欠着身子伸懒腰的两只肥猫，难以抑制地生出荒谬的感觉。

这三只猫分作黄黑白三色，都被养得异常肥胖，宫里极少养这些小宠物，也不知道这些看上去十分普通的猫是怎样获得陛下青睐的。

当然，他一点情绪都不会流露出来，因为在回京之前他就已经打探到了足够多的消息。这三只肥猫是晨郡主从小养到大的，不知什么时候被带进了皇宫——似乎只是三只猫，但在这位将领眼中似乎代表了更深一层的意思，只是他不敢问，也没处去问。

皇帝收回投向暮云的视线，看了这位将领一眼，淡然地道："你知道哪里错了吗？"

这位将领眉眼颇为年轻，脸上却是风霜之色十足，低头道："臣不知。"

"你嫌弃王志昆指挥不力，现在更是对枢密院指手画脚……你才从草原上回来，枢密院的事情你根本就不清楚，不要总和你父亲争吵，身为人子……成何体统！"

不知道为什么话题竟转到了这个方向，那位将领心头一寒，低头称是。

"不要指望朕会派你去北边……你资历不够，最关键的是，此次进出草原，你狠厉之风锻炼出来了，然而狡诈忍耐之能却依然不成……你不是上杉虎的对手。"

那位将领猛地抬头，脸上露出一丝不甘之色。

"叶完，你还太嫩了。你此次深入草原追击单于，勇气可嘉，可你想过没有，为何北蛮七千铁骑始终无法与王庭接触？若王庭与七千蛮骑会合，你可还能活着回来？"

是的，这位年轻的将领便是庆国朝廷崛起的一颗将星，枢密院正使叶重的公子、青州大捷的指挥官叶完。青州大捷后，叶完率领四千庆国精锐铁骑追击单于王庭残兵，在草原上博得了赫赫凶名，最后竟是活着从草原上回来了。虽然四千铁骑只剩下八百人，然而此等功绩，放在南庆任何一次军事行动中都是相当了不起的事情。

皇帝的话语终于惊起了叶完心中的隐隐疑惑，为什么连绵数月的凶险追击中，单于速必达的王庭残兵，始终无法与那七千名蛮骑联络上？

"范闲带着海棠朵朵去了神庙，却没有忘记在草原上布下后手。功夫总是在诗外，胜负也在沙场之外，你何时明白了这个道理，朕北伐的主帅便是你。"

叶完有些吃惊，不是因为陛下的许诺，因为在无比自信的他看来，封帅那是必然之事,而是陛下这句话里隐着的意思,难道此次燕京大营北上……并不是真的北伐?

皇帝没有在意他的脸色变化,忽然问道:"你觉得那首诗如何?"

这些日子,天下所有人都在讨论那首诗,叶完自然知道陛下问的就是那首。可问题在于,他真的不知该如何回答,只好犹豫道:"臣不懂诗,但想来……应该是好的。"

"你出身名门,哪有不懂诗的道理。你说话还算老实,这首诗自然不差,但真正好的地方你们却看不懂,胡大学士也不懂。"皇帝的视线越过高高的宫墙,不知落在何处,喃喃念道,"……烽火燃不息,征战无已时。野战格斗死,败马号鸣向天悲。乌鸢啄人肠,衔飞上挂枯树枝。士卒涂草莽,将军空尔为。乃知兵者是凶器,圣人不得已而用之。"①

是的,这就是那首诗的后半段。

"圣人啊……"皇帝忽然失声大笑起来。

叶完认真地道:"陛下便是千古圣人。"

"世间哪有真正的圣人,朕不是,庄墨韩不是,她也不是。"皇帝冷笑道,"他这是在告诉朕,他还活着,要朕不要轻举妄动,不然他就被迫动用大杀器了。"

听到这句话,叶完如闻雷鸣,心想如果陛下说的是真的,范闲何其大胆,居然敢威胁陛下!可是范闲他有什么本事能威胁到陛下呢……

"先前说过,胜负在沙场之外,在粮草、钱财,也就是在内库。两年内,若范闲死了,朕自然便胜了,若朕死了……这天下不喜欢朕的人,自然便胜了。"

皇帝陛下就像在叙述旁人的事情,手指头轻轻一紧,将那只肥胖的白猫提到了自己的怀中,轻轻地梳理着它的毛发,动作十分轻柔。

叶完这才明白所谓大杀器的意思,内心再次掀起狂澜。

他少年时代便与生父翻脸,自定州远赴南诏,如果没有陛下暗中照拂,

① 选自李白《战城南》。

如果不是这些压抑的岁月里练就了沉稳的意志，又怎么可能迎来如此猛烈的爆发。

也正是这样的经历，让他拥有了极强悍的自我控制能力。先前皇帝陛下说他不是上杉虎的对手，叶完脸上恰到好处地流露出一丝不甘，这丝不甘其实是刻意流露出来的。

不及一代名将上杉虎，不是什么难以接受的评语，可他毕竟是皇帝陛下十分看重的军方新一代领袖，如果表现得太过木然，失去了年轻人应有的朝气与好胜之心，只怕也不是什么好应对。但听到范闲这个名字，他实在是有些无法控制自己的情绪。

不仅仅是因为陛下先前点明，他在西胡草原的丰功伟业，有一部分是因为范闲的暗中帮助，更是因为陛下竟把范闲此人的生死，提高到了与陛下生死完全相等的地位。

范闲是何等样人，天下皆知。叶完虽在南诏前线，没有掺和到京都的事情中，然则叶府与范闲的关系也是十分复杂，他怎么可能不暗中了解这个在这些年，像烟花一样绚烂照亮庆国天穹的大人物。

他低调隐忍多年，冷眼旁观天下多年，极度自信，不过总觉得无法看透范闲这个人，细细思忖之中，佩服有之，警惧有之，同情有之，不屑有之，心绪异常复杂。

可他依然不认为范闲有能力撼动天下，因为范闲终究只是位臣子，没有大宗师的境界，那他凭什么能够与皇帝陛下相提并论，甚至威胁陛下？

"你觉得朕将他抬得太高了？"皇帝微微低着头，轻揉怀中的白猫，"年轻人，骄傲一些无妨，然而有时候勇于承认自己不及某人，这才是真正的骄傲。这世间能脱离朕控制的人不少，但能不动不乱，与朕抗衡的人却极少，安之……很了不起。"

叶完凛然受教。皇帝这话说得确实，却又有些含糊。年初冬雪剧变，范闲在京都放肆行凶，一日内杀尽贺派官员，令庙堂民间震惊；入宫行刺，打成叛逆……而令所有大臣不解，令所有茶楼小道消息失去了方向的事实是，朝廷确实花了极大的精力追缉范闲和入宫行刺的刺客，却一直没有对范闲散布四野的势力动手！

在京都内参与了灭贺杀官一案的监察院旧属官员，审也未审，只是大批革职了事，而江南一带的范系势力也并未迎来东山压顶的打击。一向狠厉决毅的皇帝陛下，面对范闲的时候，似乎失去了一直以来保持的帝心，温和宽仁到了有些糊涂的地步。

没有人敢批评陛下，但很多人在质疑陛下，对丧心病狂的范闲叛党，为何陛下处处留手，处处留情？难道此事莫非真的有些不可告人的背景？

叶完从草原上回来之后，得知了京都动乱的后续事宜，也是心头震惊，不明所以。

没人知道，刺杀事件发生之前，陛下与范闲在皇宫里谈了整整一夜，达成了协议，若朝廷真的对范党进行清洗，庆国即将迎来的只怕是开国以来最大的一场动乱。

不得不说，在这件事情的处理上，皇帝陛下少了些当年狂飙突进的勇气，而多了几分优柔。也不得不说，只有范闲才如此了解皇帝陛下千秋万代的心意，又能死死地握住庆国的命脉，逼迫皇帝做出这样的姿态，放下手里的屠刀。

"你的流云散手练得如何了？"皇帝问道。

叶完心头一动，不解陛下为何忽然转了话题，开始考校自身的修为，略一沉忖后沉稳应道："初入门径。"

"日后你若遇着范闲，先退三步。"皇帝闭着眼睛道。

叶完心头再震，他确实不甘心被陛下点评不及范闲，可随之而来，一股厉狠倔强的情绪在他心中油然而生，极度渴望将来有机会与范闲正面一战。

夜色渐渐侵蚀了暮色，包围了重重皇宫，将太极殿前的君臣二人包了进去。皇帝陛下缓缓睁开双眼，眸子里的光亮竟似要在一瞬间内将这座皇宫照耀得清清楚楚。

姚太监来到榻边，手里举着一个木盘，盘子用黄绫垫底，上面是一封信。

叶完微感惊诧，下意识向陛下望了一眼。

"一封是朕修行的功法精义，一份是朕留给你的密旨。"皇帝平视前方道，"两年后，朕若死了，密旨可开，若朕未死，便将密旨烧了。"

叶完没有听懂这话是什么意思，但听懂了"功法精义"四个字的含义，饶是在草原上杀人不眨眼的他也禁不住霍然动容，不假思索地跪到了陛下的身前，重重地叩了一个头。

他没有虚情假意地推辞，因为这封信里是大宗师的智慧，是无价的珍宝，而陛下此举，自然是希望叶家在自己的手上依然能绝对地效忠皇室。

"朕既然已经封你为承平的武道太傅，你就要多往漱芳宫走动走动。"皇帝道。

叶完今日所受的精神冲击太大，但并没有影响到他的思维判断，马上明白了陛下的意思。如今皇室血脉凋零，大皇子未叛实叛，孤军远在东夷城与朝廷相抗；二皇子及太子早已惨死，范闲谋叛后不知所终；眼下虽然梅妃即将临产，可真正被朝廷诸臣乃至百姓视为皇储的只有三皇子李承平。

年初陛下受了重伤，对朝中的事情管得比往年少了很多。好在胡大学士和潘龄大学士主持着门下中书，倒也没有什么问题。但前段日子，软禁宫中长达半年的三皇子忽然被命于御书房听政，最近三皇子更是开始奉旨代陛下查看奏章，等等风向，让整个南庆朝廷都猜到了陛下的心意。

他封叶完为武道太傅，今日又暗授密旨，暗送功诀，又命其多与三皇子亲近，此间含义，不问而知。叶完震惊之余，大为感恩，匍匐于地，再次叩首。

"去吧,记住朕今天所说的话。"皇帝望着越来越黑的宫殿檐角,轻声道,"尤其是那一句,朕这几个儿子当中,就属安之最狠,日后若遇着他,你一定要先退三步。"

叶完忽然不知从何生出极大怒气,这怒气不是因为陛下让自己见范闲便退三步,而是觉得范闲此人实在是大逆不道,大为不忠,大为不孝,实非人臣人子,不是东西!

可他什么也没有说,郑重再拜之后,顺着长长行廊向宫外行去。一路行走,他觉得双肩越来越沉重,心情也越来越沉重,一方面是因为陛下交付给了自己极重的担子,另一方面是因为他从陛下今天的谈话中闻到了一股极为不祥的味道,一股老人的味道。

一股难以抑止的悲伤生出,他觉得陛下先前似乎像是在托孤,这是为什么?陛下虽然老了,可依然那样强大,为什么会说出这样的话,做出这样的安排?若陛下真的去了,三皇子登基,以漱芳宫与范府的关系,这日后的大庆朝廷岂不是会变成范闲那个奸臣贼子的天下?

太极殿前没有点灯,一片黑暗。皇帝注视着面前的黑暗,似乎要从这黑暗中找寻到属于自己的火光。只听他低声喃喃道:"朕这一生,无往不胜,没想到最后竟被自己的儿子逼得如此狼狈。没想到他居然真的从神庙活着回来了。然而朕终究是老子,他是儿子,这世间哪有儿子胜过老子的道理?"

陪侍在后的姚公公身上直冒冷汗,像这种陛下的自言自语,他哪里敢接话?

皇帝忽然叹息了一声,看着黑夜里显得格外高大的皇城墙,看着城墙上面并不怎么明亮的禁军灯火,眼神寒冷——自上次遇刺后,他便再也没有出过宫,在很多大臣眼中这本就是陛下的习惯,然而只有他自己清楚,之所以不出宫,是因为……他不敢出宫。

当日皇城上天雷响动，那个沉浮人间、始终游离在他控制之外的黑箱子，给了这位人间君王最沉重的打击，虽未致命，却成功地击碎了他的自信。现在那个箱子还没有找到，范闲已经昭告天下自己的归来，那么老五呢？皇帝枯守孤宫，也可通过行旨将自己的意志传遍天下，然而这座高高的皇城、长长的宫墙，何尝不像是一堵围墙，将他囚禁在这深宫之中。

"安之不死，朕心难安。"他清瘦的脸颊上现出一抹疲惫与厉色。

他与范闲之间，牵涉太多复杂的前尘往事，今世仇怨，理念分歧，非你死我活不可。他确实很欣赏甚至喜爱范闲，但越是如此，他越要范闲去死。

他这一生从未像此夜这般想一个人死去，或许只有当他发现陈萍萍背叛了自己，而且已经暗中背叛了很多年的时候，才会像如今这般愤怒。

此时，软榻身后的长廊内传来了急促的脚步声。姚太监恼怒地回头望去，却见到早已回到御书房办差的洪竹太监正提着一只灯笼，满脸喜色地走了过来。

不知道是不是夜色太深的缘故，洪竹脸上的青春痘不怎么明显了，他跪到皇帝陛下的身旁，颤着声音喜悦道："万岁爷大喜。"

梅妃没有令她的家族失望，于庆历十一年初秋成功地诞下一位麟儿。北方战事紧张之时，皇室再添血脉，不得不说是一个极好的消息，极好的征兆，只可惜她的出身不高，不然整个庆国都会因为这位小皇子的诞生而更加热闹几分。

三皇子李承平这些年渐渐长大，在人前展现出极稳重、知书识礼的一面，如今在御书房听政，由胡大学士亲自教育，本应是皇储的不二人选。梅妃的生产，按理来论应该不会惹出太大的风波。然而不是所有朝臣都忘记了当年的抱月楼——范家老二逃到了北齐，至今尚未归国，三皇子在此事中的痕迹虽被宫里一笔抹清，却躲不过大多数人的眼睛。更紧要的是天下人都知晓，这位皇子与范闲亲厚，关系非比常人，而如今范闲因为当街暴杀官员一事，在文官心中如恶魔一般，谁都不愿他还有东山再起的一天。最最关键的是，庆国官场上的聪明人实在太多，陛下在清洗监察院之后，时隔多年再次挑选秀女入宫，这些人早就猜到了他的心意。

宫中的喜讯没有明发，却无法阻止消息传出宫去，一夜工夫，所有大臣都知晓了此事，有的忧心忡忡，有的暗自兴奋，有的松了口气，更多的人则是紧张了起来。当大臣们于府内琢磨明日上朝该写何等样字句的华彩贺章时，临老得子的皇帝陛下却没有如臣子想象中那般在意。洪竹跪在软榻之旁，膝盖已经跪痛了，冷汗沿着后背不停地向下流着。传讯到此时，已经过去了很长的时间，陛下一直沉默地半躺在软榻上，没有流露出丝毫喜悦的神情，甚至也没有起身去梅妃寝宫看探的意思。

洪竹小心翼翼地提醒陛下是不是应该起身了？皇帝有些厌烦地摆了摆手，没有动怒，也没有起身，反而对姚太监道："你说朕……有没有机会看着这个儿子长大成人？"

姚太监心头一震，赶紧说了一大堆废话，不外乎是陛下春秋正盛，千秋万代之类。皇帝听后，唇角微翘，微嘲地一笑。如果陈萍萍还活着，他会怎么回答这句话？大概总比姚太监要有趣得多，只是那条老狗好像死了很久了……看着眼前那一成不变的深宫夜色，他忽然想到几年前二皇子留给自己的那封信，又想到与太子进行最后那番对话时，太子说的那句话。

"……还请父亲对活着的这些人宽仁一些。"

李承乾的声音似乎此刻还回荡在他的耳边，让他的心微微抽紧，轻声叹息道："那谁又会对朕宽仁一些呢？"

第二天，正准备上贺章拍皇帝陛下马屁的诸臣，愕然得知了一个令他们震惊的消息：梅妃娘娘产后大出血，御医抢救一夜，终是没有回天之力，不幸香消玉殒。好在那位刚出生就没有母亲的小皇子身体康健，陛下伤痛梅妃身亡，令宜贵妃抚养。

交由漱芳宫宜贵妃抚养？那便等若将来这位贵妃娘娘便是小皇子的亲生母亲，一念及此，本来还在琢磨龙椅归属的大臣们愕然不知言语。梅妃已死，小皇子在宫中再无护持，梅氏家族又极弱，再由宜贵妃抚养长大，哪里可能有出头之日？陛下的安排基本上绝了这位小皇子日后登基的可能。

正午的阳光洒照在皇宫城墙上，给这秋日平添了许多暖意。然而宫内的暖意却并不如何充分，尤其是梅妃的寝宫此时更是一片孤寒幽清，新生的小皇子早已经抱走，嬷嬷和相关的宫女下人也一同去了漱芳宫，只留下隐隐可闻的哭声。

梅妃的尸身已经整理完毕，僵僵地挺在大床上，还没有移走。这位曾经与范闲有过一面之缘的清秀少女，依然没有逃脱皇宫里的噩运。或许是失血太多的缘故，她的脸庞上一片霜一般的雪白，在正午的阳光下，反耀着冷厉不甘的光泽。

范闲曾经真心祝福她能够生下一位公主，可惜的是，她还是生下了一位皇子。范闲原先担心，这位小皇子长大之后，会给这座皇宫再次带来不安与血光，但连他也没料到，这位小皇子刚刚生下来，他的母亲便为此付出了生命的代价。正午的阳光啊，就像这座皇宫一样光芒万丈，可照在那张俏白的脸上，怎么还是如此冰冷呢？

范府，偏书房里，范淑宁及范良姐弟二人正在思思的陪伴下午睡。阳光照拂在范府园内的树木花草上，给这间书房的窗户描上了十分复杂的光影。林婉儿面色凝重地坐在书桌旁，沉默许久后，终于忍不住叹了口气："梅妃的命也苦了些，不过这样也好，交给贵妃娘娘养大，将来也免得再起风波。"

此时房内只有她与小姑子范若若二人。这大半年，她们二人时常入宫陪伴日见苍老的陛下，对宫里的事情十分清楚，与那位有若雪梅一般清丽骄傲的梅妃娘娘也见过几面，并不陌生，怎么也没有想到，梅妃昨夜竟然难产而死。范若若本不是一个多话的人，听着嫂子的叹息，忍不住开口道："要怪只能怪她的父母，非要将她送到那个见不得人的地方。"

这是《石头记》里元春曾经说过的话，林婉儿自然知晓是范闲所写，她是何等样聪慧机敏之人，马上听出了妹妹话中有话，眉尖微蹙道："陛下血脉稀薄，而且宫里如今一直是贵妃娘娘主事，你我是知晓她性情的，总不至于……"

不至于如何，二人心知肚明。范若若摇头道："贵妃娘娘当然不是这等人，只是……我入宫替梅妃诊过几次脉。初七那日她被哥哥刺了一句后，格外小心谨慎，一直保养得很好，身子比刚入宫时健壮了些。依我看，虽是头胎，也不至于出这么大的麻烦。"

"生产之事，总是容易出意外。"林婉儿想到自己生范良时的感受，心有余悸地道。

范若若摇了摇头："我还是觉得这事有些古怪。"

林婉儿轻声道："可这说不通。"

的确说不通，皇宫里阴秽事不少，但这般可怕的事情却是没有谁敢做。尤其是梅妃怀的龙种是陛下年老所得，宫里一直由姚太监亲自打理，漱芳宫为了避嫌，也没有插手，谁能害了梅妃？

范若若忽而道："梅妃娘娘的产期，比当初算的时间要晚。"

林婉儿心头一震，不敢置信地看着她问道："谁有这么大的胆子？"

范若若道："那段日子陛下天天宿在她那处，没谁敢冒犯皇室威严……如今想来，只怕当初这位梅妃娘娘年少糊涂，只求陛下宠爱，怕是误报了，好在后来误打误中，才没有出大乱子。"

林婉儿叹了口气："真不知道她是怎么想的。"

"年纪小，本就不懂事，只怕这事就是她族里出的主意。"范若若冷笑道，"她家只是小门，加上宫里多年不曾选秀，根本不知道其中的忌讳，胆子竟是大到这等地步……"

林婉儿还是不敢相信,怔怔地道:"虽是欺君之罪,但终究是刚生了位皇子,又没有什么大逆不道之行,怎么……就无缘无故地死了呢?"

"谁知道陛下心里是怎么想的,只是苦了那个刚出生就没了娘的孩子。"

在庆国,很多年前也有一个孩子刚出生就没了母亲,然而他依然在母亲的遗泽下健康幸福地成长,但是被正午阳光照耀得冰冷的梅妃,却做不到这些了。

林婉儿、范若若二人心生感慨,窗外忽然传来护卫压低的声音,说是宫里来人了。

直到走进御书房,范若若都不知道为何陛下今日要召自己入宫。她对着榻上的中年男子微福一礼,然后安静地站在近旁等着对方的吩咐。皇帝今日有些怪异,很长时间都没有说话,只是静静地看着她。范若若微低着头,没有注意到陛下的视线里投射出的那种极其复杂的情绪——有怜惜、有探究、有隐忍。在御书房里服侍的几个太监却是注意到了,隐隐印证了某些猜测,吓得不轻,赶紧把头压得更低。

皇帝忽然道:"梅妃的事情你知晓了吧?"

范若若轻声应了声是。

皇帝面无表情地道:"宫里有些流言,说她死得蹊跷,朕自然知晓这些流言是假的,懒得理会,让你过来看看,也免得她死后不得清静。"

范若若这才明白陛下让自己进宫的用意,有些不喜,也无法拒绝。姚太监带着她离开御书房,去到梅妃的寝宫之后,便极其小意地退到了幔后,把她一人留在了床边。

看着床上那具脸色苍白的少女尸身,范若若用了些时间才真正冷静下来,取出金针与器械开始查验。没用多长时间,查验便结束了,结果自然不出意料,梅妃确实是产后大出血而死。至于为何会出这么多血,范若若说不出所以然,也无法说出个所以然。

事后，关于梅妃的流言渐渐消退，但一个新的流言则开始广泛传播。这个流言的双方是皇帝陛下以及范家小姐。

去年起，陛下便时常召范家小姐入宫，当时引起过很多非议。不过人们明白，陛下除了需要范家小姐的医术，更重要的是以范家小姐牵制范闲，也就是个人质的意思，所以没有太在意。但此次流言再起，意味却有些不一样，因为宫里没有反应，难道说空穴来风，这是贵人提前在吹风？

第十章 去摘星

"没有陛下的允许,这样的流言根本不可能在京都传开。"范闲收回落在信纸上的视线,转而又望向十家村微暗的暮色,沉默片刻后道,"就像与北齐的这场仗一样,陛下还是想逼我回京都。"

范建的脸色有些冷,纵使夕阳也无法照暖,他沉声道:"陛下着实无耻。"

"无所不用其极……我倒觉得他真的老了,不过他终究还是要脸的。父亲您放心,妹妹那里不会有事,我也不会冒险回去。"范闲这般说着,却有隐忧,陛下确实不是那等人,可他对若若的态度确实有些问题,于是不确定地道,"也许只是误会,陛下需要平息与梅妃相关的流言。"

"梅妃确实有些可怜。"范建不轻不重地看了他一眼。

"当初在宫里见到梅妃的时候,我祝她能生位公主,可惜还是生了个儿子,这便是她的取死之道。"范闲认真地解释道,"但这不是我做的,与国公府那边也没关系,我与言冰云看法相同,是陛下让太监下的手。"

范建不解地问道:"陛下为何要这样做?"

当初秋雨斩陈萍萍后,皇帝陛下为了防止三皇子一家独大,重新召秀女入宫,眼下梅妃替他生了位皇子,正应该继续努力,为何却要留子去母?

范闲沉默片刻后道:"那天我对陛下说,梅妃终是不如宜贵妃。陛下可能想通了某些事情，觉得我说的是对的，不再强求，如此看来……他确实有些老了。"

短短的谈话里，说了两次陛下已经老了。

范闲来到十家村隐居，就是为了等着那一天的到来。

问题是老而不死，他还要等多久呢？

范建拍拍他的肩，道："继续耐心等吧。"

范闲轻抚父亲的手，望向小院外对着暮色发呆的五竹，心想这里还有一个需要等的人。

北方战事仍然在纠缠之中，冬雪渐至，南庆的攻势却没有减弱，一路直袭向北，快要接近北齐人布置了二十年的南京防线。一直停留在宋国州城的上杉虎，得到了北齐皇帝的全权信任，按兵不动，南庆无法找到机会。十家村暗中向北齐与东夷城的供货没有因为年近而停止，但生产的军械暂时压在了东夷城，率先给黑骑与大皇子的禁军换装。

所有人都知道这场战事并不是目的本身，只是一场风刀霜剑的逼迫。庆帝杀苏义茂在前，不算在其内，但宣范若若进宫，任由流言四起，乃至北方的这场战事，都是想逼范闲回京。

天下究竟将走向何处，终究还是要看这对父子之间的战争会如何收场。

皇帝陛下拥有强盛的庆国的所有。

范闲拥有世间除了庆国的所有，比如东夷城、比如黑骑、比如剑庐、比如十家村，甚至还有北齐。

江南明家陷于凄风苦雨之中，监察院被连连削权，就连言冰云的忠诚也受到了质疑，但只要范闲还活着，还在世间某处遥控属于他的势力，皇帝陛下便不能掀桌子。

距离陈萍萍死在秋雨里，已经过去了一年多时间。谁也不知道这种摇摇欲坠的平衡局面会维持到什么时候，或者会因为什么突发事件而打破。

因为这种未知的压力，时间的流转仿佛都变得缓慢了很多，只有范闲的时间走得更快了些。他隐居在山野,再不出世,久不见家人,以肉眼可见的速度发生着变化,越来越沉稳或者说肃然,说的话越来越少,浑身散发着一股寒冽而略燥的意味,就像烧完草后的秋天味道。

这一年多时间里,他陪着父亲喝酒读书,还是坚持给五竹讲那些故事,偶尔还会让父亲亲自讲一段,但五竹依然没有恢复记忆,看他还是像个陌生人。

直至年前,他冒着极大风险带着五竹回了趟澹州探望奶奶,还带五竹回到了那间杂货铺,切了一晚上萝卜丝;带着他去了那个悬崖,在海风里找到了瑟瑟发抖的小黄花,但毫无作用。

他终于放弃了希望,变得更加沉默寡言。

庆历十二年某日。

范闲与父亲到十家村后的崖下散步。看着远处山坳间渐落的圆日,范建未曾生出什么感慨,反倒是正值青春的范闲眉头紧了起来,眼里满是歉疚与不安。他沉默片刻后低声道:"祖母说我是个好孩子,连冬儿都照顾着……但我真不是个好丈夫,也不是个好父亲。"

他远离庆国,隐居在群山之中,有黑骑与无数人保护,他的妻儿却在遥远的京都,过着朝不保夕的生活,也许每夜都会想一想,能不能看到明天的太阳。从这点来说,他真的很糟糕。

范建拍了拍他的肩膀表示安慰,加重语气道:"既然决定要等,那就等下去。"

"可是还要等多久?我已经快两年没见过他们了。"范闲望着落日余晖,仿佛看着京都皇宫里的那个男人,缓声道,"如果陛下不死,难道我们就要永远等下去?"

范建正色道:"如果要永远等下去,那是好事。"

范闲明白父亲的意思,如果陛下真的感觉时日无多,那必然不会再遵守当初与他在宫里达成的协议,会直接掀翻桌子。但他还是否定了这种推测,摇头道:"在解决那个问题之前,他应该不会动。"

范建知道他说的是那个箱子，问道："你确定他一直找不到？"

"最好他以为箱子一直在我这儿。"

范闲的话音方落，山崖那边忽然响起一声尖厉的啸叫，同时一支烟花令箭升上天空，照亮了刚黑的夜。黑骑出现在山梁上，如箭般驰来，带来了最新的紧急情报。

情报是暗语，只有范闲与书写者才能看明白其中内容。

范建感觉到了莫名的压抑气氛，沉声问道："怎么回事？"

"陛下的身体估计拖不了太久了。"范闲低声道。

范建有些吃惊，不敢相信这份情报的可靠性。范闲没有解释，这份情报来自宫里，出自洪竹——没有人知道洪竹是他的人，就连陈萍萍当初都不知道，现在也只有王启年一人知晓。

就在这时，远处再次响起一声尖啸，再次亮起一朵烟花，送来了第二份情报。

这份情报说的是梧州抱月楼分号忽然被官府查抄。

与前面那份情报相比，这件事情按道理算不得什么，但范闲的脸色却变得极其难看。

梧州的抱月楼被查抄？他的岳父林相爷一直深植梧州，这之间有什么关系？如果说是陛下身体不好，想要撕毁那份协议，但在没有找到箱子之前，他怎么敢……

他抬头望向父亲，犹豫片刻后道："妹妹……可能出事了。"

范建怔了怔，忽然身体一晃，险些倒了下去。范闲赶紧扶住。范建盯着他的脸，眼里满是不可思议与震骇，断断续续道："那箱子……箱子……在她手里？"

范闲低着头道："我想……应该是的。"

范建盯着他的眼睛，看了很长时间，忽然道："只是猜测，当不得准，先等段时间再说。"说完这句话，他向山下的村庄走去，语气淡然道，"晚上熬锅鸡汤喝。"

"您不会想亲手做鸡汤吧？"

范建身体微僵，停下了脚步，因为范闲的声音极近，说明他已经到了身后。

范闲无奈道："您知道留不住我，所以想在鸡汤里下药？"

范建不解道："你在说什么？"

话音方落，他的身体便真的僵住了，因为一枚金针刺进了他的后颈。

范闲小心翼翼地扶住父亲，把他抱在怀里，向着山下的村庄走去。

当他回到院子里的时候，已经有更多黑骑抵达，等着他的命令。

他将父亲抱到床上，带着歉意道："父亲，我是肯定要回京都的。"

范建看着他的脸，眼里满是复杂的情绪。

"父亲，今后您要好好保重自己，这样才能照顾好奶奶。"范闲看着父亲的眼睛，非常认真地道。

走出院子，他看着荆戈面无表情地道："谁都不准跟我走。"

荆戈的银色面具上闪过一道亮光，想要开口说些什么。

范闲举起右手道："这是命令。十天后再告诉东夷城与北齐。帮我照顾好父亲。"

除了这句话，他没有再说更多，因为这不是交代遗言。

需要交代的那些事情，他早就已经提前写好了章程，所有重要下属与亲人的手里都有一份。

他也不需要整理行李，因为那些早就已经准备好了。

他一直在等待着这一天的到来，虽然希望这一天永远不会来到。

风从山的那边吹来，拂动着院墙边的一棵花树，空气微寒。

一直站在花树下的五竹忽然道："我跟你去。"

范闲神情微异，没想到五竹叔居然愿意随自己同行。

"我只是想去看看你说的京都。"五竹道。

深宫的深处有座不起眼的偏殿，纵使阳光如何温暖，依然透着刺骨的寒意，不是因为这里是冷宫，也不是因为有鬼魂依附，而是因为殿里堆着极多的冰块，那些冰块里埋着一具尸体。

那死人不是重要人物，只是内廷一个普通高手，死于去年正月，不知道是用过什么防腐手段，至今也没有腐烂，当然也谈不上栩栩如生，但看着有些可怖。

皇帝面无表情站在那具死尸前，问道："已经一年多了，还没有确定？"

连番重伤打击，这位世间唯一的大宗师身体似也有些差了，脸色苍白，竟比那具死尸强不了多少。

"监察院七处确实有种混合毒素与之相似，但并不完全相同……"

姚太监佝着身子站在侧边，下意识里瞟了那具死尸一眼。

尸体是保留其中毒素最好的器具，去年正月惊雷响起，这个侍卫在摘星楼被杀，尸体便一直留在宫里，内廷与庆庙乃至军方、大理寺都从中提取了毒素，尝试追源，但始终没有确定的收获。

"如今安之也是用毒的大行家，制毒之时岂会全守前规，那边有动静吗？"有些奇妙的是，皇帝陛下提到范闲的时候，情绪并无太大波动，更没有什么恨意。

姚公公的头更低了些："没有任何异动，或许……再看段时间，可能会露些痕迹。"

皇帝忽然咳了两声，望向殿外，缓声道："不能再等了。"

洪竹站在殿外侍候，忽被陛下的目光扫过，下意识里心生寒意，却也未刻意隐藏，微微颤抖了两丝——他不知道陛下与姚公公最后两句对话的意思，但隐约察觉到了些什么。

当天深夜，他回到自己的院子——正是洪老公公当年的那所院子，吹熄灯火，摸黑写了几行简单的字，睁着眼睛躺在床上，挺到凌晨之前才伪作起夜，将纸条塞进茅厕背面一块石头里。

第二天的时候，那纸条还在，第三天、第四天纸条也在，就在他快要精神崩溃的时候，纸条在第五天终于不翼而飞。他终于放松下来，难得地睡了一个好觉。

这是他与范闲之间的约定，至于对方派谁来，那人几天来取一次情报，他都不知道。当然，这些看的不是天意，只看王启年的心意——小老头觉得太监的茅厕太臭，自然来得不会太勤。

就在王启年拿到密报，派人送往十家村的同一天，一道旨意去了范府。

范若若再次被宣进宫，行走在皇宫微湿的青石地上，太监宫女们偷偷望向她的背影，想着那个流传一年多的流言，眼神不免有些复杂，或羡或怜。

一年多来，范若若时常入宫，有时是软禁，有时是治病，更多的时候则是在御书房里安静地待着，陪着那位孤单的君王，看着他统治这个帝国，然后日渐老去。

今天似乎也没什么异常，她静静地坐在窗边，读着一本诗集，睫毛忽然轻轻颤了一下。

因为皇帝望向了她，眼神有些复杂。

若若自然也是知道那个流言的，不知道是不是真的不以为意，但她依然保持着平静。

"陪朕出宫走走。"皇帝道。

若若放下诗集，抬头望向陛下，有些意外，然后才发现这样的直视有些无礼，于是赶快收回了视线。

皇城外已经清街，因为陛下旨意来得急，禁军与京都府来不及把行人都赶回家中，也来不及拉起幔布，只得把民众都驱逐到侧巷或稍远处。

陛下没有乘辇，而是步行。

范若若跟在他身侧稍后一些的位置，姚公公与侍卫落在后方，还有很多戴着笠帽的苦修士。

不等陛下走过，百姓早已跪下，如宁静的海，没有半点波澜，人们内心当然完全相反——皇帝陛下很少出宫，尤其是庆历四年之前，庆国的子民极少能亲眼见到龙颜，哪里能不激动？

若若看着皇帝有些缓慢的步伐和明显消瘦的身体，细眉微蹙，不知在想些什么。

皇帝带着她，沿着皇城前的直道向前行去。

东南方两三里外有一座楼，颇高，甚至不比皇城矮，飞檐如钩如月，隐有出尘之意，正是摘星楼。

摘星楼乃是京都第三高楼，曾经是钦天监观天的地方，现在已经半废，很少有人去那里。随着皇帝的脚步，摘星楼越来越近，范若若心里生出一抹犹疑，而后迅速平静，脚步也平静如常。

来到摘星楼下，禁军已经布防完毕，那些戴笠帽的苦修士散于四周。

去年正月雪中，一名内廷侍卫倒在摘星楼下。皇帝似无意地看了那处一眼，抬步上楼。

范若若跟了上去。所有人都留在了楼下，包括姚太监。

皇帝登上了顶楼，再上层楼，便到了楼顶。

他举目远眺，望向两三里外的皇城。

如今的楼顶没有雪，只有青苔。

摘星楼下方的街上，所有禁军与侍卫、被赶到远处的百姓都沉默着，不敢发出一点声音。楼前的姚太监把头压得极低。

气氛莫名压抑、紧张。那种无形的压力仿佛变成了重负，落在摘星楼楼顶，落在了范若若的身上。她随着陛下的视线向远方望去，仿佛回到了一年半前的那个雪天。当时她就是在这里，趴在雪中，对着远处的皇城，不时扣动扳机，发出雷鸣。

她的脸色有些苍白，似乎有些冷，已经走到了这里，再多掩饰已无意义。

"原来从这里望皇城，居然是平的。"皇帝轻声道。

范若若没有说话。

皇帝回头望向她，眼神淡而锋利，直接挑明了一切。

"当日你就是在这里试图杀朕吗？"

范若若轻声问道："陛下是怎么知道的？"

她没有试图否认，但隐着的意思，还是想要知道证据。

向一位君王要证据确实可笑，但她受范闲的影响太大，对此还是看得比较重要。

"当日你在楼下杀了个内廷侍卫，朕醒来后，便让人把尸体暗中带回了宫里。第二天便找到了致命伤。那尸体颈下的针眼虽细小，又如何逃得过刑部老官的眼睛？"

皇帝有些疲惫地道："世间最擅长用针的是范闲，但他那时候在宫前，而你是他妹妹，又极擅金针之术，只不过以往是用来救人的，那天却是用来杀人的。"

范若若道："我不及兄长，只用针难以杀人。"

"所以针上还淬了毒，然而最终还是无法确认是不是范闲惯用的那种。"

"我把他的毒做了些调整。"

皇帝想起来，这个小姑娘曾经跟着木蓬学过医术，能治药自然也能够治毒。

"其实这些都不重要，最重要的还是那个箱子。老五一定会把箱子留给他最信任的人，这里的信任说的就是对范闲最忠心、宁死不弃，那么这个人会是谁呢？在老五看来，那个人不会是婉儿，因为至亲至疏是夫妻；也不能是王启年，因为那是上下级；更不能是李弘成，于是，就只能是你了。当然，这些都只是猜想，谈不上证据，但今日出宫，你抬头望见此楼时，不该用天一道的心法。"

为何那时候若若会动用天一道心法？因为只有如此，她才能让心里的惊涛骇浪迅速平静，才能不让呼吸与心率的异样被身前的皇帝陛下知晓，只是谁能想到，大宗师竟连她调用真息也能察觉！

那为何她看到摘星楼时，心里会生出狂澜呢？

范若若沉默不语。

沉默在很多时候不是对抗，不是叛逆，是承认。

皇帝转过身去，再次望向远处的皇城，眼神有些复杂，有些欣慰，有些惘然，有些空虚。

他站在摘星楼的楼顶，就像站在一座高峰上，就像当年站在大东山崖畔，无比高大，举世无敌。

只是今日还有了些孤寂的滋味，举世无亲。

禁军包围了范府，数十名戴着笠帽的苦修士与数量更多的内廷高手，占据了南城街巷的隐僻处，确保没人能从府里偷跑出来，更无法逃走。

范府里的人早就注意到了外界的异动，联想到陛下宣小姐入宫的旨意，一股极为不祥的气氛渐渐弥漫开来，随着数名太监的到来，猜想更是落在了每个人的心头实处。

终于要抄家了吗？

一年多来，范府里的所有人都在等着这天的到来，只是当这天终于到来的时候，人们一时难以接受，有的丫鬟开始哭泣，有的护卫开始备战，有的人准备去死。

便在如此压抑紧张的气氛里，范府中门大开，皇帝陛下带着若若与一众太监高手走了进来。看到那个明黄色的身影，所有的抵抗精神与奋死一搏的冲动顿时冰消瓦解，所有人都跪倒在地。

京都里比范府更早被封的还有两个地方——监察院与靖王府。

皇帝派去封监察院的人最少，只是两个太监，静静地站在那幢方正建筑的门口，于是监察院的大门便落了钥，所有监察院官员沉默地站在檐下与墙下，望向上方那个窗口。

那个窗子的里面再次蒙上了一层黑布，言冰云站在窗边，隔着黑布看着若隐若现的皇城，更可能是看着南城的范府，在心里默默地想着这究竟是怎么回事？

陛下忽然去了范府，这是准备撕毁与范闲之间的协议吗？这是准备要掀桌子？陛下只派了两个太监传旨给自己，这是要再次考验自己的忠诚，那自己究竟应该怎么做？

皇帝对靖王府的封禁则更为直接。数百张长弓对准了王府的高墙，只要有人敢冒出头来，定会被射回去。靖王不堪入耳的脏话在墙内不停地飞着。李弘成则站在王府正门前，衣衫凌乱，满头大汗，身前满是深没入地的箭支，他盯着那个禁军副统领，眼神怨毒得近乎疯狂。

"总有一天，我要杀了你！"李弘成厉声喝道。

那个副统领面无表情，眼神冰冷，道："世子再敢踏前一步，我就先杀了你。"

范府里的气氛反倒没有这般紧张，更谈不上剑拔弩张，甚至还透着些淡淡的温暖。

花厅里置了一桌范府常式的饭菜。陛下坐在首位，范若若坐在左手边，林婉儿与思思各抱着孩子依次坐在右手边，姚太监指挥着小太监与范府里的仆厮在布菜服侍。

菜式并不奢贵，胜在精致，茶酒也极合口，皇帝似乎很满意，比在宫里时竟吃的只多不少，而且也不像在宫里那般食不语，间或还要与桌上的女子们说几句闲话。

"贤妻良母，所以给这小子取了这么个名字？"

"安之胡闹，你们也就允了，范建……"

"你就是思思？"

"赏。"

林婉儿早就注意到，若若比平日里更加沉默，从头至尾竟是一句话都没有说。联想到府外的那些禁军，她不知发生了何事，不免有些紧张，勉强笑着与陛下搭话。

看似其乐融融的午膳，实则无比紧张。思思一直低着头，不敢说话，只敢偶尔给淑宁与小良弄些饭菜。两个小孩子倒是什么都不懂，像平时那般放松，时不时还会好奇地打量一下皇帝。

皇帝似乎被小孩子打量的眼神逗乐了，最后竟是给了极大的赏赐。

于是，思思得了很多绫罗绸缎与金银，范良小小年纪便有了爵位；淑宁更是了不得，成了皇室第三代的第一位郡主……虽然不论怎么看，她都算不得皇室的成员。

林婉儿越发觉得事情有些不对，赶紧起身，不敢谢恩，连连推辞。

"你也不姓李，朕不一样让你做了郡主。"皇帝没有理她，让思思把两个孩子带过来自己抱了抱，余光里注意到，当自己抱孩子的时候，婉儿与若若的神情有些紧张，那个叫思思的妾室却是胆子很大，直直地盯着自己，似乎随时可能上手把孩子抢回来。

这让他想起了范闲。

然后他想起了自己坐的首位，平日应该是范建坐的。

"鸠占鹊巢啊……"他忽然没了兴趣，挥手便让席散了。

花厅里只剩下他与若若、婉儿，姚太监没有守在厅外，不知道去了哪里。

"你们应该知道朕与安之的那个协议。"皇帝道，"但事实上朕从来没有在意过那个协议，朕只在意老五与那个箱子。这么多天过去了，如果老五能来，早就来了，现如今箱子也找到了，那朕还有什么好在意的呢？"

这虽是很笼统的一句话，林婉儿冰雪聪明，却掌握了很多信息，下意识里望向范若若，一时间脸色苍白。

皇帝也望向了若若，平静地道："朕要箱子。"

为何他会来范府，为何会有这顿饭，为何会有这些封赏，一切都落在那两个孩子的身上。

这时候姚太监可能就守在两个孩子的身边，当然，还有思思。

如果他拿不到箱子，谁都知道会发生什么。

林婉儿声音微颤着道："那是您的……亲孙子，亲孙女。"

皇帝沉默了一会儿，道："他认我这个父亲吗？"

林婉儿无话可说。

皇帝的意思非常清楚。如果范闲和她们视他如君如父，他自然会把那两个孩子看作自己的孙辈。所以范淑宁会是郡主，范良会有爵位。如若不然，那他有什么孙子孙女？

范若若沉默起身，不知去了何处，没多时折返回花厅时，手上已经多了一个箱子。

皇帝静静地看着那个黑色的箱子，不知道想起多少前尘往事。

林婉儿看着那个箱子，不知想到了多少可怕的未来。

花厅里的三个人都清楚。

那不是箱子。

是范闲的命。

去年战事紧急时，史飞——这位曾经单人收复北大营的燕京旧将，被陛下派到北方，辅佐王志昆大帅。京都守备师统领的职位空了出来，不知吸引了多少人的灼热视线，在京都引起了很多话题。

陛下紧接着下来的旨意，打消了所有人的奢望。叶完正式从枢密院的参谋工作中脱身，以武道太傅的身份兼领京都守备师统领。这个任命没有任何人反对。数十年前，叶重年轻的时候便出任了京都守备师统领，如今风水轮流转，又转到了他儿子的身上——虽然他并不喜欢这个儿子，但在外人眼中，所谓将门虎子、一府柱石，不过如此。

深秋的正午，清冷的阳光洒在叶完素色的轻甲上，他轻夹马腹，在正阳门外缓缓行走。他眼睛微眯着，不停地从身旁经过的百姓身上拂过，就像是一只猎鹰，在茫茫的草原中寻找自己的猎物。

这时，有两个面容普通的男子从他身边走过，没有引起他的注意。

很多年前，叶轻眉带着一脸稚气的五竹，施施然像旅游一般来到庆国京都，走过叶重把守的京都城门，将叶重揍成一个猪头，然后帮助另一个男人开始了他波澜壮阔的一生。

今天，范闲带着依然一脸稚气的五竹悄无声息地回到了庆国京都，走过叶完亲自把守的正阳门，像两个幽魂一样汇入了人流，准备结束那个男人波澜壮阔的一生。

由此起，由此结束，这似乎是一个很完美的循环。

范闲自然不能回府，他带着五竹去了二十八里坡。叶家老掌柜们曾经的居所，在上次京都叛乱中被烧成废墟，如今已被清理整治成一座普通的园子，早看不出过去的痕迹。

"这里是你们那些老伙计曾经住过的地方。"他对五竹道。

五竹露在黑布外的脸没有任何情绪。

范闲知道他没能想起来，有些无力地叹了口气，坐到园子里的一块石头上，看着空中不时飘起的柳枝，沉默片刻后说道："我还是希望你能帮我。"

他曾经对海棠说过，如果五竹能找回记忆，一切由他自己做选择。但现在他的妻子、妹妹、家人都被软禁在宫里，随时可能死去，他需要五竹的帮助。

五竹走到那边的新潭边，看着落在水面上的一根断草，没有说话。这不是冷漠或者冷酷，只是常见的没有情绪，因为这些事情与他无关。

范闲盯着水面上的那根草道："若若是我的妹妹，也是你的徒弟，如果不是你教会她用枪，她根本不会参与到这件事情里面来。现在她因为你的缘故可能死去，难道你不需要对此负责吗？"

五竹道："我记得有人对我说过，人只需要对自己负责。"

范闲低声道："如果你能记得更多的事情，或者会为此刻的无情后悔很长时间。"

五竹道："如果我能想起来，如果与你说的一样，我自然会帮你。"

"也算是还留了些念想。"范闲起身，望着他眼上的那块黑布道，"但我没时间再等你了。"

五竹道："再见。"

范闲道："希望能够再见。"

从神庙门前的石阶到漫漫雪原，再到南下的烽火路，直至十家村的数个季节；从澹州再到京都，他已经等了五竹很久很久，如果可以，他愿意一直等下去，他会带着五竹去范府、去太平别院、去皇宫、去庆庙，让他恢复记忆，但现在不行了，因为他已经没有时间，他要入宫救人。

看着五竹瘦削的身影消失在京都的人海里，范闲有些惘然。明明是个老怪物，为何在他的心里五竹却总像个少年，而且随着自己年岁渐长，竟有了些兄长般的感觉。

他对五竹没有任何抱怨，现在连失望也没有了，只希望对方能够好好的，在人间。

只是此一别，不知何日才能再见，可否再见。

他转身向着另一边的人海走去。

南庆朝廷也许不知道他已经暗中回了京都，但皇帝肯定知道——抱月楼在梧州的分号被抄，这是一个不起眼的信号，但皇帝知道他能明白其中意思，本质上这就是一次召回。

京都到处都有眼线，不管是抱月楼还是范府都很危险。监察院与言府也不行，陛下对言冰云的信任明显不及当初。他可以直接联系洪竹，但那太过冒险，而且会影响最重要的那个环节。

那他该从哪里寻找突破口进入皇宫呢？

谁都没有想到，他选择的目标竟然是叶府。

叶府一门忠良，叶重乃枢密院正使。叶完乃京都守备师统领，当下陛下信任无以复加，自然不会派眼线监视。只不过就算他与叶灵儿有旧，在这座府里依然会十分危险。

庆历十二年秋，一个寻常无奇的下午，一个寻常无奇的青衣小厮通过后厨进入了叶府后园。

重臣宅第，后园里竟没有什么服侍的人，显得颇为冷清，加上那个小厮身法如仙似魅，竟没有任何人发现他的到来。

当叶灵儿第一眼看到那个青衣小厮时,最先想到的是王十三郎,接着才听出来是范闲的声音。

"他在东夷城帮大皇子,而且这次我也没有通知他。"

叶灵儿听着他的声音,震惊得说不出话来。

世间都说他去了神庙,又说他活着回来了,可他怎么敢回京都?

紧接着她便想到了范府发生的事情,明白了原因,心里满是担心,道:"婉儿他们都被关在冷宫里,有重兵看守,你就算闯进宫去,也没有任何用。"

范闲道:"叶完是京都守备,他有入宫的令牌。"

叶灵儿有些不明白,问道:"就算我能帮你偷了令牌,人牌不符,你怎么进去?"

范闲没有解释,只道:"我有办法。"

叶灵儿感觉有些不对,挑眉道:"会惊动很多人,而且现在的禁军统领不好相与。"

现在的禁军统领叫白岩,在征南军里是叶完的副将,去年初回京后,不知因立了何等大功,直接被陛下点了接掌禁军,宫典早就回了定州。

范闲明白,因为当初叶重在那个箱子的震慑下没有追杀己等三人,皇帝对他有些不满,于是才重用他不喜欢的儿子,至于那个白岩……他挑了挑眉,对叶灵儿道:"听说他要求娶你?"

"我是个嫁过人的废王妃,或者说就是个寡妇,他想娶我,是想向我家表示诚意。"叶灵儿没有谈论那人的意愿,接着道,"既然你坚持,我会想办法去偷叶完的令牌,你晚点再来取。"

范闲道:"我还备了别的方案,所以不要冒险。"

叶灵儿道:"谈不上冒险,我是父亲的女儿,他就算发现,还敢杀我不成?"

"总之要多保重。"范闲深深地看了她一眼。

叶灵儿终于明白为何感觉不对劲,因为他看人的眼神竟是如此认真,仿佛是最后一眼。她明白范闲入宫救人会冒多大的风险，但也知道势在必行，根本无法出言阻止，念及此，鼻头一酸，竟险些哭了出来。

范闲伸手摸了摸她的头，抬步向外行去。

园外忽然传来脚步声，他此时若再轻身掠起，只怕会惊动来人。

叶灵儿反应极快，从屋里走了出来，向假山水池行去。

范闲缓了两步，便跟在了她的身后，身体微佝，气息略敛，便成了不起眼的小厮。相信没有任何人能看出来异样。

太阳渐渐偏移向西，一片暮色映照在叶府之中。叶完沉着脸踏入了后园，父亲叶重应该还在枢密院里分析军报，拟定战略，只怕又要熬上整整一夜，所以他的脚步反而显得轻快了一些。他与父亲的关系向来极差，不然也不会在南诏一待便是那么多年，甚至连京都人都险些忘记了他的存在。

他之所以沉着脸，是因为跟在身后的那个中年将领。那个中年将领曾经是他的副将，如今却是与他并级的禁军统领，而且此人居然想求娶自己的妹妹……叶完与父亲的关系向来极差，但自认为与妹妹的关系不错，这家伙求娶的心思不纯，换作以往他哪里会理会，只是昨日陛下传下了口谕，他也没办法。

他知道妹妹不愿意见对方，所以只是在园外喊了一声，便带着那个中年将领走了进去，一眼便看到妹妹正向假山池塘走去，身后跟了个青衣小厮。

叶完与叶灵儿说了两句，那个中年将领认真行礼道："见过叶小姐。"

叶灵儿见他们没有识破范闲的身份，松了口气，回了一礼，想说几句话便赶紧带着范闲离开。

范闲没有抬头，眼眸里一片平静，没有任何多余的情绪。他在第一时间，认出了这个中年将领的身份。

那中年将领站得比叶完稍后一点，颇有平行之态，对叶灵儿却如此恭谨。那不是白岩还能是谁？于是，他便不能离开了。

后园里起了一阵风，假山上的石砾滚落下来。

范闲就像一道烟一般扑了过去，虽然轻柔，影子里却夹杂着令人寒的霸气，撕裂了深秋的寒冷空气，也撕裂了这片园子里的天地宁静。

扑面而来的强悍霸道气势，令白岩的眼睛眯了起来，感觉到面前的劲风像冰刀一般刺骨。不愧是军中强者，反应奇快，右手反掌拍下，劲力十足。

范闲的掌间却生出了一道烟，从白岩的指间掠过，落在他的脸上，皮肉骤然现出溃态。

黑色匕首的光像黑暗的闪电穿过了那些烟尘，进入了白岩的胸膛。

真的是一道闪电，快得无与伦比，甚至超出了人类的想象。

如此快的速度，必然需要同样惊世骇俗的力量，这等真气，世间能有几人？

白岩纵是军中强者，依然无法在这等阴险与宏大相辅的攻势下逃脱，只觉胸脉一痛，便再难支撑，像座被罡风吹过的假山，瞬间倒塌在地。

黑色匕首收回来的速度同样快到极点，瞬间消失，下一刻便破空向叶完而去。

此时叶完已经猜出青衣小厮的身份，顿时震惊无比。

放眼天下，除了范闲，谁还能把施毒、偷袭与如此光明正大的剑意合为一体？

毫无疑问，范闲是年轻一代强者的代表人物，但如今叶完的声名也是极为响亮，他从来都没有服过范闲，哪怕他的父亲与陛下都曾经对他说过，如果遇着范闲一定要先退三步。

如果放在别的时候,他一定会与范闲认真较量一番,但现在情势特殊，他不能让自己的欲望影响到陛下的大局，不然若让范闲跑了，他必然会后悔。

于是在这一刻他毫不犹豫地选择了示警众人。

"……"

可惜的是，当他刚张开嘴，还没有来得及发出任何声音的时候，范闲的攻击便到了。

黑色匕首哪怕快如闪电，也不可能到得如此之快。最先抵达的是一支黑色的弩箭，那弩箭很秀气，箭镞上泛着幽蓝美丽的光，故而极其恐怖。

弩箭破范闲的衣袖而出，瞬间到了叶完身前。叶完不及拔刀，双手在身前一错，左拳右掌相交，在极短的时间，极其强悍地搭了一个手桥，封在了前方，仿似铁链横江，一股肃杀而强大的气息油然而生。

秀气的黑色弩箭到了，只在叶完那双满是老茧，却依然洁白的双手上留下了一个小红点，便颓颓然地坠了下来，就像是落在烧红烙铁上的蜻蜓，箭镞上的毒也尽数化于无形——叶流云的散手修炼到极致之后，可以夹住四顾剑暴戾无比的一剑，叶完没到这种境界，却足以对付监察院的弩箭。

问题在于，黑色匕首跟着到了。

叶完一拳一掌相交的两只手，忽然变得柔软起来，化成了天上的两团云，轻轻贴上了范闲的黑色匕首，令他的万千霸道劲气，有若扎入了棉花泥沼之中，没有惊起半点波浪。

范闲毫不停顿，将修为提升到了最巅峰的境界，垂在腰侧的左手，紧握成拳，没有选择任何精妙的角度，也没有夹杂任何一位大宗师所传授的技巧，只是狠狠地砸了过去。

轰的一声闷响，二人的拳与手掌毫无滞碍地碰触在了一起。

叶完面色变白，左脚踩在后方，双手拦在身前，身体形成了一个漂亮至极的箭字身形，后脚如同一根死死钉在岩石里的桩，两只手就像是一块铁板，拦住了扑面而来的任何攻击。

强大的气息波动从二人身体间向外播散，秋风大作，不知震起了多少碎石与落叶。

范闲盯着叶完微黑肃杀的脸，没有想到，对方的真气竟然强横到了这种程度，连续封了自己的两次暗手后，还能抵挡住自己这蓄势已久的霸道一拳。如此雄浑坚实的真气，究竟是怎样炼出来的？

他却不知道叶完心中的震惊更是难以言表……面对着范闲这看似随意的一拳，他竟生出了手桥将被冲毁的念头，自己真的不如他吗？他不服气，更不甘心，便要与范闲再行搏杀！

范闲没有给叶完这个机会，身上的衣衫在秋风中开始簌簌发抖，一抹极其微淡却又源源不绝的天地元气，顺着秋风，顺着衣衫上的空洞，顺着身上的每一寸肌肤，开始不停地灌入他的体内。

他闷哼一声，左臂暴涨，去势已尽的拳头，在这一刻再生新力！

被沙石砌成的大坝，堵住了数千里的浩荡江水，然而江水越来越高，水势越来越大，忽然间，天公不作美，大雨作，无数雨水洒入了大江之中，瞬间将那座大坝冲出了一个溃口！

一座将垮的大殿，被无数根粗直的圆木顶在下方勉强支撑，然而大地却开始震动起来，一股本来没有却突然出现在世间的能量，撼动了大地，让圆木根根倒下。瞬间，大殿失了支撑，轰然垮塌！

叶完忽然感觉，自己两只手所搭的桥被冲毁了，自己身体这座大殿要垮塌了……原来范闲的强大在传说之上，在自己的判断之上！

一阵秋风拂过，那些被二人劲气震得四处飘拂的枯叶飞舞起来，范闲的拳头摧枯拉朽一般破开了流云散手里的手桥，狠狠地击打在叶完的右胸上！

秋风再起，落叶再飞，叶完倒地。

南庆将来的两位重要大人物，进行了他们人生中的第一次相逢，并且分出了胜负。

这场战斗极快，从范闲暴起，再到叶完倒地，只是常人眨眼之间的事情，是真正的电光石火。

如此短的时间，他便重创了南庆军方的两位强者，最恐怖的是，他让对方连一声喊都无法发出来。

范闲提着黑色匕首回到白岩的身前，右膝微蹲，刀光微闪，便断了对方的右臂。霎时，鲜血从断臂处不停地涌出。

白岩眼里骤现痛色，但即使此时，依然没有任何惧色，只是有些疑问——你是谁？

他的肺里灌进了大量鲜血，一张嘴血沫子直冒，只能用眼盯着范闲。

叶完真气大乱，倒在地上，也是说不出话来。此时他已经知道了范闲的身份，下意识里望向叶灵儿，心想范闲为何会在这里，又为何要杀人暴露身份？难道是因为……叶灵儿感受到了兄长的视线，闭嘴不言，心想自然不是因为白岩要娶自己的原因。

范闲道："我是范闲。"

白岩听到这个名字，眼里先是流露出震惊，继而迅速释然，懂了原因。

去年深冬时，他带着亲兵营自南方归来，在颍州处设伏，冒充土匪暗杀当时的内库主办苏文茂。

当日一场血战，他亲手断了苏文茂一臂，刺了对方一刀，将对方斩落雪崖，却没有找到尸体。

现在看来，苏文茂还是死了。

苏文茂是监察院高官，更是范闲的亲信，那么今天他自然也死到临头了。

他的眼里再没有求生的意志与别的乞求，生机渐无。

刀光再次亮起，身首两处。

第十一章 好一座沸反盈天冷清的宫

范闲提着黑色匕首来到叶完身前，鲜血还在滴落。

"莫高声，不然我也会杀了你。"

叶完已经明白他杀白岩是因为苏文茂，脸色苍白道："君有命，他又能如何？"

"君有命，那我就拿他的命，这很公平。"范闲抽出一根金针道。

叶完盯着渐近的金针道："接下来你要做什么？"

范闲道："我要入宫。"

"就像去年那天？"叶完像看着疯子或魔鬼般看着他。

去年正月，范闲毒杀贺宗纬之后，施施然进宫与陛下谈判，继而行刺发生。

今年他回到京都，进宫之前依然要杀一个陛下信任的重臣？

"不一样，今天我要入宫，刚好遇着了他，自然要想办法杀了他。"范闲把金针刺进他的颈间。

叶完顿时觉得身体变得僵硬起来，再也不受控制，同时也不受控制地想到范闲这句话隐藏的意思。

范闲今天进宫没有任何把握，甚至自忖必死，所以先前遇着白岩才会不惜暴露身份杀了他。不然以后他就没有机会杀他，为苏文茂报仇。

原来是这个逻辑。

竟有些悲壮。

先前一战，叶完身为人臣，第一想法便是要留住对方，所以从一开始的时候采用的便是守势，因此气势便落在了下风。此时他并不服气，但已没了那些情绪。

换作他是范闲，先前那种局面，会向白岩出手吗？

范闲忽然咳了起来，脸色变得苍白，手间落了些血。

叶灵儿惊着了，赶紧上前扶住他。

叶完想到皇帝陛下去年断言，范闲在行刺时经脉被震断，一年之内都不得好，现在时间过去了一年多，想必伤势也不可能全好，今日他暴起杀死白岩，重伤自己，必然付出了极大的代价。

他现在这样的情形，还想着进宫救人吗？

范闲摆了摆手，示意灵儿自己无事。他从袖子里取出一颗药丸塞进嘴里，嚼了两下便咽入腹中。

顿时，后园生出一股淡淡的药味，并夹杂着微燥的感觉。

看着这幕画面，叶完眼睛微眯。

这些年，他一直暗中观察范闲，当年京都叛乱时守皇城的惊艳表现，自然是关注的重中之重。他知道那时候接近油尽灯枯的范闲，似乎便是通过某种药物刺激潜力，才最终撑了下来。

难道就是他刚刚吃的这种药？念及此，他不由对范闲生出隐隐佩服，但更多的是忌惮。

"你难道真的不怕吗？就算你拿到我的令牌，有什么用？就算让你混进宫里，又能有什么用？"

范闲转身向园外走去，没有回答这个问题。

在十家村的山崖间，他自收到那封情报、决意回京的那一刻开始，这个问题早就有了答案。

当年在高山草甸上，面对燕小乙的神箭，他勇敢地站了起来，自那一刻起他便从心灵上突破了生死的枷锁，但这一次他则是发现了很多重于生死的存在——此刻在皇宫里的那些亲人。

皇帝得到了箱子，便可以轻松地用他们做诱饵请他入瓮。

那他还能怎么办？

只能摔了。

范闲离开叶府，借着暮色走到离皇城不远的道口。这时万家灯火渐起，朱红宫墙亦被灯笼照亮。

在这个道口曾经发生过很多或悲壮或惨烈的故事，他看着远方的皇城，想到的却是多年前看起来很寻常的一次经历——那年冬至，他的皇子身份开始在民间流传，后来他被召进宫吃了一顿饭。

不知为何他会想起那个冬至，想起那天吃的羊杂汤。

待夜色尽染，他再次抬起脚步向皇城走去，迎向那些禁军，出示了自己的令牌。

他的易容并不细致，有些粗疏，用的理由也谈不上全无破绽，但那些禁军的查验竟也有些粗疏，居然让他就这样进了皇城。灯光照在他的脸上，显示出一抹笑容，也不知那是在嘲弄谁。

皇城下的门洞在夜里很黑，他的脚步声仿佛是落在井里的石头。这条路他走过很多次，以前，大皇子会在门那边等他，舒大学士会与他同行，当然还有父亲。

这座皇宫他太熟了，熟得像家一样，自然不可能走错路，哪怕冷宫偏僻，向来少人问津。

往冷宫的侧道隐藏在两道宫墙之间，在月光的照耀下越发苍白，不怎么吉利。

忽有暗云掩月，夜色里，他的视野之外，隐隐出现无数身影，无声随行。

偶有月光透云，能够照亮那些身影手里的弩箭与兵刃。

皇宫已然变成了一张铺天盖地的罗网，等着他来投。

忽然有风拂过，从夜穹直至地面，拂得云开月盛，也拂动了宫墙旁铜缸里的水。

水里的月亮微微变形，范闲的身形也微微扭曲，就像风本身一般消失无踪。

宫墙、檐下、夜色里流动的气息忽然变得有些混乱。

片刻后，十余个戴着笠帽的苦修士与内廷高手现出身形，眼神中闪动着惊疑不定。

范闲去了哪里？

如果皇宫是一张罗网，自然处处都是网眼，处处都是杀机，那往哪里投都是一样。

想要撕破或者至少挣脱这张罗网，便应该找到牵着网的那个人。

也许是出于这种考虑，范闲没有直接去冷宫救人，而是去了御书房。

与看似清冷宁静、实则满布杀气的皇宫别处不同，这里真的很安静，一池小塘在月光下泛着如银纸般的好看光泽，一盏暗灯穿过繁纹玻璃窗，在银色的水面上投下无数道涟漪。

范闲走到御书房前，不加思索，推门而入。

就在他跨过门槛的那一刻，御书房里忽然灯火大作，数个太监依次点燃明烛膏灯，让整个室内变得光明一片，照亮了里面的一切事物，以及等着他的那些人。

御书房里真的有很多人——胡大学士、已经退了的潘大学士、柳国公、叶重，还有几位朝堂重臣，甚至就连远在江南的薛清总督不知何时也悄悄回了京都。

这当然是个局。

皇帝逼着范闲回京，就是要演一出好戏，要名正言顺地收了或者杀了他。

一场好戏自然需要观众，而且越多越好，如果不是舒芜老学士称病辞官多年，只怕也会在场。

对此范闲自然心知肚明，而且还得配合着把这出戏演好。

他知道这些都是见证者,即将见证自己的死去,见证这段历史以及二十年前那段历史的结束。

他向众人点头致意。

胡大学士叹了口气,柳国公不忍再看,微微背过脸去,叶重面无表情,其余几位朝堂重臣则是面色肃冷,颇有替陛下鸣不平之意。唯有薛清,竟是对他微笑着点了点头。

"回来了。"

范闲随着那道清冷的声音望去,便看到了皇帝,应道:"嗯。"

皇帝较一年前更加清瘦,鬓间未现雪迹,但依然掩不住那种苍老的样子。

然后他看到了皇帝身边的那个黑箱子,那个熟悉的黑箱子。

皇帝注意到他的视线所落处,情绪复杂地感慨了一声:"你上次入宫行刺朕,让这个箱子落在了朕的手里,这次再次入宫行刺朕……朕本以为,能让老五出现,没想到他居然没来。"

范闲感慨道:"如果他能来,我又怎会出现在这里。"

皇帝整理了一下衣袖,淡然道:"不错,你回来了也好,那就不要走了。"

话音方落,御书房的门窗都被推开,数十名内廷高手与苦修士现出身影,后方更有难以计数的侍卫与禁军,弩箭在月光下泛着光泽,并不美丽,只显恐怖。

按照这出戏的既定剧本,范闲将手伸至肩头,缓缓拔出负在身后的长剑。

然后,锋利的剑尖对准了不远处的皇帝陛下。

皇帝面无表情地道:"诸卿都看到了吧,这个不为人子不为人臣的东西,竟敢再次入宫行刺,实在是罪大恶极,这是谋逆!就算你曾为庆国立下大功,但朕……也只能让你伏法了。"

御书房里的这些大人物都是见证者,观众也要成为戏里的一部分,自然有人出声呵斥范闲,胡大学士、柳国公的脸色极为难看,薛清则是一言不发。

按道理，这出戏发展到此时，范闲应该放下剑投降，引颈受戮，但不知道为什么，他微垂着头，手却依然握着剑，对准皇帝，没有放下的意思。

他的手非常稳定，剑身反射着御书房里的光线，毫无波澜，就像他平静的声音："上次入宫之前我杀了贺宗纬与十七个朝臣，今次入宫之前我杀了白岩，两次我都没想过要活着。"

皇帝才知晓白岩的死讯，神情一变道："你……真的不怕？"

在这出戏里，范闲回京受死，便是换取冷宫里那些人活着的唯一筹码——他回京都就是赴死，皇帝问的自然不是他怕不怕死，而是那些人的生死。

范闲微低着头道："我不信你，我只信自己。"

这句话的潜台词，御书房里的那些大臣都听得明明白白。

当年的叶轻眉，不就是错信了某人？

皇帝盯着他，缓缓挑眉。

范闲缓缓抬头，望向了他。

这时候所有人才注意到，他的眼圈微微发红，不是伤感所致，而应该是药物的作用，隐含疯意。

嗡的一声，劲风吹拂，范闲执剑，化作了一道剑，衣衫猎猎作响，瞬间杀到了皇帝身前！

皇帝含怒拂袖，便要伸手扭断他的颈，谁知范闲早有准备，借用天地元气与袖风，以更快的速度猛退，撞破御书房的窗户，落到了园内一众高手之中。

他落在人潮之中，便溅起了一朵浪花，那是血做的花。

数名内廷高手断臂破胸，几乎立时倒下，鲜血喷涌而出。

只是一个照面，范闲便杀了数名高手，自己的半身衣衫也被尽数染湿染红。

喊杀声起。

内廷高手与苦修士们向其扑来，范闲面无表情，眼神深处却仿佛有野火在燃烧，药物的作用已经催发到极致，他的真元也催发到最高峰，从身体到精神都已经近乎癫狂。

顾前不顾后的四顾剑，杀人立见的大劈棺手，毒药与弩箭，他毫不保留地施出自己最擅长的杀人技，只用了数息时间，便再次杀了十余人，疯狂恐怖得难以想象。

有个苦修士的尸首被震飞到了小池塘中，沉下再次浮起，带起了一朵小浪花。

内廷高手与苦修士们再次拥来，如人潮人海一般将范闲吞没。

看着这幕画面，柳国公老弱的身躯再也支撑不住，摇晃了两下，胡大学士赶紧扶住，也不忍再向窗外望去，只有薛清脸上露出不解的神情。

范闲既然是入宫求死，为何却……不肯死，偏要战这一场，这到底是为什么？

现在的冷宫并不冷清，因为这里住了很多人。

范府一家妇孺都被关在这里，那是皇帝陛下请范闲去死的杀器。看守自然极严，无数侍卫、苦修士将冷宫围得像铁桶一般，更是由姚太监与洪竹这两个皇帝陛下最信任的人亲自带队。

只是最近两天，不知因何原因，侍卫的人数少了很多，也不见那些苦修士，不过还有数十位强者，自然不用担心范家的人能逃出去。

西厢房曾经是太监宫女的住所，现在冷宫不允许太监宫女长住，于是便空了出来，侍卫们就在这里轮班休息。

范府一家被囚禁冷宫已经十数日，没有发生任何问题，侍卫们的看守虽不敢有所松懈，但也算是放下心来，依照规矩，每日到了饭点，也会轮班分批用餐。姚公公与洪竹却是从来不在冷宫用餐，只是一杯浓茶便消了时光，他们都是极谨慎的人，而且身上的担子太重。

暮色将浓时，太监宫女开始送饭，殿里开始布饭，侍卫们也开始用饭。没多时，太监宫女便退出殿去，等着半个时辰后再来收拾。

姚太监端着茶杯走到西厢房窗边，望着远方的落日，微微眯眼道："算时间，差不多是今天吧？"

冷宫在皇宫的东北角，地处偏远，落日在京都的西南方，如果拉成一道线，御书房就在其间。

洪竹情绪复杂地道："您说……小公爷他会来吗？"

听到小公爷这个称谓，姚太监没有训斥洪竹，反而深深地叹了口气，畏惧与紧张等诸多情绪涌上心头，让他的嘴有些发干，下意识里喝了一口茶水。

这时，他忽然看到窗外一名侍卫倒了下去，发出啪的一声闷响。

紧接着，越来越多的侍卫倒了下去，就像是一根根被伐倒的大树。

姚太监眼瞳骤缩，瞬间想到了很多事情。

肯定是送来的饭菜有问题！可御膳房看守得也极严，而且送往冷宫的饭菜与陛下的饭菜相同待遇，都有试菜的小太监，不管是监察院七处的高手还是范闲自己，都极难悄无声息地下毒。

御膳房……他终于想到了一个人，那就是曾经的御膳房总管戴公公！

皇宫里谁都知道，戴公公曾经得罪过范闲，后来却因祸得福入了范闲的青眼，再后来却又因福招祸被一撸到底，可他毕竟经营御膳房多年，难道……真是他做的？

不愧是陛下身边的首领太监，只用了极短的时间，姚太监便把整件事情可能的脉络连了起来，毫不犹豫地提起真气，想向殿里赶去，然而……一口气却没有提起来！

可他如此谨慎，从来不在冷宫进食，难道是这杯浓茶的问题？

茶壶与杯子就在身边，谁能在他的眼皮子底下下毒？

他霍然转首，望向茶几边的那个年轻太监，眼里流露出不可思议的神情。

整个冷宫，唯一有机会在他茶杯里下毒的，就只有洪竹。

洪竹居然是小范大人的人？可整座皇宫都知道，数年前他便得罪过范闲，双方甚至可以说仇怨极深，这是怎么回事？

姚公公眼神震惊，身体里的真气却已疾速运行起来，想要将毒逼出去，同时在胸腹处凝住一道气，破咽喉而出，化作一声尖厉而清楚的啸鸣："动手！"

随着这两个字出口，他的脸色更加苍白，因为他知道自己做了什么。

皇帝陛下对他有严令，他也对侍卫们叮嘱过无数次。只要有人试图闯宫救人，那就第一时刻动手，将冷宫里的所有人都杀了，不分老幼……

他的这两个字，等于宣判了冷宫里那些妇孺的死刑。

洪竹当然也清楚这点，只是没想到姚公公的功力竟如此深厚，中了三处的毒居然还有办法出声！

要知道轮班休息的侍卫们中毒倒下，但在殿里当值的那些侍卫却还在，今次行动的后手还没开始，如果那些侍卫动手了，该怎么办？他紧张慌乱到了极点，拎起茶壶便砸到了姚公公的头上！

嘭的一声闷响，瓷片乱飞，鲜血溅流，姚公公一声未吭地倒在了地上，洪竹拎起衣服前摆，疯一样往殿里跑去，尖声喊着："陛下有旨！刀下留人！"

此时的冷宫真的是不冷清，除了很早被贬入冷宫的淑贵妃以及后来的宁才人，现在又多了范府一家大小。虽说太监宫女都不让在殿里居住，但还是多了很多烟火气，每天用饭的时候都吵闹不停，主要是两个小的不肯吃饭，婉儿和思思要打，宁才人要拦，淑贵妃一边看书一边劝。

大皇子在东夷城遥遥撑着自己的母亲，叶灵儿也暗中照拂着淑贵妃，范闲还没有被抓住，所以这些人在冷宫里的生活还算不错，至少没有谁敢克扣用度，餐桌上的食物可算丰盛。

数名内廷高手站在角落里，面无表情地注视着眼前的场面，内心的情绪却是早起波澜。十数日来都是如此，范府妇孺们完全就像是待死的

209

钦犯,而原先冷宫里的宁、淑二位,对他们的到来也毫不吃惊,竟是云淡风轻地接受了现实,甚至随意得就像是招待回家的孩子一般。

暮色渐深,就在那些内廷高手以为又是寻常热闹的一顿晚饭就要结束的时候,殿外远处忽然传来了一声厉喝,以及无比清楚的"动手"二字,甚至都能听出是姚公公的声音。

一个身材瘦削的老太监眼神一变,如风一般掠至殿门前向外望去,似乎是想找到刺客的踪迹。一个年轻些的太监则是面露慌乱之色,不知该如何处理。只有一个中年太监沉稳至极,掠至餐桌旁,也没对那些贵人说一句抱歉,直接抽出袖中的利刃便要刺出!

这时,又有一声喊从殿外的风里飘了过来。

"陛……有……留人!"

那人的声音中气有些不继,听得不像前面那声喊清楚,但太监们往往爱看戏文,只听着这几个字便自己脑补出来整句话,必然是:陛下有旨,刀下留人。

那个中年太监怔了怔,啪的一声闷响,一锅气锅鸡狠狠地砸在了他的头上,化作无数碎瓷与满地鸡汤,还带着一些血水。

中年太监声都没吭一下便倒了下去。

从小厨房里热汤归来的宁才人,出现在他的身后。

掠至殿门处的那个老瘦太监转过身来,有些遗憾地叹了口气。

他刻意来到殿门前,就是想避免亲自动手——谁愿意亲手杀死这几位呢?难道动手了,将来自己还能活着——只是没料到那个中年太监竟是如此不中用,现在自己不想亲自动手也不行了。

宁才人摘下棉手套,拾起那个中年太监遗落的短刃,英眉一挑,望向那个老太监。

如一道青烟随风而至,老太监飘至她的身前,右臂如丝绕过防守,掐住了她颈下的穴道。

宁才人虽多年习武,但怎么可能是一个内廷高手的对手。

纵是到了此刻，老太监依然还想求全，只是制住了宁才人。

果然，那个年轻太监终于反应了过来，拔出刀便冲了过来。

老太监眼里流露出欣慰的神情，然后在下一刻尽数变成惊愕。

因为殿里又生出了一道青烟，落在他的口鼻处，他的真元顿时有了溃散之迹，直到看见范若若盖住了酒壶的壶嘴，才震惊地想起范家小姐的师承与能耐，奈何已经晚了……

咔的一声轻响，宁才人手里的短刃准确而轻松地刺进了老太监的颈里，然后迅速抽回。

鲜血喷洒而出，打湿了她的右臂与前胸，如点点梅花，令她不怒而威。

看着这种场面，那个年轻太监恐惧不已，迅速退向殿外，不停地高声呼救。

"走。"

从姚太监竭力呼喊，到此刻已有两人死去，不过数息时间。

林婉儿站起身来，当机立断抱起女儿向殿外走去。思思也是动作极快，扯下桌布包住儿子背在身后，同时没忘记从餐桌上拿了几个饼做逃亡时的干粮。

范若若平静地走到老太监身边，取走了他的短剑，还从袖子里取了把短弩。

宁才人需要带的是一个人，她牵起淑贵妃的手便跟上众人，淑贵妃这时候才反应过来，也没有挣扎的意思，只是不舍地道："能不能带两本书路上看？"

"书你个鬼……"宁才人没好气地捡起淑贵妃这两日正在看的一本杂记，然后反手把她扛到了肩上。

淑贵妃吓了一跳，连连低声道："不雅不雅……"

林婉儿一行人向着宫外奔去。

直至此时，他们都不知道究竟发生了什么事，事先也根本没有人暗中告诉他们什么，是有人来救自己，还是陛下要杀自己？一切发生得太过突然，面临着死亡的威胁，他们不得不做出反应，如果说是看到了逃出宫去的一线生机，不如说是他们被迫踏上了这条逃亡的道路。

甚至就连洪竹都不知道今天这个局的全貌，他知道与老戴配合在饭菜里下毒、在姚公公的茶杯里下毒，然后要接应一位贵人来冷宫，这就是他要做的全部内容。

谁能想到姚公公内力如此深厚，竟是发出了那一声喊，他惊恐至极，一面喊一面往殿里跑去，看到那些贵人没逃多远，便被那个年轻太监喊来的十余名内廷高手拦在当场。

宫门处的斜阳照在这些太监与侍卫们的身上，在地上拖出一道道长长的影子，看着极为幽冷。

只要人还没死就好，洪竹心下稍定，向着那些内廷高手疾声喝道："陛下有旨！"

接下来该说什么呢？洪竹跑得气喘吁吁，脑子里一团糨糊，根本理不清思绪，但他知道肯定不能说放人，因为再愚蠢的人都知道陛下不会下这个旨意，只得低头扶着膝盖喊道："不得伤人。"

这旨意有些含糊，便有了些可信度，那些内廷高手握着的刀剑下意识里垂了几分。然而那个年轻太监在殿里见着宁才人杀人，哪里敢信，颤着声音喊道："别听他的！"

随着这话，暮光里的十几柄刀剑又向上抬了几分，一个模样寻常的中年太监有些警惕地向后退了半步，手里的一柄薄剑看似无意地转了一个方位，对准了洪竹。

忽然，冷宫里的暮色碎成了无数道丝缕。

那个中年太监的身影不停地闪动，手里的剑也在不停地闪动。

夕阳的光似乎变得缓慢起来，无法在他的身体与剑上停留片刻时间。

冷宫里仿佛多了一个高速飘掠的鬼。

十余名内廷高手的身体僵立在了原地，数息之后，暮色里响起十余道极轻微的嘶嘶声。

那是剑锋破风破光的声音，更是皮肉被切割开来的声音。

十余道鲜血从那些内廷高手的咽喉间喷射而出，如十余朵血花。

然后，他们无声倒下，变成了自己的影子的注脚。

能在眨眼之间杀死十余名内廷高手，这个中年太监必然是人世间最顶峰的强者。

这位强者还是世间最擅长偷袭刺杀的存在，看似光明正大地出剑，实则阴险到了极点。

最关键的是，这些高手侍卫需要在宫里行走，内廷不知道把他们的根底查了多少遍，所以他们从来不会怀疑自己的同伴，那这个中年太监究竟是怎样混进内廷的？

直到那些内廷高手纷纷喷血倒下，冷宫里的人们才醒过神来，生出一阵恐惧，宁才人望向那个中年太监的眼神都有些畏惧，更不要说被她扛在肩上的淑贵妃，更是已经吓得昏了过去。

林婉儿与若若隐约猜到中年太监的身份，心想如果是那人，只怕十几年前陈萍萍便安排他在内廷里谋了个身份，试探性地对他行礼致谢。

中年太监微微点头，便是默认。接下来该怎么办？众人望向宫门外正在落下的日头，心想宫里到处都是人，就算有位绝世强者守护，又如何闯得过去？

这时，宫门处有数道身影在余晖中走了进来，领头的竟是宜贵妃与三皇子！

这对母子为何会忽然出现在这里？虽说他们与范府亲厚，但人心难以猜测，更令众人惊异的是，宜贵妃怀里居然还抱着一个孩子，正是梅妃产下的那个婴儿！

林婉儿与范若若沉默不语，宁才人警惕地望向对面，看似昏死在宁才人肩头的淑贵妃则用细弱的声音在她耳边道："先下手为强。"

宫门处的气氛极为诡异。

洪竹却是迎了上去，对宜贵妃道："请快些。"

然后他转身对林婉儿行礼道:"小公爷命奴才请宜贵妃来的。"

众人这才知道原来宜贵妃竟是他喊来的。

当然,也是直到此时,他们才知道洪竹竟然是范闲的人!

宜贵妃也没有解释什么,直接对众人道:"都扮成太监出去,妆粉我都备好了。"

办这等大事,自然不能随便带些宫女太监来,如今已经是大宫女的醒儿拿着一大包化装用的物事,轮着给众人化装,不免有些手忙脚乱,思思把孩子交给了婉儿,上去帮手。

洪竹与那个中年太监消失了一阵,很快就拿了很多衣服过来,看饰样有的是太监的,有的是侍卫的。

思思看了一眼,想到些什么,苦笑道:"要穿死人衣服吗?"

洪竹抹掉额上的汗珠,苦笑着道:"这些都是那些药昏过去的人身上的。"

宁才人看着宜贵妃怀里的小皇子,终是忍不住问道:"你抱他来做甚?"

宜贵妃也是无奈,道:"这是范闲交代的,我哪里知道他的用意。"

三皇子沉默不语,望向宫门远方,不知道在想什么。

这时,那个中年太监与洪竹已经将宫外昏倒的侍卫太监都抬了进来,冷宫地处偏僻,而且最近极为敏感,向来无人敢靠近,相信还没人发现此处发生的变故。

趁着这段时间,众人打散发髻,易容打扮,换好衣裳,都成了太监侍卫的模样。

暮色越发暗淡,若不仔细盯着脸看,还真看不出有什么不妥。至于身高问题,太监大部分自幼进宫,发育不佳,与女子差不太多,只有三个孩子,得想办法再遮掩一下。

"这时候走?"林婉儿望向那个中年太监问道。

洪竹与几位贵人也望向了此人,心里好奇对方究竟是何身份。

中年太监应道:"再等会儿。"

众人不知道为何还要再等,要知道入夜后宫里的守卫会更加严密,也不知道他在等什么。

三皇子在江南行里见过对方，已经猜到对方是谁，回头问道："他准备夜里进宫？"

所有人都知道这句话里的他指的是谁，不由得紧张、担心起来。

中年太监没有回答这个问题，走到宫门前盘膝坐下，望向远方渐落的太阳。

所有人也都望向了那处，似乎都在等着太阳的落下。

不管太阳如何明亮，似乎永恒，将要不停燃烧，但它总有落下去的那一刻。

夜色正式来临，带来了宫里的片片灯火，也带来了出自御书房方向的喊杀声。

冷宫里的人们神情一肃，知道范闲已经进宫，也知道到了自己这些人离开的时候。

没有什么哭哭啼啼，没有什么不舍，不管是林婉儿、范若若，还是思思，都平静如常。

过去这段时间，她们在京都里苦熬，早就做好了所有准备，不管是心理上的还是身体上的。

宁才人望向宜贵妃，才注意到她也完成了易容，吃惊地问道："你也要随我们走？"

宜贵妃把小皇子交给同样打扮成小太监的醒儿，没好气地回道："我帮了你们，难道还要留下来等着被陛下斩成三百多段吗？"

是的，今夜他们已做好离开皇宫的准备。宜贵妃望向三皇子，还未来得及说些什么，便流下了两行清泪，有着说不出的担心与难过。

三皇子安慰道："不用怕，今夜之后，我就是父皇唯一的儿子了，他不会杀我。"

是的，这是一句非常现实而残酷的话。

今夜，范闲大概率会死，而他让宜贵妃把小皇子抱走，也就是这个意思。

直到此刻，冷宫里的人们才知道，范闲究竟安排了多少事。

御书房的厮杀声没有变小，皇宫里更加混乱。

众人出了冷宫，直往杂役所奔去，随后觅得坐骑，破夜风而出。

大太监洪竹拿着陛下的私章，率领内廷高手出宫追缉冷宫逃人，谁人敢阻？

若有人稍起疑心，便会悄无声息地死去。

看似坚不可破的皇城，从内里闹将起来，才知道究竟隐藏着多少孔洞。

更何况还有范闲，在灯火通明的御书房那里，吸引了所有人的视线。

玉清门很快便被马蹄声抛在身后，接着缓缓重新关闭。

众骑进入京都的夜色中，然后很快看到了一辆马车。

那辆马车外表有些破旧，整体为黑色，就像那个穿着黑衣、满脸风霜的车夫。

思思惊喜地喊道："王启年！"

是的，驾车亲自来接的是王启年。

民宅灯光照在中年太监的身上，拉出一道长长的影子。

这是范闲最信任，也是最有能力的两个人。

洪竹则是范闲在这个世界埋得最深的一枚棋子，以往不管遇着任何事情，他都舍不得让其暴露，为的就是可能中的最后一战。然而今天他毫不犹豫地用了，然而却没有用在对皇帝的出手上。因为影子与王启年、洪竹救走的这些人，都是他的命。

他还要保住老三。

然后，他就要去自己搏命了。

第十二章　谁的监察院？

范闲站在池边，身染血迹，受了些伤，不算重，园子里倒了些侍卫，不算多。

后来的拼杀，他下手，不算狠。

剑光斩破夜风，归于腰畔，他收剑抬手，掌心里的几颗药丸，散发着淡淡的刺鼻味道，纵使隔得颇远，都飘到了御书房里，吸入所有人的鼻端。

当年京都叛乱时，胡大学士就在范闲的身边，知道那是什么药，顿时神情一变。

皇帝陛下也知道那是什么药，缓缓站起身来，望向池边的那道身影。明明父子二人身高相仿，他却有一种居高临下的感觉——他冷眼看范闲使出最后的手段，逼出最后的勇气。

谁都没有想到，范闲没有服药，而是手掌一翻，将那几颗药丸扔进了池塘里。

皇帝微微挑眉，不知道他此举何意。

不多时，药丸化入池水，鱼儿开始翻腾，在夜色里搅起一些墨浪。

范闲提剑向御书房里走去，内廷高手与苦修士构成的人海即将合拢，将他湮没在浪里。

忽然远处传来示警的声音还有些模糊的叫喊声，好些人的视线下意识里望了过去。

将要合拢的人海静止了，范闲站在离御书房不到数丈的地方。

有太监急急赶来报信："陛下！冷宫……出事了！"

御书房四周一片死寂，那些朝廷大人物们震惊无语，望向范闲。

皇帝沉默了一会儿，看着范闲道："你自投罗网，为的就是这个？"

范闲平静地应道："鱼死网破，那别的鱼就能走了。"

话音方落，池塘里的几条鱼跳了出来，在泥地上不停跳动，格外有力，不知道是不是药物的作用，生命力显得格外顽强，仿佛随时都能跳到天空里，就此遁走。

"只要是鱼，离开水总是会死的。"皇帝盯着他的眼睛道。

没多时，姚太监被几名太监扶了过来，脸色苍白，形容憔悴至极。他跪在陛下身前，压低声音将冷宫处的变故禀报了一番，其中自然也有些自己的猜测，过程说得极细。

皇帝沉默了片刻，带着一丝复杂的情绪道："没想到……洪竹也是你的人。"

听到这话，御书房里的那些大臣们再次震惊，望向范闲的眼神更加复杂——朝野皆知，小范大人与洪竹有旧怨多年，谁知这竟是障眼法！如此城府，如此手段……不愧是陛下的儿子啊！

"不错，洪竹是我的人，但其实说是谁的人也不准确，只不过他选择了站在我这边，就像别的人那样，比如宜贵妃、淑贵妃、宁姨……陛下，您看没有人愿意留在这座宫里。"范闲直视着皇帝的眼睛，又道，"如此众叛亲离，还有什么意思呢？"

这是怜悯，还是同情，抑或嘲讽？

群臣与侍卫们全都沉默着，不敢出声，有人甚至暗暗低下头去。

皇帝的神情却没有任何变化，漠然道："天子本就是孤家寡人……"

"孤家寡人"四字一出，皇帝忽然想到当年太子死前也说过这四个字，不由胸口一痛。痛苦会让人软弱，也会让人变得更加愤怒，他盯着范闲的眼睛幽幽地道:"朕知道你在意什么,那便让你知晓,就在查抄抱月楼的那夜,朕已经密旨燕京大营,如今大军已然北上。"

听到这句话,御书房里一片大哗。胡大学士等人瞠目结舌,要知道北伐乃是何等大事,必须倾全国之力以赴,为何朝堂上竟是无人知晓此事?难道对陛下来说,北伐唯一的障碍只是范闲而已?

范闲也有些意外,沉默片刻后道:"我已经尽力了。"

皇帝身体微微后仰道:"朕要这么杀了你,你肯定不服,天下大概也不能服,所以朕会审你。"

"就像审陈萍萍那样吗?"范闲平静地问道,"陛下还真是仁明至极。"

这话谁都听得出来是在嘲讽了。

"朕当然是一代仁君,不然今天那些人还有机会活着吗?"皇帝又淡然道,"你放心,朕会将他们全都抓回来,亲眼看着你受审。"

范闲忽然笑了起来,道:"去年初我进宫行刺,为的是给叶轻眉与陈萍萍报仇,但后来发生了些事情,我忽然就想开了,你如果不动,就这样下去也挺好,结果你又非要弄这一出……你觉得让他们,让天下人看着我被千刀万剐,就能证明你的正确?不,只要我在这儿,就证明你是错的。"

御书房里的大臣们默然无语,心知这话是对的——陛下用范府一家的性命强逼范闲回京,才会有今夜这场闯宫。

"你错了,朕不会杀你,也不会让你被千刀万剐。那是老狗的待遇,而你是朕的儿子,朕要你尝尝我曾经受过的苦,让你明白一些事情。"

皇帝被范闲这段话直接挑明了心思,怒意极盛,竟是直接当众承认了他是自己的儿子。但他究竟准备怎么处理范闲?又打算让范闲明白什么?

"你那个母亲,不曾在意过朕,如果知道你会受与朕当年一样的苦,不知道她会不会后悔。"

话音落处,明黄身影破开御书房里的光线,以不属于人间的速度来到了范闲的身前。

谁都没有注意到，柳国公脸上的表情变幻了一番，变得惨白一片，应该是想起了当年的某些事情。

一声轻嘶，剑光破开明黄，斩下一截衣袖，擦着皇帝肋下而过，带出几滴血珠。

近两年里，范闲调理伤势之余，每夜都在思考上次与皇帝的战斗，最终练成一剑。

这一剑极其简单而凝结，深得四顾剑真义。

然而，他的旧伤未曾痊愈，境界依然没能跨过那道门槛，最终只能给对方带去一点极小的伤害。

近两年里，皇帝也一直在思考，以大宗师之能，用数百个日夜想出的法子，谁能避开？

他的指尖落在了范闲的胸间，啪的一声轻响，然后如云般化掌，印落。

仿佛翻天印落在海里，大海生波然而瞬间静止。

一声轻响，剑落在了地面。

皇帝拂袖，转身而回。

范闲站在原地，缓缓低头，没有动作。

御书房里一片死寂，谁都不知道发生了什么事情，只能怔怔地看着。

范闲望向自己的左手尾指，感到那里开始麻了，然后尾指的第一个关节处，传来极其难忍的痛苦。

就像是有人用铁锤用力地砸中了那处。

不是虚假的感受，竟是真的！

啪的一声脆响，他的小指关节被震碎了！

一道数量无法计数的真元以霸道无比的气势，潮水般涌向他的身体各处，最后抵达了小指尖，仿佛遇着与天齐高的墙壁，骤然回身，继续冲毁遇到的一切！

啪啪两声脆响，他手腕处的两道经脉随声而断。

啪啪啪三声极低微的闷响，他的大腿里仿佛有什么绷断了。

紧接着，无数声或清脆或沉闷的微响在他的身体各处迸发出来，不像鞭炮，而像是暴雨落在了不同的地方，有的落在沙滩上，有的落在屋檐上，有的落在井中。

他的身体看着还是完好的，皮肤没有裂开，没有出现伤口，绝大多数骨骼也坚硬如前，然而已经有无数道经脉或扭曲或断裂，变成难以续接的断絮或乱麻。

每一处断裂都是人类难以承受的剧痛，更何况是这么多处。

他的脸色苍白如纸，汗珠如豆滑落，纵使心志再坚，也忍不住哼出声来。

后一刻，生命的自我保护机能，终于让他昏了过去，这也算是上天给予的最后一点垂怜吧。

看着这幕画面，朝臣们一时间懵然不知，只有柳国公当年曾经跟随陛下北伐，见过类似的画面，知道陛下曾经受过的苦，知道这种苦痛比死要可怕一万倍，眼前一黑也昏了过去。

夜深人静时，监察院灯火通明。

大量的密探都已经派入京都，去追缉冷宫逃人，但以院长言冰云为首的所有高级官员都留了下来。

今夜会有重犯被押入监察院大牢，正是前监察院院长范闲。

灯火照亮墙头，照亮已经开启的侧门，也照亮了排成两排的黑衣人。

经过近两年的清洗轮换，监察院与以往早已不一样，换了很多人。

三处是范闲师门所在，主办最早撤换，接着便是一处与八处。言冰云出身的四处主办没换人，二处、五处、七处也由副职顶替，六处的新主办则是从二处调任。

车轮碾轧石板的声音响起，禁军押送着一辆板车进入了监察院，上面躺着一人。

这个画面仿似曾经发生过，就在数年前。

监察院官员们看着板车上的那个人，表情各异。

当年陈院长在御书房里刺驾，被送回监察院关押，那是陛下要看范闲与监察院的忠心。

今天范闲也从御书房里被抬回了监察院，陛下是要考验谁呢？

上次陈萍萍被送回监察院的时候，气氛格外紧张，纵被数千禁军围着，也随时可能发生内乱。

直到那个老跛子竖起一根手指，监察院里才响起无数声"候"，历史就此定格。

今夜监察院里的气氛同样紧张，范闲会做些什么？

无数道视线落在他的身上，紧张地等待着。

然而什么都没有发生。

范闲闭着眼睛，脸色苍白，唇角微翘，显得颇为舒服放松，竟似在香甜地睡觉。

言冰云知道宫里发生了什么事情，知道这个家伙此时正在承受怎样的痛苦，根本不可能像表面看起来这般舒服，内心深处止不住发出一声痛苦的呻吟。

两任监察院院长的待遇都是一样的，都关在同一间牢房里。

十余个戴着笠帽的苦修士守在牢房外，除了言冰云，不准任何人进入。

言冰云端着一盆热水走进牢房，在床边蹲了下来。他用热水打湿毛巾，开始为范闲擦脸。

一个苦修士抬起头，眼神如电般盯着他的后背。言冰云仿佛毫无察觉，依然认真而仔细地擦去范闲脸上的血污。

不知道是毛巾带动了眼帘还是真的刚刚醒来，范闲睁开眼睛，看着他微微一笑。

其实他现在没有一丝肌肉可以动，笑容并不呈现在脸上，只是眼底的情绪。

他这时候正在承受人类无法承受的痛苦,脸色苍白得如同白纸,却依然在笑。

那是一种如释重负、真正全然放松的笑。

言冰云又用热毛巾替他擦手,看似无意,实则颇有节奏地在他手背上快速地点动。

这是密码,不同于监察院任何密码规则,只有范闲与言冰云,还有王启年三人知晓。

准确的节奏,简单的信息。他是在告诉范闲,从冷宫里逃出来的那些人,都已经被王启年接到了安全的地方。

是的,范闲回到京都虽没有试图与监察院联系,但暗中早就与言冰云搭上了线,有王启年与影子这两个人在,他就没有联系不上的人,也不用担心会被宫里发现。

果然,在收到这个消息后,范闲眼里的笑意更深了,只是偶尔还会被痛意打断。

看着他比往常更黯淡,却又更明亮的眼眸,言冰云心里难过极了,又轻轻点了点他的手。

这是要想办法救他出去的意思。

范闲静静地看着他,传递出了这样的意思——我已经废了,就这样吧。

"陛下还是信我的,我有机会救你出去。"言冰云告诉他。

——我已经累了,只要他们逃出去就好。

"那别的人呢?你死后,陛下会放过邓子越他们吗?"言冰云紧盯着他的眼睛。

——我已尽力,死后哪里还管得了洪水呢?

言冰云沉默了一会儿,不露痕迹地点了点头,起身离开了囚房。

其实只是短暂的对视,也许范闲的那些意思都是他的脑补,他可能只是愿意这样想。

在他看来，范闲这些年确实太辛苦了。

囚房里只剩下范闲与昏暗的灯光，栅栏外的那些苦修士一个眼神都没有落在他的身上。

皇帝陛下酝酿近两年的那一记，直接用洪水般的王道真气冲毁了他所有的经脉。

多年前悬空庙一役，他被影子刺中要穴，也经脉断裂过，但与今天的伤势比起来完全不值一提。

这是真正的经脉尽碎，不管是天一道的法门还是天地元气，都不可能将其修补好。他只能任由真元与生机从经脉的缺口处如青烟般散走。

灯光越发昏暗，苦修士们绵长低微的呼吸声渐趋不可闻。

这是视觉与听觉逐渐丧失的征兆。

最后的那些经脉正在坏死，触觉可能很快也要没有了，接着是嗅觉、味觉的消失，除了痛苦，他将再也感受不到其余……不，更可怕的是连痛苦都在减弱。

迎接他的结局是什么？

死亡或是比死亡更可怕的深渊，无边无际永久的黑暗？

御书房里，皇帝最后出手前说，希望他能明白一些事情。

现在他明白了对方想让自己明白什么。

很多年前，皇帝修行霸道功诀，带领大军北伐，重伤后经脉尽碎，就像他现在一样，陷入无边的黑暗之中，过了很久才凭借非人类的毅力与大机缘重获生机。

那段黑暗而痛苦的经历，对皇帝造成了很大的影响。他曾经对范闲说过，叶轻眉传他霸道功诀明显包藏祸心，就是因为这一点。

当时范闲表现得不以为然，皇帝以为那是他没有经历过。现在，他让范闲经历他的经历，感受他的痛苦，便是希望范闲能明白他的一生。

当然，皇帝陛下绝对不认为范闲能够完全重复他的故事，因为他绝对不相信，世间有谁能够拥有像他一样的无上心志，像他那样心若磐石，四顾剑不能，叶流云不能，更何况范闲？

"你肯定想不到，我早就有过类似的遭遇，那还是在我出生之前。"

在无尽的黑暗里，范闲这般想着，对想象中的皇帝陛下说着。

经脉尽碎，看似是修成王道卷的前提条件，但他从来没有奢望过，至少这次没有想过。

当初他的经脉也断过，在江南养伤数月，与海棠一道参详，始终都没有看到半点可能的光明。

他根本想不通，皇帝当年究竟是怎么做到的，四顾剑临死前也没能给出方向。

破茧化蝶，重生，天蚕变……在电影里只需要一个画面便能解释的神奇变化，在真实的故事里总需要有一个道理，便是最玄妙的"机缘"二字，也得有缘起缘合的过程。

当然，穿越来到未来的世界，这件事情好像也没有什么道理。

在渐弱的痛苦里，范闲不由自主地开始回望自己的人生，默默想起了很多画面、人与事。

现在的他除了想，确实也没有什么别的事情可以做。

他想起了一石居、《红楼梦》、舒大学士的胡子、胡大学士的眼镜，想起了婉儿。

他看到了梧州的月亮，船上的大舅哥，澹州的海边。

奶奶还是那般严肃，满头银发，颇为精神，就像年前看到的那样。

冬儿家的日子过得挺好，她相公的病也治好了，小丫头已经上了三年学。

澹州起风了，他在房顶喊大家收衣服。

于是，他便回到了穿越前的日子。

那些日子距离现在已经极为遥远，远得他眼前的画面都有些模糊。

只能看到单调的配色，态度好或不好的护士小姐姐，以及身材最好的那个小姐姐。

那时候他像现在一样，躺在病床上，完全不能动，好在还可以看。
可那时候的时间也过得很慢，就像今夜这样。
慢到他很想死，也像今夜这样。
时间啊，你太慢了，再快点吧。

天刚蒙蒙亮的时候，客栈的房间里已经空无一人，没有点燃的蜡烛依旧保持着明透的模样，没有流下黏稠的泪来提前祭奠某个希望蜡烛燃烧得更快的人。

在天光亮起的一瞬间，京都飘起雨来，冰冷的雨水啪啪啪啪地击打着透明的玻璃窗，在上面绽成了一朵一朵的水花。是雨不是雪，却显得格外寒冷。冷雨一直没有变大，只是淅淅沥沥地下着，击打在京都的民宅瓦背上、青石小巷中。小桥流水的地方，响着极富节奏、缓慢而优美的旋律。

京都所有沐浴在小小寒雨中的民宅，都有窗户，自从内库复兴之后，国朝内的玻璃价格大跌，这些窗户大部分都是用玻璃做的。所以，所有的冷雨落在人间，便会在玻璃上绽出大小不同的水花来。

五竹静静地坐在窗边，看着玻璃窗上绽出来的雨花，不知道沉默了多久，他忽然伸出一根手指，轻轻地点在了玻璃上，似乎是想要碰触窗外那朵美丽的花朵，却又无奈地被玻璃隔在了这边。

"这是玻璃。"他望着窗外，毫无情绪地道，"是我做的。"

他又坐了很久，然后站起身来，看着窗外，似乎想起这时候已经是自己去逛街的时间。他转身推门出房，走下楼梯，走出客栈，走到冰冷的雨水之中。

他在京都已经逛了几天，去过太平别院，也去过十八里坡，都是范闲曾经对他说过的地方。那些地方让他感到一丝熟悉，但不多，远不足以让他想起什么。

他行走于街巷行人之间，看着那些糖葫芦，听着茶铺里的人们热烈地讨论着北方的战局，还有那首暗中流传的诗。然后他走过了长巷，走过了天河大道，看到了一座方方正正的建筑。

监察院外的石碑吸引了他的视线，准确来说是上面的那些话，他似乎在哪里见过。

不，应该是听过。

雨水打湿了石碑，让它的颜色变得更深，如墨一般，就像那座建筑的样子。

忽然，监察院里响起了一些声音。

隔着天河大道，他依然能够听清楚，那是弩箭离弦的声音、金属切割肉体的声音、闷哼的声音、痛呼的声音，总体来说，都是死亡的声音。

是谁在监察院里杀人？

今天，或者说这些天，监察院里的气氛都很诡异，无比压抑里混着一些紧张的气氛，给人一种凶险的感觉。

楼里的官员们透过窗户，以及院里的执事们行走时都偶尔偷偷望向大狱的方向。

此时前任院长范闲就被关押在那里，听闻他马上要死了，甚至比死还要惨。

这些天监察院最重要的任务，便是统领朝堂各衙门追缉冷宫逃人，现在可以确定那些人没有逃出京都，然而监察院全面发动，在京都细查了无数遍，却没能发现一点痕迹。

言冰云放下黑帘一角，在窗边转身望向长桌畔的各处主办，强行压抑住怒意，沉声问道："到底是怎么回事？为什么一点线索都没有？"

一道有些冷漠的声音在长桌那头响了起来。

"我也觉得奇怪。一处在各王公府里有那么多钉子，所有客栈、书院、歌坊都过了不止一遍，不可能半点痕迹都没发现。如果真是这样，那只能说明院里有奸细。"

说话的人叫季莫，影子与前任主办因为范闲的缘故离职，他在六处熬打多年，资历极深厚，立功极多，在院里受人尊重，颇有人望，于是顺利接任了主办一职。

一处主办挑眉道："这些天我们都在这里，没有出院一步，季大人这是什么意思？"

"不出院不代表不能通风报信，更准确地说，故意打草惊蛇也是一种通风报信。"季莫走到侧墙前，指着京都地图上的一片区域，用手指一画，"第一天的缉捕范围在这里。"

接着他的手指向东移去，继续说道："这是第二天的，这是第三天的，这是第四天的……"最后他的手指停在一个地方，声音微沉道，"这里已经被查过三次，看似没有任何遗漏的地方，但这查得也太规律了，只要对方每次都刚好在缉捕范围的边缘，比如从这里离开，再回到这里，便有充分的时间避开。"

季莫最后指的那个地方在流晶河畔，离太平别院还颇远的一片民宅。

听完他的分析，密室里一片死寂，有人下意识里望向长桌尽头的言冰云。

监察院缉拿冷宫逃人，是言冰云亲自制订的规划。年轻的时候，他就是监察院四处最出色的间谍，极其擅长阴谋人心，故而才会成为范闲的智囊。在所有人看来，他天生就是做这些事情的人，从来没有人怀疑过他的能力。

那么他对朝廷的忠诚呢？陈萍萍与范闲两任院长与皇帝陛下作对时，他都毫不犹豫站在了陛下的那边，谁能怀疑他呢？难道这一切真的都是假象？他在暗中帮助那些冷宫逃人？

"我都能发现的问题，言院长您不可能发现不了，所以您准备怎么解释？"季莫盯着言冰云问道。

言冰云一脸冰霜，硬生生回道："我不需要对你解释。"

季莫紧跟着道："这是陛下问的。"

听到这句话，密室里的气氛再次为之一变，几位主办不可思议地望向了季莫。

"院长您说得不错，这确实是陛下对我们最后的考验，可惜的是您没有通过。"

随着季莫的这句话，密室的门被从外面打开，姚太监与叶完走了进来，身后跟着几位禁军高手，再外围则是十余名身着莲衣的六处剑手。

哪怕是宫里的首领太监与京都守备师统领，也不可能如此堂而皇之地进入监察院，悄无声息来到这间密室，必然是院里有人作为内应，那人自然就是季莫。

"言院长，我们是来宣旨的。"

叶完的脸色极其严肃，十余天前，范闲在他面前杀死了白岩，然后闯宫救人。虽然事后陛下没有惩罚他，但他的脸算是丢尽了，今天入监察院办事，必然要冒极大风险，他却是主动请缨而来。

言冰云没有理他，走回窗边，掀起黑帘一角向外望去。

这里能够看到朱红色的宫墙，也能看到天河大道上美丽的落花。

监察院没有像多年前那样被禁军包围，但隐隐能够看到，大河大道两头已然有骑兵待命，他甚至还看到了攻城的器械，于是喃喃道："京都守备师用攻城的手段来打院子，未免也太瞧得起我们了。"

叶完道："我亲自来此，便是表明诚意，言院长，为京都众生考虑，请以大局为重。"

他是京都守备师统领，却冒险深入监察院，诚意确实很足，也代表着绝对的自信。

因为现在的监察院早已不是铁板一块。

言冰云回身静静地看着季莫："原来你一直是陛下的人。"

数十年前监察院初创，皇帝陛下再如何信任叶轻眉与陈萍萍，也必然要安排自己的亲信进来。

"建院之初我便在六处，不过我确实是陛下安排进来的。只可惜这些年我一直没有起到什么作用。"季莫有些感慨，"想要得到老院长与范闲那小子的信任，实在是太难了。"他看着言冰云话锋一转，"不过这些年情势不同，监察院在朝堂上再难独专，你也无法独专。"

姚太监没有理会三人的对话，径直走上前来，举起明黄圣旨，看着言冰云道："陛下有旨。"

密室里的监察院官员们看了言冰云一眼，前后不一地纷纷跪下接旨。

言冰云没有跪，不知道在想什么，显得神情涣散。

"言冰云清洗陈萍萍余孽、范氏余党不力，包藏祸心，免监察院院长一职，押入大狱待审。"

姚太监宣读完旨意，收好圣旨，又补了一道口谕："陛下说：朕对你很失望。"

在场的监察院官员纷纷低首，言冰云依然没有动。

"你不是陈老院长，也不是范闲，当初面对宫里的旨意，你退了第一步，便注定只有不停后退，直至今日，监察院的腰已经直不起来了。更何况，监察院本就是陛下的，不是你的。"季莫看着言冰云情绪复杂地说道，不知道是轻蔑还是遗憾。

叶完带着禁军高手向窗边走去。

言冰云挑眉道："军方的人什么时候敢在监察院里出手了？"

听到这话，四处主办立即站了起来，其余几位主办也眼露凶光。

"想造反吗？"姚太监语气阴冷地道，他与叶完一样，最近这些天的心情非常糟。

季莫举手示意禁军方面少安毋躁，六处剑手从密室走了进来，站到了言冰云身边。这些六处剑手是他这些年最信任的下属，杀人本事一流，忠诚也绝无二话。

季莫的视线从几位同僚脸上扫过，花白的头发荡起，略显苍老的脸上皱纹渐深，剑意将起。

他在监察院里资历极深，与言冰云的父亲同辈，忽而发威，竟是稳住了现场。

当然，这还是因为姚太监与叶完是带着陛下的旨意而来，谁敢真的抗旨呢？

霎时监察院大厅里响起很多物件落地的声音，有的是案卷，有的是笔，有的是失手推掉的案上的砚台。

看着言冰云被剑手押着出现，看着姚太监与叶完等禁军高手，所有人都惊呆了。

这些天监察院的密探都在京都各坊里追查冷宫逃人，留在院子里的都是些文职官员，看着这个场面，他们根本不知道该做何等样反应，只能瞠目结舌地看着一行人向外走去。

这时有官员瞪圆眼睛，喃喃道："这才几天……"

从生死不知的范闲送到院里，不过十余日，监察院的第三任院长又要下狱了吗？

陈萍萍下狱的时候，竖起一根手指，天地便不敢异动。

范闲下狱的时候，香甜地睡着，仿佛天塌下来都不怕。

那言冰云会做些什么呢？

不管是监察院内还是朝堂上，这些年对他的评价都很一般，至少是远不如陈萍萍与范闲。在很多人看来，他是个极为懦弱、保守的人，面对圣旨，自然什么都不敢做。

此刻的监察院没有多少阴森的意味，草地很青，池塘里的水也很清。

走到那个小池塘边上时，言冰云忽然停下脚步，望向塘边的小黄花与塘里的游鱼。

"院长，很抱歉我没能做到承诺你的事，我没能保住这个院子。"这句话里的院长自然不是范闲，而是陈萍萍。

很多年前，陈萍萍曾经交代过他一些话。他料定自己死后范闲会发疯，所以要求言冰云一定要守住监察院，不能让范闲发疯。

可如果要发疯的人是自己呢？

言冰云这般想着，唇角浮起一抹苦笑。

季莫在一旁听着言冰云的自言自语，看着他的神情，以为他是觉得愧对老院长，微微嘲弄地一笑。

言冰云收回望向小黄花与游鱼的视线，平静地道："动手。"

池里游鱼受惊，潜入水草中。

草里的小黄花裂开，片片花瓣迸离，在空中化作无形的烟雾。

与此同时，还有更多的烟雾在池畔、在院里的青石板缝里生出。

那些烟并不浓，也没有味道，就像是真正的晨雾，却是瞒不过真正强者的眼睛。

强如姚太监，第一时间便知道中伏，而且可能中毒，便在最短的时间里屏住呼吸，然后调用雄浑真元在经脉里快速流动，试图将已经入体的毒素逼将出去。叶完的反应也极为迅速，甚至没有忘记向湛蓝的天空射去一道令箭，通知天河大道那头的京都守备师。

只可惜那道令箭根本没有升起太高，便被一道弩箭准确地命中，变成斜斜落在草地上的烟花。

更多的弩箭射了过来，就像暴雨一般，瞬间将稍外围的那些禁军高手射成了刺猬。

院子里根本没有什么人，这些弩箭是从哪里来的？

伴着沉重的机簧声，灰黑的墙与墙下的地面开启了数道暗门。

百余名黑衣官员涌了出来，手执弩箭对准了姚太监一行人。

都说监察院密探与高手正在京都里追缉冷宫逃人，谁能想到他们早就奉令回院，藏在了暗道中！

季莫不愧是监察院极资深的六剑杀神，反应奇快，将剑横在了言冰云的颈上："住手！"

那些监察院官员将一行人围在当中，举着弩箭，没有继续攻击。

人群后方走出几个中年人，没有穿监察院院服，但一身阴冷肃杀的气质早就表明了来历——正是近两年被清洗掉的几位主办。

季莫对此并不意外，沉声道："温主办，赶紧查毒，配解药给公公与大人服下。"

他喊的是现任三处主办温知仁,虽然禁军高手在一个照面间便被箭雨杀死,但只要言冰云在手,这些监察院叛贼便不敢轻动,若能尽快解开姚太监与叶完的毒,场面照样能控制住。

温知仁却没有在第一时间去查毒,而是走到了一行人前方,对着前任三处主办道:"冷师伯。"

见到这个场面,季莫哪还有不明白的事,他无法相信,眼瞳微缩道:"你们不是有仇吗?"

他在监察院里资历极深,知道很多旧事,坚信自己的情报没有错。要知道陛下正是因为他的情报,才会选择温知仁继任三处主办,可眼下这是怎么回事?

"我的师父与他的师父确实有仇,但他们终究是同门。"前任三处冷主办漠然道。

"同门?"季莫的眼瞳缩得更小,"为何我不知道。"

"因为有仇啊,所以不想承认。"温知仁理所当然地道。

叶完的脸色苍白,抬头看着冷主办道:"好厉害的毒,你们都是费老的传人?"

"算是师侄。"冷主办道。

叶完问道:"说起来,我一直好奇,如此厉害的毒门,为何世人不知名字?"

温知仁像看傻子一样看着他,道:"我们这一门就叫监察院三处啊。"

听到这个答案,不仅叶完,就连姚太监都怔住了。

他们的师门……就是监察院三处。

这是什么概念?

"所以你们不可能在三处里找到一个不是我们的人。"冷主办看着季莫嘲弄道,"陛下想清洗范氏余党,就是要杀光整个三处,陛下想杀干净陈院长的追随者,那就是要我监察院灭门。那么我们除了反,还能怎么

233

办呢？"

季莫手里的剑紧了紧，神情漠然道："即便如此又如何？你们救得了范闲吗？救得了那些冷宫逃人吗？宫里已经派人去抓了，更何况，言院长还在我的手……"

话音方落，他的手忽然感受到一些湿意，低头望去，只见一截剑尖穿透自己的胸腹。

紧接着，又有几截剑尖从他的身体里探出，带出更多血水。

他艰难地回头望去，只见自己最信任的那些六处剑手正在拔出手里的佩剑。

那些六处剑手看都没看一眼缓缓倒下的主办，走到言冰云身边护住了他。

言冰云看着季莫平静地道："你说得对，监察院不是我的，但也不是你的，不是陛下的。"

此时季莫感到无比的痛苦与惘然，喃喃道："不可能……陈院长已经死了……"

"只要监察院还在一天，陈院长就还活着。"说完这句意味深长的话，言冰云望向叶完与姚太监，平静地道，"现在你们应该明白，你们能进监察院，是我让你们进来，因为我觉得这样解决起来比较方便。"

叶完强行镇住胸口的烦闷，盯着他的眼睛问道："你真想造反？"

"我本不想如此，但既然决意做了，就要做绝。抓了你，军方至少会有些忌惮，不要说你来前做了什么交代，不要忘记你是叶重的儿子。"言冰云又看向姚太监，面无表情地道，"抓了你倒没什么用，但陛下想找人，想做些什么应该会不方便很多，而不方便就代表着时间。"

"你真想监察院被血洗，你们所有人都被满门抄斩？"姚太监寒声问道。

"所有人都觉得监察院很可怕，但其实都还不知道这座院子到底有多可怕。除了抓捕肖恩那次，监察院从来没有真正发过全力，包括京都叛乱时，老院长都只是随便动了动手指。"

伴着言冰云的声音，很多箱子从监察院楼里搬了出来，开始组装成各种器械，有的似乎是某种喷洒设备，有的应该是火油车，还有各种奇怪的装备，比如像长矛似的东西……

"有的是内库弄的，有的是三处弄的，有的是范闲的突发奇想。"言冰云继续介绍道。

叶完冷笑道："就靠那些打不准的火枪，你就想挡住数万大军？"

"但至少能打死你们。投降吧，我不想杀死不需要杀的人。"说完这句话，言冰云直接转身离开，向着大狱走去。

在他身后，被弩箭与火枪对准的叶完与姚太监被监察院的剑手们制伏在地，然后被温知仁强喂了两颗药丸，一颗是解毒的，另一颗却是新的毒药，足以令九品强者无力反抗。

"通知四处，准备唤醒守备师与禁军里的老人。"

"是的，只要最老的那批。"

"通知那个家伙，继续隐藏跟着，一处别的人待令，随时准备动手。"

"皇城水源控制好，下毒？暂时不用。"

"八处先动起来，今天之内让所有茶楼都知道当年的故事。"

第十三章 天下谁折腰？

言冰云于行走间发布各项命令，清楚而准确，似乎显得极为随意，其实早已想了无数次预案。走到监察院大狱前，他再次停下脚步，望向陈旧而森冷的地下通道入口，蹙起了眉。

就像季莫死前说的那样，现在最大的问题是，他们能救得了范闲吗？

范闲被关押在大狱最深处，由十余名庆庙苦修士看守。那些苦修士早就把生死置之度外，可谓是真正的死士，只要有人试图劫狱，他们必然会在第一时间里杀死范闲——谁能在这些实力恐怖又心志坚毅的苦修士面前将人救走？更何况现在的范闲昏迷不醒，没有任何行动能力。

言冰云示意所有下属都留下，只点名七处主办随自己进去。

下属们很是震惊，心想这样太过危险，纷纷出言表示反对。

言冰云没有理他们，带着七处主办向着大狱里走去，身影很快消失在地道里。

"如果老主办在就好了，也许不需要冒险，便能把院长救出来。"七处主办说道。

"他如今在东夷城养老，辛苦他做什么。你现在是七处主办，管着这座大狱，应该有自信。"

"陈院长出事的时候太急……"七处主办继续说道。

"见机行事罢了，你稍后等我信号。"

地道里的砖石带着些微的潮意，鞋底落在上面发出的声音很轻，对话的声音更轻。

随着他们深入大狱，那些监察院大狱里的看守沉默地向相反方向退去，地道越来越深，也越来越接近目的地，到了一个分岔道口，二人对视一眼，就此分开。

言冰云继续向着地下行走，没有用多长时间，便抵达尽头的那间囚室。

十余名苦修士将那间囚室围住，纵在昏暗的地底，这些庆庙强者依然戴着笠帽，遮住他们无情而坚定的眼神。他们没有发出半点声音，气息绵长至极，甚至像是不需要呼吸的死人。

言冰云走了过去。他是唯一被允许探视范闲的人，过去这些天里，他每天都会过来。今天按道理来说也只是一次日常探视，但不知道为什么，最里面那名苦修士忽然抬起头来。

笠帽下的苍老容颜如雕像一般，眼里却隐含雷霆。

言冰云心神一凛，表情却没有任何变化，脚下毫不停留，来到了囚室边，示意那名苦修士让开。

那名苍老的苦修士漠然地看着他，仿佛在看一个死物。

"虽然在这里、在地底深处，很难听到外面的动静，但今天你们的动静太大了。"

听到这句话，言冰云知道自己的来意已被看穿，眉峰一挑，便要捏破袖子里藏的毒丸。

谁也没想到，那名苦修士并没有阻止他，而是如鬼一般来到床边，一掌拍向了范闲的头顶。

这是皇帝陛下的旨意，只要有人试图劫狱，苦修士第一时间就要杀死范闲。

此时范闲昏迷不醒，根本无力抵抗，说不定稍后便会脑裂而亡。

看着这个场面，言冰云脸色苍白，知道已经来不及了。

啪的一声轻响，苦修士满是老茧的掌心落在了范闲的面门，发出一声轻微的闷响。

无形的轻风喷射而出，拂起囚室里的灰尘，荡起言冰云的衣襟，穿过围攻上来的那些苦修士的笠帽，发出尖细的啸鸣，由此可以想见这一掌里含着多少真元威力。

下一刻，范闲的头没有裂开。那名苦修士在地面留了道模糊的影子。

影子忽然飘了起来，从苦修士的身后刺入一把淬了剧毒的匕首。

这把毒而恐怖的匕首在最短的时间里摧毁了苦修士的腰椎、神经，继而腐朽了他的经脉。

危局并没有解除，因为囚室外还有十余名苦修士。

就算影子再强，也极难挡住十余名狂热的殉死者。

言冰云忽然发出清啸，然后以最快的速度进入囚室，伸手挡住了影子。

轰隆隆数声巨响，囚室外顶上的石砖忽然尽数垮落。

不，那些不是碎砖，竟是一整块巨大的方石，通道里的人根本避无可避！

十名苦修士甚至连声音都没来得及发出，便被碾轧成了肉泥。还有两名苦修士快如闪电，在最后一刻强行闯入囚室，腿还是被巨石边缘砸中，然后迅速死在了影子的手下。

烟尘渐渐落下，只剩下一盏灯光的囚室越发昏暗。

看着满地狼藉与横在眼前的那块巨石，便是影子都生出了畏意。

"老家伙们真狠……"

这是监察院大狱设计之初的意图，自然是陈萍萍与那位光头主办的手笔。

先前七处主办与言冰云分道而行，便是去开启机关。

直到这时，言冰云才真的松了口气，望向影子道："还好你来了。"

下一刻，他神情微变道："你在这里，那边怎么办？"

影子没有回答这个问题，望向昏迷不醒、脸色苍白、消瘦至极的范闲道："他怎么办？"

五竹隔着天河大道听到了监察院里的厮杀声，却不代表别人也能听到。比如隐藏在大道远处的京都守备师，没能看到叶完发出的令箭，自然也不知道里面发生了什么。

五竹没有理会监察院里的那些事，转身向东城走去。

远方有座抱月楼，正是著名的第一家抱月楼，楼后有湖，湖边有很多宅院。宅院四周的那些树木很昂贵，被移过来的时候就已极高，如今更是森森入天。

朝廷通缉冷宫逃人，这座抱月楼自然被查了无数遍，从监察院到刑部轮番来查。但谁都不知道王启年一直留在这里。因为这里的树真的很高，枝叶繁茂，容易藏身。

轻风阵阵，王启年的轻功比鸟还好，以树冠为家很是合适。而且在这里能够看到很远的地方，就像摘星楼一样，甚至能够看到宫里。

今天最早发现异样的便是王启年——他看到皇宫西清门出来了一行人，很低调，直向东城而来，越来越近，也越来越能看出都是些内廷高手，以太监居多。

现在这些内廷高手一部分是洪老太监以前暗中调教出来的，一部分是长公主李云睿以前的信阳死士。王启年与高达等虎卫极熟，知道那些虎卫才是真厉害，自然瞧不起这些人。但看着那些内廷高手不引人注意地进入东城，隐隐似要向某片街市而去，他还是起了戒心，没犹豫地发出了信号。

这时候从冷宫里逃出来的众人正在吃饭。

不管逃亡如何紧张危险，饭总是要吃的，更何况还有三个小孩子。

洪竹与醒儿端着几样简单的菜肴上了桌，便招呼主子们来用餐。淑贵妃这两天受了些凉，没什么食欲。宁才人上午练拳后补了两碗海鲜粥，也没有上桌，与淑贵妃两个人坐在椅子上闲聊。

醒儿又分了些菜端进屋给宜贵妃、小皇子用。思思与若若把两个小家伙按在椅子上,林婉儿示意洪竹坐下一道用饭,和声与他说了故乡之类的闲话。

洪竹是御书房的首领太监,地位本就不低,更何况此次众人能够逃出冷宫,他当居首功,故而众人对他颇为尊敬。这些天过去,众人也知道了他与范闲的关系以及那些往事。

听到洪竹又说起当年范闲帮他杀人,自己感激涕零,思思忍不住说道:"少爷一肚子坏水,他那时候帮你办事,肯定就是想着你以后能帮他,现在已经两清,你还感谢他做什么?"

范若若将小花手里的汤匙调转方向,轻声道:"哥哥才不是这等人。"

看似在与宁才人聊某个话本故事的淑贵妃忽然幽幽道:"思思说得对。"

厅里忽然安静下来,大家都知道淑贵妃说的是当年范闲与二皇子之间发生的那些事。

宁才人看了她一眼,也没有说什么。

林婉儿分好几碗汤,轻声道:"一肚子坏水也挺好,至少能多活两天。"

他们逃离皇宫后,在京都里四处躲避。言冰云每次刻意打草惊蛇,王启年不愧是监察院老臣,不需要与院里联系,便知道院里要给己等指的路在哪里。在这种默契配合下,出逃的人竟是没遇到半点风险。

但他们也不知道皇宫里后来怎么样了,只隐约知道范闲出了大事。

他还能活下来吗?

祸害能活千年。

你可以的。

婉儿轻轻啜了口汤,神情平静。思思忽然忍不住哭出声来。

便在这时,忽然有一支极秀气的小箭落下,上面系着一块布,写明了接下来的路线。

这些天,他们紧急转移过三次,已经很有经验,就连淑贵妃也没有慌乱,把书收进袖子里,便转身回房去通知宜贵妃。

思思擦掉眼泪，在饭桌上拣了几块饼包好，有些不舍地喝了口汤，便去收拾行李。其实他们也没什么行李，很快便收拾妥当，然后从后门悄悄出去，上了洪竹已经套好的两辆马车。

车里的人们各自屏气静声，听着两匹骏马踏蹄的声音在街巷里不停回响。

没过多久，马车忽然停了下来，扮作车夫的洪竹轻声提醒道："小心。"

车里的人警惕起来，宁才人抽出一把刀，林婉儿取出一把火铳，淑贵妃取出一本书紧握在手里，若若取出一把弩，掀起窗帘，对准了外面，弩箭反射着黑色的幽光。后面那辆车中，宜贵妃与醒儿抱着两个小孩子，紧紧牵着小花的小手。扮作车夫的思思低头，用笠帽遮住自己的脸。

明明落着雨，街上忽然又多了很多行人，不知道是准备去哪里游玩。

但在人群里，有些人的目的显然不是游玩，而是这两辆马车。

当然，不是所有人都有目的，比如人群里有个布衣少年，眼睛上蒙着一块黑布，看样子也没有什么想法，只是随着人群漫无目的地行走着。

若若看着那个瞎子少年，露出惊喜交加的神情，因为她看到了五竹。

下一刻，五竹却转身走了，就像没有看到她一样。

五竹不能视物，却能看到，她当然很清楚这一点。

若若面色苍白，看着那个渐远的少年背影，怔怔道："师父……"

宁才人顺着她的视线望去，睁大眼睛，不可思议地道："五大人？"

这时，那些隐藏在人群里的内廷高手已经靠近了两辆马车，即将形成合围，而在长街更远处，已经有禁军骑兵疾驰而来，再等上片刻，便会再无逃生之机。

此等情形，五竹居然不理不睬地走了，范若若心生悯然，又有说不出的难过，下一刻她咬唇强行精神起来，抬起弩箭，向着最前方那个瘦高个子的太监射去。

嗖嗖嗖嗖，看似寻常安乐的街头，忽然响起十数声尖厉的啸鸣。

不止一支弩箭，而是十余支弩箭，从行人袖子里、雨伞下、行囊中射出，准确地命中了那些内廷高手的身体。紧接着，十余道黝黑的剑光悄无声息地从雨滴间穿过，也刺中了那些人的身体。

闷哼声之后是痛呼，然后才是不多的真正的民众的惊呼与躲避。

鲜血从人们的衣服上、咽喉间，渗出、涌出、迸射而出。

场面极其混乱，一时间竟无法分清敌方我方。

一个内廷高手于惊怒之下，撑着重伤试图冲进马车，迎接他的却是砰的一声枪响。轰的一声，那个内廷高手直直地躺倒在青石地面的积水中，胸前一片血肉模糊，满是钢珠。

就在火铳的青烟消散不久，这场突如其来的杀戮也结束了。

一个中年人抹掉脸上的血水，拖着截断的左臂，单膝跪在了林婉儿的面前："夫人受惊了。"

正是前一处主办沐铁。

这些天朝廷四处缉捕冷宫逃人，沐铁受言冰云的调派暗中守护，带着的都是一处最得力的密探与六处剑手，骤起发难，竟是把宫里来的高手们尽数杀死，当然也付出了极大代价。

此时局面依旧紧张，根本不及叙话，林婉儿站在车辕上，看了一眼倒在血泊里的那些监察院密探，脸色苍白，眼神却是平静而坚定地问道："接下来去哪里？"

沐铁低头禀道："回院。"

伴着沉闷的撞击声，监察院的大门以从来没有过的速度关闭。天河大道那头疾驰而来的京都守备师骑兵如潮水般停下脚步，望向重新变得死寂一片的监察院，无论是将领还是普通士兵的眼里，都满是不安与担忧。他们的主帅叶完以及宣旨的姚太监看来已经陷落在监察院中，无人发令，也无人去问旨，那接下来该怎么办？

宜贵妃、洪竹等人被安置去了守备森严的密室，林婉儿等人与王启年则是被直接带去了监察院大狱。随着地道渐深，天光渐没，昏暗的灯光照在众人的脸上,显露出不一样的神情。

监察院地底的机关重新开启,沉重的巨石无法移动,在旁边现出一条暗道,地面上残留着苦修士们被碾轧出来的血浆,行走在上面,竟有些黏脚。

林婉儿的脸色略显苍白,范若若牵起她的手轻轻握了一下。地道尽头的囚室里有一种说不出来的诡异气氛,影子与言冰云站在榻前,就像是在告别。

王启年眼力最敏锐,看清楚并无危险,有些难过地看了范闲一眼,接着悄然退到了后方。

林婉儿与范若若走到榻前,看着面色如纸、双目紧闭的范闲,心里十分难受。

言冰云以最温和的语气将那天皇宫里发生的事以及这些天的情形叙述了一遍,最重要的是……范闲此刻的身体状态。林婉儿事先就知道范闲受了重伤,却没有想到伤得如此严重,甚至已经一脚踏进了鬼门关,她再也无法控制自己的情绪,顿时潸然泪下。

影子道:"他现在听不到你的哭声。"然后又加重语气道,"他听不到任何声音。"

言冰云知道他想说什么,挑眉警告他一眼,然后望向了范若若。

范若若开始替范闲诊脉,过了很长时间后才松开手指,无助地摇了摇头。这是皇帝陛下以大宗师之威,凝结年余精神的手段,她的医术再高,又如何能够修补那些碎裂成屑的经脉?

林婉儿忽然想到一人,眼里重现希望,问道:"你刚才说看到五竹叔了?"

听到这个名字,影子与言冰云同时震惊,眼神微变,似乎找到了某种别的可能。

范若若难过地道:"他也看到我了,但没有理我。"

林婉儿眼里的光点淡去,抓着范闲消瘦的手贴在脸颊旁,沉默了很长时间，然后轻声道："如果他真的没有办法再醒过来，那我们接下来该怎么做？"

影子面无表情地道："他现在很痛苦，很受罪，我希望你们能理解这点。"

王启年明白了他的意思，双眼微眯望向他的颈后，也明白了最开始感受到的那种诡异氛围。

林婉儿没看他们，静静地看着范闲道："我说的不是他的生死，是他在乎的这个世界。"

是啊，监察院已经被京都守备师包围，稍后当皇帝陛下知道他们逃进监察院后，便会是大军压境……万事俱休。范闲从远方的十家村赶来，为的就是救他们离开京都，现在他要死了，如果故事终究会这样结局，那他做的这一切又有什么意义呢？

"要送你们出去并不难。"影子面无表情地道，"只需要让京都乱起来就行。"

监察院想要弄出一场大混乱，确实极为容易，在流晶河与玉泉山的溪河里下毒，在万家灯火里放火，当然可以让京都混乱，送众人逃离京都，甚至可能动摇朝廷的根基，但那样会死多少人？

言冰云道："老院长曾经说过，监察院不擅长建设，但天生最能破坏，便是陛下也控制不住，所以……做监察院院长，第一要务就是能控制住这头猛兽。"

一直沉默的王启年终于开口："你今日已然松开了缰绳。"

言冰云道："但我还握在手里。"

王启年道："如果老院长还活着，他今天也会放手去做。"

当年在苍山时，费介就曾经对范闲说过，真把他逼急了，毒死几十万人又怕什么。

"陈萍萍确实会这样做，费介也会这样做。"言冰云望向呼吸细微，几不可闻的范闲，沉默了一会儿道，"但我不会这样做，他也不会这样做。"

如果这种玉石俱焚的战法是不可接受的,那么接下来到底该怎么办?

很多年前,在江南的时候,范闲曾经想过无数次,怎样才能杀死一位大宗师。后来苦荷死了,四顾剑死了,对这个世界来说,这个问题就简化成一个单一的命题。

怎样才能战胜庆国的皇帝陛下。

监察院大狱里的人们,围着将死的范闲,在思考这个问题。

世界的别处,也有很多人在思考相同的问题。

南庆京都在下雨,北齐南京在下雪,小雪在空中优美而缓慢地飘拂着,然后逼来严寒。

在南京城雄伟的城墙上,负责南方防线的南京统兵司大将上杉破,面色漠然地看着西南向的平原,目光透过层层风雪,落在了那处绵延不知数十里、气势肃然的南庆军营。那处旗帜猎猎作响,营寨连绵,沉默地停伫于风雪之中,就像是一头暂时休息的猛兽,随时可能向南京城扑来!

燕京大营与北大营两大边军全力来攻,这段日子接连突破了北齐大军布下的三道防线,以燎原之势直扑北上,如今已经抵达南京防线前方二十里处,正在稍作休整。

上杉破眯了眯眼睛,手掌轻轻地抚摸着身旁的刀鞘,看着身周如蚂蚁一般快速走动、在冰冷的天气里准备守城军械的下属们,感受着城内充满的紧张恐慌气氛,不由叹了口气。

十余万庆军铁骑已经追撵而至,自己身下这座大齐南方第一要镇,又能挡得住多久呢?

上杉破摇了摇头,向下属校官发出数道军令,转身下了城墙,来到临时安置的前线营帐中。

一入营帐,上杉破看着帐内那个虽一身平民服饰,却是不怒而威的男子,立即单膝跪下,沉声道:"义父,看样子王志昆被前几天的纵割伏击打丧了胆,三天之内应该不会发起攻城。"

此时全天下人都以为北齐的军方柱石上杉虎大帅，应该还陈兵于庆军腰腹间的宋国州城，谁能想到，在南京大战一触即发之际，这位天下雄将，竟然单身一人，神不知鬼不觉地来到了南京城中！

"王志昆行兵虽然保守了些，但绝对不是胆小之徒，不然庆帝怎会让他领燕京十余年……这些时日里那些骚扰看上去是我军占了便宜，实际上此人像是个乌龟一样，根本没有被你诱出什么兵来。"

"王志昆真是无耻到了极点，明明他们兵势占优，而且气势正盛……却偏偏在平原上摆出一副守城的架势。"上杉破想到此处，不由怒骂出声。

"不求有功，但求无过，王志昆的厉害便在此处，南庆啊……"上杉虎忽然从地图上收回目光，看着营帐之外，叹道，"兵多将广，实不我欺。"

这位北齐名将的脸上现出一丝疲惫之色，他从宋国州城回到南京，是因为实在不放心这处的防御，一旦庆国铁骑真的突破了南京防线，北齐中腹部便会直接面对兵锋，朝廷必然生乱。

他等于是施了个分身之计，南庆铁骑以为他仍留在宋国州城，他却是暗中在南京主持这一道防线，只有一个上杉虎，却用这种法子发挥出超出一个上杉虎的作用。只是面对着庆国军纪森严、军械优良、战斗力异常强悍的十余万大军，他再如何用兵如神，也感到压力巨大，尤其此次并非野战，而是两大国在南京防线上的正面冲撞，打到最后，打的还是国力与气势。

其实上杉虎并不畏惧王志昆，这些年他一直将目光投注在遥远的南方京都的皇宫里。他一直以为自己了解庆帝的军事思想，若南庆北伐，定是要集全国之力全势扑北，至少要集结三路边军，以势不可阻之势，强力推进。然而南京城外只有两路边军，庆帝的魄力似乎不如他想象中那般强大，南方的那位君王究竟在想什么？难道是有什么自己没有看出来的诡计？自己还能守住这片国土吗？

为将者首重信心，在南庆强盛的军力面前，上杉虎没有战而胜之的信心，但他相信自己能够将对方北伐的脚步阻挡住一段时间。然而又能阻挡多久呢？上杉虎忽然想到前些天的密旨，听说范闲已经去了京都，难道大齐的命运便要寄托在庆帝的私生子身上？范闲会杀庆帝吗？能够杀死庆帝吗？

当上杉虎在南京城内注视着数十里外的庆军营帐时，风雪中连绵十余里的庆军营帐内，主帅王志昆大将也用冷漠的目光看着远处的那座大城，只要攻破那座城池，庆军最强大的骑兵便可以杀入北齐中腹要害之地。只是此时攻南京，却要防着身后宋国州城里的上杉虎……

"史飞什么时候到？"王志昆问道。

身旁一位偏将应道："大将军应该四日后抵达。"

王志昆欣慰地点了点头。北伐之始，陛下便已经拟好了所有方略，虽然如远处南京城内的上杉虎一般，王志昆也觉得陛下此次的魄力不及当年，但对陛下的信心，他从来没有减弱过。

陛下要派史飞前来接掌北大营方面的野军，没有让王志昆有任何不满，他不在意让人抢功，更不会认为陛下是不信任自己，因为当年史飞本来就是他的副将。更何况如今北伐乃统一天下的战争，没有哪一位大将敢奢望，仅凭自己的力量，便能完成此等丰功伟绩。

王志昆偶尔想着，至少自己比叶帅好，叶帅现在身份太过尊贵，只能在京都枢密院发令，无法像自己一样亲自领兵。准备多少年了？他站在营帐门口，任由雪花落在自己的盔甲之上，眯着眼睛，看着远方的南京大城，想到自己的双脚其实已经站在了北齐的疆土上，心中生起了万丈豪情。

为陛下驻守燕京十余年，为的就是今日，壮阔的画卷便在眼前，人生哪有悔意？

可是他的心里一直都有一种强烈的不安。

小范大人回京都了，陛下可会安好？

依山而建的北齐皇宫，山上有山涧，山涧沿着山道流到最下方汇成一池清潭，潭旁砌着青石，潭中清水顺着刻意打开的一处缺口向着宫外的方向流去。

北齐皇帝外面披着一件大氅，内里穿着龙袍，双眉如剑微微挑起，双唇紧紧抿着。她就这样坐在水潭的缺口之旁，沉默了很久，一言不发。海棠站在她身旁，目光顺着从潭中流出的清水，一直望向了美丽的皇宫之外，那条缓缓行走于冬日上京城内的河。

大东山前，苦荷大师便在这处水潭旁与太后一番交谈，决定了一些事情，此后飘然而去，最后颓然而回，寿终而亡——他败在了庆帝的手上。

如今北齐又面临着南方那位强大君主的威胁，比上一次更急迫、更直接，队队庆国铁骑已经踏上了侵略伐北的道路，不知道什么时候会杀入这座古老的京城，点燃这座美丽的黑青皇宫。

"谁都知道庆人的野心，朕准备了这么多年，然而战事一起，才发现原来还是低估了对方。不过是两路边军，便可以杀到南京城下，若庆帝真的举国来伐，即便是上杉虎，只怕也不可能支持太久。"

"算时间，范闲几天前就已经在京都了。"海棠轻声道。

"朕不能将所有希望都放在他的身上。"北齐皇帝剑眉微平，面色平淡，缓缓地开口道，"庆帝毕竟是他的亲生父亲，而且范闲此人善变偶有天真，按照小师姑的话来说，那位瞎大师已经变成了一个白痴。若真如此，谁又能在南庆皇宫里杀死那位君王？"

"若上杉将军支撑不住，陛下准备怎么办？"海棠转过身来问道。

"倾举国之力，与之一战。"北齐皇帝不假思索，大笑数声后又应道，"这天下终究是朕的天下，便要玉碎，也要碎在朕的手里，朕可从来没有认输的念头。"

海棠没有再说话，只是静静地望着宫外，望着南方，双手轻轻合十。

宋国与小梁国的交界处是被海风吹拂的土地，拥有比上京城和京都更温暖潮湿的天气，山野间的树木保留着难得的青色。可谁能知道越过面前的山梁，行过宋国的土地，穿越那座偏小的州城，便会来到一片肃杀朔雪之地。孤军叛离南庆，在人世间沉默了一年有余的庆国大皇子，此时便在温暖如春的山野间，目光直视天穹，想象着那片肃杀的风雪。他的身后是一万余名忠心效命的部属，在山野上方有一道黑线，则是范闲交给他的四千黑骑。

大皇子收回目光，看了眼身旁的王十三郎。他的军队人数不多，但如果加入此时两国间的战场，从上杉虎去年妙手夺得的宋国州城中杀出去，只怕会带来令天下震惊的战果。

然而范闲没有要求或者请求他这样做，只是将自己的黑骑交给了他，此外再也没有任何交代。

大皇子轻踢马腹，一脸沉默地领着一万余名清锐军士向着西北方向驰去，数息后，山野上方那四千名黑骑也开始挟着永久不变的肃杀与幽冥气息起拔。

他很清楚为什么范闲没有留任何具体的话给自己，因为他和范闲一样，虽有东夷城的血统，但毕竟是庆人，这一万四千名精锐也都是庆人。如果南庆北伐，难道他们要背叛朝廷，反戈一击？只怕谁也做不出来这种事情。虽然这些人对皇帝陛下谈不上什么忠诚，然而背君与叛国终究是两种概念。

然而东夷城也不可能眼睁睁地看着庆帝一鼓作气地将北齐打散，因为若那样的话，东夷城自然便是强大庆军的第二个目标。

若到了那时，东夷城自然是灭了，大皇子也只有死路一条。从陈萍萍死亡那一刻开始，大皇子便已经做好了这种思想准备，然而知晓范闲去了京都，他的心头依然抑制不住地有些黯淡——不论范闲是胜是败，他的心情都会黯淡，因为那个人是他的父亲，他的母亲还在庆国的皇宫里，他的妻妾也还在京都。他缓缓抬起头来，看着京都的方向，微微眯眼，长久沉默，一言不发。

天下大战已起，修罗场已然铺成，骸骨埋于道，血肉溅于野，乌鸦怪鸣于天际风雪之中。不尽的肃杀凶险，笼罩了整个天下，就像是挥之不去的阴影，遮盖了万千百姓头顶的天空。

在这样紧张到了极点的时局中，很多人的目光，包括沙场上那些猛将、至高的皇帝、孤守的逆子，其实都在注视着京都，因为他们知道，真正的胜败，天下的走势，依然还在南庆京都之中，在那对人对己都格外残忍无情的父子之间。

正如庆帝曾经对叶完说过的那样，他与范闲之间的生死存活，才是真正的局点。

这个局不是人力所能设，而是这数十年间的造化因果最后凝结而成的局面。在这个凝结的过程之中，皇帝陛下自己，那个死去的女人，秋雨中的陈萍萍，以至于范闲本人，都起了推波助澜的作用，以至于这个局到了最后已然无解，成了个死局。

只有剑才能斩开绳结，只有生死才能解脱。

只不过那些猛将、皇帝、逆子都不知道，现在的范闲快要死了。

林婉儿颤抖的手指落在范闲的眼帘上，能够清晰地感受到那处已经微微下陷。关于范闲的情况，她已经听言冰云说过，这时候又听影子讲述了一番，但只有亲眼看到、亲手触碰到，才能知晓严重到何种程度。

她轻轻掀开范闲的眼帘，看到他的瞳孔没有任何反应，只剩下黝黑的一片，无任何表情。

这与死亡有什么区别呢？不，听说他现在体内的经脉都变成了碎片，正在持续不断地带给他痛苦，最可怕的是，他这时候应该是醒着的，能够清楚地感受这一切，却无法表达，也无法与外界交流。

若若睁大眼睛看着兄长，忽然想到小时候他给自己讲过的一个故事。

故事里那个可怜的王子被封锁在铁制的头盔里。

现在的哥哥比那个王子更可怜，更难过。

"不管你们现在是怎样想的，他都比你们想象的更加痛苦。"影子看着她们面无表情地道。

言冰云从那块巨石旁的侧道走了过来，看了一眼昏迷不醒的范闲，道："地道已经确保通畅，靖王府与和亲王府已经撤离，现在就剩下我们了。"

现在的问题就是范闲究竟该怎么办？

范建远在十家村，现在有资格下决定的只能是林婉儿。

林婉儿看了一眼范若若，范若若缓缓低头，没有说话。

"他回京都就是赴死，既然如此，让他走吧。"林婉儿的声音没有异常，表情是那样平静，满是当家主母的坚忍与担当。然而连她自己都没感觉到，在说这话的时候，泪水已从她眼里淌了下来……

在场的人，没有人忍心看这个场面。

"我来，我背锅成习惯了。"说这话时，言冰云的眼圈微红。

话音方落，王启年眼里闪过一抹凶光，举起右臂对准了他的后背，淬毒的弩箭将要无声而出。

霎时，范若若挡在了他的手臂之前。

王启年不肯罢休，即要撒出毒粉。

然而，谁都没想到，抢着出手的是影子。他一掌拍向范闲的胸口，带出无数道劲风，每道风里都有凛冽至极的剑意。要让范闲解脱，就让他死得快些，这位天下最厉害的九品上刺客，毫不犹豫地动用了最强的手段。

啪的一声闷响，他的手掌落在了范闲的身上。榻上的那些稻草，栅栏残破的木段，巨石溅起的石屑，乃至那些将凝的血上，都出现了无数细口。

范闲无声无息，闭着眼睛，衣服开始崩裂，接着便会是身体血肉。

然后，死亡便会到来。

五竹在京都里继续逛街，不出手，不管事，不管是范闲就要死了，还是范若若就要死了。他只是隔着黑布看着这座陌生却又熟悉的城池。

雨渐渐大了起来，没有人会在雨中逛街，士子撑着伞在雨中狂号破诗，那是痴劲儿。蒙着黑布，一身布衣的少年在雨中行走，却不知引来多少惊疑不定的目光。

雨水打湿了他永远乌黑亮丽的头发，也打湿了那蒙着千万年风霜的黑布。雨水顺着黑布的边缘滴下，五竹在行人怪异的目光下，一路走出巷口，来到了天河大道旁的小岔道外。

街畔屋檐下，几个穿着小棉袄的京都顽童，正背着方正的书包、搓着手抵抗着寒意，小脸蛋儿被冻得发白。这些孩子每日都要去朝廷兴办的公塾念书，没想到今天的雨竟会这么大。

"看，是个傻子！"一个小家伙正觉得这雨下得让人太过无聊，虽然可以拖延上课的时间，但谁愿意老在别人的屋檐下低头，发现像白痴一样木然站在雨里的五竹，哪肯错过。

屋檐下没有什么石头，那些顽童眼睛骨碌骨碌地转着，在一个煤炉子旁边找到了一些昨夜未完全烧尽的煤渣，尖声笑着、叫着，向五竹扔去。

不知道为什么，似乎人类在很小的时候，就很擅长通过欺凌比自己弱小的人来证明自己的强大，从而获得某种精神上的满足。这应该是一种天性，不然那些孩童为什么听着煤渣砸在五竹身上的声音，便会觉得喜悦？为什么看着五竹浑身上下被砸得肮脏不堪，便会觉得快活？

街上躲雨的人看着那个站在雨中发呆的瞎子，很明显是个白痴，又是个残障人士，不免有些同情，但看着那个瞎子身上的污迹，又有些下意识的厌恶。除了一个大婶模样的女人，狠狠地骂了那几个小崽子几句，别的人什么动作都没有，只是漠然地看着。

啪的一声，一坨沾了水的煤块狠狠地砸到了五竹没有一点表情的脸上，发出了清脆的声音，就像是扇了他一个耳光，将他脸上的黑布打得略微偏了一点。五竹歪了歪头，似乎不怎么明白发生了什么事情，然后将脸上的黑布拉正，缓缓转过身，望向屋檐下那些手上脏兮兮的小孩子。

顽童们并不害怕，反而觉得更加兴奋，砸向街中雨中的煤渣变得更加密集。

啪啪啪啪，终于有人找到石头了，混着煤渣往五竹的头上砸去，在他的脸上留下肮脏的痕迹和些许血痕，被雨水一冲，又在五竹苍白的脸上流淌着。就像是旱季之后的洪水，携带着千万年的垃圾，在大地沧桑的脸上，冲刷出令人心悸的痕迹。

五竹没有躲避，隔着那层黑布，怔怔地看着那些不停尖笑、挥动着小手的孩童，不明白为什么他们要攻击自己，更不明白这些天真的孩童为什么竟会笑得如此狰狞？于是乎生出莫名的情绪。

雨忽然变得极大，京都的天空就像是被谁捅了一个大洞，无数的江河湖海，就从那个深不可测的大洞里倾盆而下，然后化作漫天骤雨、狂雨，散落在街巷民宅。

是的，情绪。

五竹的脑海里也像是忽然开了一个大洞，清漫的天光射了下来，让他浑身上下都笼罩在一种怪异的情绪之中。有情绪，这证明了什么？是不是和那个年轻人所说的好奇是同样的证明？

他开始再次思考，在滂沱的大雨中沉默地思考。

那个叫范闲的年轻人对他说过很多话，但他听不明白，不能理解，只是记在了心里。他做什么去了？好像是去那个皇宫了，好像是为了报仇。为什么报仇，为谁报仇？好像是有人死了，所以那个叫作范闲的人不甘心，不愉快。是一个叫叶轻眉的女人，还有一个叫陈萍萍的老跛子？

这两个陌生的名字，好像随着这漫天的雨水和那个大洞里透下来的清光，在五竹的脑中变得渐渐清晰、渐渐熟悉起来，然而头痛的是，他依然记不起来对方究竟是谁，自己不是一直在神庙吗？

五竹还是什么都不记得，但他拥有了他本来不应该拥有的东西，那就是情绪。

就像此时。

他隔着黑布看着远方的皇城，就像被那些孩子用石头砸一样，心里生出一种情绪。

这种情绪叫作厌憎。

"这里好像叫午门，是用来杀人的。"

他记得这里曾经叫过午门，曾经有很多人死在这里，那是一个很遥远的故事了。

五竹自己都无法解释，他为什么很厌憎这座建筑。

或许只是因为他本能上厌恶那座建筑里的人？

离开雪庙的时候，那个叫范闲的年轻人一面咳着血，一面对自己说，要跟着自己的心走，可是……心又是什么？难道就是自己此刻所感受到的情绪？

棍子可以打醒和尚与徒弟，他这时候被石头打醒，想起了一些久远的事情。

和这座京都、这座皇宫没有关系，发生在更久远的过去。

那时候他会去往世界很多地方，不同的地方，去传播一些火种。

野火燎原，渐有文明。

文明会进化，或者说演变，由低而高，或者由简单而复杂，变成各种形式。不管哪种形式的文明，最终都会出现掌权者，不管是一个人还是一个阶层，因为那个阶层总会选出一个人来代表。

而到了那个时候，他就会被那个人厌憎、害怕，继而敌视。

这样的事情发生过很多次。

那些执政官、元老、国王、大祭司、皇帝总会想办法杀死他。

就像今天这些小孩子一样。

喔，人类就是小孩子。

第十四章 向着天空奔跑的五竹

久远的记忆与思绪让五竹有些惘然,然后又意识到惘然也是一种情绪。

他挥动铁钎,将那些石头击了回去,准确地命中了那几个顽童的身体,笑得最大声的顽童头上直接被砸出血来,一声不吭地昏倒在雨中。一阵惊恐的叫声,一阵慌乱的脚步声,无数的哭泣声,有人昏倒在雨水中的倒地声,乱七八糟的声音就顺着五竹的这个动作响起。

"傻了打死人了!"

先前冷漠的京都百姓们,在这一刻忽然都变成了急公好义的优秀市民,于是报官的报官,通知家长的通知家长,还有些中年男人,拿出了木棍和拖把,准备将那个犯了浑的白痴打倒在地。

那个昏倒在地的孩子的母亲扑到孩子的身上,大声哭泣着,怨毒地咒骂着五竹。有人试图要打死这个白痴,呼叫着瞎子、疯子,然后便昏倒在地,木棍也断成两截。

五竹轻松地走出百姓们愤怒的包围圈,在身后留下了一地痛呼的人们。

布鞋踏在水中早已湿透,随着每一步踏行,五竹的脑海中就像是响起了一声鼓,击打着他的心脏,击打着他的灵魂,叶轻眉、陈萍萍、范闲,这些看似遥远却又极近的名字,不停地响着。

每一步,他都隐约记起了一些,虽不分明,却格外亲近。

皇城渐近。

雨中一队全身盔甲,肃杀之意十足的禁军士兵拦住了他的去路。雨水击打在这些庆国军方精锐的盔甲上,啪啪作响,击打在他们肃然的面容上,却激不起丝毫情绪的变化。

五竹脸上的情绪更是没有丝毫变化,身体依然微微前倾,让笠帽遮着由天而降的暴雨,脚下没有停滞,也没有加快,只是稳定地按照习惯的速度向着广场中间行去。

范闲回京的消息昨天夜里已经从叶府传出,到今日,所有庆国的上层人物,都知道了这个令人震惊的消息。而皇宫则是从昨天夜里开始戒严,防卫等级被提升到前所未有的层级。

禁军发出了第一声警告,开始集结武力,准备一举擒获此人。

五竹像是根本没有听到那声令人胆寒的警告,依旧稳定而沉默地行走着,在皇城上禁军将领警惕的目光中,在广场上禁军士兵寒冷肃杀的目光中,一步一步地稳定行走。

如是者警告三次,漫天大雨中那个瞎子似若未闻、视若无睹,一步步向着皇宫正门行去。

哪怕在这种时刻,禁军将士们依然认为这是个疯子,而没有把他和刺客联系在一起。因为在世人看来,再如何强大的刺客,哪怕是当年的四顾剑,也不可能选择这样光明正大的方式刺杀。在逾万禁军的包围中,在高耸入天的皇宫城墙下,没有人能杀入皇宫,除非……这个世间真的有神。

漫天的风雨还在肆虐,无穷无尽的雨水就像是东海上的巨浪,五竹孤零零的身影即将被吞没,却始终无法真的吞没,因为他又从雨中走了出来。

"杀!"

唰的一声,拦在五竹身前的禁军齐声拔刀,刀光刹那间耀亮了皇城前阴雨如瀑的天空。

五竹抽出腰畔的铁钎,刺了出去。

他的速度在暴烈的风雨中并不显得快,出钎之势也并不如何绝妙,然而……每一次铁钎递出去时,钎尖便会准确地刺中一个禁军的咽喉。

非常简单,然而简单到了极致,便成为某种境界。

数息时间,便有无数人倒下,鲜血刚从那些尸体的咽喉里涌出来,便被雨水冲刷。

五竹的速度没有丝毫变化,像是未受到任何阻碍,一路穿雨而行,一路杀人而行。

这不是绝世高手的潇洒,也没有给皇宫四周所有禁军带来强者闲庭信步的感觉,他们只是觉得冷,很冷,因为那个瞎子的出手是如此稳定,稳定得令人胆寒。

禁军甚至不知道那些同僚是怎样死在了那把铁钎之下。

那个戴着笠帽的瞎子出手并不如何刁钻毒辣,只是那把铁钎像是蒙上了一层上天的寒冷,在雨水中轻而易举地计算出所有的角度、所有的可能,然后挑选出最合理的一个空间缝隙,递了出去。

看似简单,实则匪夷所思,足以令看到这一幕的所有人丧失信心。

一个校官感到一股寒意,比身周不停落下的秋雨更加寒冷。

五竹走到他的身前。

校官浑身颤抖,奋勇地拔出刀,然后却看见一把铁钎在自己的颈下刺入,再如闪电一般收回。

太快了,为什么先前看着那么慢?为什么自己怎么躲也躲不开?校官带着这样的疑问,重重地摔倒在雨水中,满是惊恐的双瞳渐要被积水淹没,然后看到一双湿透了的布鞋走过。

雨一直在下,禁军一直在死。

负责皇宫安危的禁军士兵前仆后继地杀了过来,却无法让五竹稳定的脚步停留片刻。

五竹低头，转身，屈膝，以完全超乎凡人想象的冷静与计算能力，平静地让开所有可能伤害到自己身体的兵器，然后直直递出铁钎，撕开面前的秋雨帘幕，撕开面前的重重围困。

不停地有人死，摔落雨中，不停地有惊呼，有惨叫，有闷哼。

就像一个不知缘由跌落尘埃，来到人间的上天使者，用一种最平静的方式，也是最令人感到恐惧的方式，在收割着帝王身旁的护卫，收割着凡俗卑贱的性命。

他身前的人越来越少，地上的死尸却越来越多。

忽然，五竹在皇城正前方的广场中央停住了脚步。

数百名禁军倒卧于血泊之中。

再如何暴烈的秋雨，此时也无法在一瞬间将这些血水洗刷干净。

他缓缓抬起头来，望向皇城上方。

城上的禁军早已弯弓搭箭，密密麻麻的羽箭瞄准了宫门前方的五竹，随时准备万箭齐发。

五竹隔着那块黑布，看着熟悉而陌生的皇城，看着那些恐怖的箭支，露在黑布外的脸庞依然沉稳平静，没有任何惧意。只见他缓缓抬起右臂，将手中的铁钎伸到暴雨中，任凭雨水洗去上面的血迹。

雨水啪啪地击打在铁钎上。

他忽然自言自语地道："里面住的，好像是……小李子。"

此时朱红色的宫门紧闭，广场上除了那些倒卧于地的血尸，便只有若惊涛骇浪一般漫天的风雨和……那个戴着笠帽、孤独站立着的瞎子。

皇城上下许多人看到了这一幕，都感到一股发自内心深处的寒意。

这个强大到令人难以想象的瞎子究竟是谁？

五大人来了！

五竹终于来了！

他替小姐报仇来了！

叶重站在皇城上，心里不停回荡着这几句令自己心惊胆战的话语。

"放箭！"他的声音微微一颤，发出了命令。

一排排羽箭在这一刻脱离了紧绷的弓弦，倏然间速度提升到了顶点，撕裂空中的雨水，射向了广场正中孤独站立的五竹。密密麻麻的箭羽似要遮天蔽日，绞碎了天地间颗颗雨珠。

箭羽刺穿空气的呼啸声，代表着庆国强大的军力，也代表着无可抵抗的杀意。

怎样杀死一位大宗师？范闲当年曾经深思过这个问题，必须是放在平原上，万箭齐射，然后用重甲骑兵连环冲锋，方不给大宗师逃遁的可能。

禁军收兵放箭，与范闲的计划很相似——此时广场上一片宽阔，虽在雨中，也没有什么能够阻挡视线的法子，五竹如何躲避？人力终究有时穷，箭羽齐发，相当于将万人之力合于一处，怎样抵挡？

面对着比暴雨更加密集的羽箭，五竹能够幸免吗？

五竹的身法没有叶流云快，五竹的出手没有四顾剑狂狠，五竹无法像苦荷一样借雨势而遁，他只是冷漠地抬起头来，隔着那层湿润的黑布，看着扑面而来、劲风逼面的满天乌黑箭雨。

箭矢之尖刺破了雨珠，来到了他的面前。

如今天下，轻身功夫最强的应该是范闲，在苦荷那本法书册子的帮助下，他可以在雪地上一掠十余丈，可是面临这泼天的箭雨，他也没有办法掠至箭雨罩下的范围之外。

所以五竹也没有动，没有尝试避开这场明显蓄势已久、密集到了极点的箭雨——他只是将雨中的铁钎收了回来，横在胸前，就像是一扇门忽然关闭，将自己的身影锁在了雨雾之后。

嗖嗖嗖嗖！无数声箭锋刺中目标的恐怖声音在这一刻同时响起，有的刺中了五竹脚下的青石板，然后猛烈地弹了起来，啪的一声脆断；有的箭支直接射进了青石板狭小的缝隙中，箭羽嗡嗡作响。

只是一瞬间，无数的箭支便将五竹略显单薄的身体笼罩住了。无数声令人心悸的响声过后，皇城上下一片寂静，所有人的眼瞳都渐渐缩小，惊恐地缩小，不敢置信地看着眼前的这一幕。

箭支就像春雨催后的杂草，在广场正中央数十丈方圆的范围内密集地插在地上，溅在空中！五竹依然沉默地站立着，不知何时，一直戴着的笠帽已经到了他的手上，笠帽上插着不知道多少支箭，看着就像一个黑色的毛球，渗着寒冽的光芒。

被雨水打湿的广场上满是箭支，五竹站在满地残箭之中，除了他的双脚所站立的位置之外，一地折损之后的杀意，这天地间似乎就只剩下他一个人，站在了干净的地面上。

在这一刻雨势忽然间小了下来，似乎老天爷也开始敬畏这个在万箭之下依然倔强站立的瞎子少年，想要把这一幕看得更清楚一些。皇宫上方厚厚的雨云刹那间被撕开了一道缝隙，太阳的光芒从那道缝隙里打了下来，照耀在五竹的身上，淡然地为这个瞎子少年笼上了一层清光。

小雨中微风拂过，五竹身上湿透了的衣衫轻轻抖动，嗖的一声，左手上那顶不知道承接了多少支羽箭的笠帽终于完成使命，在他手中四散破开，就像是一盏易碎的灯笼。

没有人知道刚刚发生了什么，人们根本不明白这种神迹一般的场景是怎样出现在了人间。

在万箭临身的那一刻，五竹便动了，只不过他动得太快，以至于他手中的铁钎和高速旋转的笠帽，都变成了雨中的丝丝残影，根本没有人能看得到。

他右手的铁钎，就像是有生命一般，完全计算出了每一道箭支飞行的轨迹，并且在身体强大的执行能力配合下，不可思议地斩落了每一支射向自己身体的箭。

铁钎的每一次刺斩横挡都被限定在他身体的范围内，无一寸超出，任由那些呼啸而过的箭支擦着自己的衣衫、擦着自己的耳垂、擦着自己的大腿飞掠而过，他对这些箭支看都不看一眼。

这种绝对的计算能力与执行能力昭示出他强悍的心志，绝非人间能有。

大宗师都不可能像五竹先前表现得如此冷静，因为这个世界除了他之外，没有谁能够在这么短的时间内，计算出如此多的数据，并且在电光石火间做出最准确的应对。

万箭齐发，却是一次齐射，务必要覆盖五竹可能躲避的所有范围，所以真正向着五竹身体射去的箭支，并没有那么多，然而这个世上，谁能够在这样危急的时刻，如此冷静地做出这种判断？

饶是如此，他手中那把铁钎，也不可能瞬间将扑面而来的密集羽箭全部斩落，所以他的左手也动了，取下了戴在头顶的笠帽，开始在雨中快速旋转，卷起无数雨弧，震走无数箭支……

笠帽碎了，哗的一声散落在湿湿的地上，震起无数残箭。

五竹有些困难地伸直了左手的五根手指，看着穿透了自己手臂的那几支羽箭，本来没有一丝表情的脸上却现出一种极为真实的情绪……这就是痛吧？

他在心里想着，然后将那一支支深贯入骨，甚至穿透而出的羽箭从左小臂里拔了出来。

箭支与他小臂骨肉摩擦的声音，在这一刻竟似遮掩了渐小的雨声。

皇城上下一片寂静，清漫的光从京都天空苍穹破开的缝中透了下来，照耀在五竹单薄的身体上。他缓慢而又似无所觉地将身上中的箭拔了出来，然后擦了擦伤口处流出的液体，再次抬步。

脚步落下时，满是箭支碎裂的声音。

他踏着满地残箭而行，走向皇宫。

禁军的士气在这一刻低落到了极点，甚至比一年前听到那道惊雷时更加低落。因为未知的恐惧虽然可怕，但绝对不如眼睁睁看到一个怪物更为可怕。他们不知道皇宫下面那个在箭雨中依然屹立的强者是谁，只是下意识里认为，对方一定不是人，只怕是什么妖怪！或者……神仙？

庆帝此生，唯惧二物。

一是那个黑箱子，还有一个便是五竹。

在太平别院血案后的二十余年里，他不止一次想要将五竹从这个世界上清除掉，然而最终他还是失败了。但为了应对五竹的复仇，他早就有自己的一套计划。

人间能够制衡五竹的法子本来就不多，更何况叶流云走了……在他看来，最有可能清除五竹的方法，便是皇宫的这面城墙、无数禁军的阻拦，还有那漫天的大火——几年前在庆庙后的荒场上，他亲眼看到过那个神庙使者在大火中渐渐熔化成奇怪的形状，也亲耳听到过那些噼啪的响声。

然而上天似乎在庆历十二年的这个秋天，真的遗弃了它在人间挑选的真命天子。当五竹因为莫名其妙而深沉的情绪来到皇宫外时，天空忽然降下了京都深秋百年难得一见的暴雨。

泼天般的豪雨沉重地打击了这个准备，似乎也是想以此来清洗南庆的过往。

叶重看着越来越近的五竹，停止了放箭的命令，冷声喝道："准备火油！"

如果想将皇城下的五竹笼罩在火海中，四年前京都叛乱时，范闲经由监察院所设的火药空爆毒计，毫无疑问最为合适，然而去年范闲已经将监察院库存的大批火药都用在了小楼上，最关键的还是这漫天的大雨，这该死的雨，他只能寄希望于火油。

火油泼了下去，却无法落到五竹的身上。五竹看似缓慢，却像是一只在悬崖上飞腾的羚羊，走到了皇城前。禁军点燃了数十支火箭，全部射了下去，火苗一触城下与水混在一处的火油，顿时猛烈地燃烧了起来，就像是从地上升起的火雨，猛地探出了巨大的火苗，要将那孤单的身影吞没！

便在这一刻，五竹飞了起来，铁钎准确地刺中皇城约两丈高处一个缝隙，身体如被弓弦弹出的箭一般迅疾加速，在平滑峭直的皇城墙上，双脚不停地交错，向着城头奔跑而去！

谁也无法形容这幕景象。

五竹在皇城的墙壁上，对着落雨的天空奔跑！

宫外忽传两份急报，一份更比一份急。

先是监察院自封，姚太监与叶完音信全无，京都守备师请旨是否强攻。

接着便是禁军回报，有刺客闯宫，无人可挡。

无人可挡的刺客，自然就不是人，那就是五竹。

皇帝坐在龙椅上，平稳地举起双手，让身旁的太监细心地检查了一遍身上的龙袍可有皱褶——龙袍有许多种，今日他身着的龙袍极为贴身，想必对他稍后的出手不会造成任何影响。

他的头发被梳理得极为整齐，用一条淡黄色的丝带随意地系在脑后，显得格外潇洒。

许久后，他缓缓睁开双眼，有的只是一片平静与强大的信心。

他平静而冷漠的目光，顺着太极殿敞开的大门，穿过殿前的广场，一直望向了厮杀之声渐起的皇城正门。他的手指轻轻抚摸着黑色箱子的表皮，看着廊外越来越稀的雨丝，似有所思。

此刻，所有太监宫女都满脸紧张地退在远处，他坐在大殿里，显得那样孤单。

在殿外的小雨中，一个更孤单的身影慢慢地走了过来。

小雨依然在不停地拍打着五竹脸上的那块黑布，他手中紧紧握着的铁钎还在滴血，一股充溢着血腥味道的气息，从湿透了的布衣上透了出来。

不知道杀死了多少禁军，他手中那似乎坚不可摧的铁钎，在刺穿了无数坚硬盔甲、无数咽喉之后，锋利的钎尖竟已被磨平，钎身弯曲如被火烤过的竹。

他紧紧束着的黑发早已散乱，身上的布衫更是多了数不清的破洞，腰下的一块衣袂已被烧成残片。最为令人心悸的是，在乱战之中，他的腿似乎被某种重型兵器砸断，以一种完全不符合常理的角度向着侧后方扭曲，看上去骨头已经被扭碎，根本无法行走。

可五竹依然在走，隔着那层快要脱落的黑布，盯着殿中的庆帝，用手中变形的铁钎作为拐杖，拖着那条已被废了的左腿，在雨中艰难、倔狠地行走，一直要走到庆帝的面前。

雨势早已变小，淅淅沥沥地下着，太极殿前的青石板上还积着水，五竹扭曲的左腿就在雨水中拖动，摩擦出极为可怕的声音。每一次摩擦，他薄薄的唇角便会抽搐一下，想必他也感到了疼痛。但是他已经忘记了疼痛，坚定地向着大殿一步一步地走了过去。

庆帝忽然开口道："我终于确认你不是个死物……但凡死物，何来你这等强烈的爱憎？"

叶重率领着残余的禁军士兵向着太极殿赶了过来，一时间蹄声如雷。几乎同时，数百名内廷高手与苦修士也涌到了场间，将五竹重重包围，只是没有一个人的脸上有自信的神情。尤其是那数十名庆庙的苦修士，看到五竹、看到他身上流出的红色血水后，更是面色苍白，流露出不可置信的神情。

五竹身上流出的血也是热的，也是红的，是金红的。

那些金色的血在雨水中渐渐淡去，没有太多人能够注意，但这些戴着笠帽的苦修士怎会错过。

下一刻，所有苦修士如遭雷击，跪倒在雨水之中，跪倒在五竹的面前。

很多年前，庙里出来的那位使者，为了清除叶轻眉留在这个世间的一切痕迹，与庆帝达成某种协议，也就是从那日开始，庆庙行走于大陆南方的苦修士，便将他看成了真正的天选之人。

然而今天他们亲眼看到了神庙的使者，难道还能为了庆帝出手？

皇帝眼睛细眯，眸中寒意渐盛，只听他冷漠地开口道："没用的东西，庙里一个叛徒就让你们吓成这样。"

他不再理会这些跪在雨中的苦修士，看着五竹道："老五，你来杀我？"

五竹隔着那块黑布，看着大殿里、龙椅上的那个明黄身影，那个已经比他记忆中要苍老很多的男人，不知为何，心里竟涌起无比的厌憎与不屑。

是的，大东山事情结束之后，在京都范府的屋檐上听范闲发了一夜的酒疯，五竹沉默地踏上了寻找自己的道路，因为他想知道自己是谁，所以他回到了神庙。在进入神庙的那一瞬间，他记起了很多很多事情，自然也判断出了很多事情，虽然在接下来的那一瞬间，神庙强行抹除了他的那些记忆，但被抹除之前最深的那缕情绪，却留存了下来。

这缕情绪比他对范闲的感情更强烈、更直接，吸引着他直接杀进了宫来。哪怕他此时不记得当年的那些事情，他依然记得石阶上那个穿着龙袍的男人，记得自己心中对于这个男人的杀意。

他要杀了他，他只记得这件事情。

所以五竹动了，他拖着那条残腿，靠着手中铁钎的支撑，艰难无比，却又杀气十足。他一步一步地拖行着，蹭着地上的雨水，完好的那只脚又急不可耐，就像是想跳跃一般，向着殿里走了过去！

四周的禁军高手也动了，震天响的一声喝杀，无数长兵器向着他的身体刺去！

那些跪在五竹身边的苦修士们承受不住这种强大的压力，也动了起来，有的苦修士飘然退到了风雨之中，有的苦修士却是拦在了五竹的身前。由这个场景可以看出，庆帝在这些苦修士心中至高无上的地位，纵使明知道五竹是庙中使者，可是庆帝一句"叛徒"，依然有苦修士选择了相信。

此时无比坚硬的铁钎已经弯曲折损磨平，看上去就像是一根极其普通的烧火棍，带动着太极殿前的雨水，在空中尽情地挥洒着。

啪的一声，铁钎击荡开面前的一把长枪，然后在最短的时间内，沿循着最合理的方向，拍打到了握枪人的手腕上。顿时，握枪人的手腕皮肤尽绽，筋肉尽碎，骨节刺出，再也握不住那把枪。

　　咔的一声，铁钎顺着一柄剑滑了上去，沉重的压力逼得那柄剑低下头来，已无锋芒的铁钎碰触到了那柄剑的突起处，猛的一下跳了起来，然后重重地落下，击打在持剑人的小臂上，直接将这条小臂打成扭曲的木柴。

　　这时，一名苦修士一挥掌拦了上来，被磨成平面的铁钎头狠狠地扎进了他的手掌里，将他的手掌扎在满是雨水的地面。然后铁钎挥起，重重地击打在苦修士的头顶，笠帽带着雨水啪的一声碎裂成无数碎片，苦修士光滑的头顶现出一道血水凝成的棍痕，颈椎处咔嚓一声，瘫倒于雨水之中。

　　铁钎的每一次挥动都是那样准确，那样沉重，无锋的铁钎在此时变作五竹手中的一根铁棍，击开了面前密密麻麻的剑，砸碎了一个又一个的关节，任凭血水混着雨水，在面前的空中泼洒着。

　　铁钎再也无法刺进皇宫里一个个高手的咽喉，却能击碎他们的咽喉。雨中艰难前行的五竹，似乎随时可能倒下，然而最终倒下的，却是那些奋勇拦在皇帝身前的高手！

　　在这一刻，五竹似乎变成悬崖上那个不苟言笑的老师，那时他的每一次棍棒，都会准确地落在范闲的身上，无论范闲如何躲避，都无法躲过，只是今天那根木棍变成了一根铁棍。

　　一声闷响，一个内廷侍卫被铁钎击碎了膝盖上的软骨，跪倒在五竹的身旁，铁钎再次挥下，直接将此人砸倒在石阶下，瞬间震起一地雨水。

　　五竹终于走进了大殿，来到了皇帝的身前。

　　没有停顿，没有咒骂，没有眼神上的交流，他抬起手来，手中的铁钎向着皇帝的脸打了下去。

　　天下没有谁敢打皇帝的脸，但他就这样打了，而且打得如此理所当然。

　　就像是在教训一个不孝子，又像是要殴打一个负心汉。

可就在下一刻，那根铁钎忽然在空中发生了一瞬间的凝滞。

他的右臂难以抑制地下垂，紧接着，受伤断裂的膝盖弯曲得更加厉害。仿佛天空里落下一个无形的重物，准确地落在了五竹的身上。

啪的一声，他跪倒在大殿坚硬的地板上。

看似简单，实则经过完美计算的进攻路线，顿时如冰雪般消解。

皇帝就在这一刻动了。

他的右手紧握成拳，狠狠地砸在了五竹的胸膛上！

那是世间最可怕的一双手，洁白如雪，似乎永远不染尘埃，没有沾染过任何血。

五竹如同一支箭一般被狠狠地砸了出去，像一块沉重而坚硬的陨石，从石阶下飞了出去！

一路不知道撞碎了多少追截而至的南庆高手，太极殿前只见黑影过处，血肉乱飞！一声闷响，五竹的身体在数十丈之外落了下来，重重地摔在地上，震得地面上的雨水一阵战栗。

皇帝的脸上没有流露出任何情绪，因为五竹那看似落空的铁钎，还是刮到了他的脸。

他的伤不重，左颊上微有红肿，唇角鲜血流下，就像是被人重重地扇了一记耳光。

他这才想到，五竹的铁钎已经弯了。

血泊雨水之中的五竹，忽然动了一下，然后异常艰难地佝着身子站了起来，手中的铁钎颤抖着立在地面上，再次拖着残破的左腿，更加缓慢地向着太极殿里重新行去。

一直下着的雨忽然间停了下来，天上的云层也渐渐变薄，似乎将要放晴。

被庆帝击中还能活下来的人不多，五竹是一个。

寒风刮拂他的衣衫猎猎作响，他再次走到太极殿里，走到皇帝身前，举起手里的铁钎。

那道无形的力量又一次出现，破坏了他的攻势，让他险些再次跪倒。

皇帝深吸了一口气，握紧拳头，如一道雷霆般击中他的左脸。

五竹像个石头般开始翻滚，碾轧过坚硬的青石地面，撞到太极殿高高的门槛之后停下。

皇帝的拳头没有直接落在五竹的脸上，在接触的那一刻，五竹伸出左手挡住了自己的脸，然而皇帝的拳头就像是天神之锤，将他的手也拍进面部，就像是两块铁被硬生生地黏合在了一起！

五竹拉动左手，不知道用了多大的力量，才将自己的手从脸部拉扯了出来，却带起了一大片不再流血的苍白的皮肉，伴随着嘶嘶啦啦分离的声音，脸上现出一大片残缺，露出一些可怖的金属构造。

他看着自己的左手，微微偏头，似乎有些不解。

皇帝从身边取过一块毛巾擦了擦手，道："地下埋着磁石。"

是的，他与神庙二十多年前便有过联系，有过合作。

他了解神庙使者，包括五竹。

为了应对五竹的复仇，他当然不会只准备皇城的墙，满天的箭，还有那些火油。

皇帝陛下算无遗策，一生谨慎，不会留下任何漏洞。

"朕知道范闲会带你回来，已经为你准备好了很多礼物，包括这个箱子。"他看了眼身边的黑箱子，"朕等今天，已经等了二十多年了。"

说这句话的时候，他的情绪有些复杂。

当年叶轻眉死后，他便一直等着五竹来杀自己。

他这辈子最担心的便是五竹与这个箱子。

现在箱子在他手里，五竹身负重伤，一切都该结束了吧？

下一刻，太极殿的门槛被生生握破，五竹用铁钎撑着地面，用左手扳直了已经快要断成两截的左腿，极其困难地再次站了起来，然而随着身体的一阵晃动，他似乎随时都会倒下。

是的，一切还没有结束。

皇帝面无表情地看着这一幕，漠然地想着，这真是一个正派复仇者应该有的表现，于是他冷漠的双眸里生出了幽幽的火，那是怒意与不屑，然而下一刻却又化作无尽的疲惫与厌倦。

这是注定要载入史册的惊天一战，还是注定要消失在历史长河中的小戏？但不论哪一种，他都有些厌烦了。就像是父皇登基若干年后，自己被迫心痛不已地准备太平别院的事，几年之后又有京都流血夜。大东山诱杀了那两个老东西，安之在京都里诱杀了那些敢背叛朕的无耻之徒，年前又想将那箱子诱出来，如今老五也来了……无穷无尽的权谋阴谋，就像是眼前老五倒下又爬起那样，不停地重复又重复，又像很多年前的故事一遍一遍地重演，实在是令人反感，令人厌倦。

缓缓地抹去唇边不停涌出的鲜血，皇帝忽然觉得身上有些冷。一年多前受了重伤，一直没有养好，有些惧寒惧光惧风，所以他愿意躺在软软的榻上，盖着婉儿从江南带过来的丝被……

"赶紧结束了吧。"他自言自语道，举起手掌向着快要倒下的五竹拍了过去。

"是的，应该结束了。"殿外有道疲惫的声音应道。

第十五章 南庆十二年的彩虹

范闲做了一个很长的梦。

在那个梦里什么都有，什么都会变成痛苦。

山河故人、鸟飞草长、月明星疏，都会化作具体的痛苦，作用在他的身上。

如果他那时候还是清醒的，或许能够想象到，那些都是经脉碎片对血肉细胞发起的攻击。

可惜的是，梦里的他已经被痛苦完全征服。

经脉的碎片不停地撕裂着他的血肉神经骨髓，带来比万蚁噬心更可怕、更直接的痛苦。

这种痛苦是生理上的，也是精神上的，更是灵魂上的，三位一体，无法承受。

梦里的他在某些时刻，偶尔能够想起沉睡前最后的画面。

皇帝说要他感受自己曾经感受的痛苦，才能理解他的选择。

好吧，我感受到了，但理解又是什么呢？

他在梦里、在灵魂里对自己喃喃地说道。

换作寻常人，根本无法承受这种痛苦，会早已疯狂，或者选择灵魂的自我湮没，也就是死亡。

但他前世曾经在病床上躺过很多年，有过类似的感受，体味过生活在无知的躯壳里的无助,心志远比寻常人强大,所以他还没有疯,也没有死。

可那也就意味着,他偶尔清醒,还能思考,于是更加痛苦。

最极致的痛苦是前方的深渊,他知道自己会被永远关在这具躯壳里,承受着不知道会有多久的折磨,就像被流放到宇宙里,在无边的黑暗中漂流,再也无法与任何人交流。

这让他想到一段很久远的记忆。

确实很久远,久远到他已经很久都没有想起来。

那还是前世,他小时候看的第一场电影,是在电力局的电影院里,讲述的是超人的故事。在故事的开头,几个反派被关进一个透明的玻璃框里,然后被放逐到了宇宙中……

噢,那真的太可怕了。

然后他又想起来,前世被确诊有病,被关进医院的病房里时,也曾经想起过那个电影。

为什么在这个黑暗的梦里,会想起这么久远的故事,还有那个小护士?难道这就是回光返照?这样挺好,那就说明自己快死了,赶紧死吧。

已经被痛苦折磨到即将崩溃的他,在黑暗的梦里默默祈祷。

下一刻,仿佛上天听到了他绝望的声音,给予了温暖的回应,一道巨大而锋利的力量从天而降,化作无数道流星,进入他的身体以至灵魂。

那些化作万道线的流星,就像是大堤下方最后的一群冲锋蚂蚁,就像是压在骆驼身上的最后一万根稻草,就像是上帝洒向人间都是爱的最后一次洪水,瞬间冲垮了一切。

那些经脉碎片随着这些力量开始奔涌、飞舞、肆虐起来,要将他能够感知到的一切都撕碎,带着他一道去往虚无的尽头、想象中的黑洞。

换句话说,便是要毁灭他回缩到灵魂里的所有感知。

一无所知,便是死亡。

宇宙归于寂灭之后会如何?一直寂灭,还是从虚无里生出新的宇宙?

寂灭不知道持续了多长时间，可能是无数亿年，也可能只是一瞬间。

下一刻，他的灵魂世界里发出了一声闷响，如呻吟，如呐喊，如哭泣。

一场爆炸突如其来地出现，从虚无里生出无数光明，那些光明由极细而短的光线形成，甚至可以把那些光线看成一个个的点，就像是夏夜里的萤火虫。

他与大舅哥在梧州水边看过很多的萤火虫。

萤火虫们开始飞舞，渐渐呈现出一种规律——那不是生老病死、捕食饮露需要的规律，是更远处的那些星辰的规律，他隐约记得在哪里看见过类似的形容。

新的秩序就这样形成。

他缓缓睁开眼睛，看到了几处凝结的光点，画面渐渐清晰，才发现那是几双含着泪水的眼。

时间缓慢地流逝，他终于从痛苦的地狱与虚无的绝望中清醒，确定见到的画面并非虚妄。

婉儿、若若与王启年就在他的身边，言冰云在稍后一些的位置，他的视线顺着那道凌厉的剑意拉远，看到了瘫坐在地上的影子。影子的身体陷入巨石的表面，四周到处是石屑。

影子浑身是血，脸色苍白，怔怔地看着他，就像看着世间最不可思议的事物。

"这是怎么回事？"范闲的声音沙哑而疲惫。

言冰云震撼未消，声音微颤着道："除了你，没人知道这是怎么回事。"林婉儿、范若若与王启年还沉浸在范闲死而复生的喜悦中，他则是生出了一种猜想，眼里满是希冀与紧张。

先前影子一掌化剑拍在范闲的胸口后，眼看着范闲便要身解而死，谁知下一刻，他的身体里仿佛发生了一次剧烈的爆炸，直接将影子震飞到了巨石之上，囚房里的其余物件更是尽皆震碎。

要知道就算是一位大宗师，也不可能用肉身把影子这等强者震成重伤。

范闲知道言冰云在想什么，艰难地摇了摇头，看了眼昏暗的囚室，喃喃地道："带我出去。"

他在自己的躯壳里被幽禁了十余日，却比一辈子还要漫长，他无法在这种地方再待下去。

林婉儿与范若若握着他的手，眼里满是担心。

范闲微微紧了紧手指，艰难地翘起唇角，露出安慰的笑容。

一行人离开大狱，回到地面。在监察院里等着他们的那些官员与下属们，见着范闲醒了过来，不由惊喜交加，纷纷拥上前来。

人一行走便有风，如今虽是深秋，也有微风，两者相交，落于范闲身上。那些破烂的衣衫边缘也起了极微小的风，盘而不去。

重伤的影子被王启年背着，注意到了谁都没注意到的现象，觉得有些不对劲。

洪竹等人在楼上也看到了，赶紧下楼，脚步声里夹杂着思思开心的哭声，好不慌乱。

范闲被抬到水池畔，感受着缭绕不去的微风，眯着眼睛看着被毒得愈发鲜艳的小黄花，想到了那个老跛子以及很久以前的某些事，隐约懂了些什么。

思思等人奔到楼下，还未来得及靠近，院外便传来了喊杀声。不知从何处落来一块石头，轰的一声落在水池里，溅起无数水花，应该是守备师攻城器械在做调轨。

众人吓了一跳，赶紧抬着范闲向楼里去，其余人赶紧散开，进入暗道躲避，高墙上的弩机做好了射击的准备，而隐藏在天河大道两侧的六处剑手们也在等待命令，准备开始狙杀。

监察院与庆国军方之间惨烈而血腥的战争即将打响。

被水滴打湿脸颊的范闲却还在感受着天地间无所不在的风。

273

微风入怀，使他的身心渐被修复，渐被丰盈，就如水草一般。

有令箭入院，带来了五竹杀入皇宫的消息。

言冰云与影子等人沉默地对视一眼，便看出彼此心里的想法。

范闲也有相同的想法，只是此时的他重伤未愈，身体都无法动弹，又能做些什么呢？

就在担架要被抬进监察院大楼的那一刻，他看到了一棵寻常无奇的青树。青树的叶子在风里摇摆，像极了蒲扇，又像极了因为渐热而想脱去衣服的劳苦男子。

原来一步步都是在往那句话上走——脱了衣服去。

他想起了很多年前在澹州悬崖边五竹叔的那句话，想起了苦荷天一道的自然法门，想起了东夷城外的那棵大青树，想起了四顾剑盯着自己的眼睛说的那些话。

嘭的一声轻响，如伞被撑开，如蘑菇骤然变大于是丰收，如万物快速生长，狗尾草弹出无数毫。

他的灵魂生出一棵大树，树枝向着天穹撑开，树干无比挺拔。

担架发出吱呀的声音，他缓缓坐直了身体，挺直如树。

身周传来一阵惊呼。

他缓慢转身，双脚落在地上，艰难而缓慢地站了起来，身子一晃，险些再次摔倒。

林婉儿与范若若很是吃惊，赶紧一左一右扶住了他，不知道发生了什么事情，也不知道他要做什么，按照他身体的姿势表现出来的心意，搀扶着他缓慢地向前走去。

一步一步挪动着脚步，与地面摩擦着，渐起细尘。

渐渐地，他的脚步越来越稳定，节奏虽然缓慢，却稳如东山。

走到院墙边那棵青树下，他抬头向上望去，雨后放晴的天空是那样碧蓝，被树枝切割成无数好看的瓷片，如果把焦点收回一些，又或者能够看到某种窑特有的裂纹。

没有人知道他在做什么，发生了什么，大家带着无比震惊的情绪看着他。

他示意婉儿与若若松开自己的手臂，缓步上前轻抚树干，然后就此消失。

众人四顾不见，尽皆骇然。

树下再无人影，只剩下缭绕不去的风。

十余颗石弹呼啸着破空而至，有的对准了监察院的院墙，有的则对准了那座灰黑的方正建筑。

不管监察院底蕴有多深，面对庆国军队的强攻，最终也只能落个断壁颓垣的下场，院门前的那块黑石碑在今天之后便会成为真正的遗迹，或者被直接砸碎成砖石，变作别处的基础。

范闲当然不愿意看到这样的场景发生。

于是那些石弹在空中仿佛遇到了一层无形的屏障，骤然减速，急速下坠，落在了监察院前的天河大道上，把地面砸出无数大坑，甚至险些砸死最前方的守备师骑兵。

他继续向前行走，雨后的街巷被洗过之后本应干净，地面却残留着一些煤渣与石头，石板缝隙里还有些未来得及洗去的血渍。宅院里隐隐有骂声传来，不知道是父母在骂顽劣的孩子，还是祖辈因为孩子的受伤在骂没管教好的父母，当然，更多的应该是在骂那个该死的瞎子、疯子。

往前走便到了皇城前，广场上倒着无数死去的禁军，无数折断的羽箭，宫门已然大开，却不是被轰开的，他顺着那些断箭前行，看到了皇城下的焚烧痕迹，接着又看到了城墙上被铁钎刺出的缺口以及相隔十余丈的道道足迹，仿佛看到了先前五竹叔在这里向着天空奔跑的画面。

皇宫里面也有很多死人，尤其是太极殿前，残破的笠帽下是死不瞑目的苦修士，被砸至变形的盔甲里是残留着恐惧神情的军方高手。叶重手执铁枪站在殿前，脸色是那样茫然，积留的雨水在盔甲的缝隙里缓缓向下流淌，就像无数道极细小的河流。

他感受到了什么，转身望向范闲，却什么都没有看到。

太极殿，千年一道铁门槛，此时已被撞成了残缺的月。

范闲停下脚步，伸手扶住撑着铁钎想要站起的五竹叔。

五竹已感觉到他的到来，不再试图继续站起，而是坐回地面，缓缓地低下头。

前方传来皇帝疲惫的声音："赶紧结束了吧。"

范闲抬起头来，看着皇帝平静地道："是的，应该结束了。"

来自遥远东山、澹州、江南、泉州的风来到京都，进入皇宫，闯入大殿，在他身周缭绕不去。

风是如此温柔，就如他此时的呼吸，无法用绵长形容，因为并无间隔，就像真正的风。

那些微息来自他身体表面的每个毛孔，来自每个细胞，来自每根乌发的发根。

一阵铮铮轻响，他的黑发散开，藏在里面的细针落在地面。

一切外物，在此刻都已经不再需要。

皇帝看着他，带着极其复杂的情绪喃喃道："这不可能。"

太极殿里一片安静，过了一会儿再次响起范闲的声音。

"是的，这不可能。我从来都不觉得一个人堕入最深的渊底却能忽然化龙飞出，也不相信否极泰来这句话，因为这不唯物，这不合逻辑，没有道理，最重要的是，数学没有这样的。"

"唯物与逻辑我应该听过，数学……"皇帝微微挑眉。

范闲道："意思就是说，当年你经脉尽断变成一个废人，不管是按照热力学定律或者什么函数，你都没有道理忽然就好了，甚至从霸道卷突破至王道卷……这不合理。"

皇帝若有所思地道："是吗？那朕当年是怎样做到的？你……今日又是如何做到的？"

"具体的缘由我不是很清楚，可能我的母亲与五竹叔自己也不清楚，毕竟霸道功诀如你所言，确实有些特殊。但现在看来，当我们置身于永恒深渊之时，需要有人来打救。"

范闲停顿了一会儿，又道："打救是我以前曾经熟悉，但你应该不熟悉的一个词，本意就是拯救的意思。只不过这个词里有个打字……意味着对方是来救我们的，却有某个动作。"

皇帝隐约猜到他想说些什么，脸色变得有些难看。

"在我们处于将死未死、比死更痛苦的状态时，如果有人愿意为了解除我们的痛苦，拯救我们出苦海而选择打死我们……那么这就是一个打救的过程。"范闲盯着皇帝的眼睛，一字一句道，"那个人必须不惮于被世人误解，把我们的存在视之高于我们的生命，高于他们的名声，是真正将我们视作最宝贵的存在，才会做出这样的选择。"

皇帝微微抬起下颏，眯着眼睛，面带寒霜。

范闲道："今日不忍见我痛苦，让我去死的人是我的妻子、我的妹妹、我的同伴，如此方有此刻的机缘。而对于陛下来说，当年北伐之时，你经脉尽断，身边只有一个人会这样做。那个人就是陈萍萍。"

"不。"皇帝毫不犹豫、斩钉截铁地道，"那条老狗当日与宁才人暗通款曲，不想朕活着回到京都，才暗中下了黑手，事后却百般遮掩，说什么延请名医，真是可笑……"

原来这就是历史的真相，或者说是几种真相的合集。

当年庆国第一次北伐，皇帝还是太子，忽然暴病卧床，经脉尽断，险些身死。

在史书记载里，全靠陈萍萍带着黑骑北上救人，与宁才人一路舍命相救，陛下才活了下来。

原来，陈萍萍曾经试图让某人解脱，然后像今天的影子一样，身受反噬。

难怪，皇帝这么多年始终对他有所猜疑，有所提防。

以往范闲并不知晓当年的真相，只是对别的事情有所猜疑。比如陈萍萍作为当年的内廷高手，他应该有的一身本事去了何处，就算被肖恩重伤，何至于后面几十年就只能在轮椅上苟延残喘？

如今那些猜想终于有了一个合理的解释，他不禁生出无限感慨，喃喃道："尽被辜负啊……"

皇帝冷笑一声，道："辜负？朕允他如此做了吗？"

范闲道："当年他只是想给你一个解脱罢了，你不领情也罢，时隔数十年……我来也好。"

说完这句话，他接过五竹手里的铁钎，微微用力。伴着极其低沉却又刺耳的金属振鸣声，严重弯曲的铁钎缓缓变直！

要知道这铁钎看着很寻常普通，与监察院六处的兵器相仿，但绝不是哪个铁匠随意打造的铁钎，而是出自神庙的产物，不管是与叶流云的手、苦荷的真气还是四顾剑的剑相对都不落下风。这铁钎今日不知斩断多少军中利器都没有折断，此时却被他用一双手便扳直了！

叶重与更远处的一些内廷高手，看到这幕画面都不由震撼无语，心里感叹：这是什么境界！

皇帝眯眼盯着他，看了很长时间，忽然道："朕，再教你一次。"

雨早已停了，天上的乌云早已变成白云，越来越白，越来越美，越来越亮，皇宫的空气里充溢着雨洗青天的美好气息，越过宫墙的极东边天穹线处，正隐隐有些什么美丽的不吐不快的事情发生。

两道人影从太极殿里飞出，在无雨的天空带起一道平行于南面的雨水，在空中留下无数道残影。

没有任何人能够看清楚发生了什么，一阵恐怖的绝对静默之后，无数声响连绵而发，像一串天雷连串响起，又像高天上的风瞬间吹破了无数情人祭放的黄纸灯，啪啪啪啪……

这对父子不及对视，便化作了太极殿前的两个影子，彼此做着生死间的亲近，似乎空中又有无数的黄纸灯被罡风刮破，噗噗响个不停，令人心悸，也令人厌倦地响了起来。

　　青石地面上积着的雨水，像是被避水珠劈开了一条通路，向着两边漫开，露出中间干净的石砖，而在石砖之上约半只手掌的距离，两道身影如鬼魅般飘行不定。

　　轰的一声，那抹明黄的身影撞破了夹壁处的宫门，直接将那厚厚的宫门震碎，震起漫天的木屑。

　　木屑像蕴含着强劲力量的箭矢一般向四面八方射出，嗤嗤连响，射穿了宫门后的圆形石门，激起一片石屑，深深地揳进了朱红色的宫墙中。

　　明黄色的身影撞破了宫门，紧接着又重重地撞到夹壁中的铜制大水缸上，随后发出了一声闷响。

　　铜缸里的水受到撞击，开始荡漾，就像将要越过大堤的洪水，就像泉州水师出海时掀起的波澜。

　　范闲的身影随着那些波浪而去。

　　明黄色的身影再次撞向别的铜制大水缸，惊起一声又一声的嗡鸣，就像是钟声。

　　钟声连绵不绝，直至回到太极殿里，余声久久不散，带着颇为不吉的意味。

　　伴着风声，范闲倒掠十余丈，回到了门槛之前，手中的铁钎不知去了何处，浑身都是斑驳的血渍，本就瘦削苍白的脸颊更显疲惫，眼神却是平静而又明亮。

　　皇帝坐倒在御座下方，浑身是血，花白的头发披散，有些不理解地看着范闲。

　　那根铁钎正插在他的腹中。

　　鲜血顺着铁钎缓缓地淌落，带走皇帝的精神与脸上的血色。

　　范闲此生从未这样强大过。

皇帝此生从未这样虚弱过。

殿外远处隐隐传来哭声，那是恐惧的哭声，并不见得有多少伤感。

满身盔甲的叶重缓缓地跪倒在积水里，如一座山垮塌。

更远处的宫墙下，很多宫女太监也跪了下来。

"你为何会松手？"

先前皇帝借天时连退，最后借地势连阵，以王道起大水，便是要与范闲正面分出胜负。

今日的范闲刚刚破境，无论体悟还是经验都远远不如皇帝，如果正面作战，即便他能胜，只怕也要付出生命的代价。可问题是，刚刚破境的武道修行者，谁能克服……战胜一位大宗师的欲望？

范闲提前就放了手，所以没有死。

皇帝不理解他为何能做到。

"我不在意能不能胜过你，只是想结束这一切。"

范闲看着他问道："胜负……真的这么重要吗？"

皇帝没有理他，低头望向腹中的铁钎，再次生出无穷无尽的疲惫与厌烦，伸出右手，稳定地握在了铁钎上，开始以一种令人心悸的冷漠，缓缓向身体外抽离。

鲜血从他的双唇间涌出，从他的腹中涌出。

有一句老话——刀刃从伤口抽出时，痛苦最甚。

这可以用来指人生，也可以用来指此时的情景。

当皇帝缓缓抽出铁钎时，就像揭破了这些年一直被面具掩藏在黑暗中的伤疤、那些他以为早已经痊愈了的伤疤，想起了很多人很多事，痛楚让他的脸更加苍白，白得不像一个正常人。

范闲没有任何喜悦，也没有任何成就，情绪非常复杂……他总觉得眼前这一幕不真实，像大雪山一样高不可攀，冰冷刺骨，强大不可摧的皇帝陛下……居然也会有山穷水尽的时候？

而且，他何时变得如此苍老了？

正如皇帝陛下先前对五竹所说的那样，这世上本来就没有神仙，五竹不是，他也不是。

这几年他受到太多背叛、刺杀，伤势延绵至此时。今日与五竹惊天一战，再战突破境界的范闲，纵是世间最强大的君王，也已然到了最后的时刻。他抬起头来，望向范闲的眼睛道："不在乎过程，只在乎结果……你这张脸生得似你母亲，偏偏这张唇却有些似我，薄极无情，果然不假。"

片刻后，他再次开口道："但至少朕可以对列祖列宗说，朕此生从未败过。"

范闲重生后拥有常人不能及的冷静甚至是冷酷，然而此刻听到这句话，却是从内心深处涌出了一丝酸，一丝空，一丝怒，他大声喝道："够了！"

皇帝静静地看着这个儿子的双眼，看着他因为愤怒而微微扭曲的英俊的面容，忽然冷冷笑了起来，似乎是在笑对方的失态、对方的畏惧，以及那丝不知从何而来，怪异的愤怒。

"朕此生从未败过。"皇帝缓缓抬袖擦去了唇角的鲜血，"朕只是感觉到，朕似乎要死了。"

失败与死亡是两种概念，失败乃胜负，生死却往往属于天命。

一位君王的失败必定会导致他的死亡，而一位君王的死亡，却不见得是因为他的失败。

皇帝忽然问道："弑君？弑父？还是为母报仇？你说以后的史书会怎样写今天呢？"

范闲沉默了一会儿，道："那并不重要。"

"你曾说过，你死后哪怕洪水滔天，朕却不得不想。"皇帝看着范闲，唇角的笑意越来越浓，渐渐充满了嘲讽的意味，"你母亲只是试图改变历史的进程，你却妄想阻止历史的进程，这是何等样狂妄而天真的想法。"

范闲低声道："其实您或我，在历史当中，都只是很不起眼的水花。"

"不，史书上必将有朕的一页。"皇帝的眼里闪过冷酷而骄傲的光芒。

范闲沉默了一会儿，道："那是必然的事。"

皇帝看着他，眼神渐渐平静："以后天下就是你的了，东夷城是你的，江南是你的，京都是你的，就连北齐……也应该会是我孙子的，如此看来，这也是个不错的结局。"

到此刻范闲才发现，自己还是低估了皇帝老子，原来自己这些年的想法与准备根本没有办法瞒过他，就连北齐那边的红豆饭，他也知道……

皇帝微眯着双眼，隔着宫墙，看着东面的碧蓝天空，似乎发现那边可能要有什么美好的事情发生。

他似乎想到了什么，右手微微弯曲，想要握住什么，眼里的光芒从涣散中渐渐凝聚，欲要看清楚什么，此刻脑海里泛过无数的画面，好像要记住什么。

没有谁比他更清楚自己的身体状况，或许从去年初八的风雪天开始，他就预见这一天必将到来，这不是还债，只是宿命罢了。然而为何他的心中还是有那般强烈的不甘，以至于他皱极了的眉头，像极了一个问话，对着那片被雨洗后，格外洁净的碧空，不停地发问。

少年时在破落王府里的隐忍屈辱；青年时与友人游历天下，增长见闻；壮年时在白山黑水、落日草原上纵马驰骋，率领着不计其数的儿郎打下一片大大的疆土，剑指天下，他要打下一个更大的江山，意在千秋万代，不世之业，青史留名。然而这一切，却要就此终止，他如何能够甘心？

如果庆帝知道这些横亘在他人生长河里的人物，比如叶轻眉，比如五竹，比如范闲，其实都不是这个世界的人，会不会生出，"天亡我也，非战之罪"的感叹？

他只是在想。

如果没有那个女子，就没有跟着她来到世间的老五，也就没有安之，也许没有内库，没有很多的东西，然而朕难道就不能自己打下这片江山？不，朕一样能够，大不了晚一些罢了，没有"无名功诀"又如何！大宗师这种敢于与朕抗衡的人物，本就不应该存在，不是吗？

只是……如果没有如果，如果没有叶轻眉，或许朕这一生也就没有了那段……真正快乐的日子？

皇帝忘却了体内生命的流逝，陷入了这个疑问之中。当初在小楼里，范闲曾经提出过这个问题，然而直到此时，他才真正对自己发问，或许是因为过往的这数十年他一直都不敢问自己这个问题。

他艰难地抬起衣袖，擦掉唇边的鲜血，收回目光，恢复了平静，垂死的君王依然拥有着无上的威势与心志，冷漠地看着面前的范闲与五竹，似乎随时可能用生命最后的火光，去燃烧对方的生命。

一阵长久的沉默。

范闲抹掉唇边的鲜血，注视着皇帝陛下的每一个动作，只是连他都没有发现，自己不仅薄薄的双唇像极了皇帝，便是这个抹血的动作，也像极了对方。

皇帝的手落在了黑色的箱子上。

范闲并不担心，因为知道对方来不及做什么，只是有些不解："今天你为什么不用箱子？"

"那把枪？"皇帝挑了挑眉，"那是你母亲的东西，不屑用。"

范闲道："你已经用了很多她留下来的东西，何必在这时候倔强。"

皇帝道："人之将死，总要在意一些颜面。"

范闲的声音有些干涩："你……要死了？"

"是的，朕要死了。"皇帝重复了一句，然后将披散的头发拢到脑后，淡然道，"朕此生最想弄明白几件事情，比如神庙、陈萍萍的忠奸、箱子的本体，现在就差一个还不知道。"

"什么事情？"范闲问道。

皇帝望向靠在门槛上的五竹，道："朕很想知道他这张黑布后面藏的究竟是什么。"

人间最强大的君王，最后一次出手的目标，选择的是五竹而不是范闲。

或许因为范闲是他的骨肉；或许因为他认为五竹这个让他厌烦的神庙使者实在很应该死；或许因为他一直觉得，人间的事情就应该由人来解决，而不应该让那些狗屁之类的神祗插手；或许只是因为他最后发现范闲的某些形容动作实在和自己很相像……

总而言之，他抬起右手，一道王道真气如闪电般割裂空气，越过范闲，落在了五竹的脸上。

五竹的颈椎猛然一折，向着后方仰去，黑布落下。

时间……仿似在这一刻凝结了。

那块黑布在清风中缓缓飘了下来。

有一块黑布遮在监察院的玻璃窗上，用来遮掩皇宫的刺目光芒。

有一块黑布遮在五竹的眼睛上，用来遮住这片天。

这一块黑布不知道遮了多少年，似乎永远没有被解开的那一天。

几百年、几千年、几万年，一直如此。

今天这块黑布落了下来，黑布之下，是……一道彩虹。

一道彩虹从五竹清秀的眉宇间喷射而出，从那双清澈灵动而惘然的双眼间喷射而出，瞬间贯穿了那道明黄色的身影，将皇帝不可置信的面容映得明亮一片，然后落在大殿的匾额上。

仿佛一条火龙从虚空里生出，点燃匾额，继而点燃了整座太极殿。

皇帝的神情变得平静放松，在熊熊烈火中骄傲地挺直了身体，脑中飘过一丝不屑的思绪。

——原来如此，不过如此，依然如此。

世间至强之人，便是死亡的这一刻，依然要留下一个强横到了极点的背影。

这个背影在这道温暖的彩虹之中，显得格外冷厉、沉默、萧索、孤独，却又异常……骄傲。

漫天飞灰，渐渐落下，好似用来祭奠人间无常的鞭炮碎屑，铺在了宫前广场的血泊之中。

与此同时，越过宫墙的东方天穹，那处一直觉得将有美好事情发生的地方，在雨后终于现出了一道彩虹，俯瞰着整个人间。

　　入夜，熊熊燃烧的太极殿大火已被扑灭，幸亏今日雨湿大地，不然这场大火只怕要将整座皇宫都烧成一片废墟。

　　没有谁能隐瞒皇帝陛下遇刺身死的消息，虽然直到此时，仍然没能找到陛下的遗骸。

　　行刺陛下的不是北齐刺客，而是南庆史上最大逆不道、十恶不赦的恶徒范闲。

　　朝廷在第一时间内就确认了这个消息，如果不是胡大学士与叶重强行镇压下京都的悲愤情绪，或许就在这个夜晚，范府以及国公巷里很多宅子都会像太极殿一样被烧成废墟。

　　除了胡大学士以及叶重，真正控制住局面的还是那位临国之危、登上龙椅的三皇子李承平。

　　当然，监察院以及隐在暗中的某些势力也发挥了很大的作用。

　　谁都想不到，被通缉的钦犯范闲这时候还在皇宫里。

　　他在黑夜的遮掩下，收回望向太极殿方向的目光，来到了曾经的小楼前。

　　太极殿被烧毁了，小楼更是早已被烧成一地废灰，他走在没膝的长草之中，微微低头，不知道是来做什么，还是说，他只是想来向叶轻眉述说今天发生的这一切？

　　姚太监在小楼遗址旁出现，傍晚的时候，他便被李承平用一道旨意从监察院召了回来，言冰云没有阻拦。姚太监走到范闲的身前，递过去一个小盒子，低声道："这是陛下留给你的。"

　　范闲木然地接过盒子，看着消失在夜色中的姚太监，心中猜想陛下留给了自己什么？为什么要留？难道事先他就知道自己过不了今天这一关？

　　打开盒子，里面是一方白绢和一封薄薄的信。

范闲手指微僵，在第一时间认出这是什么——这是当年他夜探皇宫时，在太后凤床下看到的三样物件之二，其中的箱子钥匙早已经被他复制了一把，而白绢和这封信便是另外两样。

四年前长公主在京都叛乱时，范闲曾经试图再次找到这两样物件，结果发现已经不在含光殿，如今想来，肯定是陛下放到了别的地方。

范闲用指尖轻轻地摩挲着白绢的表面，定了定神，打开了并没有封口的信封，细细看着，眉头渐渐皱了起来，然后又舒展了开来。

这是叶轻眉当年写给庆帝的一封信。

从信中他知道白绢是当年太后赐给妖女叶轻眉自尽用的白绫，叶轻眉在太平别院接到旨意之后，直接将这条白绫原封不动地送回了宫中，送到了太后的床前。想必只有五竹叔才能做到这件事情，想必那天太后被吓得极惨，所以她一直把这条白绫留着，以加深自己对于叶轻眉这个妖女的恨意。

除了以玩笑口吻表达自己的强烈不满之外，叶轻眉的这封信里没有其他值得留意的内容，通篇只是些家长里短，五竹如何、范建在青楼如何，配上那些拙劣而生硬的字迹，实在是不堪卒读。

范闲不明白，为什么皇帝老子会如此珍视这封信，最后还要留给自己？难道说自己想错了，不论是白绫、钥匙，还是这封信，其实都是陛下藏在含光殿，而不是太后藏的？

他摇了摇头，不再去想这些注定要湮没在历史里，没有任何人知晓答案的问题，接着却注意到了第二张信纸后面的那些字迹。

这些字迹遒劲有力，却控制着情绪，写得格外中正有序，很明显是陛下的字迹。

范闲认真地看了很久很久之后，轻轻地叹了一口气，双手一紧，下意识里想将这封信毁掉，然而他却停下了动作，慢慢将信纸塞回信封，放入怀中收好。

"朕没有错。"

这是庆帝留在信纸后面最后的几个字，看似是异常强大骄傲的宣告——在信纸上对着一个逝去的女人的宣告,实际上只是一种幽幽的自问。

谁也无法解答这个问题，除了历史。

不，就算是那些言之凿凿的史书，也无法评判皇帝陛下这一生的功过是非。

由叶轻眉与陈萍萍而发，他对皇帝陛下只有仇恨，然而他与皇帝之间的关系又岂是血缘这般简单，这种情绪复杂至极，根本不是文字所能言表。

皇帝陛下死了，直到此刻范闲觉得从身到心一片麻木寒冷，不敢相信这个事实。他总觉得那个男人是天底下最强大、最不可能战胜的人，怎么就死了呢？他有些宽慰，却没有报仇后的喜悦。他有些难过，却怎么也哭不出来，只是麻木，麻木地站立在这寒冷的风中。

——正如那个风雪夜，他对皇帝陛下所言，他所求的只是心安，只是私怨了结罢了，并不牵涉正确与否的大命题，要知道人类本来就不是一种追求正确的物种。

他忽然想起了靖王爷珍藏着的叶轻眉的奏章书信，想到当年叶轻眉给皇帝的信里总是在谈关于天下、关于民生的问题，像今天这样寻常口吻的信倒真是只有一封，或许正是因为这个缘故，皇帝陛下才格外珍惜？一念及此，他的唇角不由泛起了一丝苦笑。皇帝陛下与叶轻眉，毫无疑问是人世间一等风流人物，说不尽的风华绝代，然而二人一朝相遇，却真不是什么幸福的事情。陛下遇着叶轻眉这样的女子，何尝不是一种痛苦，然而叶轻眉遇到庆帝，则更是怎样都难以言喻的悲哀了。

他木然地站在夜宫中，站在长草间，看着小楼的遗痕发呆，直至此时，他依然不知道叶轻眉葬在哪里，父亲范建当年的话，如今看来只是一种安慰罢了。小楼里那幅画像上的黄衫女子已经化成灰烬随风而去，皇帝陛下也化成灰烬随风而去，或许在天地间的某一个角落，他们会再次碰触在一起？

末章 后来

很久很久以后的一个春天。

美丽的杭州城内,一位年轻的公子哥骑在大青马上,身后跟着许多伴当、仆役、护卫,阵势颇大。这位年轻公子行于西湖之畔,不时抬起手撩开扑到面前的柳枝,面容含笑,没有那种故作潇洒的做作,反透着一股儒雅贵重的感觉,有着说不出的自在。

湖上偶有游舫行过,却没有传闻中的美丽佳人在招摇着红袖。这位公子哥身旁一个管家模样的人尖着嗓子笑道:"都说西湖美人多,怎么却没有看见?"

公子哥微微皱眉,大约是觉得这个管家说的话太失身份。另一位高手模样的人冷声道:"抱月楼倒是开遍天下,可如今有人天天要在西湖钓鱼,谁还敢在西湖里做这营生?"

这话说得有些古怪,还带着一丝抑制不住的冷意。

如今的南庆依然是天下第一强国,监察院虽被改制,连院长一职也被撤除,然而皇帝对吏治的监管依然严苛,凭恃着国库的充盈,也学了某个前人的法子,大幅度地提升了官员的俸禄,横行乡里之事虽说不能完全杜绝,但杭州城这等风流盛地,难不成还有人敢霸占整个西湖不成?

年轻公子微微皱眉,看着远处避让自己一行人的百姓,注意着他们的服饰与面色,心绪微起波澜。

数年前南庆北伐，正值紧要关头，皇宫内发生了一件惊天大事。范闲入宫行刺庆帝，庆帝不幸身死，此事一出，天下震惊，国朝动荡不安，已经攻到南京城下的南庆铁骑不得已撤军而回，白白放过了吞入腹中的美食，北伐之事就此延后。然而待新帝整肃朝纲，培植心腹，令庆国万千百姓重拾信心之后，北伐却仍然没有被摆上台面，竟似乎有永远这样拖下去的感觉。

北齐并未因南方动荡就放松了警惕，在战家皇帝的精心治理下，国内一片欣欣向荣，国力正在逐渐恢复之中，若再这般僵持下去，只怕南庆再次北伐会变得格外困难。

对那场行刺事件的细节，所有知情人都讳莫如深，想用最快的速度将范闲钉上耻辱柱——世人皆知如今的陛下与范闲有兄弟之情、师生之谊，但总不可能放过杀父之仇。令所有人奇怪的是为什么南庆朝廷没有把这件事与北齐人，或者东夷城拉上关系，借着举国之愤，披素而发，直接将北伐进行到底，反而有意无意地将北齐与东夷从这事件中择了出去。

没人知道，大青马上的年轻公子哥便是如今南庆的皇帝陛下，自然也没有人能认出，此时陪伴在他身旁的高手，便是如今南庆的第一高手，枢密院副使叶完。

如果北齐人察知了这个消息，知道这二人同时出现在远离京都的杭州，只怕会派出大批的杀手来试一下运气——皇帝和叶完若同时死了，南庆的元气只怕要伤一大半。

但南庆皇帝并不担心安全问题，叶完本就是天下极少的九品上强者，四周还不知道隐藏了多少大内高手。最关键的是，在西湖边上，世间还有谁能够伤害到自己？

"十来年前，应该是庆历六年，朕在江南待了整整一年。"李承平坐在大青马上，眼睛望着波光温柔的西湖水面，眼波也自然温柔了起来，"虽说在苏州华园待的时间久些，但西湖边上的宅子也住了不少日子，如今想来，那竟是朕此生最松快的日子了。"

"陛下肩负天下之安，万民之望，自不能再如年少时一般轻松快活。"叶完不咸不淡地说了一句话，此时身处西湖柳堤，身周尽是宫里来的人，所以君臣间说话，也没有怎么避讳。

李承平听着叶完老气横秋、隐含劝诫之意的话，微微一笑，没有流露出厌恶的情绪，一则是他喜欢叶完对自己的忠诚，二来叶完当初毕竟是他的武道太傅……虽然直至今日，他也只是将那个许久不见的人当成唯一的先生。

一行人沿着西湖清美的柳堤缓缓前行，往靠山处走去，来到了一处灰墙黑檐透竹风的雅致院落外。

"多年不来，这院子倒没怎么变。"李承平感慨了一声，翻身下马。院门早已大开，做好了迎接陛下微服到访的准备。他站在中门大开的仍有印象的院落前，整理了一下衣衫，迈步而入。

西湖旁的这座宅院面水背山，后方一片清幽，却没有太多山阴湿瀌的感觉，湖水荡走的温煦的风，在树林里穿行，贯入这片宅院，让院后那间书房里说话的声音也变得极其温柔起来。

"先生，朕这几年全亏了您暗中支持……"

"先生，朕有所不解……"

"先生……"

被李承平称为先生的那个人沉默了很久，直至很久之后，声音才轻声响了起来："陛下既然来了，那就在西湖多休养一下。江南风光好，气候好，总比京都里暑热冬寒好许多。"

李承平也沉默了很久，带着一丝极细微的幽意道："先生，朕……终究是一国天子。"

"陛下，我很清楚这件事情，然则……我早已不是庆国之臣了，不是吗？"

"先生，关于内库的事情，您终究要给朝廷一个交代，如今监察院已经查出那个村子的下落，朕身为帝王，总不可能装聋作哑。"

"若有哪位大人对此事心生怒意，不妨让他来找我，我不介意让他知道这座内库究竟姓什么。"

谈话至止陷入了僵局。书房靠着院落的那面开着一扇窗，玻璃窗，范闲坐在窗下的明几旁，将目光从李承平的脸上移开，微微眯眼，望向了院中的那一株桃花。

他在天下消失了好几年，甚至已经从茶铺街巷的议论中消失，不用怀疑，说不定有很多人已经忘记了南庆朝的诗仙、权臣，以及最后的叛逆。他的脸并没有什么大的变化，数年光阴，不足以在他的眉间、发梢添上风霜之色。他依然如过往那般，只是神态越发从容不迫，深静如水。

叶完眉头渐皱——多年未见此人，虽然暗中知晓此人在世间活得滋润，但他始终无法接受这个事实。一个行刺先帝的叛逆，居然还能在南庆的土地上安安稳稳地过着小日子！他清楚眼下并不是发作的时候，却忍不住寒声道："小范大人，在陛下面前，最好谨守臣子的本分。"

范闲笑了笑，没有说什么，他知道不仅叶完恨不得将他食肉寝皮，其实南庆朝廷里的大部分官员对那个已经消失的他都有如此强烈的恨意。为了平缓这股恨意，这几年南庆朝廷早已经将范氏一族打下尘埃，范族家产全部被抄，没有纳入国库，交由靖王府看管——因为陛下的母亲出身柳国公府，因此国公巷方面倒没有被范闲拖累，范氏族人大部分也早已经离开了京都，家产被抄，却交由靖王府，可以堵住绝大多数臣子的嘴，又哪里真正伤害到了范闲。

"多年未与陛下见面，虽说朝事繁忙，还是多住两日吧。"范闲竟理都未理叶完，继续与皇帝说着家常话，自然流露出绝对的自信。

李承平涩涩地一笑，回道："也好，许久未见晨姐姐和那对活宝了。"

范闲也笑了起来，道："这时候淑宁和良哥儿只怕跟着思思在练大字。陛下先去，我换件衣裳便来，现如今天天嗜睡，将才起床，实在是怠慢了。"

南庆皇帝李承平以及大将叶完，就像两个寻常的客人一样走出了书房。

西湖范宅的管家谦卑地在前面领路，这位管家面貌清秀，一看便令人心生可喜亲近之意。他的脸上还留着几处痘痕，有些碍眼，但被他脸上温暖平和的笑容一冲，并不会令人生厌。

在清幽美丽的石径上行走，李承平看着前方那位管家的背影，忽然皱起眉头，觉得有些眼熟，尤其此人先前一番应对，深有宫廷之风，让他莫名想起一个曾经很重要的人物。

"洪竹？"他试探着喊了一声。

"是，陛下。"那位范宅的管家身子微微一僵，旋即转过身来，恭敬地行了一礼。

李承平用一种怪异的眼神看着他，看了许久，然后幽幽开口道："先生离开京都之时只是向朕把你要走，朕一直不解，没料到，你居然一直跟在他的身边。"

此时，他的心里涌起无数念头，然而也没有再说什么，只是挥了挥手，让洪竹继续领路。

微服出巡的南庆皇帝没在西湖边上待多久，只不过是三日工夫，与范闲再次进行了两次徒劳无功的谈话之后，便与叶完离开了西湖旁的范宅，向着苏州的方向前行。

整个南庆朝廷只有最上层的几位大人物才知道范闲隐居在西湖之畔。如今依然任着江南路总督的薛清也知道，李承平登基后，对天下七路的总督进行了轮换，却一直没有动江南路，一方面是因为江南路乃庆国重中之重，另一方面是存着用薛清制衡隐居的范闲的念头。

马蹄声中，李承平忽然开口道："先生还是重情义的。"

当年事件爆发时，他才知晓洪竹原来是范闲的人，这个被埋得最深的棋子，最后却用在了保全冷宫逃人的作用上，这让他颇为感慨。事后范闲要走了洪竹，他本以为先生是要杀人灭口，今日一见才知晓，原来先生真的是看重故人，不免心生感慨。

叶完微微挑眉，他当然希望皇帝陛下对范系势力进行最彻底的打击，不过他也清楚范闲对南庆、对整个天下拥有怎样的影响力，如果陛下心意不坚，万事休提。

"朕知道你想说什么，不用说了。朕自幼跟着先生学习，知晓先生是一个什么性情的人，母后也绝对不会允许朕有旁的想法。再说，朕就算有想法又能如何？"李承平毫不掩饰地苦笑起来，心知在朝廷里，只有这位才是最有能力辅佐自己的忠臣。至于先生，他又怎么可能来辅佐自己？只求他不要再闹出什么大事来便好。

有些不甘吗？还好，他坐上龙椅已经很久了，可心底深处依然残留着少年时对范闲的忌惮、害怕、感激以及……崇拜，这种情绪很复杂，所以他此时的目光也很复杂。透过官道旁的青树，看着东南美丽的春景，他幽幽道："没有先生，朕也不可能坐上这把椅子。"

除了朝廷官员以及太学里的学生，对"范闲"这个名字仍然保留着强烈的杀意，其实天下的百姓对范闲并没有太多的愤慨，毕竟，那些普泽民间的物件、凳脚，以及堂上处处都刻着一个大大的"杭"字，杭州会的"杭"。

而且谁让他是现在人间唯一的大宗师呢？

西湖边的生活很舒适，范闲在这里已经过了好几年平静日子，只是今年春天的平静被皇帝陛下的突然造访扰乱了。他的心似乎也从平静无波的境界中脱离出来，就在李承平离开后的那个清晨，他顶着新鲜的露水，开始在园子里闲逛。

一对儿女已经大了，早已启蒙，如今正跟着思思天天辛苦地练大字。当年在澹州的时候，思思便替范闲抄了不少的《石头记》，一手小楷写得漂亮至极。范闲有些心疼孩子们这么早便要起床。

林婉儿从他身后走了过来，取了一件单衣披在他的身上，小声道："小心着凉。"

"昨儿玩麻将到什么时辰？"范闲促狭地看了她一眼，如今思思负责孩子们的读书事宜，林婉儿除了偶尔看看杭州会的账册，便没有什么事可做，于是将有限的生命投到无限的码城墙工作之中，并乐此不疲。

"家里这些人水平不成，玩了几把便散了。"林婉儿笑嘻嘻地应道，如今她也是一位二十多岁的少妇，言笑间还是那般阳光清柔，大大的双瞳里不惹尘埃。

"等老二回来了，看他怎么收拾你。"范闲笑道。

"昨个儿鱼肠来了，带来了父亲的口信，当时陛下正在和你说话，我便没去扰你。"

鱼肠便是那个黑衣虎卫，跟随着退职的户部尚书范建很多年，是范族最值得信任的亲信。听到这句话，范闲眉头微微一皱，问道："父亲那边有什么事？"

"没什么大事，只是让我们过些时候回澹州一趟，祖母想你了，思辙也要从上京城赶回去，只怕来不及先到杭州。"林婉儿轻声应道。

"那便回吧，思辙那小子……"范闲叹了口气，"当初我把事情想得很美，想着老三当上了皇帝，思辙就可以回京，说不定将来再做个户部尚书……然而只怕他此生都难以在京都出现。"

"这些先莫去管，鱼肠还代父亲大人问了一句，十家村那边究竟如何处理？"

"按计划慢慢来。朝廷既然知道了，何必再遮掩太多，老三这孩子说话依然像小时候一样不尽不实，明明心里担心得要命，却不肯把话点透，既然如此，我也不好说太多。"

"说到陛下，我觉得这两天你对陛下的态度可真是有问题，没注意到叶完那张黑脸？"林婉儿笑道，"虽说你与他关系不同一般君臣，但如今他毕竟是皇帝陛下，至少面上的功夫要做些。"

范闲微笑道："我花了半辈子的时间，才做到不跪人，自然不能为他破例。"

是的，在如今的天下，不论是北齐那位皇帝，还是南庆这位皇帝，范闲在他们的面前，都不用下跪，若他下跪，只怕这两位皇帝反而会震惊无比，陷入无穷猜疑。

"老三已经大了，也该有些自己的想法了。"夫妻二人走到了竹林深处，向着远方的那一白石突起处行去，范闲淡然道，"去年老戴被他赶出了宫，还不是因为我的缘故。老戴留下了一条命，也算是老三给我一些面子。"

"侯季常也被他提起来用了。"他站在那白石堆砌而成的突起前，静静地道，"这是不行的。"

话语虽然简单，却流露出了一丝不容置疑的力量。林婉儿怔怔地看着他的侧脸，并不认为夫君这句干涉朝政的话有多么不可思议。在庆帝死后的这些年，那些与范闲相关的力量似乎全部被朝廷抄没、打散，然而真正了解内情的人都知道，一旦他愿意，依然可以翻云覆雨。

"你不是一向不想干涉京都朝局，为什么此次却要伸手？难道你不担心激怒陛下？"

"事涉季常，这是陛下在试图激怒我……朝堂上的事情，我本就不想管，然而如果他试图一步步地试探我的底线，我不介意把底线摆得更向前一些……我比你更了解老三，老李家的都是王八蛋。"

说完这番话，他回头静静地望着那片白石砌成的突起处。

那是一座坟墓。

陈萍萍的坟墓，被他放在了山清水秀的西湖边上。

宁才人数年前便被接到了东夷城，当然那时候已是宁贵太妃，与她一同前往的还有大王妃玛索索、王大都督家的那位小姐王瞳儿。前年的时候，大皇子回京陛见，一应如常，只是如今的东夷城名义上归附于南庆，实际上却是一个由大皇子与范闲共同统治的独立王国。

王瞳儿随和亲王府搬到了东夷城，王志昆自然无法再在燕京大都督的位置上坐下去。叶重心伤陛下之死、南庆之乱，勉强维持了一段时间的朝堂秩序之后，便告老辞将而去。南庆军方，随着这两位元老的隐退，开始了一场新陈代谢,叶完正式站到了京都舞台上,却远远无法威胁到范闲。

庆帝走后,天下再也没有能够与范闲抗衡的人物,不要说叶完,就算李承平也不行。范闲的力量过于广远,过于散布,散在天下之中。他手中拥有天下第一钱庄、剑庐强者的效忠,他在内库里依然有无数的眼线与亲信。夏栖飞执掌的明家仍然是庆国最大的皇商,范思辙在北齐的生意仍然是内库走私的最大承接者,北齐皇宫里的那位小公主则是他的亲生女儿……

范闲能够拥有与人间帝王完全平等、甚至更胜一筹的地位,除了上述的这些原因,其实最重要的便是他过往的历史与他所拥有的强大武力支撑。

与他亲近的人在天下织成了一张大网,一环扣着一环,无论是谁想伤害他、伤害其中的某一环,只怕一定会迎来范闲的打击。而且现在谁都知道,范闲的强大,范闲的无情。

所以如今的天下——很太平。

范闲静静地看着陈萍萍的坟墓,看着被露水打湿的白玉石,沉默不语。已经有些日子没有来这里看老跛子了,如果不是昨天被老三勾起了某些当年的思绪,或许他今天也不会来。

如今的他生活得极好,他的下属、亲人、朋友也生活得极好,史阐立与桑文已经成婚,那名曾经在抱月楼里挨了范闲一掌的侠客不知所终。他的人生似乎已是十全十美,别无所求。

越是如此,他越觉得坟墓中的陈萍萍很孤单。

那些外面的白玉石,掩住了这位老人与生俱来的黑暗阴影,却无法让他的心稍微暖一些。

他沉默许久,摘了竹林旁的一朵小黄花,轻轻地放在坟上,然后转身离开。

陈萍萍的墓没有立碑,只是在旁边的山石墙上刻着一首诗,上面写着:

孤帆一叶澹州天,只在相携师友间。社稷岂独一姓重,乾坤谁怜万民悬？冲天黑骑三千里，孤苑白首二十年。莫道秋至残躯老，笑看英雄不等闲。①

西湖的生活悠闲自在，并没有什么值得大书特书的事，唯一令范闲有些不愉快的是，为了他要照拂的那些人，他退而无法隐，远渡海外去觅西方大陆的念头，似乎在短时间内无法实现。毕竟他若离开，这片大陆不知道又会生出多少风波。这不是自恋，也不是自大，而是事实。

唯一出现的小插曲大概便是范无救的行刺。这位二皇子八家将最后残留的一人，为了替二皇子及同僚复仇，隐忍多年，甚至最后投入贺宗纬门下，却还是被监察院捉了。监察院没有杀死此人，依范闲的意思将其放逐，不料此人竟在西湖边上再次觅到了行刺的时机。范闲当然没有死，也没有杀死对方，或许觉得人生太过无趣的缘故，或许是他尊敬这种明知不可为而偏为之的执念。

有歌姬正在起舞，清美的歌声回荡在西湖范园之中，范闲一家大小散坐于院，吃着瓜果，聊着天，看着舞，听着歌。陈园里的歌姬年岁大些的，任由她们自主择了些院里退下来的部属成亲，如今范园里剩下的这几位才十几岁，青春烂漫，更愿意留在西湖边玩耍。

看到那些舞姬，范闲不禁在心中感叹老跛子的眼光毒辣，当年陈园离京，这些少女才将满十岁，陈萍萍怎么就看出她们日后注定要国色天香？

唱歌的人是桑文的妹妹，这位为陈萍萍唱了很久小曲的姑娘，这些年心情一直不佳，只肯留在范园里，偶作惊花叹月之曲。

庆历四年的春天，藤子京坐在大街前，画了几个圈，未曾开言，他心头惨，暗想那伯府中的小公子，是何等容颜？……

一曲初起，坐在范闲身旁的思思已是一口茶水喷了出来，林婉儿也是

① 此诗乃书友所作，记不清原作者姓名，望见谅，十分抱歉。

忍不住笑得直捶范闲的肩膀,心想这等荒唐的词句,也只有他才能写出来。坐在偏处的藤子京一家几口人面面相觑,尤其是渐生华发的藤子京,更是忍不住抚摸着拐杖,心想少爷也太坏了,当初去澹州接人的时候,哪里能不提心吊胆?谁又能知道那个面容清美的少年郎,如今却成了这副模样。

范闲斜眼打量着藤子京的难堪表情,得意之余生出些快意来,暗想你这厮太不长进,打死不肯做官,只肯赖在府里,不然若你去做个州郡长官,我再让那州郡改名叫巴陵,岂不美哉!

桑家姑娘却似无所觉,依然正色唱着,唱得十分认真,似乎想要将某人滑稽的一生,从头到尾,用一种伤感的语调唱完。

时近暮春。

澹州城外的悬崖上,范闲牵着淑宁软软嫩嫩的手,看着眼前无比熟悉的海。淑宁望着微有忧色的父亲大人,用清稚的声音说道:"父亲,桑姨那首曲子你好像不喜欢,要不要淑宁唱一首给你听?"

"好啊,就唱一首《彩虹之上》吧,我教过你的。"

淑宁为难道:"可是这种洋文好难学,大伯在东夷城里找了好久也没有找到老师。"

范闲笑了笑:"那便不唱了。"

他看着身畔的女儿,不知怎的忽然想起了很多年前澹州城内的那个小黄毛丫头。

"你不要总跟着我。"一脸冰霜的范家小姐做着医者打扮,身后背着一个医箱,行走在一处偏僻的山野里。她看着身后像个流浪汉模样的李弘成,冷冷地道:"柔嘉都生第二个了,你这个做舅舅的不回府,再者说,靖王爷想些什么,难道你不知道?"

李弘成将头顶的草帽取下扇了扇风,看着树旁的范若若,无赖地笑道:"父王想要孩子自己去生,我可没那个时间。"

"你还要跟我多久呢?"范若若咬着嘴唇,恼火地看着他。

"已经跟了五年了,再多个五年又如何?"李弘成牵着那匹比他还要疲惫的瘦马,微笑着应道。

范若若一言不发,放下了笠帽的纱帘,往山下升起白烟的山村行去,心里想着,被这厮也跟成习惯了,那就且跟着吧。

范闲的手握着淑宁,指间触到温润的一串珠子,低头望去,才发现是那串很多年前海棠送给女儿的红宝石珠串,睹物思人,不禁一时怔住了。

"朵朵阿姨什么时候再来看我?"范淑宁明显拥有比她年龄更加成熟的思维,一见父亲的神情,便猜到他在想什么,极为体贴地问了一句,反正这时候两位母亲都不在身边,她也没什么怕的。

范闲笑了起来:"等她在草原上累了,自然就会来看你。"是的,海棠又回到了草原,不知道什么时候会回来,而北齐的皇帝和司理理呢?听闻明年的时候,红豆饭便要正式被册封为公主了,然而这些年北齐皇帝一直没有子息,朝堂上有些议论,也不知道小皇帝究竟准备怎样应对?莫不是还要找自己借一次种?他想着当年剑庐里的场景,眼神都变得柔和了起来,开口道:"淑宁,想不想去上京城逛逛?然后咱们再去草原,等你年纪再大些,咱们就出海。"

"好啊!"淑宁兴奋地叫出声来。

范闲的目光落在悬崖下的海面上,忽然看见了一条船正向着海港驶来,在甲板的前方隐隐站着一人,手持一竿青幡,立于猛烈的海风之中,自然壮阔。

王十三郎来了,范闲身体微僵,双眼微润,心头生出了无穷的感激之意,十三郎既然从北方归来,一直在大东山上养伤的五竹叔,离归来的日子也就不远了,要知道他真的很想念那块黑布。

为了在女儿面前掩饰自己眼中的热泪,范闲转过身子,望着海这一面的澹州城,看着城里的那些民宅,想到自己曾经在这里度过的时光,又想到离开澹州之后的人生，久久沉默不语。

冬儿姐没有再卖豆腐了，大宝哥却坐在家门口用目光吃过往女子的豆腐，那家杂货铺一直关着门，临着微咸海风的露台上没有晾着衣裳，也没有人喊要下雨，因为确实没有下雨。

有很多的人离开了，但还有很多的人留了下来，有很多的事情变了，但有更多的事情没有变。

范闲坐了下来，将女儿抱在了怀里，轻轻摇着。淑宁眯着眼睛看着海上的泡沫和那条渐渐靠近的船只，问道："父亲，奶奶究竟是个什么样的人呢？"

范闲一怔，许久没有反应过来，因为在他的心里，叶轻眉始终只是一个冰雪聪明，无比美丽，仙境中走出来的少女，是画像上那抹黄色的衣衫，没有想到她在女儿的口中却已经是奶奶了。

"她……是从天上偷跑到人间玩耍的小仙女。后来玩厌了，就回去了，人间再也找不到她了。"

"父亲骗人，别人都说你是诗仙，如果奶奶回天上了，你为什么不回去？"

范闲挠挠头，忽然想到了很多年前，皇帝陛下赐给自己的姓名，笑着道："或许是因为我和她的很多想法不一样。我只是个很没用的俗人，无论到了怎样的异乡，也不会有太大的差别。"

海风拂在他的面容上，拂散了他又准备露出来的微羞的笑容。沉默片刻后，他轻声道："我的人生啊，大概便是……既来之，则安之吧。"

父女二人相视一笑，面朝大海，春暖花开。

……

（全书终）

出版后记

在很多地方我都说过，《庆余年》这个名字有个彩蛋意思，那就是要去大庆度过余年。

二〇〇九年我写完这本书，便去了大庆，一晃已经十四年。人生里能够有此旅程，首要感激的当然是父母开明，对我的疼爱包容。

二〇一七年母亲去世，我很想念她，所以这次把她的名字写在本卷前，提醒自己还是要经常想念。

过了这些年，回头看从前，感受自然有很多不同，有依然得意的地方，也有很多不满意的地方，主要还是当时网络连载的更新压力带来的文字粗糙、情节错疏这两方面。

比如悬空庙刺杀一节，当年写的时候，一天九千字，自我感受酣畅淋漓，如今修订的时候才发现到处都是洞，就像那座庙一样，四处漏风。

所以人民文学出版社提出要出版时，我唯一的要求就是给我时间慢慢修订，我会修得很认真，自然很慢……果然很慢，又是三年过去了。

这次修订的原则很简单。首先就是不改情节，因为一个小说家从三十岁到四十多岁，构织情节的能力不可能忽然发生太大的进步，所以我只是在最后一卷进行了比较大的改动——事实上那是我当年就要做的事。其次就是文字要往干净的路数上删修，但要尽可能不减锋锐，要保留网文的野性。

最后算了一下，连载时的《庆余年》三百五十万字，这次被删修了将近一百万字，基本上算是把水分挤干了，呈现出来的效果也不错。唯一的遗憾就是修第一卷的时候还不知道修订应该如何做，束手束脚，最后的结果不是很合心意，也不知道以后还有没有机会弥补。

修订途中问过阿愁，确定《庆余年》里的一些诗句都是她写的，时隔十几年，再次向她致谢。

这次为了修订，算是难得地认真重看了几遍小说，有些感慨。我还是不太喜欢范闲，因为他太像我们，尤其是现在的我们，但我还是很喜欢这个故事，喜欢这个故事里的很多人。我还是最喜欢陈萍萍死前在御书房里与皇帝的那番对话，喜欢到这次我基本没有怎么动那段。

——他这样过一辈子也就行了，为什么要复仇，为什么要有这么多责任感？

十几年前写《庆余年》的时候，也是我最有责任感的时候。

之前写《朱雀记》的时候，我每周要休息一天，到这时候就停止了。可惜没能给这个行业的劳动制度创造一种别的可能。那时写得真的很认真，寒冬腊月也要写到深夜，每天在宜昌深圳路民生家园的二层家里，脚下烤着暖炉，上面开着空调，穿着军大衣，戴着无指手套不停地敲键盘，依然感到很冷……不是家庭条件艰苦，只是南方都这样。后来去了大庆，见识到了暖气，才知道幸福是什么样子，便赶紧在湖北的家里也都安了暖气。有了四季如春，后来不管在哪里写故事、敲键盘都不会冷了，只是也很难再像写《庆余年》的时候那般努力了。

挺庆幸的，我在合适的时间段有着正合适的心态，做了些合适的事，写了这个故事，认识了大家，也被大家所认识。

我对这个故事本身的想法，与当年写的时候没有什么本质变化，二〇〇九年《庆余年》完本的时候，我在网上曾经写过一篇很长的后记，这些年的新读者、这套纸质书的读者，可能很多人没有见过。现将原文附在后面，将当时我的想法与大家的感受印证一番，同时很希望大家能够看到十五年前那个正在写《庆余年》的我。

谢谢大家。

写于 2023 年 6 月 1 日

原来的后记之春暖花开

大概是二〇〇六年的时候，我想了一个故事，这个故事只有一个私生子的开头，然后想到了私生子的父亲，而没有想明白私生子的母亲。在那个故事的开头，私生子的母亲的一生较为言情，在私生子四岁的时候死于一场大火，是一个可怜而可敬的母亲。

然则身为同一个世界的人，我为那位母亲鸣不平，觉得这样是不对的，凭什么一位优秀的女性，却要在男权的社会里得到那样的遭遇？所以我把那个故事的开头改了，至少这位母亲要先爽利过！

在《朱雀记》写完之后，二〇〇七年四月底，真正春暖花开的时候，我开始写《庆余年》。

这样开始这篇后记，不是想告诉大家这个故事是由叶轻眉而起，因为我最先开始想好的，还是那个私生子——这个私生子不用想，很自然地便出现了，站在我的面前，屁颠屁颠地做好了进入故事，充当主角的准备。

关于范闲的一切，以及我为什么不是特别喜欢他的一切，稍后再说。这时候先来讲讲近两年写《庆余年》的历程。

两年的时间着实不短，占去了我人生相当长的一段时间，对于一直看文的大家来说，想必也有与我类似的感觉，只不过我猜测大家的感觉，《庆余年》就像每天在大家家里帮着做饭洗衣服的保姆一般，而且还是个长得比较俊俏的保姆,看着,聊着,闲话着。

然而当这个小保姆打碎了碗、弄坏了洗衣机,让咱们不高兴的时候,可以骂她两句,语重心长地教育她两句……当然,大部分时间,大家还是在表扬她做事利落,我想还是因为她长得比较漂亮的原因,就像我喜欢《成长的烦恼》里的小保姆。

陪着大家耗日子、磨时光,便是一本小说能够起到的最大作用了。就像漂亮的小保姆,在眼前晃着就够了,当个花瓶极为不错,毕竟咱们不在意家务活儿,就像也不需要在意《庆余年》里有没有什么微言大义、人生感悟……因为没有,我只是想写个故事,给大家打发时间就好。

陪得久了,自然就有感情。

二〇〇七年四月底开始写这个故事,五月一日正式在起点发文,然后一路顺利签约上架挣钱,二十几个月的时间里,发生了很多事情。在此我啰唆地回忆一下。

新书月抢月票这个不能忘,因为我这辈子也没有这样紧张和劳累过,现在想来,其实写得也不算多啊,可能只是那种压力吧。有朋自远方来,陪着我拼了几天的字,在新书月里居然还存下了一点稿子……天啊,有存稿,这对于我来说,是怎样的一种成就!

"千古风流"一章,有硬伤,可我懒得理会,一本小说需要讲究逻辑与自洽,但我从来不认为这是首要的任务,首要的任务应该是让看书的朋友心中欢喜,自己写得也欢喜。但说实话,这章我写得并不欢喜,还是那句话,当时心理压力大。不过里面着实有些句子是我喜欢的……

从发书的第一天开始,我就向大家言明过,既然穿了,在某些方面就要歇斯底里些。我在第一卷里就说过,像抄诗这种情节,一直被看成大毒,但我总觉得唾手可得的好处为什么不要?更何况从《寻秦记》开始,我的这种爱好始终如一。

我写的东西时常被人赞或痛贬为装×流,然而有诗不抄,不拿来博大名，眼睁睁看着名气飘然远去，却强抑着心中的痒，强压着心头渴慕虚荣的欲望，压抑到吐血，只待数十年后，将这个世界不存在的美好词句带进棺材，这才是真正的装×吧？

抄诗一节出，大家的反应也很强烈，至少月票很强烈。新书月得了第三名，平白多了六千块钱奖金，这是第一次得月票奖，很爽啊……看来与我有共同爱好的"筒子"很多，是人民海洋里的大多数，我很欣慰。

新书月结束，本以为能轻松许多，反正那时候从来没有去抢月票的念头，然而谁知道，二〇〇七年七月初，要去北京领《朱雀记》的某个奖，那时候又没钱买笔记本电脑，所以空了几天，好在先前说过，有了一点点存稿，总算把那两天撑了过去。

痱子美女帮我更的，美女总是懒散的，所以不肯帮我起章节名……那位帮我存了稿的朋友也去了北京，然而此番却是没有写一个字，因为在北京很忙碌，还认识了几位新的朋友，安喜中。

回来就不安喜了，因为没存稿了，从那以后直到此时，《庆余年》便再也没有一个字的存稿，总是现写现发，因为这才是真实的懒惰的我。

七月之后是很平稳的，我写得很平稳，时不时还会日更三千字，连绵四五日，当然日更七八九千也是常事，反正大家伙不急，我也不急，随着故事慢慢走，状态好就多写些，状态差就少写些……还是那个字，懒嘛，不过没有断过更，这是很强大的。

便在十二月的时候，我悟了，所以开始拉月票了，一是因为不想白费了那些每月投月票书友的心意。二来我发现自己足够勤勉，写得不差，能够对得起大家投的月票。三来最关键的是我发现，原来自己拉月票，大家还真的愿意！还真能挤进前几名，还真能挣奖金！

这种好事谁不干？自那以后，我便投身于这个壮丽的事业之中难以自拔。有些小插曲便是二〇〇八年一月十四日，从广州回宜昌的飞机因为那场雪灾，让我在空中多飞了两次免费的，耽误了更新，造成了《庆余年》的第一次停更，十分心痛。

继续说回来，二〇〇八年春节回了趟老家，请了十天假，刚好江南卷结束。这些天写得不太正常，因为表哥新家连电视都忘了搬过来……

正式进入二〇〇八年，一切如常，一切不如常，因为开始拉月票，所以写起来多了一份压力，数量依然不多，但是脑子消耗得更多。好在月票进了前六，进了前三，而且不是一次，很是得意，全仗大家的支持。

二〇〇八年七月上海开年会，东北探领导，更新得少且散乱，恰又是大东山紧张之时，书评区怨气冲天，那个月就没要月票，算是给大家弥补心灵上的创伤，可是俺的呢？呜呼。

就这样写下去了，机械地写，麻木地写，动容地写，感叹地写，振奋地写，悲愤地写，终于一直写到了二〇〇九年二月二十四日与二十五日交界的时间，《庆余年》这个故事，被我写完了。

近两年的时间，很长，从"在澹州"开始，一共七卷，很多。这般大的一个故事，这样多的人物，需要三百多万字的内容去描写，而令我很自豪和骄傲的是，我控制住了这个故事。

问题在于，这种控制让我身心疲惫，我很累了，文档里还有无数的桥段没有用上，无数的只言碎语提醒自己还有某些细节，虽然没有忘，却必须丢掉——先前在文档末端，就一边看，一边删，删得有些舍不得。我都很诧异于自己的勤奋，老师当年说，好记性不如烂笔头，真的是这样，我做了很多的准备工作，记了很多东西，虽然不见得所有的都能用上，但我认为自己的这种心态非常强大。

就像庆帝在大东山上说的那样："我这一生从未这样强大过。"

原本以为在这一刻，会像当时写完《朱雀记》时那样，有一股从内心深处涌出来的疲倦、惘然、空虚、不知所措，以及所有足够小资的词语，然而《庆余年》结束的时候，除了有点累之外，别的情绪倒不多，更多的反而是一种平静的喜乐。

写作历程回顾，到此结束。只是以上这些文字，似乎没有完全体现出我的劳苦功高，有些不甘心，不过也不再继续说了。

下面说回《庆余年》这本书、书里面那些让大家一直记着的人、这些人与人之间的感情、我对他们和你们以及很多事物的感情。从什么地方开始说起呢？就从出场开始吧，想到谁就写谁，若有我没有回忆到的角色，那便算了。

医院里躺着的那个年轻病人叫范慎，大学还没有毕业，他自称还是处男，却将要死了。是的，这就是《庆余年》这个故事的男主角。关于他的前世，我没有描绘太多，甚至最开始设计这个故事时，拟定好的学生会主席一职，最后也没有点明。

男主角姓范名闲，字安之。"既来之，则安之"，《庆余年》里他最后说的那句话，其实便是这本书的宗旨。这是范闲的人生，与他母亲的一生完全不同。

在我看来，前世并不能影响后世，一个完全崭新的世界里，需要从头开始活起。既然如此，前世的事情不需要涉及太多，而这一世的态度，其实就和你我在这个世间存活的态度是一样的。人类并不可能因为活两辈子，就会变成一个哲学家或者天然的革命家，依然渺小而卑微的你我，要尽可能平凡、平安地生活下去。

我以前说过，不是太喜欢范闲这个角色，至少是草甸前的范闲，或者说和书中别的角色相比。之所以如此，道理其实并不复杂，如果我们把范闲身上的那些衣服撕了，把母子穿越所带来的金光剥了，赤裸裸的他，只不过是一个赤裸裸的你，以及赤裸裸的我。

贪生怕死、好逸恶劳、喜享受，有受教育之后形成的道德观，执行起来却很俗辣，莫衷一是、模棱两可、好虚荣、惯会装、好美色，却又放不下身段，觉得自己还是信仰爱情的纯洁白衣少年……既想顺哥情，又不想失嫂意，想顾此不失彼，最后却发现自己什么都改变不了，连自己都改变不了，只能按着既定的方针办，按照一定的路子走下去。

可以说这是中庸温和寻常。龙空论坛上有位坛友说过"乡愿"二字，我觉得说得真对，乡愿，德之贼也……然而绝大多数的人，包括你我都是这样，尤其是网络上所呈现出来的我们。

当然如果您不是我指的这类人，请原谅我的偏激。我不喜欢自己某些时候可能表现出来的那种类似的态度，不够直接……对于这种人物太熟悉，身周的人，包括自己的某一部分，其实都和范闲很相似，所以我无法太喜欢范闲。

《庆余年》这个故事里也有几个理想主义者，在这些理想主义者的面前，范闲再如何漂亮，再如何白衣黑衣换着穿、诗词往外喷，再吐一口鲜血，由侍女扶着去看海棠花，然后再凌于风中潇洒斗天下，可是那颗心始终还是有问题的，光彩略黯……

我自己当不来理想主义者，我也觉得范闲的人生态度并没有什么大问题，甚至对于周遭人或是最好的一种态度，然而我还是尊敬理想主义者的，因为自己做不到，所以我很难尊敬范闲。

范闲只是你我，如写这故事的我，看这故事的你，真有被雷击了穿越的那一日，如果也有范闲这般好的运气，前人的福荫，漂亮的躯壳，说不准也就是另一个范闲了。

好在范闲最后有进益，令人可喜，只是自己写得比较生硬，这样一个故事，也不可能给我太多时间和太多文字，去文艺地描写中年范闲之真正成长。说到此节，忽然想到，范闲还真像是一个热血早无的中年英俊教授啊……我认识一位教授，在桃花方面还真是不错。

范闲对于天下的理念是不是正确的，这不需要讨论，因为他又不是前看五百年、后看五百年的圣人，但至少他总算对某件事情有一个相对坚持的看法，这就不错了。

一直到西山的山洞里面，在垂死的肖恩面前，其实范闲才真正从心里确认了自己对这个世界的归属感，这是格格猪曾经提到过的，我深以为然。

范闲并不是个优柔寡断的人，然而太想照顾到所有人……就像和稀泥那种感觉。先前略提过一点，这里就不再说了。他最值得欣赏的优点，大概是勤奋与努力生存，谋求更好生活的精神，这大概是最寻常的优点，却也是最值得大家鼓掌的优点。

关于范闲的感情生活，那真的是一团糟啊。这主要怪我，因为他是我写出来的。以我对男人的了解，一旦真的投胎到庆国那种社会，尤其是范闲这种身世，十二岁亲丫鬟，十三岁骗丫鬟，十四岁得丫鬟，这才符合逻辑。

然后他便将行走天下，穷则独善其身，富则妻妾成群。

女性读者可能不太爱听，然而真是这样，好听一点的词不外乎便是，搭救天下可怜孤女，流连花丛，惯能疼人，在人生道路上不断寻找情投意合、人生观和世界观能跟上自己脚步的伴侣……

所以还是我的错，明明知道自己是个爱美女的人，偏偏还是无比相信爱情这种东西，所以安排范闲进了庆庙，见着啃鸡腿的未婚妻，我自己写得很嗨啊！像林婉儿这种女子，我怎能放过？像这种爱情桥段，我怎能不动心？想到张萌萌那首歌了。

又是我的错，我也喜新不厌旧，在一个允许男人有几个女人的万恶社会里，我忍不住让范闲碰到别样的女子，重温旧日的女子，每一段都很开心……因为现实中完不成的事，可以安排到小说里。

要不就干脆一些摆明车马，像段正淳那个老流氓一样；要不就干脆把男人当阉马看，傲然立于草原群马之间，只低首与身旁的厮磨。偏偏范闲两种境界都想要，正所谓流氓的晚年，也会看着情书流泪。

范闲对待感情的态度，比张无忌稍好一些，比"三不男人"要好很多，他应该不会太过怨恨我。

再说说范闲对男人的感情，请留意，此间没有"基情"燃烧的因子，只是略说几句。在楔子里很清楚地就能看出，他是一个没有父母的人，所以他其实有些隐性的恋母恋父情结，所以哪怕叶轻眉的年纪并不比他大多少，哪怕皇帝看上去真不是个好父亲，哪怕范建其实和他一点关系都没有，哪怕陈萍萍根本不可能生儿子，哪怕五竹其实和陈萍萍差不多……

可是折腾着折腾着，范闲对于这几个男人的感情终究还是生了出来。因为我们都是很实际的人，有人对你好，你自然也就会对他好，记着他的好，从而生出感情。上面提到的那几个男人，除了长得实在难看的费介老师不提，对范闲是真的好。

有人可能会说庆帝如何云云，当年要对刚出生的小闲闲如何云云。其实换个角度想，男人之间的感情终究也是需要时间培养的，庆帝在小楼里曾经对范闲说过，范闲在澹州时，庆帝时常知道他的消息，或者通过陈萍萍，或者通过范建……而像范闲这样一个会装微羞微笑的人，极易讨人喜爱吧。看得多了，听得多了，知道得多了，自然也就有感情了。

或许可以横着比较一下，大家会发现庆帝对于范闲的信任与宠爱，真的不是那几个儿子能比的。一方面是因为范闲真的会装，从悬空庙之前就开始装，把皇帝陛下真的骗到了，一方面约莫也是因为庆帝心有负疚，而且有某种移情的想法，所以庆帝对范闲真的不错。

自然，这是针对庆帝这种万恶的王权集中者而言的，不是与一般的父亲相比较。

范闲对叶轻眉的感情比较复杂，这个说不清楚，书中说了很多外显的话，在这里就不具体说了。

关于范闲还有什么要说的？好像没有了。对了，关于他的能力，他的能力其实真的不错，毕竟是男主角。

五竹，可爱的竹娃娃，冷漠的竹帅，永远蒙着黑布的少年，心里有一道谁也不知道的彩虹。

关于五竹没有什么好说的，因为我很喜欢他，而表扬五竹太多，我则会下地狱。掩着脸说一声，之所以叫五竹，那是因为"郁卒"发音的缘故，知道的就知道了，不知道的就放过无耻的我吧。

只想说说五竹与叶轻眉的事情。他心里的那道彩虹，氤氲于千万年的冰雪之中，迸发于那个至今也不知道原因出现在神庙的小姑娘。叶轻眉让一鲜活的灵魂，生于这个世间，善莫大焉。而五竹对于叶轻眉的感觉又是怎样呢？借用一位伟大书友的评论，那就是：

"毫无疑问，五竹对小叶子是最没有感情的，他对她只有冰冷的金属承诺，但五竹又是对小叶子最有感情的，她就是他的世界。"

好了，五竹就说到这里了，因为他的话本来就不多，如今在大东山上养伤养老，也不知道十三郎去神庙抢的材料够不够他再活五百年。

陈萍萍，这是楔子里面出现的第三个角色，从那时起，大家就应该知道这个人的重要性。这个喜欢在自己颔下贴假胡须的太监陈五常，这个半辈子坐在轮椅上的跛子，这个有些畏寒、喜欢在膝上盖羊毛毯子的干瘦老头儿，这个喜欢在监察院房间的窗上蒙一块黑布的监察院院长。

我也不好多说陈萍萍什么，因为我也很喜欢他，书里的男性角色，我最喜欢他和五竹，因为很够爷们儿，心向往之，心向往之……

陈萍萍的名字应该是叶轻眉后来改的，其实就是印象中的陈平这位牛人。读《史记》的时候，就觉得陈平实在是太牛了，为什么呢？因为他究竟为什么这么牛，没人知道……太史公也不知道，也说不清楚。

有一段时间喜欢说"胡闹台"的陈萍萍也很牛，以往的丰功伟绩都不用再提，我最喜欢这位老跛子的画面，是小黄花，是转轮椅，是老橘皮下的赤子心。

前面说过理想主义者，陈萍萍就是理想主义者。是的，虽然他的理想有些模糊，然而有句话说得好：做一件好事不难，难的是做一辈子好事。陈萍萍搞一个阴谋不难，难的是搞了一辈子阴谋，偏偏为的还是他心里最光明的那点东西。

陈萍萍心里发光的是什么？不是天下理念的纷争，也不见得是黎民百姓的安乐，更不会是大庆王朝的千秋万代，而是当年的承诺，记得某人的好。他比范闲这个现代人更不屑于做奴才，是牢守着那个女人想要发光的理想。

一生守护他人的理想，这就是理想主义。

书中对陈萍萍的描写，我没有什么遗憾，因为写得很用心了，已经达到我能力的上线。我觉得很对得起陈萍萍了。从一开始我便设定了他的结局，没有任何的突发奇想，有的只是以尊重的心态，去完成他的愿望。

黑色轮椅里的那两把枪，是因为小时候看过一部电影叫作《独狼》，对里面那辆轮椅的印象太深刻了，必须送给陈萍萍亲自使用一番。而他最后临死前说的那句话，也是我在这个故事开头的时候便想好的，整整守了那句话一年，就是想告诉大家，这个太监，这个死太监，也有枪，其实比大多数男人都更有种一些。

以致那章结尾，我还能厚着脸皮地解释解释再解释，请理解我，我是真的想让大家都能感受到我的感受。

愿陈萍萍在地狱里依然可以收集长角长尾的美女，他当然是不能上天堂的。

想到谁便说谁，所以这时候说一下户部尚书范建。关于他我有很多的对不起，因为篇幅实在太少，完全没有写清楚此人的心情与心思，不过和枯守梧州的相爷林若甫相比，也就想得开了。

流连青楼花舫的男子，其实比陈萍萍更接近臣子这个角色，所以他是很痛苦的，最后只可能是飘然辞官而去。只怕他心里对南庆是有寄望的，然而他只能被动地看着这一切发生，因为范闲的缘故，做了一些他并不愿意做的事情。

范建当年对叶轻眉究竟有没有感情？谁知道呢。至少我不知道，因为那时候我没写，自然没想。但要说没感情，那肯定是假的。至于是男女间的还是兄妹间的，我依然没想。只是范氏一族替叶轻眉留存了这个世间唯一的血脉，间接造成了范闲的到来，已经说明了太多。范闲以后的子孙万代都姓范，替澹州范家扬名，也算是小小的补偿。

但我有想过范尚书对范闲的态度，其实……范建一直想着，将来皇帝陛下如果把这个儿子要回去，只怕他是要将若若强行嫁给范闲的。因为不要忘记，当若若年纪还特别小的时候，身体很差的时候，这位司南伯便把自己唯一的女儿赶回了澹州，后来一直暗中维系着澹州与京都之间的书信来往，这为的是什么？

只可惜范闲终究归了范氏宗祠，范尚书欣慰之余，会不会也有淡淡的失望？我总在想，很多中年男人或者都有某种绮想，让自己的儿子或女儿，与另一个女子的儿子或女儿结婚在一起，以满足他当年不曾得偿所望的意图……真的，有很多人会这样幻想与自己的初恋形成这种关系。

说到这些，忽然想到靖王世子李弘成，所以便说李弘成。对于世子爷，我很是喜欢，嗯，发现后记写到现在，出现的人似乎我都很喜欢，这是不是对范闲太不公平？可能是觉得范闲像我的儿子，所以习惯性地学五竹挥棍棒进行教育？

喜欢李弘成的原因很简单，他当年和二皇子在一路，却不过是为了"交情"二字，天真了些，却也足够阳光。李氏皇族里，也就老大和弘成二人可能稍许摆脱了皇家天然的阴森气度，而弘成的鲜活阳光味，则是更加灿烂。以前书评区有一置顶帖讲的便是此点，我很欢喜。

李弘成追着范家小姐去了，至于希望范家小姐与她兄长在一起的朋友，也尽可以想象三十岁之后的女医生，反正这是一个开放性的结局，一个谁都没有得罪的结局。这也证明了先前所说，我真的是一个那样的人……

太子、二皇子不说太多，因为书里面在二位临死前，已经对他们做了剖析，此处再说也说不出花儿来。

我有些同情李承乾，他的运气太差，他的命不好，他的父亲太变态，他的父亲总以为天底下的人都和自己一样像小强……

至于老二，就像他说的那样，他辛苦忙到最后，发现自己竟成了最大的一个笑话。这是何等样荒谬的事实。庆国的世界里没有真宝玉假宝玉，有的只是很像的两个年轻人，因为彼此的人生轨迹不一样，而生出了完全不一样的果子。

大皇子就祝他在东夷城能孝顺宁才人，团结好大公主、王瞳儿、玛索索这三个都很不简单的女人，祝他能够像在西胡草原上那样，战无不胜，当然，我认为这是一种奢望。这位在最关键的时刻，给予范闲最鼎力支持的人物，不可能指望范闲将来能在家务事上继续帮他什么。

必须说言冰云了，只能说……不好说。这个人不好说，所以我无话可说，白袍公子，为谁辛苦为谁忙？姑娘们继续看着他就好，我是真的无话可说。

王启年可以说一说。

因为他很会说，冷面笑匠的本事没有完全发挥出来，因为确实没篇幅，这三百多万字的故事看似长，但里面的人或事实在太多。不过作为范闲第一信任之人，启年小组首任领导，兼天字第一号优秀捧哏，他已经很有光彩。

不要忘记，钥匙、箱子，很多很多，天下人，包括庆帝、陈萍萍都不知道的秘密，这个老王头都知道。他在半夜睡不着觉的同时，是不是也会觉得很刺激，像是回到了当年在三国交界处当江洋大盗的日子？

此处闲话一笔，王启年这个名字，就是飞将的ID，那还是早几年在《幻剑》瞄着的，觉得大善，写这故事时，就用进来了。

关于三大宗师，真的没法说。

就像庆帝说的那样，这本来就是不应该存在于这个世间的怪物。这样的怪物凌驾于众生之上，众生必须仰望，脖子极容易酸，颈椎病的发病率会降低，可是好处也不明显。

如果苦荷不是叫战明月，是北齐皇室的叔祖；如果东夷城不是四顾剑的；如果叶流云不是养就了那么个鬼性子，这三位大宗师会在天下整出多少事来？立于众生之上，只怕也不会在意众生死活。

好在他们有身份有羁绊，于是便化作了三颗核弹头，谁也不敢先丢出去，直到大东山上，庆帝这颗藏了很久的电磁波武器忽然动了，直接将苦荷和四顾剑伤得满怀惆然，再也无法启动。

相比较而言，我更喜欢四顾剑一些，原因很简单，对他我写得更多一些……呃，相处越久，越有感情，只是好像范闲例外……天啊，我真对不起他，又开始说他了。

男人除了王十三郎还有谁需要说？似乎没有了，因为这时候我也困了，脑子真的很空。

说些十三的什么事情呢？唉，算了吧，反正他也有了叶灵儿，不去打扰他便是。猛将兄，生的没有林青霞漂亮，旁边又没有周星星打岔，难免孤独无聊了些，幸亏有叶灵儿，再次重复一遍，男女是很奇妙、很美妙的关系。

打个响指，想起了影子兄，然而影子兄是道影子，他正飘在我们的身后，冷漠而没有面容地看着你们的电脑屏幕。

说完男人，便来说女人。先说说范闲的女人，不见得是属于他的女人，但在我的定位中，那都是他的女人。

《庆余年》里面真正能给人留下深刻印象的女性角色不多，这也是没有办法的事情，因为战争、仇杀、阴谋，会让女人走开，只有那些不需要走开的女子，才会继续出现在我们的面前。

说回正题，要先说说林婉儿，是的，范闲的正妻，长公主与林相爷的私生女，庆帝很疼爱的外甥女，小名叫作依晨，颊有婴儿肥……是的，我就是照着林依晨写的，因为开始写《庆余年》的时候，我正疯狂地喜欢她，就像开始写《朱雀记》的时候，我正疯狂地喜欢张靓颖。

请不要为此批评我什么，我一直认为一个中年男人对于综艺娱乐还有如此强烈的兴趣，还能喜欢上一个又一个出现在电视屏幕上的年轻女子，那证明这个中年男人是个很不错的家伙，比如……自恋的我。

林婉儿这个角色也是我所喜的。

因为喜欢，所以在意，庆庙里的相逢、登堂入室的桥段，都是我想好且认真的。便是湖畔的孜然风，依然是我所喜。如果可以，如果被允许，我甚至愿意把《庆余年》写成言情小说，而且事实上我确实也很想写一本像席绢、于晴笔下的那种言情小说。

然而订阅在下滑，月票被追赶，书评区大呼无聊，老大哥在看着我，钞票在诱惑我，于是林婉儿的出场越来越少，存在感越来越弱。因为确实由于她的身份地位，她在《庆余年》这个故事里，完全是在夹缝中悲哀地生存，被动地接受着一切强加于她的事物。

这是很令人伤心的事情，然而谁都改变不了这一切。不瞒大家说，写到"京华江南"的时候，为了林婉儿的存在感，我曾经努力过，却失败了，因为没办法，那时节，我真的有点不高兴。

于是我向领导抱怨，结果领导认为我是在拍她的马屁。

这时候说句话，我是真觉得很对不起林婉儿，在此鞠躬致歉。

海棠朵朵，我有一个朋友的ID叫清香朵朵，书评区有位书友的ID叫海棠依旧在，那夜偶一瞄见，便定了这名字。至于松芝仙令……后面的仙令其实便是闪耀了。

这个名字不俗，必须这样说，不是自己表扬自己，不能得罪朋友不是？然则写海棠这个角色的时候，我便想着最好能让她俗一些。因为一个脱俗的仙女角色，实在是很可恶很可恶！而我不想让大家和我都讨厌这个角色，所以必须俗。

怎么俗？花布衣裳、花篮、大红大绿……笑了，装扮像村姑，其实并不是真的村姑。好在海棠走路的姿势很可爱，拖啊拖啊拖……我喜欢死了。

为什么我会喜欢村姑？这又要涉及另一个问题了。以前我是很喜欢看韩剧的，比如《蓝色生死恋》之类，这些年因为忙着写故事给大家看，所以看得少了。却偶有一天，看了一部我很喜欢的韩剧，叫作《梦幻情侣》，是套的好莱坞的一个老故事，女主角是韩艺瑟演的，大家得空，可以看看，不错不错。

就在这部电视剧里，韩艺瑟姑娘演的女富豪失忆后被男主角捡回了家，变成村姑罗桑实……嗯，阳光照耀在村子里，她懒洋洋地趿着鞋子在路上行走，间或搭了凉棚，咕哝几句炸酱面之类的话，我怎么就这么喜欢呢？

米酒喝醉了的样子怎么就那么好看呢？和村长家别花的傻姑娘怎么就能玩到一起呢？

所以海棠必须是村姑。

噢，天啊，忽然想到大宝了，可爱的大宝，我怎么把你给忘了？忘了便忘了吧，反正你也只记得小闲闲的包子和现在的澹州城里的姑娘，不会记得我们这些外人是谁。

战豆豆与司理理，这只能证明我取名字差劲到了极点。关于美丽动人的司理理姑娘，原初是指望她能大放光彩的，然而花舫一夜，我写的时候，忽然扭了过来，没有让范闲和她的初夜重合在那艘船上……

不是想伪装什么，而是写的时候忽然想到，那个时代没有避孕套，叶轻眉就算想发明，也找不到原材料啊……在这种情况下，脑子清楚点的穿越者，想必也不会随便就在青楼里将自己的身体奉献出去。

借此机会向大家宣传，尤其是向女生宣传，安全是第一位的。

战豆豆是一个很有趣很有能力的人，能力可以写，有趣就不能说了，打死也不能说，反正世上也没有几个人知道。

关于思思，只有一句话：她认为自己是幸福的，那便是幸福的，因为幸福是主观的，然而我没有机会去写出她所认为的幸福，是我的问题，不是她的问题。

然后我想说说冬儿，这正是先前提到，不属于范闲的女人，却被归纳到范闲的女人一类中的女子。试着进入范闲的身体想象一下，一个年轻人的灵魂，在一个孩童的躯壳里，看着身边最亲近的大丫鬟，一天一天大了，而自己还小，看着她离开，却根本不可能留住，这是何等样的……嗯嗯。

君生我未生，只有这种才算是实际发生了的唱词，很是令人无措。范闲对冬儿有一种很特异的情感，如果换作我，我也会有——"我坐在床前，看着指尖已经如烟"。

不说孙礼儿，因为一说我就挠头。本来还想孙家小姐事后和范闲在京都同游赌铺的，很多想好的内容都不能写，因为那样就真的是拖戏了。

而且一说孙礼儿，我便忍不住要叹一声，因为原本北齐上京城内还有位姑娘想写的，看来是写不成了，要不然将来写北齐以后的日子再抓回来吧。

那位姑娘因为根本没有正面提到，所以大家不可能记得。那是范闲在上京城尝试联系南庆的密谍系统，被北齐锦衣卫跟踪那一段。

我写道："范闲入了某官宦府邸，出了院墙，已然乔装，摆脱盯梢，去了油铺，要买棕油，离了油铺，来到桥上，双手一搓，水粉胭脂，化作一团，扔入河中……"

那位姑娘便在那府中，不然范闲从何处偷了胭脂水粉？那府里发生了什么故事？那姑娘可曾被吓了一跳，后来可知道那个漂亮年轻人的身份？又对哪位闺中密友说了？

这本来可以写，很有意思的点，然而后来都没机会再去上京，自然写不成。大家或许觉得我太无趣，把这事记这么清楚做甚，反正是没出场的人物……实在是因为我对这个小姐有猜测，所以想了，所以想写……呵呵。

到重头戏了。

长公主李云睿，嗯，名字的来历就不说了，很多人知道，关键是这个人，只是我真的总结不好，只能说"问世间情为何物,直教人生死相许"，真的死了……哪怕情是畸情，杀伤力依然无比强大。

公众区里有篇读者写的关于"殿前欢"的总结，关于长公主的说法，写得比我好，大家看那篇就好，我摸摸脑袋走人。

接下来是大家期待已久的那个人物。

在这个故事里叶轻眉没有出现过，因为她已经死了。她的样貌只知道很漂亮，可究竟是被后人传得神了，还是真的那般漂亮？谁也不知道，因为画像中的黄衫女子是个侧影……

叶轻眉难道真如某些人所说，只是一个女频女尊文的模板主角？不，当然不是。为什么不是？很简单，我从来没有写过当年的细节与过程，既然如此，大家只能看到动机和成果。

她的动机是崇高的，成果是丰富的，就算她最终连京都这个范围都没有影响到，但她至少影响了很多人，很多能够改变这个世界的人。

我是小白，叶轻眉不是，她没有散发王女之气，因为我没有写，自然她就没有。

不写过程，那过程必然是好的，动机和成果是好的，所以，她是好的。

似乎我表现得有些执念了，是的，必须执念，因为要允许我相信理想能够发光。面对现实，忠于理想我做不到，但面对现实，幻想理想的权利，我们应该都还有。

有多久没见你
以为你在哪里
原来就住在我心底
陪伴着我呼吸
有多远的距离
以为闻不到你气息
谁知道你背影这么长
回头就看到你

这是《心动》的歌词，也是雨夜中在书房里画着小幅画像的范闲，屋中微笑的五竹，坐在轮椅上的陈萍萍，对着小楼画像发呆的庆帝，以及很多很多人可以对叶轻眉用一用的词句。

我们全都获益不浅，
全世界都感谢他的教诲，
那专属他个人的东西，
早已传遍广大人群。
他像行将陨灭的彗星，光华四射，
把无限的光芒同他的光芒永相结合。

据说这是歌德悼念席勒的诗句，最初我是从爱因斯坦的悼念活动里看到这首诗的，在这儿代表庆国的百姓送给叶轻眉。或许肉麻无趣了些，或许太OVER，但，反正是我写的故事，怎样都不过分。

叶轻眉爱谁呢？这是很多书友关心的事情。五竹不是《机器管家》里的安德鲁，叶轻眉也不是那个孙女，这种关系是怎样的一种存在？

大概是相濡以沫，投注以生命和全盘的信任，不需要言语，只是彼此都了解，彼此都需要彼此。

因为叶轻眉在这个世界上是唯一的，五竹也是唯一的，或许只有他们在一起的时候，方能不孤单，或者说服自己不孤单。

叶轻眉爱庆帝吗？为什么不呢？这样一个英俊的、忧心忡忡、心怀天下、惊才绝艳却内敛、看似木然却有小情思、愿意天天为她爬墙的年轻诚王爷世子，凭什么不能让她爱上呢？

若不爱，怎么会有范闲呢？信上所书，究竟是一种冷漠的借种宣言，还是说最不懂感情的叶轻眉，为了掩饰自己的羞涩，而强行伪装出来的粗犷豪气？

女生终究是女生，戴两撇小胡子冒充土匪，可依然不像。

五竹吃醋了吧，不然为什么心里那么厌憎庆帝？嗯，这只是我自己的猜测，呵呵。

最后来说庆帝。

为什么在所有的男人女人都说完之后才说庆帝？因为正如《庆余年》里提到过几次的那样，世间只有三种人：男人，女人，皇帝。

皇帝不在男人女人的分类当中。皇帝甚至不在人的分类当中。皇帝不是人，所有的皇帝都不是人，他们只是一个权力的代号，一把椅子，一把刀，一方玺。

庆帝没有名字。我是一个很懒且不会取名字的人，书中有些比较重要的角色一直到最后我都没有取出名来，然而庆帝没有名字，却是刻意的，因为他不需要有名字，他就叫皇帝陛下。

先前说过叶轻眉爱庆帝，可能很多人会愤怒，这样狼心狗肺的家伙，怎么值得去爱，叶轻眉会傻到这种程度？但是不要忘记，那个时候的庆帝还没有坐上那把椅子，又可以借机装好人，提醒姑娘们一句，男人都是会变坏的，如果你们没有把"监狱长"当好的话……

我对庆帝没有个人的任何爱憎，甚至我有时候很欣赏他，这也是一

321

个理想主义者啊……然而我对那把椅子有无穷无尽的厌恶。

孙晓描写过那把椅子的魔力，书评区有朋友也提到过，一入皇宫，坐上龙椅，任何人便被褪了人的性质，昏君或许还好些，然而像庆帝这种呢？

无言以对，冷酷妙算的帝王，人世间隐忍最久的大宗师，都不足以说明这个人，只能说他不是人。

无经无脉之人，无情无义之人，又是书评区某位朋友的话，我一直记着。无癖之人不可交也，类似的意思。

有书友曾经问我，我是不是一个性情沉闷的人，所以写出来的《庆余年》会这样阴森，我说不是，这个故事如果不是我这种开朗少年来写，只怕会血腥残酷污秽无数倍，因为皇权……本来就是这样恶心的东西。

庆帝坐上了那把椅子，而且坐得很享受，那就没有什么好说的了，我从来不会崇拜明君之类的人物，李世民亦是如此。

或许那是值得尊重的历史和人物，但我们毕竟是现代人不是？总不能开倒车。所以关于庆帝的话，到此为止。

关于《庆余年》的写作历程和我对书中一些角色的看法，上面说的已经足够多，只看里面引用的那些书评区的书评，就知道我多么在意大家对这个故事的看法，一直记着让我动容的每一点。

是的，我就是在拍大家的马屁。

没有你们的帮助……呃，我也能写完这个故事，呵呵，不过认真地说，肯定要比现在差。不论是在书评区发帖，还是在群里单独找我聊天，给我提供构思，帮我拾遗补阙的朋友们，我非常感激你们，此处不具名了，可否？

还没完，这后记离结束还早，大家不要急着关页面。

我很看重书评区，然而自二〇〇八年七月之后，我便再也没有去过书评区以及任何论坛。对于我而言，这是一种异常难受的折磨，因为我早已经习惯,每天写完后去书评区瞄瞄,去龙空逛逛。

原因很简单,我怕自己不高兴。嗯,我不喜欢看负面的评价,虽然有的时候批评很有道理,然而我还是不喜欢看啊……这个没有办法,看过之后心情低落,状态反而不好。

我很明白自己写书的问题在哪里,缺点在哪里,然而真的很难从批评中吸取动力。我毕竟参加组织生活太少,而且我性格不好,很难化解心头的不爽,所以干脆不看了。

我知道,书评区里大伙儿已经很给我面子了,然而我这人真的有毛病,一百条里哪怕有一条骂我,我就只盯着这一条,在电脑前咬牙切齿,恨不得要跳进电脑里去真人PK,然而自己又没有板砖功夫……

可能是《朱雀记》的时候被老书友们宠惯了,那时候乱更新,由着性子写,一个月也难得看到一条负面的,哈哈,毕竟那时候看书的朋友少些。

《庆余年》写完的那一刻,我重回书评区,重回论坛,感觉很好,就像是戒了十四天香烟后,忽然吸了一根老翡翠。

谢谢大家一直以来的宽容、支持,尤其是订阅和月票,因为我是俗人,最喜欢钞票了。

书评区一直是领导在管,若有什么得罪的地方,大家找她便是,与我无关啊……回音……啊……

快两年的日子,有很多的感触,却一时说不清楚这其中包含了什么。只知道怀孩子的姑娘早已经生了,怀孩子的老师也生了。似乎从《朱雀记》的时候,就有很多女读者怀着孩子,这似乎沿袭成某种美好的习惯。

然而前几天才知道,有两位《庆余年》的读者因为看书而走到了一起,开始恋爱……这真不知道应该说点什么,自我感觉挺强大的。《庆余年》从保姆进阶成了红娘,可喜可贺,祝福他们,虽然现在还是远程恋爱,然而这又有什么关系呢?想想可怜的我……

关于这两年的故事有什么遗憾没有?没有,真没有,我尽了自己的力,从事着自己喜爱的职业，挣着养家糊口的钞票，很满足。然而却有些累，当初写《朱雀记》的时候，那是个不停学习的过程，所以写完了，也学到了很多东西，感觉很充实饱满，而《庆余年》则是不停地掏着我的脑袋，快要把我掏空了。

很文艺，又开始文艺了。

《庆余年》写得不错，这不是自恋，而是写完之后的自我认知，每天平均要更新五千字以上，能写成这模样，差不多了。

这个故事里我最喜欢什么呢？很多很多，前面提过很多画面，此处不再重复，反正在我看来，这一切都是很好很好的，哈哈，而且我都喜欢。

我身骑白马走三关。

我的桌面是《庆余年》的画，范闲闯法场之后，一位朋友所绘黑骑打扮的范闲，很是壮美。我不懂画，但我很喜欢，偶尔在网上看到了，非常感谢这位不知名的朋友，因为他还画了很多张，我都收集了，只是画上您的签名我实在不敢瞎认，怕认错了丢人。

我的收藏夹里有很多《庆余年》的演员表，从坏笑同学，到书评区诸多同学，这个演员表列了无数次，而最新的一次，则是某位读者收集的精致的真人相片演员表，惊了无数人。很感谢这位读者的用心，更感谢上天宠爱，让这么多读者来看我这个故事。

我很喜欢那个演员表里所选的桑文，真的很温婉，我心里最初也有一个桑文，《超级星光大道》里面一位拉小提琴的姑娘，主要是嘴巴比较大，而且家庭主妇也有杀伤力。

海棠的选角也挺好，至少那张照片挺好，只是……先前也说了，我是照着罗桑实挑的，韩艺瑟一旦乡土，真是能杀人啊。

范思辙选得尤其好！居然和我一模一样！暗中吐血去，丑照居然到处飞啊……

谢谢所有的人，真的，谢谢所有喜欢看《庆余年》的朋友，因为你们的喜欢，对我来说，就是奖赏。

后记写这么长，不知道以后有没有，但以前估计不太多。可我还想写，《朱雀记》完成的时候，也写了这么长的后记，显得格外认真，根本不在意可能大多数的书友已然飘然远去。

像是在总结人生大事一样，是的，因为我始终把写书当成大事。我是要写一辈子的，因为难得找到一个自己这么喜欢的营生，当然要一直写下去。每一本书的结束，对于我而言，都极为重要，这代表着曾经的努力和为之付出的时间。

我很看重的事情，对于世界来说，是芝麻不如的小事。尤其每每有所感叹的是，网络上的小说，无论当时怎样光彩，可终究还是会被人遗忘。我二〇〇三年开始在网上写小说，前面有人，旁边有人，有很多极好的小说，现在却已经很少有人能记得，这种感觉真的不怎么棒。

是的，我们这些人写的是意淫小说，快餐小说，网络小说……其实我们写的应该叫作通俗小说，或者说是商业小说，这就是我一直坚持的观点。

我们可能不高深，不可能高深，然而写得再差，也能让读者打发时间，消除压力，这便是功德，这就是通俗小说的意义所在。大仲马、金庸，虽然比咱们写得好，根骨里，大家都是混一个江湖的，不是吗？

翻翻《中国小说史略》，其实古时候的同行还很多，而且那时候他们往往挣不着钱。

二〇〇八年七月在上海，某作协主席与三少、跳舞在那里谈论网络文学与传统文学的问题，我在下面听着，就在想这个问题，通俗小说由来已久，必将永生永世地持续下去，与天地同寿啊，那我写这个，至少可以写到死，也不怕没饭吃吧？

噢，不是愤怒，只是在想这个问题，并且有些害怕自己写的东西，将来真的会被所有的人都忘记，我不喜欢这种感觉。

所以写这么长的后记,让我自己的记忆深刻些,同时也请大家记得《庆余年》《朱雀记》《映秀》,就像前面所说,这些都是很好很好的,如果你们还能忘……不怕,我反正要继续写书,一直写,然后再写后记提醒你们,哈哈。

我在起点看了很多好看的小说,我很感谢这些作者能够写出让我高兴、爽利或感动的情节,陪我度过了这两年。

特此鸣谢:《重生于康熙末年》《官仙》《平凡的清穿日子》、《时空走私从2000年开始》《致命武力》《美女部落保护神》《大内高手》《重生之官路商途》《重生之官道》《机动风暴》《星际之亡灵帝国》《香国竞艳》《貌似纯洁》《史上第一混乱》《顺明》《江山美色》《绝顶》《与婳婳同居的日子》《篡清》《人道天堂》《恶魔法则》《宦海浮沉》《官路迢迢》《冒牌大英雄》《流氓高手》《苏联英雄》《隐杀》《冠军教父》《改写人生》《同居博客》《极品家丁》《回到明朝当王爷》《迷失在康熙末年》《水煮清王朝》《光荣之路》《崩云乱》《寄生体》……

哎呀,不能再写了,我这是纯凭记忆写的,肯定有错有漏,至少还有大半的名字一时没想起来,要得罪人了。不过反正这也不是广告,这广告也不可能有啥效果不是?只是真的谢一声,有书看的日子就是好日子,排名不分先后,哈哈。

同时鸣谢天涯真我版发照片的姑娘们,特别鸣谢娜娜。

后记再长,我再能啰唆,可也总有完的时候。或许正是因为不想写完,这种怨念太强大,所以电脑出了问题。写最后两章之前,为表达自己的郑重我专程去剪发,我家楼下剪头发的小姑娘竟把手指头剪伤了,真是抱歉,据姐夫昨天说,她家理发店还关着门呢……

关于新书的题材和发书时间,真的有些惭愧,题材还没有定下来,以前是想写重生来着,向周行文、檀郎、更俗等同志好好学习一下,然而因为众所周知的原因,我还在考虑当中。

至于发书的时间，那就更久了，至少是几个月以后的事情。亲爱的老T教育了我，然而我可能还是要休息一段时间。人气这种事情很虚妄，依理讲，肯定连着发新书是最好的，可是如果我写得不好看，您也不会看是不是？

我能力不足，很难一本接着一本地搞，我需要休息一段时间，好好地准备一下新书，不管什么题材，该买该借的资料总是要准备好，大纲总是要在脑子里形成一个故事，才能动手，就像《庆余年》一样，我总得想好故事里面的人物是什么样的家伙……

笑着说，《庆余年》开始写的那天，我才想出来男主角的名字，范慎，那是剩饭；范闲，那是大家都知道的犯嫌。我是个没有创意，只能吃剩饭，并且啰唆得有些犯嫌的人。

再一处闲话，之所以末章里淑宁很显眼，那是因为《平凡的清穿日子》里面淑宁真的渐渐如伟大所说，变成一块背景板了，我喜欢淑宁，不甘心……咦，是伟大说的还是汤姆说的？忘记了……《平凡的清穿日子》是烂尾是烂尾！最近被香蕉骂烂尾的怨念在这里发泄出来！

好吧，最后说，我是喜欢范闲这个人的，因为他就是我们。

能把这篇后记看到这儿的朋友，那绝对是铁子了。铁子是东北话吧，我一直在学东北话，因为我可能要去东北了，微笑中。

《庆余年》这个书名的意思很多重，最开始的时候就和朋友们说过，代表着庆幸多出来的人生，在庆国度过余年，庆帝进入了末期。还有一个意思，二〇〇七年五月的时候，我说不告诉你们。

其实很简单，领导在大庆，我想去大庆，共度余年。

海子的诗，结尾的词，送给自己和领导以及亲爱的兄弟姐妹们：

从明天起，做一个幸福的人
喂马、劈柴，周游世界

327

从明天起，关心粮食和蔬菜

我有一所房子，面朝大海，春暖花开

从明天起，和每一个亲人通信

告诉他们我的幸福

那幸福的闪电告诉我的

我将告诉每一个人

给每一条河每一座山取一个温暖的名字

陌生人，我也为你祝福

愿你有一个灿烂的前程

愿你有情人终成眷属

愿你在尘世获得幸福

我只愿面朝大海，春暖花开

  以下纯属虚构，绝对虚假，顿准也描过，我再描一次，只是为了满足和梳理自己的情绪。
  "叶子，你的眼睛有治了。"
  "嗯？"
  "那床的病人死了。"
  "真可怜。"
  "是啊，听说最后快死的时候，一个人只能哭，好在没有把眼睛哭坏。"
  ……
  有一年，雪山中的神庙，一个穿着秀气小皮袄的小姑娘，痴痴地看着身旁眼睛蒙着黑布的少年说："竹竹，你怎么这么酷呢？"
  那一年，从死人堆里爬出来的肖恩与苦荷，流着泪爬到了黑青色的神庙前，然后从里面跑出来了一个小姑娘。
  还是同年，那个蒙着黑布的少年，远远地看着那顶透着灯火的帐篷，小姑娘在帐篷门口看着风雪，二人目光相触，便不分开。小姑娘让少年跟着自己离开，少年不肯，于是小姑娘跟着他回到了庙里，没有任何言语。

又过了一年，小姑娘终于带着瞎子少年离开了那座冰冷的庙，少年的手里提着一个沉甸甸的箱子。

那一年，小姑娘和少年在大魏国内游历，少年杀了很多人，他们来到了东夷城，然后在大青树下，看到了一个专心致志戳蚂蚁的白痴。

有一年，渐渐长大的小姑娘和少年坐着海船沿着蜿蜒起伏的海岸线旅行，在澹州港登岸。码头上一个年轻人看着自海上而来的小姑娘，一时间竟痴了，险些落入海中——他这一生从未如此狼狈过，也从未如此幸福过。

又一年，姑娘和少年接受了那个年轻人与他那几位同伴的邀请，来到了偏于南方的庆国，提着一个箱子，进入了京都。

在进入京都城门的时候，因为不肯接受检查箱子的要求，与庆国历史上最年轻的京都守备师统领叶重发生了冲突。少年将叶重的双手摁在湿湿的城门上，姑娘把叶重打成了猪头。

还是那一年，叶重的叔父叶流云与那个少年切磋，自此之后不再用剑。

那一年，姑娘进入诚王府，看着那个面相苦愁的太监，苦恼地说道："五常这个名字哪有萍萍好听，我只是发愁，我们算是姐妹还是什么？"

有一年，司南伯不再去花舫，成了亲，诚王府老二那个泥猴儿，天天往京都外的太平别院跑，而诚王府的那位郡主睁着大而无辜的双眼，心想叶姐姐怎么生得那般漂亮呢？

有一年，江南三大坊初设，泉州开港，设水师，那个姑娘坐在海畔的礁石上，看着海里的浪花，下意识地抛着手里的金属子弹，开始思念某人，然后和身旁的一个小兵笑着说了几句话。

那些年间，两位亲王死于天雷，成为太子的那个年轻人依然如常，天天去太平别院爬墙，即便无数次被蒙着黑布的少年打落墙头，仍是如此。

那些年里，本名陈五常的那位太监，开始往自己的颏下贴假胡须，或许是因为他不习惯被人称为姐妹的缘故。

那些年里，如朝阳般蓬勃的南庆开始北伐，开始失败，并且开始从失败中获得信心。

那些年里，贴上了胡须的陈萍萍率领黑骑突袭三千里，救了某人，擒了某人，伤了自己，从此坐在轮椅上半步不曾离。

有一年，那个姑娘生了个男孩，她虚弱地、满足地靠在榻上，用那双温柔的眼睛，看着紧闭着双眼的新生儿。孩子的父亲远在西方草原，那个蒙着黑布的少年，则在床边温柔地看着她，然后少年感觉到了什么，悄无声息地离开了太平别院。

就是那一年，那些日子，有个人走了，而那个婴儿却睁开了双眼，看到了自己如白莲花般的双手，看到了身前的瞎子少年和身后坐着轮椅的老人。

又一年，渐渐长大的孩子在澹州港的屋顶上，大声喊着："打雷了，下雨了，快收衣服啊！"

写于 2009 年 2 月 28 日